MINGUOWUXIAXIAOSHUO
DIANCANGWENKU

民国武侠小说典藏文库

张个侬卷

# 关东奇侠传

张个侬 著

中国文史出版社

# 赵　序

挽近坊间所出之武侠长篇说部夥矣，求其能有宗旨、精结构、情文并胜而绝不人云亦云、拾人牙慧、以拉杂终篇者，则几如凤毛麟角，殊不易觏。

今张子个侬出其绪余，穷半载之力，撰为《关东奇侠传》一书，而倩江子红蕉逐回为之评按。稿成，以书抵余，嘱为一言。窃思二子夙为文坛名宿，蜚声说苑者久矣，兹各以其所长，合作以成是稿，是则璧合珠联，必有可观者在，可断言也。爰特取其原稿而读之，觉其写各奇侠之生平，虎虎有生气，须眉活现纸上，笔力雄浑，于斯可见矣。而造意新颖，布局整齐，结构严密，文情兼胜，绝不落寻常武侠小说窠臼，与坊间近今所出之各说部较，大相径庭，诚不可以同日语。且其主旨，在阐发民族主义之精神，灌输读者以爱国思想，以唤起国魂，而对于官场之黑暗，攻讦之尤不遗余力，前后事实数见，而绝不雷同，则其命笔构思之钩心斗角，由斯亦可想见已。是诚能以有宗旨、精结构、情文并胜而不与俗伍者。益以江子之评，言简意尽，措辞警辟，诚双美具，二难并，相得益彰矣，因乐而为之序。

民国十九年七月下浣

茗狂赵氏序于海上忆凤楼

# 自　序

逊清之世，秘密结社，遍于国中，名目虽异，宗旨则同，要皆以排满兴汉、致力于民族革命工作为依归。虽然，有于此未必无于彼，故清季有三合会、天理会等反清之秘密社会，亦即有宗社党、保皇党等护满之对抗集团。过去之历史，固可复按也。

不佞兹作，写关东各地奇侠奔走国事，为民族谋兴复之壮举豪行、宏志伟力，诚有足多者，然关东为满洲发祥之地，八旗俊杰，所在都有。夫既有为汉族谋兴复争存亡之各奇侠，窥伺于其旁，则起而为满族做坚壁清野，以固吾疆围之谋者，岂得谓之无人哉？特以载籍不传，致湮没而无闻耳。

今共和政体成立，五大民族一律平等，固已无入主出奴之见存乎其间矣。夫作家既已传为汉族谋兴复之奇侠，以志其景仰矣，则对于当时为满族谋自卫之各游侠，又奚必定为之一笔抹杀，而不为之传哉？故吾书于写关东之汉族各奇侠外，兼及其同时代为满族谋自卫之各奇侠，以为双峰对峙，同寄其向慕之私。虽其结果，各奇侠两败俱伤，同归于尽，然求仁得仁，书中人当正自庆为死得其所也。书成，揭而明之，以明书中所以汉满各奇侠互重而无所偏之意。是为序。

民国十九年七月三十日

丹徒张竹个侬氏识于乐观斋

# 目　录

第一回　鱼鼓轻敲惊闻韩湘子
鸿影一瞥疑是安琪儿 …………………………………… 1
第二回　大豪杰任侠诛洋奴
恶土劣强奸死烈妇 …………………………………… 9
第三回　忠告善道诤友进谏
杀人自首英雄充军 …………………………………… 18
第四回　惩解差侠士初试技
壮行色朋友馈程仪 …………………………………… 28
第五回　狠心辣手禁卒肆虐
快举豪行军犯闹监 …………………………………… 35
第六回　狗头军师画谋定策
塞北豪客排难解纷 …………………………………… 42
第七回　岭南健儿大闹锦州狱
关东侠士小集三家村 ………………………………… 48
第八回　表孤忠遗言报国
纠同志结党树义 ……………………………………… 54
第九回　前途多崄巇行不得也哥哥
后援少将伯其难为了妹妹 …………………………… 62

第　十　回　盗库银子矛刺子盾
改批文狐掘即狐埋 ………………………………… 70
第十一回　明哲保身远行避祸
奸谋诡计画饼徒劳 ………………………………… 76
第十二回　是是非非为名为利
生生死死传信传疑 ………………………………… 84
第十三回　财能通神有罪亦可赎
谑足速祸无风竟兴波 ……………………………… 91
第十四回　人间巧事戏语成谶语
天外奇祸喜剧变悲剧 ……………………………… 98
第十五回　糊涂官糊涂定谳
慷慨士慷慨陈词 ………………………………… 105
第十六回　侦正犯意外得线索
逢义贼奇巧破疑案 ……………………………… 113
第十七回　受责自处白刃染红血
巧言诱供英雄赚积窃 …………………………… 121
第十八回　真奇闻官教贼翻供
大快事贪及污丧生 ……………………………… 127
第十九回　难兄弟运功杀洋人
贤郎舅拟状愬列宪 ……………………………… 134
第二十回　打师父徒弟白画显身手
欺孤儿寡妇黑夜飞人头 ………………………… 141
第二十一回　毙命中途荡子果报
悬首高杆恶叔丧元 ……………………………… 149
第二十二回　公道在人心贞嫠得释
义勇形容色侠士被疑 …………………………… 159

第二十三回　惩莠民贤令破积案
敬壮士难弟结良朋 ………………………………… 167
第二十四回　袒护杰士正言诘阿兄
嫁祸侠客售语欺徒弟 ……………………………… 173
第二十五回　小子无知骄矜遭挫辱
志士有意课徒育英才 ……………………………… 182
第二十六回　客来不速蓦地会胜友
名以幸成倏然逢好汉 ……………………………… 189
第二十七回　奏凯歌数番夺锦标
受耻辱初次被败北 ………………………………… 197
第二十八回　气愤愤长街逢女侠
狠巴巴狭路逐冤家 ………………………………… 206
第二十九回　前尘洄溯舌底生莲花
思潮起伏胸际障疑云 ……………………………… 214
第 三 十 回　发奋图雄师门同立雪
馈金示惠蓬荜忽生辉 ……………………………… 221
第三十一回　劣弟子挟嫌劫师父
大英雄青眼识良驹 ………………………………… 230
第三十二回　辞官阶拳叟明心
泄异谋志士解体 …………………………………… 238
第三十三回　雪前耻二次作壮游
修旧怨两番斗女侠 ………………………………… 246
第三十四回　一场狠斗男女各受伤
数句谎言后先招奇祸 ……………………………… 254
第三十五回　不速客来旅店惊好梦
非常礼至家宅兆焚如 ……………………………… 263

第三十六回　大强盗买命桃僵用李代
老英雄任侠香楮作贺仪 …………………………… 270
第三十七回　耀武扬威不愧老当益壮
词严义正何殊神针法灸 …………………………… 277
第三十八回　救难女老侠士显艺
做刺客大流氓丧生 ………………………………… 284
第三十九回　背官箴有司徒自苦
泄机密侠义竟速祸 ………………………………… 291
第 四 十 回　英雄好汉如是下场
侠女奇男者般结局 ………………………………… 302

# 第一回

## 鱼鼓轻敲惊闻韩湘子
## 鸿影一瞥疑是安琪儿

咳……嘣嘣嘣……刷刷刷……五更三点洞门开，湘子仙人下凡来。吾今不往别处去，九度文公行一回……吾乃八洞神仙韩湘子是也……

唱这《韩湘子九度文公十度妻》道情的，是一个少年汉子，年纪遮莫在二十三四岁光景，光着头，身上穿一件元色旧布夹衫，上罩一件元色已旧将破的大牡丹花缎封襟背心，左手肘弯里挎着个二尺来长的鱼鼓筒，手中挟着两片狭长的简板，刷刷地敲着，右手叠着指头，在那鱼鼓上嘣嘣地弹着。口中先干咳了一声，即便唱了一段《九度文公》道情，立在一所高大八字墙门的人家门口唱着，边唱边敲，按着板眼。唱了几句，即开口向那大门门堂里坐在阔长朱漆板凳上的家人开言告帮道："在下路过贵地，偶短盘缠，不得已才信口哼几句道情，向贵地人士告帮，请爷们转报贵上，方便方便。"

那家人颇显得不耐烦的样儿斥道："快些滚开，你难道不识字吗？门框上钉着皇皇的告示，不准游民、乞丐、僧道等人滋扰索讨。你如识窍，快往别家去乞化，免得耽搁你的时候。不知趣时，那可就休怪我无情，立刻将你送到当地衙门里去重办，那时你可就悔之不及了。"

唱道情的闻言，即移目光向那大门框上一瞧，果见钉有一方狭长的木板，板上写着海伦县正堂的告示。不用细看，已知告示上的说话当然和那家人的言辞是相符合的，遂像没事人一般，即又微笑着弹了弹鱼鼓，敲着简板，拉起喉咙，复又唱起《韩湘子》道情来。激引得那家人大怒，起身走出门外，喝令："住口，快滚！你这告花子，香的不吃吃臭的，真是双料蜡烛——非点不亮！"边说边用手推那唱道情的。

可煞作怪，家人使足了气力，推得满头黄豆般大汗，那唱道情的仍如没事人一般，纹风也不动，斜立着丁字脚步，依然站在门口，弹鱼鼓，敲简板，唱道情。直待将一支道情唱完，才哈哈笑道："好个狗仗人势、有眼不识泰山的奴才，你做着奴的奴，居然恬不知耻，胆敢大言不惭地吆五喝六，对着你大爷出言无状。你要请你大爷离开此地，须得至少破费你主人百两银子，送给你大爷做盘缠。否则，嘿！休想你大爷移开半步。"

那家人被骂作奴的奴，不由格外无明火冒。因推他不动，遂伸手夺扯他手中的鱼鼓简板，想夺去掷摔得远了时，不怕他不去拾。哪知才伸手去扯，被唱道情的伸空着的右手指在他两手的腕上各轻轻地弹了一下道："好个不知进退的奴才，居然敢向你大爷放肆，代俺站在这里歇息吧！"

说也可笑，那家人的双手被弹之后，一齐陡觉麻木，酸痛得失去知觉，连声呼唤："哎呀！"两手竟都弯曲着伸向外面，既不能伸直，又不能缩回。不但两手如此，即浑身上下，遍体亦都觉麻木。立在门槛外大青皮石台阶上，恍如生了根的一般，休想移动分毫，那光景绝似死人灵前供案上侍立在灵牌旁边的纸糊童男。

唱道情的指着他哈哈笑道："你这《庄子劈棺》戏文中的活童男子，二百五奴才，给俺站在此地，等你主人出来，或是从外面回来时，就说你大爷特来募化。俺化缘向系择人而施，募化的数目，说出口不许还价，倘或还价，即须见风高涨。你可给俺向你主人回话，就说小缘三千，不及大缘一二，俺此来是募化大缘的，绝不是真只为了一百两银子，就来亲劳玉趾。老实说，俺不告帮则已，既来帮告，就得要多少是多少，少一厘一毫也不行。借你的口，向你主人说，就说俺来过了，叫他预备一千两银子，等我明天此刻来拿。对于宋家的那件事，叫他即日松手，须知解铃还须系铃人。倘或你主人倔强，不肯听俺的话时，你关照他，休说他只有一颗脑袋，便有三头六臂，俺也能叫他子时死，不留他命活到丑时才亡。对不起你，借你先做个样子给你主人看看，随后守（意即等、待）你主人见了，自能使你恢复原状。明天见！”说罢，即弹鱼鼓，敲简板，走向别处去了。

那家人呆如木鸡般站在大门外面，心中怒恨已极，守唱道情的走有四五家人家，即便大声呼救。连嚷了两三声，惊动了里面男女上下人等，即有另一个家人赶紧跑出来，跑到门堂里，见除去那家人立在门首以外，别无他人，不由笑骂道：“王老八，你发什么疯？莫非看门看得嫌冷清吗，大呼小叫的吓什么人？”

原来那先前被点穴立在门首的家人姓王，排行恰巧是第八，因此人家都拿他开玩笑，见面都唤他王老八。那跑出来的家人姓蒋名经，是个胖子，因相貌生得难看，一脸的兜腮胡子，和王八一般都是给这家人家充当司阍的职务，故此人家给他起了个绰号，叫他作蒋门神。

当时王八闻得声音，苦于头颈筋骨被僵住了，不能自由转动，回不得头，只得说：“蒋门神，你别开胃，活该是我倒霉。倘或你今儿轮值日班时，这个苦就得是你吃了。我如今被唱道情的那个小子点住了穴道，呆立在此，你还说这般风凉话儿。幸而是我，还经受得起，倘或是你遇着了那个小子时，怕不立刻就将性命送给了他。”

蒋经说笑话时，已到门首，见了王八那副神情，忍不住要笑。但因听了他的口中言辞，不禁又将要笑出口的声音唬得缩了回去，不由咦了一声，接口便问那唱道情的小子是谁，走往哪里去了。

王八回说：“谁认识他叫什么名字呀，他还走得不远，你问他，难道还敢追上他去，给我打报复不成吗？算了，不必去找苦吃吧！费神烦你将我设法抱进去，回禀主人，请主子将我的血络点活就是了。”

蒋经对他端详了一会儿，即说：“你且忍受着再站一会儿，守我去请教师爷来，给你点活血络。主人此刻正在三姨太房里抽大烟，烦劳他老人家怕不被他排揎斥责吗？”

王八熬痛回说：“烦你就去，别拿我当作不要紧，使我老立在此地，像痴汉等老婆一般。”

蒋经答应晓得，即回身去请教师。恰巧教师爷同着一位朋友从里面走将出来，两下迎面撞着，蒋经即向前请安，申述情由，请教师爷到门首去救王八。

那教师外号唤作漠北大王，姓耶律，名胜，字德操，是内蒙古东四盟正黄旗人。蒙古人本系游牧民族，骑射原系特长，耶律胜的骑射功夫尤其比众精擅，堪称出类拔萃，在内外蒙古各盟旗卡寨等处，曾屡次因比赛骑射，获得锦标，迭受各王公、贝子、贝勒、都统、佐领、卡官等的奖赏，因此才得享有漠北大王的外号。他除去精擅骑射以外，又兼擅各种拳术武艺，曾进关内到河南陈家沟子去拜师练习太极，经过了三年日月，才将太极拳艺的精妙领会，仗着他的学武天才，又经很久时日的勤学苦练，练成了各种内外软硬功夫。这时受聘在海伦城内这家人家充当教师，乃系友谊性质，与普通所谓看家护院的教师不同。因为这家人家的主人名唤科布多，亦系内蒙古东四盟正黄旗人，和耶律胜是姑表兄弟，二人不仅系同旗和姑表的亲谊，又兼是师兄弟。当往年学武时，二人都从黑龙江省城齐齐哈尔的老拳师汉人夏定夷学马步各种武艺，同学过三年，故此二人的交谊甚深。

其时，正当同治初年，科布多因在京城充当奴役，得巴结上了庆亲王及睿亲王，蒙两位亲王的奏荐保举，被特擢为内蒙古各盟旗的总管，巡阅内蒙古各盟旗，查察军民政务。科布多自被任为总管以后，权位既尊，势力自厚，因此家产亦随之陡增。每因执行总管职权，得罪各盟旗的王公、贝勒、贝子、都统等人，被升黜的都统、副都统、佐领等颇多。那被擢升的官员，当然是弹冠相庆，被黜的官员，可就结怨颇深了。常言物极必反，各王公、都统等因平添了个总管上司，与彼等颇多不利，兼因科布多是个不学无术的武夫，自任事后，各盟旗的领袖如不馈赠金银宝币，即被吹毛求疵，滥施职权。各盟旗的领袖人等因他所为太不廉洁，遂联合反抗，派代表进京，请留京随朝的蒙古亲王等联名递陈奏折，请皇上派员查办，并将总管裁撤。

其时掌管军机的乃是恭亲王允䜣，恭王是当今的皇叔，秉性忠直，办事认真，阅折之后，即便怀折进宫，面奏东西两太后及皇上，说现在发捻回乱等初平，各处瘠痍尚未全复，国家正应怀柔绥靖，休养生息，不宜激扰地方。总管本系骈枝机关，又为各盟旗所反对，似宜裁撤，以安人心。两太后及同治皇上当即准奏，并着恭王全权办理。

恭王出宫后，即去知照各蒙古亲王，一面派校尉赍裁撤总管的诏书到内蒙古去，又传谕着黑龙江巡抚将军等，就近宣慰内蒙古各盟旗，并将科布多查办，这消息传到科布多耳内，吓了一跳，赶紧派人辇金进京，到庆、睿两府去陈说，请两位王爷设法补救。仰仗两位亲王的大力，总算只将科布多的总管职衔革去，裁撤总管衙门的机关。那“查办”两字，就此留中不发。事后科布多又运动庆、睿两位亲王，多方设法，赏给科布多都统职衔，以光颜面。

科布多当任总管时，聚敛颇多，遂在海伦城内大兴土木，自建宅第，画栋雕梁，美轮美奂。前数进厅堂大厦，鱼贯连绵，后数进屋宇房舍，栖阁纵横，最后建造花园、竹林花圃、木榭亭台，极池林景物之胜。前后各进房屋内，无不铺陈华美、布置富丽，不仅在海伦城内可称绝无仅有，即在东三省各大城镇，亦可说得起是数一数二的建筑。

科布多自从住宅建筑落成，全家即迁居其中，为时未久，即被罢职。因恐失势后家居被人暗算，特地一面卑词厚礼地延聘他表弟耶律胜到来，充当本宅的教师，教授家中上下人等的武艺，一面捻聚了六十名勇士，分作日夜两班，驻在本宅，常年保护。另又请了两名著名的镖师，做他自己个人的保镖，每逢出外有事，两镖师即寸步不离地保护，以备不虞。一面又托请两位亲王在京中运动，得援都统职衔，虽系空衔，并无实缺，但科布多的意思，本系借重空衔，炫耀各盟旗，使他们知道自己的势力尚在，不敢生报复之心，以防祸患；一面与本省的文武长官，及当地地方官等结纳交往，增厚自己的势力，意在威吓那些与自己反对的人，使他们不敢对自己放肆。

耶律胜因表兄的情谊难却，又明知表兄现在的处境，仇怨颇多，来延聘他的本意，并非请了去充当看家护院之人，乃系欲吓唬那些想暗算表兄的人，知道有他担任教师保护，不敢生歹心恶意。因此耶律胜才答应充当教师职务，并向科布多申明，守到外面计算他的风声略定之后，即不再担任教师。科布多亦即应允。

这天，耶律胜因送一位往年同在陈家沟子学太极的朋友沙守义从里面出来，见蒋经慌慌张张回禀，陈说他同伴看门的王八被一个唱道情的人点了穴道，今呆立在门口，不能转动，特来请求教师爷去解救王八的话后，即摆手说知道了。蒋经应是，退走几步，转身急跑到门首去告知王八。

一会儿，耶律胜已送沙守义走到门首，看了王八的那副神情，不由好笑，遂走到他面前，伸手给他点活了穴道，且不问他因何被人点住穴道的缘由，却先陪送沙守义到门外石阶下面，拱手送客。守沙守义去得远了，才回进门堂，唤王八到面前来，问他被点穴道的缘故。王八先谢过教师爷，即将唱道情的言辞照直回禀了教师爷。王八说时，犹显露着怒恨恐怖的神情。

耶律胜听罢，正在诧异，猛回头见从门外飞步走进一个年轻貌美的女子来。那女子的身法极其灵活神速，足步亦疾捷非常，才看见即已到了面前，口称："大爷，你老就是这府里的教师耶律德操先生吗?"耶律胜见来人身步灵速迅疾，远非常人可及，尤其是她那一双水剪的秋波里，似各隐约迸射出一道白光来，极为可异，因即不敢立刻答应，承认某即是耶律胜，但回转身躯，请问来意，找耶律德操有何事故。

那女子道："大丈夫光明坦白，是即是，非即非，何用藏头露尾？尊驾如果系耶律先生本人，俺自有话说；如非本人，尊驾事不关己，又何必多话呢？俺如没有紧要的事，又何至亲自前来寻找耶律先生呢?"

耶律胜见说，仗着自己的本领高强，心忖来人纵即厉害，充其量亦不过是自己的对手罢了，强不会当面马上就被她讨了便宜去的。遂即微笑道："我和姑娘素不相识，姑娘现在突如其来地来找在下，在下正是耶律胜本人，但不知姑娘有何见教？况此处亦非谈话之所，即请姑娘移步到里面去明示如何?"

耶律胜话才说完，那女子即已笑道："我说呢，如非教师爷本人，哪能救得这看门狗的灾难呢?"边说边飞右掌过来，喝声着，已飞到耶律胜的左颊上，口中骂道："好个贪嘴贱舌的儇薄小子，今日俺特来找你，当面教训你，警诫你一回，以后才不敢再向一切女子贪嘴贱舌地滥讨便宜呢!"骂着，左手一伸，又从左手中飞掷出一个荷叶包，直塞进耶律胜的口中去，喝骂道："儇薄小子，俺特来请你吃粪，尝一尝木樨香味。这是薄惩，以后你如再敢向天下随便哪位女子贪嘴时，准将你的脑瓜子摘下来示众。"喝骂尚未完毕，即已回转身躯，只见她柳腰一扭，莲步一移，已是出离大门。定睛再看时，已如惊鸿一瞥般倏忽间失去踪迹了。

究竟那唱道情的和这位女子是何来历，请待下回分解。

评曰：

写关东各奇侠的史实，即于首卷书中，突取单刀直入笔法，先出男女二人，故意不详其来历，使读者猜测费思，亟欲一观下文，以明究竟。笔姿跳脱，命意奇突，均与坊间已有之汗牛充栋说部迥不相侔，“卓尔不群”四字，可移作本书赞语。

一部大书，只以道情开场，可谓大风起于萍末，然此苟非熟晓江湖情形者，绝不能道其只字。

王八、蒋经虽都仅操司阍帐役，而其命名已诙谐有趣，即此可概其余。于以知作者之命笔不苟，意匠经营，远非凡庸可及。

唱道情求乞，而定要千两，开口已足惊人，而殿以宋家的事一语，更足使读者亟欲知其闷葫芦内果藏何药，此固作者之造意深远，引人入胜，然实亦捉贼擒王之法也。

耶律胜外号漠北大王，而竟被女子掌其颊，以粪塞其口，仓促不及回手，则女子之武艺，不言可知矣。能使读者至此，有五花八门之妙，足令浮大白而拍案称快哉不置。首卷之笔力雄伟已如此，则后文之奇妙，亦从可知已，读者且拭目以观其后可也。

# 第二回

## 大豪杰任侠诛洋奴
## 恶土劣强奸死烈妇

话说看官们读罢上回，定必说编书的太觉言过其实，以外号漠北大王、历夺锦标、武功绝顶的耶律胜，何至被一个妙龄女郎掌嘴，塞了满口的干屎橛，连躲闪的身法都不曾来得及，更休说还手，这岂非言之太甚吗？实则看官们仅知其一，未知其二。

耶律胜的本领，虽然高强，但究竟只能算作出类拔萃，还未至登峰造极。常言道得好，强中还有强中手。耶律胜以前所遇的名手，大约也不过是些普通的名家，所以才能显出他这位铁中之铮铮来。假使早先即已遇见有真实本领而反未著名的高人时，断不致受有此日的莫大耻辱，所以君子怕侥幸成名的即是此意。

耶律胜当日之遇妙龄女子，亦正如古人所谓小巫之见大巫，当然要至无所措手足了。假使来的那女子手眼身步是与庸流一般无可惊人时，耶律胜又何至不敢径答以不才正是耶律某，而反先惊诧，诘问来意呢？本来练武艺的人，功夫练到极顶时，每一伸手，一抬足，无不目到手到，意到身到，其身法迅疾如掣电，如流星，不动手则已，每一动手，即能使敌人目眩神迷，手足无措，不仅在能使敌人无招架之功，还手之力，即连躲闪避让，亦无法施展，故得名为神速。常人每谓剑侠能来去无踪影，并非剑侠会得什么法术，真能来无踪，去无影，实即因身法迅疾，神速至不可测度，故人仅能见其倏焉而来，忽焉而去，而不能见其从何处来，从何处去，所以才惊奇骇怪，称为来去无踪，即是此故。

闲言休提，且说耶律胜当时被那女子娇声喝骂着打了一掌，又塞满了一嘴干屎橛，不由怒从心起，恶从胆生，急张口吐出粪污荷叶，赶紧追出门外看时，已不见了那女子的踪影。飞步追出巷口看时，只见往来的行人如织，更辨不出那女子是从哪一面走了。心中虽怒恨万分，但亦无可如何，只得回转科布多住宅的大门内去。

王八正忙着低头扫那地上的一段干屎橛，见教师回来，即请问可曾追着。耶律胜叹气摇头，回说："不知那小娼妇从哪条街道上逃跑了。"边说边已走进里面，急命家人取水来漱口。洗手擦脸后，喝了两杯茶，心中怒恨惭愧，十分难受，思量自己从未遇过敌手，被人挫夺，"此番却不料竟被一个弱不禁风的少年女子所夺，岂非是意外奇耻？我在此地充当教师，表兄聘请我来，本系借重我的名望，欲消患于无形。如今我自己却先被人挫辱，已成了个泥菩萨过江，自身难保，焉能保护他人？况且我已遭受羞辱，何能汗颜厚脸地再在此地充当什么教师？教师自己先已不高明，教出来的徒弟焉能出色呢？"耶律胜越想越惭愧，羞愤交集，极其难受，遂决计再去学武，精求深造，誓报今日打嘴巴、塞屎橛之仇。主意定后，即到后面内宅里去见科布多。刚走进内宅的堂屋里，科布多正从三姨太房内抽罢大烟，出来理问事务。两下撞见，科布多一眼见耶律胜的面色难看，开口先问表弟，心中有何不痛快。

耶律胜叹了口气，将适才的遭受说了，即说："表兄，并非小弟要舍弃了你，实因今天这个奇耻大辱，倘不报复，焉能做人？依小弟愚见，你不如暂时忍受，就依了那唱道情的话，给他一千两银子，并将他所说的宋家之事，抬一回手，饶放了过去，免得招惹出是非来。并非小弟说自己丧气的短志话，那唱道情的人既然敢冒险到此地来登门寻事，当然绝非寻常之辈。与其被他挫夺，弄成僵局，下不了台，不如事前准如所请，随后肯放过，即放他过去；不肯放过，等到缓了些时，不妨再设法算计他，此乃万全之策。小弟此刻来见表兄，乃是专诚向表兄辞行的。小弟此去，三年五载，说不定归期，须得本领练成，得能寻着那女子报过仇，方才回来。”

科布多听罢，又惊又怒，略一沉吟，即说：“贤弟，那唱道情的是谁？照你推想起来，是不是和那女子一党的呢？宋家的事，俺做得极其秘密，休说别人，即贤弟亦不大明白，怎么那厮竟能知道的呢？他来要一千两银子，俺答应给了他事小，不过善门难开，此风一经传布，将来冒险登门来乞化的必日多一日，岂非从此多事吗？”

耶律胜道：“表兄之言虽颇有理，但是现在那唱道情的已经来了，无有别的善法可以抵挡，只得依了他的意思办理。好比野鬼上门，势必烧化些纸银，才得安然无事。至于善后的方法，只有随后慢慢地补救。讲到那女子是否和唱道情的人同党，在愚弟推想起来，谅必是两起的。因为那唱道情的来登门寻衅，指名是和你为难；女子到此，专为的找我。两下的目的不同。”

科布多听罢，忽然一转念间，想出了一条计策，对耶律胜道：“贤弟，劣兄现有一计，此乃抛砖引玉之法，比如唱道情的明天到此，俺即照数送给他一千两银子。这风声传到外方去，江湖上定必轰动，当然有许多能人闻风继起地到此地来拜访，那时俺即择其本领真正高强的人，留几个居住在此，充当教师，用恩礼结交他们，使他们都为我用。一方俺从他们叨学些真实功夫，增加俺自卫的能力，一方俺即利用他们对付了那个唱道情的，以报今日之辱。此为一举两得，贤弟以为如何？”

耶律胜点头连声赞道：“表兄此计甚善，正和古人用千金买马骨的意思相合。”

科布多又道：“贤弟现在已被那女子报了仇去，料想她不至再来。贤弟即再住居此地，亦无妨碍了，何苦马上就要动身呢？常言‘君子报仇，三年不晚’，能忍小忿的，才能成得大谋。贤弟何不淡然处之，装作没事人一般，仍旧住在此地，守俺这里有了能人来时，即可从他们研究叨学。贤弟本已有了极好的根基，凭着贤弟的聪敏，只须一经指点，立能成功，又何苦远行求师呢？况且前途茫茫，知有谁能为你之师呢？前人有言，‘十步之内，必有芳草。十室之邑，必有忠信’，贤弟何必远求？”科布多说这句话，虽系为耶律胜着想，但实际上仍系为自己打算。因恐耶律胜一走，于己更加不利，究竟借着耶律胜的大名，无形中即可吓退许多想谋算自己的人。将来聘有能人到来后，耶律胜就走，亦比现在妥善得多。

耶律胜见表兄这般说，暗忖：“话虽有理，但是自己今日已被那女子羞辱过了，再住在此，有何颜面？”遂对科布多悄悄地说明本意，并说：“此风传布出去，小弟的纸老虎已经戳破，失去了声威，在此已经无益，不如就走。”

科布多见他决意要走，料难勉强留住，只得说：“贤弟就要走，亦请守明儿那个唱道情的来过之后，事情完毕再走。现在如果就急急促促地走了，知道的人或可不说什么，倘若不知道的人，定必说贤弟是知难而退，看愚兄睡冷铺了，贤弟岂不被天下英雄所窃笑吗？”

耶律胜被科布多一激，觉得自己马上就走，颇启人疑，要在背后议论自己怕事和不义气，因即答应他表兄，准守完毕了唱道情来的这件事后再走。科布多大喜，随即高呼人来，便有个立在檐下听候呼唤的家人应声进到面前，请过安，垂手低头听候差遣。科布多命他速去请两位镖师和各位师爷，立刻就到内宅里来，会议紧要事务。

那家人领命去后，耶律胜对科布多道：“你且和各位商议善后及明天对付那唱道情的办法，小弟却急需往外面去打听那女子和唱道情的人姓名来历。唱道情明日还要到来，不去调查，亦可当面问他，况他既说宋家的事，即不问他，单从宋家一事上寻根问底，将来亦可明白。唯有那个女子是何来历，却急须出外访查。因她虽说什么贪嘴贱舌的话，但小弟一时却想不起曾在何处言语间讨过妇女们的便宜，况且小弟平时对于女色向不即近，她今日却将这个罪状加在小弟身上，很有些使小弟莫名其妙，不得不急急就去打听。”

科布多点头道：“很好，贤弟就去，劣兄等候你的消息。”

耶律胜即刻回转自己卧室内，更换了一套自己往日出门远行访道时穿的衣服，暗藏了一口匕首和几支袖箭，即出门往街坊上去查访。

原来耶律胜其时年已三十六岁，当往日学武时，初从夏定夷练习各种拳艺。那夏定夷系广东新会县人，故老相传，广东人有一种陋风气，叫作男子如已过了三十岁，尚未曾发财，柔弱者不去说他，强悍的即化而为匪，改作那杀人放火、打家劫舍、干犯法纪的勾当，意思即从做这没本钱的买卖上，发一笔不义巨财。夏定夷自幼儿学成了马上、步下、水中的各种绝顶武功，本当从这一刀一枪上应武考、求取功名，将来好给国家服务，抵御外侮，杀敌立功，不料时运不济，连考多次，或因出言不慎，得罪了主考，或因性气躁急，违犯了考章，竟致落第。所以夏定夷灰了心，不再应考，遂在广州省城立场收徒，教授当地及异乡人士子弟们武艺。教授了两年，因为所收的徒弟都是些蠢材，能聪明颖悟而又肯勤学苦练的很少，因此又使夏定夷灰了心。那时，恰值夏定夷过三十岁，夏定夷在传习武艺的教厂内宴饮亲朋徒弟。酒过数巡之后，夏定夷已有了酒意，遂当众大发牢骚，说：“圣人云‘三十而立’，如今我已虚度三十，尚仍是毫无建树。倘再照此蹉跎下去，白发皓首时，亦不过是无声无臭的与草木同朽腐。人寿几何，河清难俟，从今而后，我将改弦易辙，另图生机了。”

众人见他说出这番话来，一时不知他的真意，未敢羼言，只说了几句敷衍场面、善颂善祷的好看话，温慰预贺了一番。内中有一位在省城河南开武德镖局的，名唤龙在天，亦是新会人，与夏定夷是总角之交，从小在一处长大，并曾同书房读过书。只不过来学武时，不曾同过师，所以二人的交谊颇厚。最近龙在天因武德镖局里有一起镖，在广西梧州地界被黑道中新上线的一起小辈英雄，见了武德镖旗，不肯讲交情，说："见了镖局中招呼下的财物就放手，简直把饭都给镖局中人独吃了去，叫我们弟兄吃什么呢？"说罢这番话，即将武德镖局承保的镖劫夺了去。押送的镖师及伙伴们因为护镖，上前与那起强人交手，被杀伤了好几个，只得败逃了回来。龙在天得到报告，心中十分忧急，待欲亲自出马往梧州去要镖，偏又祸不单行，保送往福建去的一笔货物，路过惠州，亦被一批新进道的角色劫夺了去，杀伤了败逃回来。龙在天接报后，心中更急，因自己无分身法，且恐亲往亦被杀败，损了威望，以后的衣食饭碗就从此打破。况且顾惠州的事，即不能顾梧州的事，因恐顾此失彼。日期一多，那班绿林新人物将所劫得的财货分赃化用，或竟各散，那时怎能赔偿得起？为此遂想着了夏定夷，意欲聘请夏定夷到武德镖局里来，充当镖师，好与自己同时出发，分往惠、梧两州地界去，索讨原镖，打破这个难关。所以这天他亲自到夏定夷教厂里来给夏教师祝寿，欲守到席终人散后，再向夏定夷进言劝驾。当时因见夏定夷发牢骚，说出满腔抑郁的话来，尤其是将要改行的话最合他的心意，不由大喜。当于客散后，向夏定夷说明自己现时的处境困难，意欲恳请老哥到本局当镖师，一则救弟之难，帮弟之忙；二则老哥亦可从此克享盛名。

夏定夷正当授徒授得灰心，想改业一时未定方针，见故人相邀，遂即慨然允诺。当晚即将众徒弟唤齐到来，说明意旨，即日解散教练厂，约定日期，命众徒弟到武德镖局去取回本年已缴的束脩。众徒弟见师父立志坚决，无可挽留，只得答应，随即陆续各自散归。夏定夷连晚收拾了包袱行囊，由龙在天到镖局里唤同伙计来，将夏定夷的东西一齐连晚搬到局内去。

次日清早，夏定夷去会房东退了租，回武德镖局与龙在天会商决定，由龙在天亲往惠州，夏定夷往梧州去。即于当日午饭后，同时分别动身。夏定夷到了梧州，与那起绿林先礼后兵，交后结果，杀得那起绿林大败，夺回了原镖，由此即立了威名。一路上，夏定夷颇会晤了不少绿林豪侠，彼此结交，回来受龙在天的特别恭维，接着又请夏定夷担任保贵重远省的大镖。接二连三，连接着走了好几次，夏定夷的威名日益远震，所结识的水、旱两路豪侠亦日多一日，对于江湖上各种勾当，夏定夷亦日益熟悉，切口术语、规律忌讳等等，亦无所不知。

时将一年，夏定夷忽又觉得，做镖师给人保镖，等于做富商大贾、贵官显宦的鹰犬，未免太将自己的人格身份看轻了，况且自己有这么一身的本领，只不过做着一名镖师，亦太埋没自己，对自己不起。因目见其时各国的牧师、商人、兵士等在广东及内地各省的恃强专横，仗着领事的保护和枪炮的厉害，几乎无时无地不发生洋鬼子愚弄吓诈侮辱中国的官员、压迫暴虐侵凌中国的人民，心中实在不忍，遂抱着满腔义愤，决计不再充当镖师。即辞别了龙在天，投奔绿林入伙，在两广各属，专一劫夺洋商的财货，尤其对于那些信奉洋教，而仗着洋人势力欺侮同胞、做洋人侵略中华先锋的汉奸，诛杀得格外厉害，财物到手，即便散给各处的鳏寡孤独等贫而无告的可怜人民。“侠盗夏定夷”五字在当时两广的人民口中，无不津津乐道。

后来，夏定夷所做的案子太多，两广各属缉捕非常严紧，夏定夷为暂避风头、以防不测起见，遂从广西取路往湖南省境内去，复从湖南过洞庭湖到湖北省，由湖北前往河南，访会中原的豪侠。因在洛阳境内，目见一个汉军正白旗籍充当顺承王师皇粮庄头的，仗着势力，在洛阳境内无所不为，惨无人道，寡廉鲜耻，强奸一位三贞九烈的少年美貌寡妇。那寡妇被污后进城到县衙击鼓鸣冤，被那皇粮庄头贿上买下，县官一因怕庄头的势力；二因受了黄白物，遂忍心害理，不准寡妇的状。寡妇又到知府衙门去上控，偏巧知府与庄头是新拜把子的异姓兄弟，不准寡妇的状子之外，还坐寡妇诬控意图索诈的罪名。寡妇因此羞愤自尽，亲笔写下绝命书来泣告夫、母二族的族人，求两族的人仗义执言，给她申冤。哪知两族的人都胆小怕事，不敢出头，以致那寡妇自杀，成为白死，遂至寡妇的贞魂不散，每夜总有人听见她的凄泣，锐利凄惨，闻者无不毛骨悚然。

恰值夏定夷来到洛阳境内，错过宿头，往乡村人家借宿。适巧借住在那寡妇家隔壁乡居人家，半夜里因被女鬼的哭泣哀号之声惊醒，初还猜是人哭，后经细听，才知是鬼泣，其声凄厉哀苦，听了非常震动心弦，不由诧奇。次日早晨起身，即向居停询问。那家主人因他是远方过客，以为告诉他无关紧要，遂将寡妇生前死后之事完全告知夏定夷。夏定夷听罢大怒，问明了那皇粮庄头的姓名、年貌、住处，谢别过居停主人，即一路问到那庄头家中去，说有要紧机密事求见。庄汉入内回禀，庄头一时间竟如鬼使神差般乱了主意，漫不经心地吩咐一声请，庄汉出来将夏定夷请到里面与庄主相见。夏定夷见庄头獐头鼠目，正和所探知的形状相符，遂于彼此请问姓名时，出其不意，运用指掌神功，对准庄头的心窝，直戳将过去，喝声着。庄头应手而踣，心脏已被击毁，仰面跌倒，大叫一声，死在堂前地上。檐下伺候的豪奴恶仆们见状，一齐大骇，大声嚷呼："不好了，拿刺客！"

夏定夷将庄头打倒后，仍恐他不死，又使脚连踢了他两脚，这才回转身来，不慌不忙地向外就走。早被一班豪奴恶仆等抢步进堂屋里来四面团团围住。

究竟夏定夷脱得身否，请待下回续写。

评曰：

绘事者画月，不画月而画云、画风，不画风而画树枝倾向、衣裳飘扬、水波激起，人见其图，即自知其为月、为风。作小说者亦然，不言甲之本领如何，而专事渲染乙之能为，以正映或反射甲之本领，此即所谓烘云托月法也。如本回不写妙龄女子之本领如何，而先写耶律胜之屡获锦标、克享漠北大王之绰号是也。

读者观罢上回，正亟欲一观唱道情者及女子之来历究竟，讵作者忽于此夹叙夏定夷传，以迷读者之目，而使读者作急。此系作者故弄狡狯处，然亦行文迂回曲折处也。

写夏定夷生平，“侠盗”两字，允称当之无愧。今此趋承外人者甚多，读本回殊令人生今无古押衡之感。

## 第三回

# 忠告善道诤友进谏
# 杀人自首英雄充军

话说夏定夷运用指掌功夫击杀了那个恶贯满盈的皇粮庄头，被一班豪奴恶仆们抢步进来围住。说也可笑，众奴仆口中虽都怪嚷拿刺客凶手，可是却无一个敢大胆真上前捉人。

夏定夷回转身来，听得大众一片声嚷唤拿人，却不见一个敢动手，不由哈哈大笑，指着众仆骂道："你们这班奴才的奴才，全不知进退，且休纷呶，听我宣布你们主子的罪状。你们主子平时的罪恶滔天，谅来你们助纣为恶，都知道，不用我申说。但讲你们主子最近强奸寡妇的一件事讲，你们主子已罪不容诛。我路过本地，因夜闻寡妇的贞魂哭泣，向人打听，得知其事，所以才特地来杀你们主子，给那已死的贞烈寡妇报仇。照我的意思，就要将你们这班奴才一齐诛尽杀绝，方才痛快。但因体念上天好生之德，所以才姑且宽恕你们一回，放你们多活几时，从此改过自新，不再作恶。倘或你们以后还敢胡作非为，被我知道了，定必都叫你们身首异处。现在你们围住我，谁不怕死，谁就先上来试一试我的拳脚滋味，知趣的赶紧退让在一边。"

众仆见他这般神威，早就吓得骨软筋酥，口中虽然嚷拿，脚下早已预备后退。夏定夷见众奴仆不敢进前，笑说一声："暂饶你们的狗命，改日再来杀你们这班恶奴。"说罢，双足一起，即从众人的头上飞跃出堂屋，落身在天井里，遂开大步，径向前面大门外面走了。众奴仆只觉得眼光一花，已不见了凶手，回身见他已走向外面，忙都又吆喝着：“抄家伙，快追拿凶手，别放他逃了！”纷纷乱乱地追出门外。只见几个庄汉在晒场上做生活，却不见凶手的人影，问庄汉们时，庄汉们大都不曾留意，反问什么凶手，怎么回事，凶手是什么样儿的打扮相貌。众仆被这一耽搁，待问明凶手去路，追出庄外时，凶手早已去得连影儿都看不见了，只得回来。

庄头家中的男女人等，于听得吆喝嚷喊时，查问什么事，慌乱间得知消息，先后赶到堂前。众仆已都追出外面，只看见庄头的尸身倒卧在地上，不禁惊急骇诧，放声大哭。守到众仆不曾追着凶手回来报告，那些男女正在哭得伤心，闻报亦只得喝骂了几句没用的东西，急命快去传唤地保，进城报案。庄头的老婆并穿了孝服，亲进城去见府县官，要求限比捕快，立刻出差缉拿凶手，并办文书，到邻近各府州县去，一体协缉。回来又请家中雇用的师爷，办好文书，派人星夜进京，到王府去呈报。

夏定夷走出庄头的住宅大门，即迈步出庄，仗着艺能，并未远走，却在这处镇市上住着，暗暗打听办理此案的结果。除去到处听得人人都说：“死得好，可怜那好汉不曾留得名姓，更可惜他不曾早来，如早时即来，庄头早死些时，地方上被害的人家也要少了许多。”夏定夷听得这种舆论，心中好不痛快，对于那些差捕马快等办理此案，竟不能访缉得着头绪，心中可不由好笑，暗骂他们都是只会欺侮良民，不会办事的饭桶。住过了几天，见地方上人谈论此事的已不多，缉捕的风声已不比前更紧，这才动身离去洛阳，前往开封，游遍了河南全省，访会过许多名人，才渡过黄河，前往直隶省境内去。在京津近畿一带很住了些时，因得结识各省来往京城的和本地的豪侠等颇多，屈指计算，离家倏已数年，料想两广各属对于自己的往事已将淡忘，此刻回去，已无妨碍，遂于天津海道乘轮船南下，回转广州，先到武德镖局内去，访会龙在天。

恰值龙在天在镖局内和几个客商算账，未曾出门，见他到来，又惊又喜，便命伙计与客商结账，自己招待夏定夷往外面去上馆子，悄悄问夏定夷别后之事，并说：“近几年老哥忽然销声匿迹，外间颇多猜老哥遭逢意外，因此各地衙门里往来的公文上，亦都说老哥已死，借此搪塞洋人。更可笑的，即是省城番禺县知县，呈报省城各上宪，呈文上竟说是据某案缉获大盗某甲等供认，首领夏定夷已于某月某日在县属某处地方，被县署捕快等追擒，身受重伤，当场虽得逃脱，但因伤重医治无及，即于次日某时，因伤身死，尸首埋葬某处等情。据供当即派捕快及伙计等前往所供地点察勘，果见有新坟，发掘启视，果得有尸身一具，检验得确系生前伤重致死，唯死已日久，皮肉已腐溃，面目无可认识，只在该尸衣袋内检有夏某名刺数张，携回呈报。据此，该尸当为夏某正身已可无疑。并查近来各处夏某所做案件已绝无发现，夏某已死，于此更可征信，说得活灵活现。各上司衙门具报后，即一面答复洋人，一面布告周知，竟像实有其事一般。老哥你想，可笑不可笑？那时小弟虽然亦曾看见告示，心中即不大相信。因为小弟相信那些当捕快的人绝不是老哥的对手，怎能使老哥受伤呢？况且那个获案的所谓大盗某甲，亦是个无名之辈。我素知老哥同伴的，都是些有名人物，并且老哥自己亦从未有过部队，照此推想，那告示上所说的话已可知其绝对的不可靠，只不过因忽然不知老哥的踪迹去向，未免心中有些放不下罢了。如今果然见老哥安然回来，小弟很自信往时的料想不差呢。”

夏定夷听罢，笑道：“知县呈文，上司衙门且据呈出布告，直如白昼见鬼，真正有趣之至。但是，这么一来，却成全了我了，真是我的造化。”说罢，哈哈大笑，又谢过龙在天的关爱。

龙在天当即劝夏定夷就此以讹就错，改名不再叫定夷，免得多事。又劝他从此洗手不干，并说：“无论你是怎样偷富济贫、行侠作义，究竟终免不了被人骂一声强盗。况且天下做强盗的，无论他本事如何大，终究无有不被获服罪的，果真做强盗的能始终都不破案，天下的人岂不都要做强盗去了，哪还有安分良民呢？所以小弟奉劝老哥，还是乘此放下屠刀的好，免得将来身败名裂，并且辱及宗族，祸及父母妻子，实在太不值得。”

龙在天这一番话，竟将夏定夷的良心说了回来，尤其是被人骂作强盗，和身败名裂、辱及宗族父母妻子等句最是警策。夏定夷立刻觉得自己以前的所为虽系做侠盗，究竟以匹夫窃国家生杀之权，实在有些不轨于正、不入于道德。因这一想，立即彻底觉悟，遂拱手向龙在天道谢，口称：“拜受金石良言，决定从此改过。”

龙在天大喜，把壶斟酒称贺。二人酒饭毕后，同回镖局内去。夏定夷即留榻在镖局内，因为近几年来，龙在天已将局内旧日的伙计逐渐辞退，另雇了许多新人，有几个和夏定夷相识的镖师伙计等恰巧此时都各保送承保的镖在外，故此夏定夷无人认识。

夏定夷即于这天起，依从了龙在天之劝，改名夏威。因广州熟人甚多，怕耽延日久，被熟人会见，诸多不便，遂于第二天即便动身，回转新会县原籍家中去。

那日到得家内，与家人相见。原来他父母已在早年亡故，家中只有一个兄弟，名唤定洋，在新会城里做陆陈行生意，为人极其忠厚老实，因此人给他起绰号叫作夏二呆子。

夏定洋于二十八岁时才娶亲，娶的是本城胡利生的二女儿，小名唤作云英，出阁时已二十六岁。胡利生以做京货生意起家，在本城开设一爿胡裕兴京货铺，生意颇好，故此家道颇称小康。他的大女儿桂英在十七岁时即已出了阁，在理，胡云英何至蹉跎日月，耽误到二十六岁才出嫁呢？皆因胡云英幼时曾读过几年书，当发育时期，因爱看小说，误看了几种专讲男女恋爱的不良小说和些讲私情的时调山歌，挑动了春心，遂至与胡裕兴京货铺的小伙计，由眉目传情而成奸，冤枉孽障，不久即已有孕，无法只得在家中打胎。常言“好事不出门，丑事传千里”，因此胡云英已非真处女的话遂传布到外面去，人家知道了，便都不愿意来向胡家提亲。有几个有钱的富翁，因贪爱胡云英的姿容秀丽，可当得“艳如桃李”四字，曾请人来向胡利生示意，欲讨云英去做如夫人。胡利生因恐将女儿嫁人做小，有失颜面，遂拒绝了；有几家贫苦而无气节的人家贪爱胡利生家道尚好，欲想高攀，故都将妓女以入门为净的训条做自己的解嘲话头，想吃这块天鹅肉，托人向胡家作伐。胡利生又嫌人家穷，不肯将女儿许字，因此高不成、低不就地耽延了下来。初时本想以讹就错地即将云英嫁给那小伙计，无如小伙计家中已娶过老婆。胡利生夫妻不怪他自己的女儿不好，却专责那小伙计不该引诱他女儿，遂将那小伙计辞歇了。

胡云英已成了个偷嘴的馋猫，又值性欲发展、淫情正浓之时，哪能就此遏制得住？遂又与她的表兄成就了奸情。破露之后，她表兄自觉羞愧，遂绝迹不再上门。胡云英因此不久又与京货铺内别个色胆如天的伙计勾引成奸，那伙计也被胡利生借别事将他辞歇了。后来，不知如何，胡云英竟与本城首富新考中武举人的香九成有了奸情。香九成有财有势，人品又俊，家中已娶有一大一小，外边亦置有别室，胡云英可算是他的第四个。胡利生因惧他的势力，不敢奈何他，这才懊悔先前不应该听老婆的话，拣精拣肥地挑剔。女儿已经不周正了，何能再拣选人家，于是即托人物色，只要人能自立，不致冻饿，门当户对即可。人家因当初作伐，曾受过他的拒绝，此刻遂都用冷言冷语地敲打他，口中答应，却并不真给他女儿做媒，因此逐渐耽搁下去，直到胡利生老两口子相继去世，他长子克家当家。

胡克家深恨他妹子太无羞耻，早就想无论大小，只要不是已经有过奸情的，即将她嫁出去吃回苦。因知人家不肯给她做媒，遂将专做媒婆的何奶奶唤了来，把此事托了她，许她事成之后，送她五十块钱。何奶奶与夏家恰巧是比邻，因见夏定洋尚未娶过亲，遂即先向他说项。皆因夏定洋的家道平常做陆陈生意，进款又有限，又有个呆子绰号，更兼夏定洋身材生得异常短小肥壮，简直像个矮东瓜段儿，面容上因小时天花，生成一脸的豆大麻子，兼因吃酱油，将面皮变成了个黑炭，有这几个原因，所以人家亦绝未代他做过媒，他自已怕难为情，亦从未托过人。此番见何奶奶向他说作伐的话，在他可谓异数，因即羞得红涨满面地直不起头来，回称：“何奶奶别拿我开心。”

何奶奶正色道：“老身向不和人说笑话，怎么反会拿你开玩笑呢？实言相告，此乃是你天生成的绝好机会，并不要花费巨数的礼金，真是个巧宗儿。那姑娘因爷娘在日，拣选得太厉害，才致耽误了下来，势非做人家的补房不可，心中亦不愿意。因我于无意中提说起你来，说夏二爷为人极其诚实，尚未聘娶过，让我来多一回事，讨杯喜酒喝了吧，所以他家才托我。不然，怎会轮得着你呢？”

夏定洋是老实人，平素向不多管闲事，未近女色，对于张长李短、王是赵非，向不闻问，故此对于胡云英的名誉如何，绝未闻知。当时被那何奶奶的一张利口说得天花乱坠，不由得不信，总以为她是年老的人，多年的老邻居，谅情绝不会把苦给自已吃，遂即答应，说：“且请进行再讲。”当时他虽曾到外面去打听亲友，怎奈世俗迷信，以一言而破坏人家婚姻的为大伤阴骘，故此竟无人以实言相告。

夏定洋以为这个在提议中的未婚妻，定必贤淑的了，于是即请何奶奶正式接洽。何奶奶本系惯作谎媒的祖师，买空卖空的手段系她的随身法宝，因此两家的恶姻缘遂即从此铸成，行聘纳采，择吉夏定洋将胡云英迎娶了过来。见她甚是艳美，心中极其快乐，等到春风一度之后，才知不是完璧，但因木已成舟，又爱她貌美，只得假作痴呆，推推模糊，就此算歇，只求她以后能克守妇道，不再弹老调，也就于愿满足了。哪知胡云英生性淫荡，因见丈夫丑陋，心中已是不悦，及见他不谙风情，遂格外的不乐，成日价无一点儿笑脸对丈夫，一面却乘着丈夫往陆陈行内去做买卖时，暗与那武举人香九成依旧旧欢继续，重圆好梦，两下里暗度陈仓，为所欲为。往日在娘家时，与香九成往来，却因内外上下人多，常恨不大方便，此刻只要夏定洋一出去，即只有她一人在家了，绝无旁人碍眼，心中好不痛快。如此已有了半年，夏定洋竟丝毫不知。

恰巧夏定夷从外方回来，见兄弟已娶了媳妇，初很给兄弟欢喜，后见兄弟妇颇不贤淑，遂于背后埋怨兄弟，不该娶这么个不贤妇人。如今大错已是铸成，须得仔细留心提防，才可平安无事。夏定夷埋怨兄弟之后，为兄弟设法，该如何处置才好，因此想出一计，命兄弟即去陆陈行内，将买卖辞了，回来由夏定夷掏腰包，拿出巨量的银钱来，交与兄弟，命兄弟去赁市房通连住宅的房屋，将家搬了过去，把自家住宅租给别人。即在新屋前进市房内开设陆陈行，雇用经理及伙计学生，命兄弟自己不时监管监管，并不必自己去做事。一面内宅里雇用老妈、丫鬟，劝兄弟终日在家，轻易切勿出外。夏定夷守兄弟一切布置已妥，陆陈行已开张，又住了几日，才动身出去，这是以往的话。

此番夏定夷由外方回家，探望兄弟，登扫祖茔，不料到家时，门庭依旧，人物全非，打听邻舍人家，才知兄弟死了已久。陆陈行即于他兄弟死后，由胡氏做主，转让了别人营业，并已将夏家祖遗的房屋亦转卖给了别人。胡氏并已于丈夫死后，自己做主，嫁张香九成做二姨太。

夏定夷打听明白，不由怨愤交并，料知兄弟死得定然有些不明不白，遂再向邻舍打听，兄弟是何病致死。人家怕失言惹祸，都回不知，但说："你们本家中有个名唤定番的，曾为此事去告过状，但亦不曾准。"夏定夷因此越发生疑，遂暂先投店住宿，并即往各亲戚家中去仔细探听。连问多家，都不得要领，遂去寻访那位本家名唤定番的。此人乃是他近房的堂兄弟，为人心直口快，当初因抱义愤，曾去告过状，弄得几乎送命。此刻见问，即将胡氏的把戏和盘托出，说："这些内情，我本来不大详细。因我的内侄鲍伯平本在陆陈行内当小同事，事后到我家来，将详情告诉我，我才能知道。胡氏与香九成通奸，在娘家即已有染，这是人人皆知的。此次定洋身死，乃系因有事出外，回来在家中撞破奸情，香九成一时情急，遂将定洋拳打足踢地打伤了，弄成僵局，即与胡氏定下计策，用药将定洋毒死了，推说急病身死，即日发丧举哀，草草入殓成服。族中人大家都怕香九成的官势财力本领，谁敢出来多事？胡氏遂将陆陈行收歇，盘让给别人，祖遗房屋也卖了，暗中实即都归香九成执业，她于手续完备后，便明目张胆地自己做主，嫁给香九成，做举人老爷的二姨太。”

夏定夷听罢，悲苦万分，忍不住流下英雄泪来。再问那本家兄弟：“香九成与胡氏现在居住何处？定洋的棺柩已否葬在我家祖坟上？”

那本家回说：“胡氏嫁与香九成后，即搬到香九成本宅内去居住。香家即住在本街东首财神庙巷口对面，门首有石狮子及旗杆的高大门楼，即是香家。定洋的棺柩早已由胡氏出了殡，因胡氏怕被我夏氏族中人日后告发，即于出殡后，主张用火葬。那时我适出门在外，及至回来，胡氏已将各事办完，嫁了奸夫。我因得知详情，心中愤恨已极，遂请内侄做证，具状到县署去告状。不料狗官竟敢袒护香九成，不准我的状，硬办我一个诬告缙绅、意图敲诈的罪名，私下派人重重地打了我二十大板，逼我具结，不再告状，方才把我放了回来。回来后，即被香九成派家中打手来，将我家中一切物件打得碎烂，并将我打得半死，明言警诫我不许多事。直到今日，我的伤势还未曾痊愈，倘非往年曾向你讨得两包伤药在家收着未用时，怕不早就被打死了，还能和你见面吗？”

夏定夷听罢，直气得双泪交流，头发直竖，随即别过定番，一径跑到知县衙门去击鼓告状。县官升堂问案，见是告香九成的，因早已受过贿赂，平时又与香九成交情甚深。本来做知县的，平时全赖与地方上一班劣绅互相勾结，狼狈为奸，才能保全他的官秩，如不与绅董们联络，准得不久即被绅董们攻讦揑告，轻则调任，甚且至于免职重办，被地方绅董扣留算账，所以县官与劣绅土豪交往，亦是实逼处此，无可奈何。当时新会县为保全自己官位起见，遂只得忍心害理，将夏定夷所告的奸淫谋毙亲夫、夺占家产等罪状驳复不准，严词斥退，逐出衙门。

夏定夷因已服从龙在天之劝，洗手不再做干犯法律之故，所以才到县衙给兄弟告状鸣冤。及见官场黑暗，良民有冤难申，心中怨愤，恨怒之下，一口气跑到客店里，带上自己平常随身的宝剑，急急跑到香九成家去，诈称奉知县之命，有紧要事面见香大老爷，门人家人即转身入内通报。夏定夷却暗暗跟在他后面，恰值香九成在胡氏房中，与胡氏对面横躺在炕上抽大烟。家人走到房门口，未奉呼唤，不敢进房，即隔着门帘向内回话，香九成命房中丫头打起门帘。夏定夷隐身在家人背后，早已从门缝内看见炕床上躺着一男一女，认识女的正是胡氏，那男的不问已知是香九成了。此刻正应了"仇人相见，分外眼明"的俗谚，不待家人向房内回禀完毕，即已亮出宝剑，侧身从家人身旁急抢进房内，扑奔到香九成、胡氏面前，高喝一声："狗男女，我今日特来给我亡弟报仇，杀你们一对丧天害理的狠毒奸夫、万恶淫妇！"二人一见大骇，胡氏见是大伯到来，早已吓得魂亡魄散，欲待逃进，身体竟已被吓软了，像疯瘫了一般，再也休想挣扎得起来，可怜"哎哟"两字都未曾喊得出口，即已被夏定夷一剑刺死了。香九成虽是个武举人，但因平时太好在女色上做功夫，将身体掏虚了，又抽上了大烟，格外手足无力，当时虽想起身与来人动手，怎奈夏定夷身手快疾，早已手起剑落，将他从炕上已直立起的身体刺中前胸，又倒卧上来，乘势往下一戳，直洞穿过后背，连那炕铺上垫褥炕板，一齐都被洞穿了个透明的窟窿。顺手一拔，拔出宝剑，连心肺肝脏都被带将出来。

夏定夷既将二人杀死，报过了仇，即将二人的脑袋一齐砍将下来，把头发结在一起，提在手内，回身出房，带倒了门内的丫头、门外的家人，一路飞奔出城，径往祖坟上。见了一座无碑的新坟，知是兄弟的，不禁悲从中来，放声大哭，即在坟前撮土为香，供了人头，哭拜了一番。拜罢起身，复又提起了人头，回奔进城，径到县衙击鼓自首。知县因香九成已死，不欲在死人面上做人情，且因敬爱夏定夷的英雄行为，有心成全他，遂照着律例，自首减等的条文，问过口供，将夏威定了军罪，一面将凶手收禁，一面将人头交香家到案的人领回收殓，呈准上宪，将夏威充军到黑龙江去。因为有心成全，特判决批明，到边戍守三年，期满准许夏威恢复自由，得回故乡，与普通永远不许回归原籍的军犯不同。

究竟夏定夷此去如何，请待下回再写。

评曰：

写番禺县呈文上宪，竟言夏定夷已死，官场办事之颟顸，写来如绘，笔力何等雄伟，传人之所讳言，可谓胆大。又军队剿匪，动辄报告肃清，亦可作如是观。

昔年常阅报载某省军队受命至某县属剿匪，未几即电告肃清，省中正在庆慰，复电嘉奖，讵奖电甫发出，而某县城被匪围攻，乞援之警电已来，当时曾传为笑谈。使与本回之讹言夏定夷已死相对照，皆可令人嗢噱。

写新会县之袒护香九成，夹叙几句县官与地方上所谓绅董者联络之原因，不啻绘一幅新升官图，允称入木三分。

写夏定夷杀香九成、胡云英时神情，如迅雷不及掩耳，武勇至足骇人，与首回写女郎之击耶律胜嘴巴时情形，前后辉映，一样出色，可谓无独有偶。

写胡云英之所以成淫妇，乃由于误看诲淫之不良小说及时调山歌，呜呼！此关心世道及社会风纪者所以长太息，而撰编诲淫作品者之罪，所以无可赦也。传中虽仅寥寥数语，然诚有俾于世道人心者匪浅。

## 第四回

# 惩解差侠士初试技
# 壮行色朋友馈程仪

话说香姓本系新会县大族，死者又是个武举人，为何县官将夏定夷死罪减轻，定了军罪？虽然远戍黑龙江，但又在解单上批明："三年期满，准许恢复自由。"如此措办，香氏族中及死者家人，因何并无人出来反对呢？

其中有个道理。皆因香九成在日，极无人缘，而香氏族中人大半是读书明理之士，平时对于香九成的行为，本都表示不满，也曾加过劝告，所以对于此次香九成被杀，大家都认作是香九成平时作恶过甚的报应，乃系咎由自取。如非他们自己亦是姓香时，也要喝彩，赞为杀得好。并且他们对于改名夏威的凶手，此次为亡弟报仇，暗中实表示十二分的钦敬，认作与武松杀嫂有同一的价值，所以对于夏定夷不欲过为已甚，而对于县官的判断，暗中都认作公平，表示满意。族中的人既都如此，单靠香九成的老婆等人觉得凶手不曾抵命，心中不服，要求族中人出面反对。族中人互相推诿，都说："这件案子不是什么有体面的事，本来是上宪宽厚仁慈，倘加深文周纳地研究起来，定要怪我们同族的人平时太把九成放纵了，不曾加以约束劝告和检举。我们正都担着许多不是，但求无过，于愿已足，何能再出面多事呢？"香九成的老婆等人被本家们几句话说冷了心，只得也就罢了。故此夏定夷被发戍出去，无人反对。

当时夏定夷于判定军罪之后，在家内即请人去将本家兄弟夏定番请来，请他代写状子，索还祖产，一面又请他到客栈里去结算店账，将包袱取了来。夏定番因他杀人报仇，到官自首，做得极其痛快，故此心中十分爱敬佩服，情愿担任使费，代他奔走，写状子控告，请求清理产业。县官接状后，因香九成已死，那出面承买产业的人已无奥援，哪肯为了已死的人之事代人受过，和人打官司呢?遂即暂时躲避，一凭那官吏处理。因此夏定夷得能毫不费力地将已失去的产业复了回来，即交付给那定番堂弟全权代管。

等到详文由省中批准了下来，知县即从牢内提出夏定夷，照例问了几句，验明正身，即点派两名差人，押解夏定夷起身，前往黑龙江省去。

当时公差们押解军犯，充军到边远各省地方去时，乃是苦差，故此差捕等想出许多方法，向犯人诈取钱财，诸如犯人肯花费钱财的，他们除去一路把犯人优待，不戴重枷或行枷，不反绑两手，不上手铐，不钉脚镣。等到经过一县，须要过堂寄监，讨取印文时，无可避免，方才给犯人戴上刑具。并为偷懒，避去远行的劳苦，因得到重贿，遂即于半路上将犯人私下里释放了，却向该管地方的衙门去捏词谎报，诈称所押解的犯人一路害病，路过治下某处，即时病重身死，特来投案报告，请求给予批文。那些地方官只须从中亦得沾利益，即推推含糊，照解差的话批给他们一张公文，使他们好回见本官呈报销差。但解差们亦恐该地方官顶真查究，所以于释放之先，即预先与当地的保正串通了，访寻着当地义冢地内的一具新死尸，做呈报的目的物，彼此通同作弊。有时已受有重贿，犯人身体娇懦，行不得路，吃不起苦，即化身买一个乞丐，冒名顶替，然后在路上再得便释放，便请批回。大都最狡狯的方法，不外串通几个人做见证，或做舟子，或做乘客，说于乘船时，目见犯人投河自尽，捞救不及，事后连尸身都不曾捞得着，诸如此类的弊端，不一而足。假使那犯人有冤家对头时，解差在赶解前，受了那犯人仇家的贿买，即于路上将犯人用种种方法做翻了，亦即以犯人病毙蒙报。假如那犯人无钱使用，差人们毫无半点油水时，他们因往返边省路远，领取的公费不敷，须得赔贴，他们也就狠了心，用种种虐待的方法，在路上将犯人私刑吊打，先逼取钱财，逼不到手，亦即老实不客气地送犯人归天，这都是当时押解军犯的黑暗弊端之一斑。

夏定夷被判决充军黑龙江，从广东到东三省，路程如从河道，却还不算很远。无如军犯倒须使他赶旱，行路吃苦，并且定例押解军犯，多少路程，须限定于多少日内赶到，不许宽限。如过限须得申明理由，并得到路上该地方官的证明，才可以免究，否则解差即须有罪。故此差人对于押解军犯充军，视为最苦的差使，如非贪图其中可有特别的好处，几乎无人肯担承这个差使，都得设辞推诿。

当日奉命押解夏定夷充军的两名公差，因知夏定夷家道虽平常，但并非绝无油水的可比，故于奉命领了公事，退出衙外，即将夏定夷先押到二人自己私设的机关里，对夏定夷先用好言商量，说："由此往东三省，路程遥远，限期极迫，乃是极苦的苦差。你是人命凶犯，我们弟兄俩的关系重大，须不比得寻常。我们靠山吃山，靠水吃水，你是明白人，不消细说。一路使费颇大，难道还要我们弟兄俩赔贴不成？须得设法多带些盘费，才可以动身，否则路上那个苦怕你受罪不了呢！"

这几句软硬话，把夏定夷的豪侠心肠陡然打动了，暗忖："每听人言，解差押送犯人，其中黑幕极多。如今不料却轮在我自己身上，真非意料所及。凭着我的本领及内外功夫，料想绝不致像别个一般，会在路上被他们做翻，只消于饮食内留心仔细，谅来他们绝不能奈何我。我何妨以身尝试，一探究竟，在路上尽量地拿他们开回玩笑呢？"想定，遂说："二位上差放心，兄弟在江湖上混世已二十来年，岂有不知人家甘苦和本身利害的道理呢？兄弟早已约好朋友，在前途路上等候，备有巨数现款，准定在前途交付。休说此去东三省沿途的使费和二位的盘缠兄弟可以夸口担承得起，就是额外酬谢二位的款子，兄弟亦早有预备。守到前途路上，兄弟自当奉送，绝不食言。”

差人见他说话漂亮，爽快安定，信以为真，当即收拾收拾，押解起行。两名差人见夏定夷包袱内，除去几身衣服外，现款只有一二十两银子，即先下手为强，老实不客气地将现款先归并在二人自己的包袱内，一面紧紧地催问，所说约好在路上等候送盘费来的人，究竟约在何时何处相会。夏定夷只一味地敷衍搪塞，说：“就在前面，某处镇集上，大约还有三十里路程。”两名差人心中渐疑，但却姑且试着。

次日已行到某处镇集上，两名差人问约会的人怎么不曾见呢。夏定夷道：“莫非他有事在何处耽延了？我们且住在此地等他。在先本约定谁先到即先等，以三日为期，不到不散。今日才第一天，且等两天看。”两名公差想钱，遂即答应住在那镇集上。

三天过去，并不见有人送钱来，二人焦躁起疑，言语中即渐露强硬凶恶野蛮喝骂口气。夏定夷假作不知，仍好言敷衍着，说：“再住一天看。”

及至次日，又不见来。差人格外急怒，逼问更急。夏定夷道：“多天已耽搁了，不如再等一天。如再不来，等到前途，我当另外设法。”

于是又住了一天，差人不能再耐，辱骂叫嚣，追问得格外紧迫，立即押解夏定夷上路，各将背上包袱齐缚在夏定夷身上，雨盖等物也都缚上，使夏定夷身上分量加重。一面边走边骂，不住地用藤条在夏定夷足跟上敲打，喝令快走，一路咕噜不休。夏定夷只不作声，存心警诫他们，遂运用功力，说：“哎呀，别打，痛得受不住……”话未完，差人手中的藤条已被他的足跟弹射了起来，竟致脱手飞落在路旁田地内，差人拿藤条的手亦被震裂了虎口，不由陡然吃惊。同时夏定夷将足下速率加紧，顷刻间如溜缰怒马般向前飞速行去。慌得两名公差尽力在后追赶，喝叫慢走，夏定夷只不理会。如此直走到晚，来到一处镇市上，方才将脚立住，回头看时，两名公差一齐赶得上气不接下气，满头大汗，面色如土。

夏定夷冷笑道："二位上差要快，为何自己反先慢了呢？幸而我肩上扛着行枷，足上钉着铁镣，二位还追得上。如我是空身时，二位岂不要连我的影子都看不见了吗？"

两名差人羞惭满面，定了定喘息，才勉强说了句："夏大爷果然有独到之能，真正名不虚传，实可佩服。"说话间，三人来到市镇中心，寻着了客店投宿。

当晚，两名公差即悄悄商量，抄老文章，用以前对付别个军犯的法子对付夏定夷。于是即向夏定夷道："夏威大爷，你老是英雄豪杰……"

夏定夷不待说完，即哈哈大笑道："你们两位如有什么对付军犯的方法，尽管一五一十地使出来对付我。我姓夏的如果含糊一点儿，也不算好汉。你们用不着对我说话绕圈子走远路，只须爽快干脆点儿，要怎么办，就怎么办，来来来，我早就预备着看你们有何颜色了。"

两名差人被他这么一笑，点破了他们的心思，不由吃惊。但一转念间，二人即已相对着努了努嘴，使了个眼色，说："夏大爷，明人不消细说，我们承办你大爷的这件苦差使，路远无油水。假使犯事的人都学你的样，叫我们当差使的靠什么养家活口？常言'得人钱财，与人消灾'，你大爷既不肯在我们弟兄面上布施，我们当然不能和你客气，像待客般待你。所以定于即刻起，要给你大爷换衣服，好使你舒服。"

夏定夷笑道："很好，我正嫌这些劳什子太轻，给我换上重的，那再合我的口味没有了。快些来！"

两名差人不知进退，遂先取了副顶重的脚镣来。刚来各扳夏定夷的一只足，被夏定夷双手向二人头顶心往下轻轻一按，二人齐叫声哎呀，蹲跌了下去。忍痛勉强挣扎着刚要起身，又被夏定夷双足一抬，向二人身上各使足尖轻轻地踢了一下，二人齐被点住了穴，无论如何倔强，再也休想动得分毫。

夏定夷笑骂道：“怎么着，你两人为什么不动了呢？实对你们讲，夏大爷就在千军万马里，杀人亦如探囊取物，休说你们只有两个蠢笨的猪狗。此去路途遥远，你们两个狗才倘如知趣儿点，一路好生护送夏大爷，夏大爷还可以原谅你们，到得关外，还可以多少赏赐你们些，不叫你们白跑。否则，迟早些，留神你们的两颗猪头被夏大爷砍下来作饮酒的菜肴。”

吓得二人诺诺连声，只得恳求：“夏大爷高抬贵手，饶恕我们的初犯。”

夏定夷哈哈大笑，说：“对不起，只好委屈你们一夜，且待明日赶路时再放你们。”

慌得二人同声哀求，连称：“好夏大爷，只怪我们哥俩儿有目无珠，夏大爷是大人不记小人过，求夏大爷饶我们这一遭，下次绝不敢再犯虎威。本来我们真糊涂，太不明白。夏大爷是久在江湖的老前辈，深能体恤人家甘苦的人，岂有要我们弟兄此去万里迢迢地白跑之理？当然绝对不会要我们赔贴，多少总有得赏赐的，只怪我们太性气急，千万不该把夏大爷也当作平常人一般看待。我们弟兄俩千万不是，总求夏大爷原情恕罪。”说了半天告苦哀求的话，夏定夷方才微笑着使足尖向二人各踢了一下，点活了血络。二人这才能爬身起来，给夏大爷叩头道谢。从此，二人死了心，不敢再向夏定夷使用非法的手段，反而特别恭维，在路上给夏定夷将颈内行枷卸下，脚镣手铐也都开了，只在臂上锁了一根铁链。

夏定夷往年在两广各属，结识的有名人物极多，此番一路行去，到处都会见旧友。大家见着，都欲就此将两名解差杀了，救夏定夷脱离缧绁，以免桎梏之苦。夏定夷感激好意，都用婉言谢绝。那些人见夏定夷不肯，遂都到处留居，设宴款待，奉送盘缠及酒食、衣服等件，更都亲身或派人护送出境，因此竟使那两名解差沾光了不少。只不过到处都被那些人吆喝辱骂，受惊吓气苦不少罢了，因此二人格外畏惧，敬服夏定夷，低首下心，不敢半个不字，一路上服侍得比孝子顺孙还要乖巧。

出得两广境外，夏定夷的朋友虽已比前渐少，但因在近几年曾漫游南北，到处亦多有结识，所以尚不十分寂寞。两名解差因见夏定夷到处都有人款待馈赠，看红了眼睛，觊觎他的腰包，但又不敢强索硬取和伤害他的性命。两人在背后商量定了，遂向夏定夷讨好，说情愿担任处分，在半路上将他释放，免得到关外去受风雪之苦，借此将夏定夷把腰包内的银钱送给他弟兄俩做释放的代价。夏定夷见说，哈哈大笑。

究竟如何，请待下文再写。

评曰：

清时吏治窳败，差役等贪狠如狼，于本回夏定夷之起解，可见一斑。

写解差对待军犯之种种方法，足令关心司法者叹息不置，无怪世有“阎王好见，小鬼难当”之谚也。

谚云：“人在人情在。”观于香九成死后，县官及本家等之种种措施，益信斯谚之非谬。

解差被夏定夷点穴薄惩，其摇尾乞怜之状，足令读者拊掌称快。解差等先恭后倨，倨后又足恭胜前，写小人畏威谋财等心事，可谓如见肺肝。

## 第五回

# 狠心辣手禁卒肆虐
# 快举豪行军犯闹监

话说夏定夷见两名解差自说想将他释放，免得到关外冰天雪窖的地方去受苦，已明白他们的意思，是想用善法来取他自己囊中的金钱，不禁打着哈哈道：“多承两位的善意，我姓夏的并非畏难怕苦的人，凭着我的末技，休说从二位的手中溜之大吉，便是在大禁里，要走时，也留我不住。我如怕事时，当日杀人之后，何苦又亲自到案自首呢？实不相瞒，我并非是什么夏威，乃是两广各处著名的侠盗夏定夷，专和那些巴结洋人、欺凌同胞的汉奸及一班贪官污吏、土豪劣绅作对的就是我。当日烦劳上自两广总督，下至各地官吏，限比差捕，悬赏缉拿，闹得乌烟瘴气，白费了许多官吏名捕的心思气力，始终不曾捉我得住。只得用一个无名死尸，冒了我夏大爷的大名，顶替着去蒙混上司，欺诳洋人。我如果不是看各处衙门的捕快都为了我害得打板子受夹棍，实在限比得可怜时，我岂肯就此罢休，洗手不干呢？我此次为了我同胞的兄弟，杀人报仇，到官自首，乃是因我要实地试验，看牢狱里禁卒和你们这班狠恶的捕快差人，其中黑暗毒辣究竟至何程度，所以才情愿吃这场官司。此去关外，正好使我沿途多增长些见识。我如怕吃苦，要逃走，马上撒腿逃跑就得了，又何劳你们两位担受不是，将我释放了才走呢？老实说，二位将我放了，回去照例诳报，却使我姓夏的无端担受了个逃军的名誉，仍旧要被通缉，将来罪加一等，还在其次，使各地英雄闻知，笑我怕苦，不算好汉子，我真也太犯不着。为了我的事，二位既怕长途跋涉，又想在我身上找点油水，所以才肯做这个极大的人情，我夏定夷并非不知道，将来守到了黑龙江，我自当从重地酬谢你们。如想就这么使我担受恶名，而你们享受实惠，那却休想。”

夏定夷这一席话，说得两名解差惊惭交集，格外地敬畏拜服，于是更死了心。只得和夏定夷商量，说行路太苦，要大家雇车船代步。夏定夷亦即答应。自此后，乘船骑马，节省时间劳苦。两名差人又想出方法来，时常添置衣服、衣料等物，向夏定夷商借银钱，又推说：“家中有事，须要若干款子才能敷衍够用，如果我们自己本人在家，还可以移东补西地想法，现在我们已出门在外，谅情家中极其为难，意欲向夏大爷商量借银子，托人或交本地的信局银号汇寄回去，以免家中妇女们作难。”夏定夷是大英雄，素视银钱为身外之物，向来慷慨，挥金如土惯了的，见二人商借，虽明知二人是扯谎，却因顾念二人押解自己到黑龙江，是栉风沐雨、披星戴月的苦差，所以亦毫不推辞地答应如数借给。二人大喜感谢，果然于前途城市中，委托信局或银号汇寄了回去。

话休烦絮。两名差人在路上如此向夏定夷商借银钱，前后共已三次。夏定夷都绝不推辞，暗忖：“这两个不知足的奴才，真是喂不饱的狗。但看二人说多少谎，借多少次，才餍其欲不借。”二人却也乖巧，因见夏定夷是英雄，不敢欺他，所以亦即适可而止，不敢再借。

一路经州过府，已出了山海关。那日来到锦州府地界，两名解差因一路都受了风寒，又因关外天气严寒，八月即已飞雪，和广东天气炎热正成了个反比例，身体又都单薄，因此遂都害了病。勉强支撑着赶到锦州城里，觉得实难再走，非服药调理不可，因此预料须得耽搁几天才可以上路。遂和夏定夷商议，请他原谅，即日将他寄押在锦州府监里，一面到府衙投文，请在公文上加盖过印，写投到日期，一面二人住店将养，服药医治。

夏定夷被寄在监里，牢头禁子因他是外省过路的军犯，没什么紧要关系，遂把他禁押在外监里，与许多未判决及别处过路寄监的犯人羁押在一处。照例过路的寄监犯人，因为没有耽搁，所以禁卒们并不向犯人敲索陋规，即索取，数目亦不多。

此番夏定夷寄监，禁子们因知他须有几天耽搁，又见他衣服齐整，知道是只肥羊，有油水可找，于是即使用他们的权威，来向夏定夷敲诈。拿出许多刑具来，要给夏定夷受用，口中叽里咕噜唠叨不休。夏定夷见他们自称老子长、老子短的，叽咕近日进款少，不够用，偏又在赌场内输了个大窟窿，言下分明要向许多犯人找补，心中早已明白，动了无明火。可见他们拿出许多刑具来威吓自己，一股怒气按捺不住，遂开口顶撞，点破了他们的鬼心眼儿，辱骂他们，不该贪婪滥索。禁子们大怒，遂由一个骂着，走近前来动手，伸手来打夏定夷的嘴巴。被夏定夷用铐着的双手向上一格，那禁子哎呀一声，仰面跌倒，爬不起来；第二个即又接着向前动手，刚近得身，被夏定夷双足一伸，第二个亦哎呀一声，侧身跌倒下去；第三个看见，知道这个军犯不是容易打发的，遂握定铁链的一头，使一头向夏定夷抛掷打来。第一个亦从地上爬起身，拿了根毛竹鬼吹箫，照着夏定夷的腰肋上戳打，铁索是软硬的，鬼吹箫是坚硬而空心的。夏定夷见二人站立得远，遂运用硬功，抬头向铁索一迎，伸双手向鬼吹箫一接。那铁索被弹力反震着甩了回去，正打在那第一个禁子的头顶上，把戴着的瓜皮六瓣缎帽打瘪了，打得头顶发里起了栗块，痛得哎呀连声，目眩耳鸣，震裂了虎口，酸痛了手腕，执握不住，撒手摔脱了铁索，双手捧着脑袋呼疼；那第三个被鬼吹箫撞回反戳在胸膛上，哎呀倒跌出丈外，恰巧头砸在墙脚上，格外跌得结实，痛得厉害；那第二个才爬起来，看见两人都吃了大亏，吓得不敢再动手，一转念间，忽然想出了一个恶毒主意，跑到一旁墙根边，揭开太平水缸盖，提了两桶污臭的脏水，走到夏定夷面前。

夏定夷早已看见他跑去，即留神防着，一见他提了两只吊桶水来，已知其意，心忖：“好辣手！”遂略一使劲，将锁在床柱上的铁链哗啦拉断了，紧走几步，迎将上去，骂了声小子，即将他的顶发揪住。禁子放下水桶，黑虎偷心，照着夏定夷就是一拳。夏定夷侧身闪让，乘势使劲将他向下一按。那禁子被按得低头弯腰，直不起身来，哎呀求饶时，已被夏定夷将他的头揿在一只水桶里，打着哈哈骂道：“你这婊子生的，想得好狠毒的主意，想要你大爷的钱，你大爷的钱是有血腥气的，也是你们这班王八使得的吗？真是癞蛤蟆想吃天鹅肉呢，也不曾撒场溺照你们自己的鬼脸，配不配使大爷的钱！你大爷如不体念上天好生之时，怕不一齐都打死了你们这班害人的贼，给天下各处吃公门饭当禁子的狠心贼做榜样。今儿幸亏是我，如是别个时，岂不已先上了你们的算计吗？”边骂边向下一按。

那禁子的一颗头颅、眼、耳、鼻、口齐被没在污臭的水里，透不过气来，只急得伸手来抓夏定夷的裤裆，意在摘他的肾囊。夏定夷急用肘弯向他肩上一击，痛得他哎呀酸瘫了半边身体，那只伸出来抓下的手痛得缩了回去，不能再动。夏定夷将他的头在水桶里一提一揿，提按了十来次，才松手使臀部向他一撞，撞得那禁子头颈套在水桶里，连人带桶跌出丈外，泼得遍地浑身都是污水，恍如一只落汤鸡。吓得别个禁子一齐怔住，呆在一边，不敢上前来讨苦吃。那些犯人看见了，忍不住一片声喝彩叫好。

夏定夷手上亦被污水浸湿，遂走到那倒在地上、未能爬起的第三个禁子身边，将手在他衣上拭干，顺手先给他点了穴道，遂又将那第一个动手的禁子也点住了穴道，即回到自己被押的囚床原处来，坐下身向禁子们嚷骂。众禁子被骂得大怒，遂各去找了根藤条皮鞭木棍来，奔赴夏定夷面前，吆喝一声，同时动手。夏定夷见来的人多，又都有兵器，遂运起硬功，向前迎敌，使手法抢夺来器，并回击来人，使身法闪让，或迎挺来器，顷刻间已将几个禁卒一齐打倒在地，即用手中夺得的棍子将各人齐都点了穴，蹲的蹲，坐的坐，卧的卧，立的立，各个不同，齐被点住，不能动弹。夏定夷拉住木棍，望着他们哈哈大笑。各犯人亦都喝彩大笑。

众禁卒躺卧在地，不能转动，且都受伤，疼痛难当，没奈何，只得齐声求饶。夏定夷装聋作哑，只不理会。

经过了半个时辰，却被另一个寄押在外监里的军犯，名唤濮玉声的，走来向夏定夷行礼，代众禁子求情，并请问姓名，道仰慕之意。夏定夷和各禁子原无仇怨，只不过要警诫他们个下次，见有人来转圜，即亦不为已甚，遂做了个顺水人情，但要众禁子对天立誓，以后不再用非法的毒辣手段对待一切犯人并向一切犯人敲诈，如果犯誓，将来定遭如何如何的报应，还要众禁子向自己及那说情的濮玉声叩头，并向各监犯逐一唱喏道惊，方才肯放，否则宁可在此打场路过的人命官司，绝不轻恕。众禁子疼痛难受，身体酸麻，不能动弹，没奈何只得一一依允，以求脱身，遂都照着夏定夷的话，逐一发过誓。

夏定夷才走去先点活了一个禁子的血脉，守他向自己和濮玉声磕过头、道过谢，并向各监犯唱喏道惊赔话后，才点活第二个，如此逐一点活完毕。濮玉声即取出一锭五两重的银子来，交给一个禁卒，央求他去备办酒菜，说自己因敬重夏大爷是位顶天立地的好汉，又和自己一般的处境，亦是充军到黑龙江去，路过此地，寄押在此。“人生难得的是‘缘法’二字，俺和夏大爷能恰巧在此会见，实是前缘，应得结交结交。像夏大爷这么样的一位大英雄豪侠，如果失之交臂而不结交，难道天下还有别个值得结交的大英雄好汉能做朋友的吗?”

那禁子接过银子，请问办什么酒肴。濮玉声回说：“择时鲜的菜肴鱼肉等件，随意酌量着办就是了。须要丰盛，钱如不敷，请你代垫，回来向俺照算。酒即打原酿的洋河高粱，或是山西汾酒。”说到此，遂又从身边摸出两锭五两重的银锞子来道：“俺路过此地，是难得的事，这个交给你老哥，请你将一锭兑换了，备办酒菜，给你们的各位同事禁子吃喝，算是俺的一点微意，做东道奉请你们众位的。一锭也请兑开，备办酒菜，请你给俺分开来，请众位同被禁押在监中受难的弟兄们，大家吃喝一顿，算是俺请他们各位，苦中求乐的一点小意思。最好将各位邀请到一起来，团坐着同食。无论分食、同食，听凭你老哥尊意酌办吧！”

那禁子应声接过，回身要走，却被夏定夷将他唤住，对濮玉声道：“我和濮爷乃是萍水相逢，同在难中，怎好无故地要濮爷破钞？讲到奉请各位被难的弟兄们，今日此事，是我不才招惹出来，才致各位受惊的，当然这个东道是我的才合道理。禁子老哥，请你将濮爷的银子交还濮爷，另外在我的身边拿钱去办。”

濮玉声笑道：“禁子哥，你请快去，休听夏大爷的话。”又对夏定夷道：“夏大爷如不肯要俺做东，是看俺不起，拒绝俺了。”

夏定夷闻言，即说：“濮爷，你老的盛意，我如不领情，岂不驳了你老的金面？这样吧，我有个办法在此。”

究竟夏定夷有何办法，请待下回再写。

评曰：

读上文夏定夷精擅绝顶武艺，出入州郡如无人之境，杀人越货者屡矣。捕且未获，乃竟忽于此番杀人自首，正令人讶其前后何异趣若斯。至本回，始由其口中述明其故，乃得恍然其所以如此者，盖于受龙在天之劝告，洗手后已深悔其前此所为之非是，抱其以前种种譬如昨日死，以后种种譬如今日生之宗旨，兼欲一探监狱中之黑暗，及捕快等之狠贪，乃自投法网也。然而两解差以私纵之德，为善取其财之计，诚左矣。

写两解差善取夏定夷之法，初则无微不至，继即适可而止，皆是暗写两差之畏其神威，体贴入微之笔。

夏定夷欲借自旨入囹圄以探监狱中黑暗情形，至本回乃即于其说明自首及不逃之旨趣后，详写其被禁卒敲索而致闹狱一段文字，在作法是为以文生情，在夏定夷本身，可谓求仁得仁。

夏定夷将禁卒按首浸入水桶，在禁卒可谓作法自毙，书曰快举，诚然诚然。

于百忙中夹写众监犯喝彩，用笔甚细，非俗笔所能，而于前文写惩解差，本回写惩禁卒，无不大快人心。写得五花八门，各极其妙，更非寻常作家所能效颦，唯《水浒传》中写林冲及卢俊义发配两段文字，则与本书前文及本回之笔法神似耳。宜乎今之文坛，推作者为传武侠之名手，读本书乃益觉其信矣允矣。

人皆以为出一濮玉声，乃为转圜地步，而不知为转入本书正传之枢纽地步。噫嘻！作小说难，读小说亦不易也。

夏定夷仅路过寄监稍久，即已被其敲索，则凡被幽囚于狴犴中者，所受之痛苦，更可想见矣。读本回，有不禁为之战栗者，窃愿世之司法者，对此加以深切之注意也可。意者张子传此，不仅为文情波澜，笔墨渲染已也，抑亦寓取瑟而歌，有弦外之音也乎？

## 第六回

# 狗头军师画谋定策
# 塞北豪客排难解纷

话说夏定夷对濮玉声道：“你我同是军犯，处境相等，萍水之交，承蒙抬爱，我如不领情，岂不有违盛意？但如依从台命时，出门人身边的钱钞是有限的，用去一文，即少一文。你老虽然慷慨好义，挥金如土，腰缠甚丰，不在乎这一点儿，但是此去黑龙江，路途尚远，却亦不得不稍为打算。我今日所以方才这样对付他们，并非我悭吝，实因这班狗才可恶，不得不警诫警诫他们，使他们以后不敢再向别位被难的人贪婪无厌地滥索规费。讲到银钱，不才的囊中却亦带有不少。今日之事，是由我闯出来的祸水，岂能反要你老破费？但因你老已经言重，恭敬不如从命，却又不得不遵。故此我想出一法，就是你老已取出了十五两来银子，现在我的愚意，想请你老收回一半，那一半数目，即由我担负，你我同做东道，略表寸心，不知濮爷意下以为如何？”

濮玉声见他这般说，只得应允，请那禁子：“拿着十五两银子先去，用了不够，回来再算。这里俺与夏大爷自己随后再算，不关你事，无须在此等着。”

那禁子当濮玉声来寄监时，即已大伙儿都受过他的好处，所以肯听他的使唤。如非畏惧夏定夷的威武，几乎又想要脚步钱才肯动脚，此刻因怕吃苦、讨没趣，所以不敢支牙，即连声应着，转身径去采办烧煮。

各禁子因吃了夏定夷的苦，背地里互相各自埋怨，说：“早知他不是个好相与，就不该去向他讨规费，如今只落得羊肉不曾吃着，各惹了一身臊气。”边埋怨边各内服外敷了些七厘散，以防伤发，一面又大家商议，一个说：“这个蛮子瘦得像个人干儿，却有偌大的本事。又是寄监的过路军犯，要是常坐此地监牢的，随后却好慢慢地想法摆布他。如今他在几天之内就得动身的，眼见我们大家吃的这场亏，只好留在来生转世再报复了。”

又一个接口道：“此言有理，常言‘不怕官，只怕管’，目下这蛮子该当受我们管，落在我们的手掌内的时候，反给他买了便宜，太平安稳地逃了过去。将来不该我们管的时候，还能报他的仇吗?”

另一个也道：“报仇吃亏，且都丢开，不过我们是做什么买卖，靠什么营生的？真所谓乃是吃人的人，如今被他占了我们的面子去事小，但是如果不能现开销，马上就报复了，这个恶例一开，以后但凡只要会得拳术的犯人，便都恃能不买我们的账。或许竟还出来多事，给别个犯人打抱不平，那时我们的进益减少，对于各种犯人的事，就都难办事。所以今儿这个囚犯，不得不想法，即日报复他，给他个下马威，哪怕弄死了他，最多我们众弟兄大家各都拚着担待些，挨一顿屁股，也就过去了。”

众人你一言我一语地纷纷发言，却都是些空话，并无一个有确切办法。

内中有一个禁子，外号叫作狗头军师的，平时为人诡计多端，谲诈百出，每逢别人没有办法时，问到他，他总有办法。此刻大家纷呶讨论，独他一人低头沉思，一言不发。大家见他沉静，遂也都缄默了，各闭目低头，心口自己商量，良久仍无办法，遂纷纷都问狗头军师有无妙计。又说：“连你做军师的都没有计策，当然叫我们做将官的要更加没有方法了。”

狗头军师微笑道：“计策并非没有，就是你们亦未尝不想着，不过太狠毒了些，所以你们大家都不曾出口。但有一层，这个蛮子的本领极好，俺内阁不打报复则已，如要报复，就要将他的性命送出，那才算得道地。倘或只重重地打伤了他，使他像写伏辩般照我们今日的样，也发回咒，讨饶叩头赔罪，拿出钱来补监，重重地孝敬我们，哪怕即代我挂红、放鞭，向我们跪行斟酒，磕一百二十个响头，都完全没有用场。因他伤势一好，定必到来报复，那时结怨已深，恨毒必甚，一见面定必不肯留情，我们反而把仇被他报了去。与其这样，不如忍受这回的气，大家打落了门牙往肚内咽，揉揉肚子放回屁，算是已经出了气，所以我的意思要报复，就得把他做倒了才妥当。”

大家听罢，一齐点头，连声称是，都问狗头军师，用何计策可以将他做得干净，不落痕迹。

狗头军师道：“这个很容易，他总要吃饭睡觉的，只须在饮食内下毒药就可以毒死他，或是用蒙汗药就可以将他麻倒，任凭我们为所欲为。我们只要守他被麻倒之后，用几根锈花针钉在他的心窝内，此乃隋炀帝金针刺老龙之计。或守他睡熟后，大家同时动手，刀斧齐下，哪怕他是铜筋铁骨，也得身死。或即先用石灰包，出其不意地掷向他面上，揉瞎了他的两眼，再挑断了他手足上的四根筋，使他成为残废。如将他治死之后，报告本官，就说他是越狱逃走，很被他伤了几个人，好歹我们大家都有伤，不怕本官不信。毒死了他，就说他是自尽。”

大家听罢，齐称：“妙计！他此刻正吆五喝六地和那个姓濮的军犯各做东，大请监犯和我们弟兄，我们只要在他吃的饮食里下毒，马上就可以送他的性命。”

内有一个道：“你们说得好爽快，但是毒药却从何处来呢？况且又有药味儿，就是用大烟，味道亦很苦的，吃不进口。并且有那个姓濮的同饮，岂可一害两个？我看不如用蒙汗药吧！前半月捉着一个拐匪，下监时我曾在他身边搜出一大包蒙汗药来。那包药并未呈报上去，被我收在我家内，现在正好用得着，我马上就去拿了来如何?”

众人闻言，又都齐声赞妙，笑说：“你这兔崽子，把这包害人的药搜出来不报官，却私收在家中，分明不怀好意，莫非想用此药去麻倒亲戚朋友邻居人家的妇女，你好去偷婆娘？等这件事完毕了，我们再和你算账，问你究竟已麻倒过哪几个娘儿。如不实说时，看不揭去了你的皮。”说罢，大家齐打哈哈，笑了一阵，即催他火速回家去拿药，不许回家去见了老婆，即昏迷住了，舍不得就出来，误了大事，快去快来，速速。

那禁子被大众笑说得面红耳热，笑啐了众人一口，即刻起身回去了。

说也真正凑巧，那禁子回到家中，恰巧他老婆有孕在身，已久满足了月数，其时正届腹痛上紧阵儿。他到家见老婆急要临盆，生养大事，非同儿戏，赶紧飞速地回身奔跑，去请稳婆到家接生。因这么一打岔，竟将那回来取蒙汗药的话忘记了。

牢内众禁卒见他去了许久还不见来，疑心他是说谎脱身，不是怕打虎不成被虎咬，就是怕事成之后打人命官司，所以才脱身去了。于是大家一怒，即决计放弃了用药的软取办法，实行用武力强攻的手段。忙派人到外面去买了许多石灰来，各人包好了一包拿了，又各拿了铁尺、短刀、板斧等兵器，同奔到夏定夷的号房门外来。

其时，夏定夷正和濮玉声在号房内坐着叙话。夏定夷因见濮玉声的双目有神，隐约似有两道细光从目中射出来，濮玉声虽然不时地闭目，并低下头去，怕被人识破，但仍被夏定夷看出了，知道他是精于内家功夫，而又兼能剑术的人。看他言谈不俗，举止大方，仪容端正，气派忠直，知是一位剑侠，遂亦想倾心结纳，常言：“好汉爱好汉，英雄识英雄。”二人畅叙之下，极其投机，只觉得相见恨晚，于是各吐肺腑，叙述来由。正在高谈阔论，猛见门外有人探头向内张望。

夏定夷在往年考武之时，年少气盛，临事颇为大意。及至后来，充当教师、镖师之后，身入江湖，年齿已长，见闻既多，气质自变，积年经历，火气渐消，竟一反从前，变成个极心细胆大、智圆行方之人。此番寄监后，与众禁子做了那么回对，岂有不时刻提防之理？因此一见有人探头张望，即已料定必有什么算计，果见一个禁子在门外高呼濮玉声出去。

濮玉声见他们鬼头鬼脑的行藏，亦即料定有什么花样儿，遂向着夏定夷努嘴，低唤："夏大爷留神提防。"夏定夷点头会意，濮玉声这才移步出外，问："各位有什么事唤俺？"

即有个禁子，将他扯到一边，一声呼哨，大众各将石灰包打开，向夏定夷面门抛掷。吓得濮玉声大吃一惊，接着大众即吆喝一声，蜂拥进夏定夷的号房里来，同声嚷叫："动手，做倒了这个死囚，给别个囚犯看样儿，免得被他破坏了俺们的规例！"吆喝着，大家一拥齐上，扑奔到夏定夷面前，单刀、铁尺、短棍、板斧如雨点般向夏定夷身上劈打下来。

未知夏定夷能保得双目不致失明，及性命安全否，请待下回再写。

评曰：

读竟上回，必以为锦州狱中之一场风波，经濮玉声做鲁仲连后，可即此平息矣。而不知殊出意外，风潮忽竟因以扩大焉，斯殆所谓柳暗花明又一村之笔意，推波助澜之作也。善读小说而知文情跌宕者，当已能逆睹必有此文以继上回之后矣。何则？盖不如此，则上文殊觉中滞，而写昔时牢狱中黑暗情状，亦嫌有未尽也。

文中有"铺监"二字，按铺监云者，即新犯人初进监时，使用银钱，以填禁卒及老犯人等之欲，缴纳此项陋规之谓也。以冒名濮玉声之豪侠，路过寄监，且亦使用规费，即此可知往时监狱中黑暗之大与夫手段之毒矣，良可慨也。固不待阅竟狗头军师等之设计用武，而后始知之云。

无巧不成话，是小说中习用之套语，然天下事之巧合者綦多，固不仅小说中人事为然已也。

禁子等因有濮玉声在夏定夷之侧，投鼠忌器，乃先唤令出外，而后动手，可谓尚有良心。先圣云“不忍之心，人皆有之”，其斯之谓乎？书曰，塞北豪客排难解纷者，盖就其上文与下文而云。然如本回，使禁子等不先张望，呼濮玉声出外，而即动手者，则夏定夷多少当必受亏，可以断言，此所以书之如是也。

## 第七回

# 岭南健儿大闹锦州狱
# 关东侠士小集三家村

话说众禁卒将濮玉声唤出外面，呼哨一声，各取出石灰包，打开向夏定夷抛掷。接着又齐声吆喝动手，各执单刀、铁尺、板斧、铁棍等兵器，奋勇杀奔到夏定夷面前，喝骂着一齐动手。

夏定夷早就防到他们有此一招，当看见有人张望时，即已微将双目闭起，只眇睁着一线，望着濮玉声，留神他的面容。及见濮玉声立起，低唤自己留心时，即已将遍体的硬功运起，紧闭双目，以防不测。果然濮玉声才出号房，呼哨一响，灰包已齐向面门飞来。赶紧伸双手护住面门，以免石灰飞呛进口鼻，屏住气息。

众禁子见他坐着用手护住面门，总以为他双目已被灰迷，遂凑着胆子，鼓起勇气，一齐簇拥着杀奔进来，刀斧、铁尺同时并力向夏定夷砍杀。

夏定夷借着众人的来力，运用本身的气劲弹力，将大众的兵器一齐反射着弹了回去。用力轻的，被反震得亦较轻；用力重的，手腕或被震伤，虎口或被震裂，手中的兵器亦都被弹力震落，有的飞落在地，有的竟杀伤自己，甚或被弹力震射得跌倒在地，一时爬不起来，大家继续着叫唤哎呀。

夏定夷乘势将镣铐铁索等一齐挣断，拂去面上及袖上的灰，微睁双眼，起身将各人都点住了穴道，一齐推跌在地，跑到门外，请濮玉声给自己将面上的灰拂拭干净，才张开双目，笑对玉声道：“事情已经闹了，索性闹他个痛快。这班狗头，用得好狠毒的计策，如不将他们重重地惩罚一下，他们的恶毒心思将来还要愈过愈甚呢!”说罢，反身入内，拾起一根短柄铁尺，将众禁子的大腿、屁股两处无不逐一地排揎，任凭他们惨声哀呼饶恕救命，像杀猪价混嚷混叫，只当作听不见，逐一地打得皮开肉绽、鲜血直流，裤子都被打得碎烂，血染得殷红，方才住手。将他们倒拖出号房外面，按着次序，排列着躺在地上，谅情大众都已不能行走，遂都给他们将穴道点活。经他这一番大闹，早已将内外震动。

狱官得报，率领全班狱卒，飞速赶来。夏定夷不待他们动手，即迎将上去，先下手为强，左手将狱官扯住，使他不能擅动，右手即将来者亦都逐一点倒在地，才把前后经过的情形详细告诉狱官。又狠狠地严词教训了狱官一番，并说：“非看你是位官长的分上，定必也将你照样办理。现在将这班狗头全都交代你，由你去好歹处置。如要和我打官司，你赶快就去到府县衙门去告状，告我大闹监牢，打伤多人的罪名。我有公理，和这许多同被羁禁在此的人做见证，绝不怕你。老实说，即欲办我的罪，亦断断乎办我不到。我要走，即有铜墙铁壁，亦休想阻得住我不走；我不走时，便用大红全帖来请，亦休想请得我动。”

吓得狱官连声诺诺，不敢回对，定了定神，才敢给被点倒在地的狱卒们求情，请将各人放了。夏定夷初时不肯，后由濮玉声近前来代为说项，说什么不看金身看佛面，大人不记小人过，务请夏大爷看狱官的金面，饶恕他们。夏定夷方才答应，将人情做在狱官面上，将众狱卒逐个点活了血脉，众狱卒只得起身进前来向夏定夷、濮玉声及狱官三人叩头道谢。遂由狱官命将被打的众人逐个抬往各人的卧铺上去，敷服棒伤末药，好生将养，并吩咐大众，将此事守口如瓶，不许传播出去。并恳求夏、濮二位顾全大众的颜面，出外休向人言。

纷乱间，那拿了银子去备办酒肴的禁子已将酒菜请厨房办好了，抬送进狱中来，向夏、濮二人报虚账，说共垫了五两多银子，总数共计二十一两。二人亦不追究，即去邀请各监犯到来，分桌列席饮食。大众齐向二人称谢，无不欢叙畅饮，暂将忧愁忘却，图一时之乐。

饮食醉饱之后，大众散席道谢归房。只那班被打伤的禁卒们，虽有美酒嘉肴，却因腿、股肿痛破烂，不能起坐，只得一齐不吃。却由夏、濮二位请那经手的禁子，将酒菜转送进内监里去，请大众犯人同食。当日内外监内的犯人既叨口腹之惠，又见闻快人快举，无不欢喜赞叹感谢。

夏定夷即于饮啖之后，取出两锭五两的银锞子来，分给濮玉声及那个经手的禁子，以符前言。那禁子受了银子之后，暗暗自称一句侥幸。

第二日，那个回家取药的禁子带着红蛋到狱中来分散，向犯人和同事们打秋风。闻知昨日之事，只骇得他吐出舌头，半晌缩不进口，暗说："造化之至。"因此迷信，以为所生的孩子命好，回家即说与家人及亲友等知道。从此，极端地珍爱那孩子。

众禁卒中那个外号狗头军师的，果然聪明人，到底能买便宜不致吃亏。他于出主意之后，即推说解溲，悄悄地溜在一边，听候消息。见大众都已吃亏，他即索性回家去，直等到夏定夷动身后，他才敢到狱中来，对同事们即假托："当日因恐事情弄大了，犯人被逃走，不是要处，所以即悄悄跑去见本官请调官兵来救应。不料见本官后，未开口，即被本官以紧要机密的事务，差遣自己立刻起行去办。俺欲回禀时，本官已摆手令退，无奈只得退出衙门，就去办事，所以到今日才来。"大众被他的这个瞒哄计遮过去。

闲言少叙。且说押解夏定夷的两名差人住在客店里，休息了几天，已经复原，即到衙门禀见回明，请领提寄监的军犯夏威。知县当即照准，签票交两差前往监中提人。真是无巧不成话，那位寄监的军犯濮玉声亦是因解差害病才被寄监，这天恰巧差人亦病痊提解，夏、濮二人遂得一路同行，不禁大喜。本来二人在相识后，在监中每日皆同桌而食，轮流做东，十分投契，并解囊资助许多在监中无钱使费的犯人，使他们减少无数痛苦，二人既得同行，遂同住同走。

在路上，夏、濮二人各自诉述生平，互道前事，因此夏定夷才得知濮玉声本人非姓濮，原籍系奉天省安东县摩天岭地方人氏，此番充军到黑龙江，乃是给一位朋友冒名顶替，代吃这场官司。提说起来，原因极其复杂，濮玉声因碍着四名押解的公差，不便就说，只说："且待到前面客店里，再慢慢细谈。"夏定夷因他是本省的侠义英雄，当然能深晓本省豪杰的出没地方，及一切著名的人物，一句话将濮玉声提醒了，遂说："夏大爷，你老如不提说，俺几乎忘却，目下正是九月，今日是初七，后日即是重阳。此去前途不远，已是新民县地界，即在大路左手里，有条小路，从这条小路向北直走，约有十来里地，有一条河道，乘摆渡过河，有一所村庄，地名唤作三家村，又名小三姓。那村庄上人家，起初原只有三个，后来子孙繁衍，人口才至有今日之盛，换句话说，就是每一姓都是共祖的同族。因满洲有一处地名，即唤作三姓，乃是本朝最初兴起的地方，所以此处名唤小三姓，做个分别。并因村上最初到现在，根本上原只有三家，所以才称为三家村。关外各地的豪杰，平时聚集的地方虽多，但都没有定期，唯有这三家村上，却是有一定日期的。每年以三月三、六月六、九月九三个日期为聚集的日期，六月六和九月九两天是小集聚的日期，各人有事耽搁，便可以不到，会期亦很短。唯有三月三这一次，乃是常年的全体大会，非有要紧的特别事故，不能不到。会期亦极长，从初三起，直到二十，方才散会。凡是有事耽搁的人，由初三到十六七不赶到与会，还可以无妨，倘如十八、十九两天仍不到会时，必须共同议决，加以严重的处罚，这乃是定例。目今正逢着重九会期，料想村上定必已有人到来。俺们恰巧路过此地，亦是机缘凑巧。如果夏大爷有兴，欲往观光时，俺却可以做个向导。”

夏定夷闻言，大喜称谢。

当日二人一行，赶到新民县境内，投店住宿后，二人即与四名公差商议，请四人在客店内住着，等候他们回来。以初十为期，风雨不更，绝不误事。二人并各将包袱交付给四人保管，作为凭信，以安四人之心。四人在前都已尝过二人的滋味，不敢不依，又兼深信二人绝不会拿他们吃苦，遂即一齐答应。

二人当夜老早安息，次晨起身，洗漱进食后，即别过四名公差，赶奔到三家村去，参与集会。

究竟此去如何，请待下文再讲。

评曰：

前文已大闹锦州牢矣，而本回更大闹之，事实犯重，而能使阅者不厌其重，真乃名笔。

观于狗头军师设计之言，其人心思之毒辣，已可窥见一斑。而临事避去，“狗头”两字，可谓相符。

历观前文至此，不禁废卷生改良司法及监狱制度计划实施匪易之感，盖求法官廉洁贤明，已属难能，而其下之重重敲剥，更不易于根本肃清。呜呼，此世俗所以有“小小衙门朝南开，有理无钱莫进来”之谚也欤！诚哉，戛戛乎其难也，虽然，苟司其政者，能励精图治，则亦未尝无悉除其弊之可能。窃意作者之传此，殆亦写其希望之微意也，设非然者，何一若许子之不惮烦也耶？从可知其意也。

本回为从夏定夷折入关东奇侠本传之重要枢纽，故以双峰对峙之笔法明书之。

吾人细味关东各侠之集会日期，即已知作者之于本书布局，无一处不深具匠心。盖其日期，不仅明言其进悼明崇祯殉难，以示各侠为反清复明有国家种族主义思想之团体组合，且隐寓九九归原之深意也。读者能于此等处体会，而后始得许为善读小说，始得为读张子作品之知音也。

## 第八回

# 表孤忠遗言报国
# 纠同志结党树义

话说夏、濮二人同往三家村去，参与关外各地侠义的重九集会。一路上，夏定夷询问濮玉声的真姓原名，以及他冒名顶替、代吃官司、充军到黑龙江去的原因。濮玉声此刻已无忌讳，遂将自己的真姓原名、生平的大概，和此次冒名顶替、代作军犯的原因告知夏定夷，引得夏定夷格外敬佩感叹。

原来濮玉声的祖上名唤金玉辉，本系明朝崇祯时狼山镇总兵，被调在洪承畴部下充督运粮草的运粮官。后来洪承畴归降了清朝，金玉辉正奉命在关内各处催粮，闻知消息，遂将粮草押运到吴三桂军中去，被吴三桂加委，仍任运粮官。金玉辉受委后，即又往各地去催粮。在大名府遇着李闯部下的贼兵前队，连斩贼将五员，兵士无数，终因众寡不敌，将粮草被劫夺了去。金玉辉并被贼将杀伤，生擒到李闯军中去请功。李闯因爱金玉辉年少英俊，遂将金玉辉放了，留在军中，任为参军。金玉辉被环境所逼，没奈何只得降志辱身，暂且苟活，先想偷空行刺李闯，无奈绝少可乘之机。

贼兵破北京城后，李闯称帝，金玉辉遂讨了个差使，带领随从，设法逃出北京，往投吴三桂。半路上正遇着吴三桂借了清兵，杀进关来。金玉辉遂求见吴三桂，哭诉崇祯帝吊死在煤山，以身殉国，及自己运粮被擒前后之事。吴三桂正当用人之际，立刻委金玉辉为前军招讨，兼游击，专司招纳不得已而降李闯的军将，并救应本军前队各军的责任。

金玉辉受任后，率队招讨前进，一路杀到北京，共招纳得大小将士数十员，兵卒万余名，战马三千匹，军器粮草极多。大兵入北京后，金玉辉即被调在北通州一带暂驻，满心以为吴将军总当有确切办法，为明朝解决难关。不料吴三桂竟以爱姬陈圆圆为重，反将国家兴亡的大事丢在脑后，眼见得江山就如此轻易地被清朝占据了去。金玉辉义愤填膺，怒恨万分，怎奈本人势孤力弱，部下虽有兵将万余，究竟不是由自己教练而成的基本队伍，相随自己的时日未久，不能拿得定部下的意志是否和自己同心。况且即使部下与自己的心志相同，但亦势孤力弱，处于清兵监视之下，未能马上反正，自取危亡，因此又只得姑且观望。

哪知清朝摄政王多尔衮进驻北京后，深恐汉人执掌兵权，日后难制，成尾大不掉之势，于是遂用缓进的办法，派心腹的汉军旗籍的将官（按：汉军旗籍，系明军投降清朝后，改入八旗籍者之称。如孔耿等部降清后即然，冠以“汉军”两字者，所以示与满洲八旗子弟有别也）逐一前往，将完全汉人统兵的职务接收，原有的汉将都各任以闲职，有那势大而难以即时调动的，如吴三桂、耿尚德、孔有光等，即索性加封爵位，以示倚重慰勉。同时各军都分派旗籍精明强干之人，前往襄赞军务，即于暗中监视，所有汉人兵将，都各分派在各王公、贝勒等部下，受各王公等的节制指挥。有那势力强大、非各王公所能控制的，即都归多尔衮本人直辖。一面下令招纳汉人投旗，一面又谕令全国人民剃发，改换服制。如此一来，金玉辉的兵权遂被那投旗的汉人将官所夺。

那将官赍摄政王的手谕及军令，带亲随兵将人等，到金玉辉营中来接收兵权，早已有人飞报到金玉辉帐内。金玉辉心中震惊，思忖：“时机已急，无可再缓。自己解甲归田，丰衣足食，身家原可无忧，但坐视明室就此灭亡，实太对国家及祖先不起。”因此把心一横，遂抱定成败利钝在所不计，鞠躬尽瘁，死而后已的决心，立刻与心腹将士石大有等数人密议定策。计议才定，那奉命来继任的将官已到。金玉辉遂传令将来人及随从等一齐拿下，传集部下大小将校，在营中开军事会议。金玉辉宣布本人反清复明宗旨后，即说："非我族类，其心必异。现在清兵入关，照理应该就将主权交还明朝，才合救邻讨贼之义，乃竟食言失约，用巧取豪夺的手段，想就此灭绝明朝。我等都是明朝人，历受明朝厚恩，现当存亡危急之秋，正是我们为国家尽忠效力之时，身体肤发，受之父母，不敢毁伤。我们不能受清朝的乱命，即日剃发易服。我的主意已决，不知众位的心志如何？"说罢，目视众将，等候答复。

石大有等数人早从一旁拔剑而起，厉声道："金将军之言甚善，我辈身受国恩，不能认贼作父，且祖宗坟墓、家室男女都在中原，更不能因为欲图本身一己的富贵，置祖宗家室于不顾。金将军既主张反清复明，我等亦决计遵奉金将军的命令，即日兴兵。倘有不从命令者，请金将军不可以私情害公义，即以军法从事，一律违令者斩。现在多尔衮派来之人留在营内，恐致军心不固，请即斩首号令。"说罢，即去后帐内将来继任的将官及随从人等一齐缚到前帐内大众面前，一声号令，顷刻将来人等完全斩讫。厉声道："军中兵将如有不从命令而怀二心者，即以此为例。"

众将军无不震惊，遂即齐说："愿听驱策！"

金玉辉大喜，即日发布檄文，张贴布告，诈称奉明桂王为君。自号都招讨使大元帅，任石大有为先锋，其余众将都各升调有差。在通州境内，招兵劝饷买粮。人民新遭李闯之祸，财产荡然，但都深明大义，仍各勉力援助，并到军前投军入伍。

通州离北京甚近，警报飞报到摄政王多尔衮耳内，令他吃了一惊。因豫亲王多铎已受命率兵往取江南，余外各亲王等人亦都奉命出征在外，朝无大将可派，遂决计亲率马步三军往通州与金玉辉决战。

金玉辉的部下未知多尔衮智勇双全，清兵又都悍勇，骑兵尤其勇敢，冲锋陷阵，所向无敌。金玉辉宣布反清后，近处的汉人兵队都在旗兵监视统制指挥之下，怵于威势，人数甚少，所以不敢反正响应；远处的兵将因其时交通梗阻，远不及目今之便，差不多连消息还不曾得知，即得着些微消息，亦不知其详，所以亦无人响应。因此金玉辉所部，遂成孤立，处于清兵包围之中。接连几仗，初几阵都获小胜，军心尚固，后几阵因清兵援队大集，悍勇将校极多，金玉辉部下兵多将少，故此成了众寡不敌，先小败两阵，兵心逐渐摇动，后两阵竟致大败，兵将多有逃亡及投降清营的。金玉辉身受刀枪伤五处，险被清将所擒，败回通州城内，愤欲自刎。

石大有见大势已去，力劝金玉辉离此他适，往投明朝别处的勤王兵将，再图恢复，现在徒死无益。

金玉辉被劝，流泪长叹，只得与石大有召集部下将校，宣布不得已而他往之意，请大家公推一人，执掌兵权，迎降清兵，免地方人民涂炭。当将兵权交付众将公推之人，与石大有改容易服，出城隐匿在乡农人家，守清兵安定地方之后，大兵退去，才谢别那乡农人家，从间道南下。

一路上吃尽辛苦，探闻郑成功占据台湾举义，遂往福建去投郑军。金、石二将迭与清兵作殊死战，屡获大胜。后来，石大有被清兵火器所伤，死在阵上，金玉辉因在阵上被清将刀断右手，虽幸被郑军救回，已成残废，遂襄赞郑成功治理军政事务。后来，郑成功死了，金玉辉因见郑军屡败，大势已去，事已不可为，不得已，遂离去台湾，回归锦州府城内家中。

原来金玉辉祖籍本居直隶省城保定城外，当李闯兵犯北京时，因避贼兵，全家人口由金玉辉之兄玉振率领着搬到山海关外锦州府城内居住，变卖了全家老少女眷的首饰做资本，即在锦州城内开一爿日需品的小杂货铺，贩卖京广糖、香油、酒等货品，即由家中男女人等做伙计，挣利维持生活。金玉辉在前以身许国，不暇顾及家事，后在台湾，因石大有之弟大富从保定原籍来，谈起才得知道，当即派人往锦州城内去寻找，才得知确信及地点，所以此时金玉辉一径回到锦州。到家时，金玉振已死多年，家事现由兄子及其子掌理。

金玉辉到家未久，即因忧愤而死，临危遗言，子孙不准做清朝的官将，以后子孙须世代经商、务农、读书、学武，倘有反清复明的同志，务必结合，以作振兴汉族、报明朝之恩、继本人之志。故此子孙世世遵守，经商、务农、读书、学武，直至濮玉声时代，仍守此志，未尝稍变。

濮玉声的原名唤作金时裕，自幼即遵遗训，跟随他父亲金大用练习武功，至十五岁时，金时裕的本领已练得出类拔萃，不仅在锦州府属各县境内堪称独步，即在金家本族的同辈中亦当推他为首擘。金家初时在金玉振当家时代，只有玉辉兄弟二人，人口并不怎么多，自从玉振、玉辉二人之子当家，子息即很盛众，堂弟兄的共生八子四女，因此遂遵奉遗训，经商者经商，务农者务农，分道扬镳，各安其业。起初一爿小铺子，到此即分开了四爿，由四位经商者管理。因此为便利起见，弟兄们遂即彼此分居，其后子孙昌盛。至金大用一辈手里时，已逐渐由锦州分设铺子到宁古塔、长春、吉林、哈尔滨、兴京、盛京、滦州、通州、天津、北京、易州、代州、保定、大名、涿州、德州，各地买卖都极兴旺。但因弟兄等各行其是，分居各地，路途遥远，遂至相会日少。所好的，即是各人都遵守玉辉的遗训，无论如何，决不做清朝的官。只不过内中住在山海关里的几房子孙，因为身体单薄，怕练武吃苦，未练习武艺罢了；其住在关外的各房子孙，仍本遗训，练武未衰。

金大用的这一房，乃是金玉辉的长孙之后，累世都是独子单传，所以始终住在锦州城内，经商、读书、学武，不稍变更。至金大用时，才破天荒大喜，连生两子，长子即时裕，次子比时裕小五岁，名唤时丰，亦跟着父兄读书、练武。时裕月圆年岁时，时丰正届旬龄，本领亦极可观。

金大用因恐两子将来恃仗武艺，误入歧途，故于平时，常将先人遗训教诲，并于这年，打发时裕背上黄布包袱，出门往黄河南北两岸各省去寻师访友，借此使他阅历阅历，结识各方的英雄豪杰。又恐他年幼无知，在路上或有失错，故此将家务铺事托给本家兄弟大能兼管照应，亲自携带盘缠包裹和防身宝剑，暗暗尾随着时裕，一路前进。幸喜时裕年纪虽小，却很知礼让容忍，故此在路上并不曾吃亏，却很得到各该地名家的指点，竟叨学得许多本领，并很能得到各该地的豪杰们的结交。

金时裕是屡受父训，谨记遗嘱的，所以沿途很留意于纠合反清复明的同志，因此在路上客店里，得会见一位和尚。那和尚先代原籍安徽凤阳府人氏，俗家姓朱，本系明朝的嫡支后裔。明朝鼎革后，他先代为避祸起见，不得已改姓金，在原籍及各处商铺营业，遗嘱子孙，务必随时随地乘机纠合志士，筹谋兴复之计，所以世代亦都习武。传到这和尚的父亲手里，因纠合得旧明遗老之后多人，往来各省，组设机关，集结党羽，联络会党，图谋大举。不料被凤阳地方的一个劣绅甄怀淡于无意中侦知消息。

那甄怀淡在先前曾因赊欠朱家铺子内货款数百两，四年不还，被朱家追索，竟致结仇，方才付还，因此遂结了怨恨，时想报复。此刻得到消息，遂到知府衙门告密。知府深恐不确，即将甄怀淡留下不放，先取本府县志翻阅查对现在金家完纳钱粮的土地等等，是否即系前明的朱家之物，查验结果，果然完全是前明朱姓之产，于顺治及康熙两朝年间，才由朱姓后代转售与金姓。因有这个硬证，才深信不疑，于是会同本城的各大小文武官，派官兵差捕齐到金家围搜，果然搜出明太祖、成祖的御容画轴，及许多谋反清复明的凭据。这是谋反本朝的大罪，遂先将金家下狱，一面星夜奏详到京，奉旨查抄家产。并因谋逆有据，夷九族平坟墓，严拿各省与谋之人。

当文武官围搜朱家时，这和尚正在城外打猎，幸喜得到邻居家平时在一起学武的同学把水，说："你家被官兵查抄，不知何故，你快些逃走，不可回城。"这和尚自知家中历史，肚内有数，脚底赶紧明白，立刻谢了那位同学，即逃往外方去。因各处查拿得紧，身边又无多盘缠，不得已，为避祸起见，遂即在所到之处的一座庙内出家。出家后，即以云游募化为名，四下里纠合同志，组设机关团体，筹谋报复国仇家恨。

那日在客店里得与金时裕会见，彼此先较量武艺，互相钦佩，遂即各谈闲情，论时事。和尚在谈话中，用隐语挑逗金时裕，先说本朝自开国到现在，秕政百出，暴虐不仁。见金时裕年纪虽小，却颇有兴复河山，重光汉族之志，很像前朝遗臣之后，遂亦倾吐腑肺，不再隐讳，对金时裕道："小居士既有纠合同志、合谋反清之心，何不就近加入你们关外贵地的反清团体，共图进行，而反舍近求远，离家奔波呢？这大约是小居士未知贵地亦有反清的团体，所以才致远行。现在小居士既与贫衲志同道合，贫衲虽已寄迹空门，究还未能忘情国家。小居士果欲加入反清的同盟时，贫衲愿为小居士引进，指导小居士就近加入贵地的机关，不知小居士尊意如何？"

金时裕大喜，当即拱手称谢。二人即于次日偕行动身，由和尚引导着同往关外，加入反清团体。

究竟其详如何，请待下回再写。

评曰：

本回由夏定夷转入关东奇传正传，故先写一金玉辉，又写一明室之裔，金、朱两姓遗嘱，用双峰对峙法以出之。而于入关东奇侠正传之先，即首写朱家谋泄失败，以笼罩全书，是大章法。

甄怀淡之谐音为真坏蛋，作者下笔，无一稍苟，即一人名之微，亦颇具匠心。

凤阳府据甄怀淡告密后，不即深信，而先挽留甄怀淡，查阅县府志，更会同各官以围搜朱家，其用心可谓甚细。

清代会党，多为明遗臣作复国之谋而组织，故其组织极严密。即孙中山先生领导革命，克告厥成，亦得力于各地之会党不少。昔人谓“楚虽三户，亡秦必楚”，其言沉毅果断，足与明遗臣之密组会党，趋重于下层工作之旨相发明。

## 第九回

# 前途多崄巇行不得也哥哥<br>后援少将伯其难为了妹妹

话说金时裕因在路上客店里得与一云游的行脚僧相见，彼此谈得极其投契，遂成方外忘年之交。

那和尚法名昙云，本系朱明之后，上文已经表过。当日他因见金时裕虽尚在童年，本领已甚了得，又和本人的意志吻合，所以晤谈之后即自任引进，引导金时裕就近加入关外的反清团体，好与关外各地的忠义之士互相联络，共策进行。当时昙云引进金时裕加入的团体，就是上文金时裕对夏定夷所说的小三家村落上的秘密机关。

原本三家村在先时本系一所荒野的地区，那村落乃是天生成的一所险要清幽的地区，村落四面都是湖荡河汊水道，尤妙的是在河汊之中，村的陆地四周，竟有三面是山，冈峦起伏，高耸入云，只有一面是平原，可以供出入的路径，但却又隔着宽深的河道，非船不能飞渡，竟像一所现成的避世桃源。

当明末清初，有明朝的三位遗臣避清兵的捕捉，遂相约一齐削发为僧，各家的女眷亦都削发为尼，子女们亦都分别做了小沙弥、小姑子，子即从父，女即从母，女眷们先在近畿乐亭县尼庵内出家，等候三位官客的信息。这三位遗臣，有一姓明，一姓朱，又一个姓马，明、朱二位是文官，姓马的却是武将，因其时年已老迈，又无兵权，所以无能为力。三位因各带着儿子，行走不便，遂将儿子寄在京城报国寺内，暂做小和尚。三位这才偕行云游各地，访求安全地点。因其时关内各省尚未安全，所以三位即偕行出关，专走荒径小路，以求安全地点，人迹鲜到之处，因此得被三位寻见了山水环绕的这所荒地，不禁大喜，于是即在该地兴工建筑房屋，造船摆渡，雇工开垦荒地，耕种粮食。布置定后，即由明、马二位分往京城及乐亭两处迎接儿子及妻、女等人，同到村上居住，因此才取地名为三家村及小三姓。三家男女遂即蓄发还俗，各将子女匹配为夫妻，约定以后三家永联秦晋之好，非不得已，绝不与村外人家联姻。三家子女统由那马老英雄传授武艺，由明、朱二位分任教授读书。三家人口一律务农，都世代以不做清朝官吏，及得机反清为训条。三家人丁都很兴旺，因此历代相传，村上的人烟日益稠密，三姓子孙因都受有遗训，思欲反清复明，所以不得不设法往外发展，与外界结纳，纠合同志，共谋大业。

当昙云引导金时裕前往村上加入团体时，村上的团体组织已有了近十年的历史。最初他们的组织工作是以省为单位，在每省的某处设立一个总机关，各处分设分部，所定的名称各个不同，大都用慈善团体的名义，以掩人耳目。并于几省内再设立一个某某几省的总机关，诸如两湖、两广、两江等等即是。再从这各省的总机关中，联合组成一个指挥全国的最高级机关这一类的精密组织。当昙云的父亲在日，联合各省同志，苦心孤诣地组织，才告完成，不料即已败露，九族全诛，各省的总、分机关亦都陆续被破，死难的同志极多。

昙云逃出了家后，仍继父志，积极进行。因鉴于先前他父亲的失败，是因组织太扩大，收容的分子太杂，所以才致泄露。所以此次他即与自己所纠合的同志们议决，暂不向热闹繁盛的各省发展，专先从事于边远各省的地方活动，于是遂先组成川、陕、甘、奉、吉、黑六省的总分机关。六省总机关即设在三家村上，各省的会期由各省同志自定，东三省的会期即以三月初至十九为全体代表大会会期，六月六、九月九为常年会期。组织成立以后，因昙云鉴于前失，不敢过于急进，所以并无十分显著的进步。反是川、陕、甘三省的人急求速效，常常爆发，总因羽翼未成，才举事即被清兵扑灭，因此竟大伤元气，反使各地的人寒了胆，竟致渐渐解体。

当时昙云引进金时裕加入反清团体后，金时裕在三家村上住了几天，恰逢三月三大会期，因此很得结识了几位英雄。内中竟有大半是自己出门离家访友时在路上会见过的人，彼此见了，感情遂比前深。

金时裕过了三月二十日，即离别三家村回家。到家正问时丰，父亲往何处去了时，金大用已经接着回到家中。父子见面，各述别后情事。金时裕知他父亲不放心，尾随在后，遂即叩头谢恩。由此后，金时裕练武比前更勤，每年三次会期，总必亲往参加。

不两年，昙云因在涿州地方目见该地的一位恶霸仗着他胞弟在宫内当管库太监，很得皇上及太后的宠，他平时本就不法，此刻格外目无官长，欺压良民。昙云因激于义愤，遂于白天里在涿州城内大街上将那恶霸当着民众摔倒，重重地打了一顿。哪知那恶霸身体虽胖，乃是被酒色掏虚了的虚胖子，经不起昙云的拳头重打，因此遂被打死在街心里。恰巧被一起出差拿人的捕快等看见，上前将昙云抖铁索套住。昙云自恃艺高胆大，毫不畏避，遂被锁拿到州衙。知州因畏太监的势力，不敢徇情，深恐被昙云逃走，遂急中生计，亲自离了公案，给昙云解去铁索，尊称为圣僧，口口声声敬佩昙云的侠义举动，留昙云在衙内用素斋，亲自陪食。昙云不知是诈，被州官在菜内用了蒙汗药，麻倒不省人事，遂被州官令捕快将他先锁了琵琶骨，又挑断了他的两脚筋。等到昙云痛醒了过来，已上了圈套，成为残废，只得闭目挺死。偏州官又在他身边搜出图谋反清的信件来，案情遂格外重大了，用非刑拷打，逼问口供。昙云挺刑不招，当被刑毙在堂上。

清例刑毙犯人，问官须受重罪，因此州官着急，遂与师爷商量，伪作了一张昙云谋逆的口供。并说他在监中畏罪自尽，申详到保定去，一面派人进京，告知太监，送了一份厚礼，并说因给他哥哥报仇，才将和尚打死，求他遮盖遮盖。果然那太监深感其意，遂于便中在太后及皇上面前捣鬼，说州官精明强干。太后、皇上都各问他何以知道，他说："奴婢的哥哥被和尚杀死，乃是和尚依恃本领，想犯罪后，借此入狱，好于夜中翻监。当被州官设计先将他灌醉捉住，后再鞫讯，讯得口供后，怕他的党羽劫狱，故此伪言恫吓，说已将他的羽党捉住几名。他闻知，信以为真，才畏罪自尽。奴婢家中有人到来说起，所以奴婢才得知道。"太后、皇上听信此言，即日下谕，升任州官为保定府知府正堂，赏戴花翎，穿黄马褂，加二品衔。

圣旨到了涿州，州官大喜，即将职事交代，往保定去接任。一面又格外丰盛地奉送那太监一份重礼，不在话下。

这消息传布到关外，三家村上明、朱、马三姓的豪杰闻知，无不一齐义愤填膺，遂即派人分往三省各地去邀集各路豪杰，齐到三家村来开会议决。先给昙云报私仇，私仇报后，再伺机乘隙而动，图谋大举。现在且先分作两路，一路往涿州保定杀那捉拿昙云的捕快及出主意代写供单的师爷，和那太监的全家。涿州事毕，再往保定，杀那新被任命的知府及他的家眷；一路往凤阳，杀那劣绅甄怀淡本人及全家。众英雄议决后，即日全体分途出发。

涿州、保定、凤阳等处都猝不及防，出诸意外，因此各英雄此去大获全胜，事毕，先后陆续回转关外。由此后，关外的各地英雄因昙云已死，失去了领袖，大家虽都抱反清之志，但在指挥上，事权未能统一，各事颇难进行。因此大家乘着会期当儿，即在三家村公议，推选本居在三家村的朱姓领袖朱克勤做全体的领袖。朱克勤因为图谋大事，不是客气得的，遂亦当仁不让，即日当众就了首领，劝勉大家努力，并议定此后整顿发展的种种方法。

散会后，金时裕回到家中，恰值他父亲大用病危，医药罔效，遂于三月二十七日寿终。金时裕、时丰兄弟遵礼成服，发丧举哀，终七出殡，三年守制。孝服满后，金时裕因念本族人口众多，散居各地，想乘着空闲，前往各地去探望长幼平辈，便中想结识些英雄，思量纵即不能将兴灭继绝的大事办理完成，亦当行侠作义，庶可不枉平生的所学。因将家事全托给时丰照料，自己即仍背上黄包袱，离家动身。先往奉天省城、哈尔滨、吉林长春等处去探视本家。一路并拜访各地的英雄，随后由黑龙江穿内蒙古，进张家口，过居庸关，前往北京。到京城后，才知在北京开铺子的本家，近因营业发达，人丁兴旺，特又分出两支，一在乐亭县开铺子，一在三河县开铺子，都各在该地成家立业，亦都颇好。论班辈，都和金时裕是从兄弟。

金时裕因即先往乐亭县去，探望过本家，住了两天，即从乐亭前往三河县。到得那本家铺子内，正值那本家兄长愁眉苦面地坐在店堂里。和金时裕会见后，仅无精打彩地招呼，只管长吁短叹，并不很多谈心说话。金时裕见他心事重重，忍不住询问他因何这般愁眉不解。

那从兄名唤金时有，见问，即叹气道："贤弟，你我虽系初会，究系自家人，简慢些，谅你绝不见怪。劣兄系因一件心事，正在愁烦，无可解决。论起来，事情虽然并非是劣兄自己的，然而却还要比自己的来得紧急切要，所以才急得无可奈何。"

金时裕见他急得可怜，遂又追问："究因何事，既是别人之事，兄长为何要忧人之忧、急人之急，至这般田地呢？"

金时有叹道："贤弟，你初到此地，当然不知，皆因此事乃是劣兄的一位刎颈之交的事。这位朋友是个柔弱书生，生平从未吃过苦，现在陡遭此非常之祸，就将有性命之忧。劣兄不知也就罢了，既已知道，眼见得朋友就要送命，又不能去救他，使劣兄怎得不急呢？"

金时裕道："兄长，究竟怎么回事，徒急有何益处？你且将此事宣布出来，一人不及二人计，或许小弟能助一臂之力，亦未可知呢。"

一句话提醒了金时有，不禁转忧为喜道："贤弟不言，劣兄几乎忘记了。贤弟，你且听劣兄细说此事根由。"说着，即将其事从头说将出来。

原来金时有有一结拜的兄弟，说也真巧，其人年岁、面容、身材都和金时裕相仿佛，三河县人，姓濮，名玉声，自幼有神童之目。十三岁时，即已进了学，十六岁时，考中拔贡。当他父亲在日，曾任过山东莱州府正堂，致仕在家，亦是位绅士。当濮玉声考中拔贡后一月，他父亲即驾鹤西归。濮玉声因丁忧，不能即去应试。及至他父亲之丧才终，他母亲又复弃养，因此蹉跎下来，遂不曾去中举点元。

这年，新任的三河县知县吉祥符，乃是汉军镶白旗人，生性卑鄙，贪婪好色，原本在京城里充当帮闲的闲汉，仗着他大哥在西太后宫里做老公，很走红，他二哥在载澂贝勒府当堂官，因为被他夤缘请托，得任三河知县。到任后，即拜会当地绅董，濮玉声亦在被拜之列。当他来拜时，濮玉声因他来路不正，颇轻视他，所以不曾好生招待，却于探知他外出时，到县衙回拜，丢了张片子就走。加上吉知县下车之始，即设法大扩地皮，巧立名目，要索绅董们报效孝敬，濮玉声并不曾理会他。吉知县因此两事，和濮玉声结下了仇怨，偏又打听得濮玉声有个妹子今年十七岁，正待字闺中，生得够十分人才，吉知县遂想吃天鹅肉，示意本地的一个劣绅往濮家作伐，被濮玉声一口拒绝，并冷言冷语地教训了那劣绅几句。

那劣绅讨了场没趣回去，心中大怒，生了一计，于见吉祥符遂加油添酱地说得格外厉害，挑拨得吉知县无明火起。送客之后，即与自己从北京带来的心腹师爷商议，报复濮玉声，出这口恶气。师爷略一沉吟，即说："只消如此这般，立刻就能出气。"

吉知县大喜，遂命门子去传唤牢头禁子，牢头奉命来见。知县命师爷代见，照计行事。师爷见了牢头，吩咐他回去，对昨日新捉住、未审定的几名大盗说知，叫他们咬定濮玉声，便可减轻他们的罪名。牢头明白，回牢即便照办。

师爷又暗中知会本署捕快头儿，如此这般行事。次日早堂，知县在签押房内，刑讯新获案的盗匪。盗匪即一口咬定濮玉声是窝家，他们是从犯。知县即命捕快拿本县片子，并出火签牌示，去捉濮玉声贡生到案。濮玉声做梦也不曾想到，无奈只得跟随捕快乘轿到县。

吉知县先和他贤契相称，问过两句，即传盗匪上堂。盗匪早已会意，一见濮玉声，即先呼唤："濮大哥，你却很快乐，使咱们单独吃苦，你连望都不来望咱们，真好狠心！现在咱们不得已，才将你招出来，你可休怪咱们。"

常言"贼咬一口，比蛇更毒"，任凭濮玉声如何分辩，怎奈此乃做就的圈套，焉能争得明白？当被吉知县吩咐师爷，率捕快前往查抄。一会儿，已将赃物搜查出好几样来，呈在公案上。濮玉声急得有口难分，当被苦打成招，上了刑具。吩咐收监以后，牢头即暗向濮玉声明言其故，要他送一万洋钱给知府，并将妹子嫁知府，否则不死亦得充军。濮玉声怒恨悲苦，誓死不肯答应，心中思量，妹子只有一人在家，如何是好？想请人送信去，叫她暂住在金时有家，以防意外，并想叫她求金时有代写禀单，到顺天府去上控。无如牢中禁子们都不肯给他送信，连他妹子及金时有来探监，亦不许进去，无论花多少银钱，总是内外不通。

当夜濮玉声在牢内受尽了折磨，几次死去。次日并未提讯，即已定了军罪，充军往黑龙江，永远不准回乡。这话被濮小姐差世仆及金时有本人在衙门外得知，惊急万分，无法可施。

过了几天，详文回批已到，准如所批罪名，限日就要起解，故此这天金时有在家愁苦，即是因此。

未知金时裕闻知后，如何办法，请待下回续写。

评曰：

观昙云之名，已知其事之终成泡影，唯可惜者，未能手刃父母之仇，而反以耘人之田而死耳。噫！

父母之忧子也，无所不用其极，观于金大用之暗随其子之后以行而益信。嗟乎！奈何世人竟忤其亲而不孝也，人孰无爱于其父母乎？盍各反诸。

吉祥符一帮闲汉耳，乃以之司民牧，宜乎其有诬陷生员之事矣，虽然，今之吉祥符多矣，特世人司空见惯，乃竟致不觉耳。吁！吾欲无言。

写金时有之忧愁，正是为金时裕生法耳，善读者当能知之。《家语》云“苛政猛于虎”，观本回买盗扳赃一事，足为此语作注。

## 第十回

# 盗库银子矛刺子盾
# 改批文狐掘即狐埋

话说金时裕听罢从兄之言，不禁怒跳起来，骂道："好个父母官，简直是不开脸的变相强盗了。世界上的地方官，果如都这样时，世上还了得吗？兄长现在为了朋友，急到这般神情，亦可见兄长的义气。君子有成人之美，既是兄长能忧人之忧，小弟又何尝不能急人之急呢？"

金时有忙问："贤弟怎么才可急人之急呢？"

金时裕道："这狗官的列祖列宗，本来即已无耻，好好的完人不要做，要去投汉军旗籍，充当奴才。他本人又以帮闲出身，平时只懂得帮闲，此外一无所知。现今被他做着了小小的七品官，竟敢如此无法无天，一朝权在手，就把令来行，买盗扮赃，诬陷好人。依小弟之气，马上……"说到此，低声道："马上就要将他的脑袋割下来，才称俺的心。即不然，亦当使他知道点儿厉害，将来才可以使他不敢再害好人。此去黑龙江，一路上如怕解差把苦给濮玉声吃，小弟反正无事，关外地方又熟，不妨保护着同行，稳可沿途无事。至于用费一层，小弟自有方法，可以使得财用恒足。现在所最恶的，就是去到黑龙江，永远不许回乡，倘能把此等处分改为几时之后，准许恢复自由，那就未尝不可了。"

金时有叹道："贤弟是明人，现在的官吏，谁不是棺材料里伸手，死要钱呢？只要有钱，死罪还可以改成活罪，何况是充军到地头之后，永远不许还乡，改做几时之后，准许恢复自由呢？只因濮玉声的父亲在日，虽曾做过官，并不曾搜括过民脂民膏，所以濮家并没有什么大家私。濮玉声本人又是个书生，从小即专念诗书，绝不知生产事业。目今要他拿出巨数的款子来运动贪官，家产即都变卖了，亦不能足万元之数。况且家产完后，将来靠何为生呢？所以踌躇不能决定。即如劣兄，尽其所有，不过就是这么一爿铺子，哪有什么钱财可凑？”

金时裕笑道：“兄长真乃诚实之言，既是只要有钱就可以办得到，不知这话确不确？”

金时有道：“的确得很，这话乃是衙门内当刑名师爷的孔师爷昨儿亲自对劣兄讲的，说只要有一万块洋钱，立刻可以将回批设法改为到边三个月后，准许该犯回乡，悔过自新，恢复自由。”

金时裕道：“只要能够如此，就很好了。”

金时有又道：“不仅批文可以设法改过，就是军犯本人，亦可以设法换人冒名顶替，代吃这场官司。反正只要本县起解时无人顶真，前途各地地方官吏谁能知犯人是伪的。贤弟你想，‘钱能通神’，此言真正不错。劣兄适才所以忧急的有两件事，一件是没有一万块钱，不能满足那贪官的欲望，根本上没有办法；一件是濮玉声从小娇养惯了的，下两个月就是他娶老婆的良辰吉日。第一，他吃不得苦，谅情在牢里已受足了罪，又受过那瘟官的非刑，此去一路行走，无休息将养的机会，怕不就死在路上；第二，他的这位夫人，乃是初进学的那年文定的，其后如非因他父母相继而亡时，早就该娶了，一再改期，延搁到今，偏又逢此天外飞来的横祸，又须改期了，但改期总须有个日期，偏又是个永远不许回乡。照此推想，最好就得有人代替，将他换下来，一则身体可以将养，二则喜期可以不改。怎奈一时无人可寻，寻得着时，当然亦非孔方兄帮忙不可。劣兄想自去代替，代走一遭，将铺子及家全托给他，又怕他不懂买卖，且在出狱后，要将养身体，铺内的事他万管不了；如托别人，哪得贴心？因此我想索性将铺子暂时收歇，坐吃几时，守俺回来，再行开市，但又怕害他被逃军恶名，将来仍是不清爽。且须非钱不可，无钱焉能调换得了？贤弟，这乃是劣兄今日忧急的缘故。”

金时裕听罢，觉得这位从兄颇有书卷气，侠义心思，流露在言外，因此不禁生了敬爱之心，遂说：“兄长，为了顾全友谊，情愿肯以身代，小弟才已说过，君子有成人之美。既兄长有许多危难，小弟虽与兄长初会，但却自信能为兄长解忧，一万块洋钱，兄长尽管去会那孔师爷，答应他，准在三天之内交付现款。但亦不必预先说明，上路起解，须要换人，且到临时再说，因为公门中人见钱如苍蝇见血，他见一万块钱答应得爽快，要换人定又要多索款子。俺这个黄布包袱，且暂寄在此，容俺马上就去借取一万块洋钱。”说罢，将包袱交给金时有，即告别出门，径往知县衙门前后左右探了道。但恐小县银库里不会存得许多现款，遂又在本城各处闲逛，寻见了几家钱庄银号，都探过道，即回身去投客店住宿。

晚饭后，即推说已睡，将房门短窗等关好，随即将窗闩拔去，吹灯安睡一会儿。约已二更过后，即悄悄起身，轻轻开窗走出，回身带上，耸身上屋，飞奔县衙。寻到库房屋上，揭瓦跳下去，用千里火一照，见靠墙堆有放元宝及现洋的木箱甚多，一照，那箱上都贴有封条，封条上有三河县正堂封，及箱内银洋数目，逐一点数，内中竟不止一万多现款。用千里火照着，将安放元宝的箱子和安放银洋的箱子各夹一只，扛上肩头，耸身上屋，飞奔到金时有家来，堆放在天井里，顺手先将封皮撕去。如此往来搬运，顷刻已将一万块钱的数目搬运足数，另又多搬取了两箱元宝，上屋盖好瓦，下地双手抓了一把尘土，上屋撒了，灭去痕迹，这才扛着银箱，奔到金时有家，亦堆放在天井里，然后回店安息。

次日一亮，奔到金时有铺子里，来会金时有。金时有一家男女尚未起身，听见敲门，才起来开门接见。金时有未开门时，并未注意天井里多了东西，回路进内时，才看见陡堆了许多银箱，心知是金时裕所为，即问："贤弟，这是你送来的吗?"

金时裕微笑点头，即问如何。

金时有回称："已接洽过了，老兄弟，请你在此住着等候吧!"

金时裕劝从兄将买卖暂停两天，守此事完毕后，再开市做买卖。一面往街上大大小小地收了十来只木箱来，将银子洋钱等点数改装了，所有银上盖的印、打的花押、写的字，一齐拭净，重新改写了字和分量。改装完毕，由金时有再代表濮玉声的妹子濮玉英前往县衙，与孔师爷接洽，约定明日交款，看回批，第二日两方面接洽。果然回文上改写得清清楚楚，即于这日，吉知县当堂提讯濮玉声，验明正身，点派了两名解差，押解到黑龙江省去。

监内禁卒因未收过濮玉声的好处，派人跟着要开销。那两名解差更不消说得，紧紧地追问濮玉声带多少盘缠，送他们弟兄俩多少洋钱。

濮玉声出狱如鸟出笼，心中颇已安慰，当由金时有先给濮玉声、金时裕二人引见。濮玉声遵依金时裕之劝，先将禁子们开销了，后即与解差开谈判，起行换人，各送他们一百两纹银。二人不肯答应，结果以各送一百五十两银子为交换条件。事情办毕，金时裕即冒顶了濮玉声的名，偕同两名公差动身。濮玉英兄妹和金时有三人齐向金时裕叩头道谢，直送到郊外才回。

金时裕起身后，对于两名公差尽量地使用银钱，吃喝穿着，一齐供给，以图得享散手散脚之福。两解差因知他是自愿前往黑龙江冒名代吃这场冤枉官司的，料定他绝不会逃跑，所以一路并不十分防范。金时裕却于他们不防备之时，半夜里从客店屋上出外，回奔到三河县，将吉知县、孔师爷所受的一万现款完全偷盗一空，并将库中现银也完全偷却，许多银子都照老样儿堆在金时有家天井之内，慌急回店。两名公差睡在炕上，如同死猪一般。金时裕暗暗好笑，侥幸无人觉察。

那日出关来到锦州，两名公差早先本系绿林出身，洗手后才吃公门饭。他俩很有几位知交的朋友在锦州乡间住着，表面上是做庄农，实际上仍旧做着强盗。两名差人因想去劝告他们回头，顺便探望他们的家眷，于是对金时裕说明了，委屈他转寄在锦州牢里，一两天就走。金时裕也就答应，怕被家中人看见，发生误会，露出马脚来，故此并未托人到家中送信。

两名差人遂托词有病，需要养息，去见锦州府，请将犯人寄了监，然后携带礼物，到城外乡间去探望朋友。被那些朋友攀留下了，轮流做东，留他俩在家欢叙。他俩走不脱身，没奈何只得多住了两天。因此金时裕得和夏定夷两人在外监里会着，彼此成为知交。

那天二人早起，别过四名公差，同往小三家村上去时，在路上，金时裕将自己来历说了。夏定夷听罢，不胜感叹，钦仰金时裕的侠义行为。二人脚下速度极快，说着走着，不觉间已经来到河岸边。金时裕是来惯了的，知道规矩，即绕着河岸，来到一处芦苇外边，高声向内唤了声胡二。即听见芦苇里面有人应声："唉，来了！"只见芦苇拂动，咿呀声响，从芦苇里摇出一只小渡船来。摇船的那个艄公正是胡二，和金时裕是认识的，一见面即高唤："金爷，村上大家都已会了齐，正惦记着你老怎么此次还不曾来，往回都是先到的，果然你老来了。你老一向好啊？"边说边已将船摇到岸边，打起扶手，请二位上船。

胡二将船箭驶价摇将过去，刚摇到中间，猛听得岸上有两人跑来，口中高嚷："胡二，把船摇回来，接俺们一同过去，免你再多摇一次。"

三人回头望时，岸上两人早已看见，拱手向金时裕招呼，口称："金大哥，一向安好？"

金时裕见了，忙起身回礼，不由惊讶道："哎呀！二位都好好的，安然无恙，为什么江湖上竟都喧传你们两位归天了？"随又说："胡二，摇船回去，接二人一同到村上去。"

未知来者二人是谁，因何外传已死，请待下回再写。

评曰：

金时有为友筹谋，可谓至详且尽，今世而有处朋友间，能如金时有者乎？如其有之，为之执鞭，所欣慕焉。

金时裕以君子有成人之美一语，为其代人远戍之因。此司马迁所以传游侠，而赞之为忧人之忧，急人之急，言信行果也。然则作者传此，其亦师龙门之遗意也欤！

## 第十一回

# 明哲保身远行避祸
# 奸谋诡计画饼徒劳

话说夏定夷跟随金时裕同往小三姓去参加关外英雄的重九常年大会，刚乘着渡船，由胡二摇往对岸去，猛由背后岸上赶来两位好汉，高唤胡二把船摇回同渡过河。

夏、金、胡三人回望岸上时，岸上两人早已看见，即和金时裕招呼。彼此相见后，金时裕惊讶着说出两句疑问的话来，自知失言，赶紧将话缩回，改口请问二位别来无恙。边命胡二把船摇回，让二人上船。二人问过金时裕的好后，金时裕即将夏定夷和两人引见。夏定夷才知二人是嫡亲手足，兄名黄栋，弟名黄梁，家住东省安东县摩天岭。当下相见后，胡二边问两黄的好，也将船摇向对岸村上去，顷刻间已到对岸。四人让着，鱼贯上陆。胡二把船摇回芦苇滩边去。四人同向村上缓步而行，金时裕边行边问二位别后之事，因何江湖上人传言二位有不祥的话头。

二人见问，忍不住哈哈大笑，说："金大哥，你是聪明人，难道也猜测不出那是愚兄弟俩的故弄玄虚吗？"

金时裕道："委实小弟不知，究竟二位是怎么回事？"遂由黄栋将其事的经过告诉给金时裕。

看官，你道两黄是何许人也？原来两黄的祖籍本系浙江绍兴府人氏，祖上就是清初闻名的英雄——黄三太、黄天霸父子。当初黄三太、黄天霸父子因保护彭、施两公，颇多结怨于绿林及江湖中人，因此天霸遂于天津镇任上，半夜被仇家所刺，将头悬在镇衙门外旗杆上，当时曾轰动了天津全埠。直到于今，天津人犹有能详言其事的（事实详见拙作《奇男侠女传》书中，故本书不多赘，以免犯重）。事后清廷因顾念天霸功劳，所以格外优恤天霸，并提拔天霸的后人。倘以常情而论，黄氏后裔当然继续着先人志行，尽忠清朝了。哪知天下的事往往出人意外，黄家后代不仅未尽忠清朝，反而加入了反清的集团，这却是何故呢？皆因黄天霸在天津任上时，本系携带家眷赴任的。天霸遇害后，其妻子因往浙江原籍路远，故未运柩回籍，即在天津择地安葬，家亦住在天津未搬。天津离京城极近，为外省进京的孔道。

当雍正年间，黄天霸有个孙女儿，生得丰媚千娇，极其艳美。其时天津有个姓花的，祖上是投旗的汉人，当初投的是豫亲王多铎。因为献媚多铎，极得多铎的欢心，遂得委充为豫王府的皇粮庄头，继又被任为山东枣强县知县正堂，可谓红极了。到现在姓花时代，虽不曾做得官，但是却以皇粮庄头的地位巴结上了现在袭爵的王爷，在王爷面前真能说一不二，能使王爷言听计从，所以势力极大，收入比做现任官还要好。姓花的平日在王府时多，不常居在天津。

有一回，姓花的向王爷告假回家，王爷悄悄地嘱咐他："回去后留神可有什么最俊的小姑娘，不管她的门第出身，只要尚未有人家，即于回京时给本爵带回来。该花费多少银子，到本府账房内去支付就是。"姓花的受了命，回家后即向家下的人打听。内有一个恶奴名刁旦的，在上年二月里，和一个同伴因在郊外遛雀，调戏两个由乡下进城探亲的女子。那两个女子乃是姑嫂两个，虽系乡村女子，却颇有几分俏丽，被刁旦两人在郊外见着了，即尾随在背后尽量地调笑，直跟进城阙内，仍喋喋不休。两个女子实在耐不住了，才立住脚，在城阙内当众将二人破口痛骂。二人恼羞成怒，仗着主家势力，胆敢当众放下雀笼，搂抱住两个女子亲嘴，笑说："老子把你索性抬举抬举，看你又怎么奈何老子?”二人都打着一口的满洲话。行人虽多，因听他俩的口音，怕是旗人，所以都不敢多事。

恰巧黄天霸的儿子进城有事，打从城阙下走过，看见了这种情状，不由勃然大怒，赶将过去，骂声：“好婊子儿，敢当街调戏妇女！请大家做证，待俺打死了他们，给世界上无法无天的人做榜样。”边说边伸手左右开弓，先将刁旦打了两个巴掌。打得刁旦口中喷血，折落了两只门牙，护痛放了搂抱女子的手。刁旦的同伴非常眼亮，见有人来多事，居然敢骂敢打，怕照样吃眼前亏，赶紧把手一松，连那只鸟笼也不敢顾及，拔脚飞步向城外逃走。

黄天霸的儿子打了刁旦两掌之后，去打那厮时，已被那厮逃跑，即揪住刁旦，要送他到官办罪。两个女子早红涨着面皮，急急逃跑了。刁旦因被揪住，挣不脱身，没奈何只得认错讨饶，被黄天霸的儿子逼着跪在城阙内向看闲的人叩头，发誓以后不再做无理无耻的事，方才放得，提了鸟笼，含羞带愧地忍痛跑回，躲在自己卧房内怕被人看见了脸上伤痕难做人，遂推病睡在床上，蒙被不给人看见，却暗恨那同伴先逃。守那同伴来看他时，他即百般埋怨，辱骂那同伴太不够朋友，太不值价。那同伴为免淘气，怕闹起来被人笑起见，只得忍受着，不开口回骂，反而悄悄地劝刁旦息怒。

刁旦睡了几天，脸上的伤痕平复了，才敢出房见人。因生平从未吃过这种亏，遂约了那同伴，分头往外面去打听那个多事的人是谁，立誓要报两掌之仇。两人出外一打听，即已探知是已故镇台黄天霸的儿子，本领颇好，亦有功名，不是平民百姓。因此刁旦不敢马上就打报复，想设计陷害他，但又苦于一时没甚良策，只得放在肚内。

那天见主人问本地可有什么美貌的小姑娘，触动了他的灵机，遂向主人陈说：“黄某有个女儿，极其艳美。”姓花的大喜，遂即乘轿子前往黄宅，向黄天霸的儿子说明来意，要求他答应。满谓借着王爷的大帽子往下一压，不怕不成功。哪知黄天霸的儿子颇有点志气，不肯将女儿送入火坑，当即一口回绝。姓花的高兴而来，败兴而回，心中好生没趣。

刁旦乘此遂向主人献计，说如此如此。姓花的大喜，即日进京，面见王爷，回禀其事，并说："姓黄的出言不逊，不仅看不起奴才，并且敢得罪王爷，王爷如不给他个厉害，将来人人学样，王爷就从此失去威严，以后事便难办了。"

王爷被姓花的几句话挑动了无明火，遂问姓花的："依你该怎么办?"姓花的就把刁旦所说之计献将上去。王爷大喜，立刻派兵遣将，分别进行。

黄天霸的儿子送姓花的走后，料定必有后文，所以谨慎提防，先命家下人等收拾行装，预备如有甚风吹草动，即马上动身，离去天津。

那天他正在家，忽见门上来报，说知县委派二衙打轿来拜。黄天霸的儿子即出外迎接进内，接谈之下，二衙说是"知县因审问要案，不能分身，特派兄弟到府奉邀，约请黄爷今晚到县衙晚宴，有紧要事奉商"。

黄天霸的儿子为人素有机智，因自己平时与县官毫无交情，此刻忽见卑礼来请，料知或即系为了女儿的事，遂即答应。二衙闲言几句，告别去后，黄天霸的儿子即令家下人等赶紧收拾，准在明日一早就要动身，只等本人回来定夺。

当晚，他乘马前往县衙赴宴，满谓知县总有话和自己谈论。哪知知县并不说女儿的事，只说了些别的闲话，末后才说有个儿子不日就要到任上来，想要拜在他的门下做徒弟，学习武艺，"今晚专诚奉邀，即系为的小儿之事"。

黄天霸的儿子见不是为自己女儿的事，心亦放了，遂说："容等少君到此时，见过少君后再说。"

当晚席散后，知县又把他殷勤留住，在衙内打牌。县官亲自入局，并请二衙和师爷作陪。等到牌局完毕，县官又留住吃宵夜，用酒菜点心。守宵夜吃过，已是下半夜了，方才送他起身。

黄天霸的儿子上马出衙，嗔怪随从，为何不早来接。从人们回说：“晚饭一放，就来接老爷了，不料被县衙的差人拦住，说老爷正在里面用酒席，叫小的们等着。过了一个时辰，小的们催问时，差人回说老爷在里面和县官、师爷们打牌，叫小的们在此伺候着，不要回去再来。小的们依言，只得在外面久等，直等到此刻，已连催问过几次了。”黄天霸的儿子才不怪他们，赶紧回到家内。

家内男女人等正在乌乱着，像一群没头的苍蝇，见他回家，齐念佛道：“好了，阿弥陀佛，正主回来了！”即都抢先上前来迎接回禀，开口即说：“不好了，太太和小姐忽然被一班江洋大盗绑架去了，丢下一封信来，说要拿两万银子去赎，才肯放回。否则……”

黄天霸的儿子进门一见大众乌乱情形，即已吃惊。见回禀说太太、小姐不见，说被大盗架了去，留信要两万银子赎人，心中已是雪亮。即止住众人，不必再往下说，也不要拿强盗留下的信来看，但说：“将信收好，不要遗失。”并问强盗多不多，有没有马。

众人回说：“来人不少，都是骑马的。”

他闻言，赶紧跑到里面房内去，从壁上摘下自己用的大刀来，又将弹弓背上，百宝囊佩好在腰间，掖起衣服，拔紧了脚上鞋子，急急从里面往外就跑。出门跃上马背，两腿夹紧，伸手在马臀上连拍几掌，带马向往京城去的官道上紧紧追去。那马本是名驹，一口气即跑了十来里，远远地听得马嘶，料知已是不远，即又紧夹马腹。那马护痛，又格外向前腾足绝尘而驰。如此绕弯赶过了两座树林，果见前面有一簇人马往前奔驰。

正纵马往前赶，猛听得脑后风响，赶忙把头向旁低侧，见一支箭从肩头半尺高低模样地飞将过去，落在地上。他仍向前追赶，并不因此驻马。看看已经赶上，果见自己的妻女各被缚负在一匹马背上。他即高呼大众：“站着，黄大老爷来了！”边喝边在判官头上搁住刀，从背上卸下弹弓，百宝囊内取出一握弹丸，嘣嘣嘣嘣嘣一阵乱弹，向那前面马上的人众发去。那些人无不应弹落马，倒撞下地去。他又从囊中取出几支镖来，觑准那些人嗖嗖嗖嗖嗖打去，镖本系他家传的闻名绝艺，因此那些人又都躲闪不及，被伤落马。同时他已扬弓挥刀跃马超乘面前，飞驰到众人面前。那些人未伤的早又都吓得呆了，大家都没了主意，神经都发了麻木，一齐呆住在那里。及见他赶到面前，才想拍马逃跑，但是哪里还能来得及呢？早被他挥刀背一阵乱打，打落下马。他即乘此下马，过去将妻女的缚解了，命她母女二人休惊，仍坐在马上，随即向前揪住一个汉子，用刀锋试着，威迫招出指使他们的人来。那汉子被吓，要顾全自己的性命，遂即直招。果然不出所料，系从京城王府里委派来的。躲在林内发箭的，乃是王府的一位侍卫，县官亦是奉命。主谋之人乃是花庄头。

天霸的儿子把他们一群人放了，即上马保着妻女，从原路跑回天津。走过树林时，定睛向内细看，林内哪还有人呢？深恐那侍卫因怕回去不能交差，狗急跳墙，回奔到天津去，再生别个事故，遂催促妻女，飞速赶回家中。到家时幸喜尚无变化，遂命家下人等连夜套车，捆载行李箱笼细软物件，不及饮食，立刻动身上路。刚才弄好要走，天已微明。县衙已派了通班捕快，打着灯笼，夤夜赶来拿人。

天霸的儿子见事情已急，不能再客气，遂用好言语把众人稳住了，请各位上差到里面待茶，送大众的银子，不让先走脱得一个，却暗于茶内放了蒙汗末药。那些捕快素知他的本领，谁敢动粗？又见有银子奉送，谁肯不受？因此心粗的都喝茶被麻倒了，心细的见黄家门口已套好车子，系好马匹，料知要走，都不曾喝茶。天霸的儿子假装作和大众说话，将不喝茶的人逐一让到檐口去，或即走到他面前，都不动声色，轻轻地各点了大众的穴道，大众捕快都不能动弹了。他即催促家下男女上马上车，赶紧起行。他却将大门闩上了，从墙头上出外，上马保着众人，故意出街头向南而行，却由郊外小路上绕回往北径往关外进发。他因有位异姓手足，是安东人，家住在安东摩天岭，所以保护家小人口，搬往安东去投奔那异姓兄弟，一则使对手方意想不到，任凭他们尽量地往南追，只追得一个空；二则他自己久已看破了宦海波涛以及官场的黑暗，所以灰心仕进。

当日他催促着车马人众，紧紧地赶了一日夜，提防追兵，直到次日天晚，才敢住店。直至出得关外，方才放心。一路安全赶到安东，径到摩天岭下村落中他那拜兄的家内去，因早年他本已到过，所以无须问人。当时两家的男女人口厮见后，暂时先在他那拜兄家中权且住着，一面赶紧即在那村上建筑起房屋来。全家搬入居住后，即又取出些银钱来，雇工开垦左近的荒地，耕种粮食，一面又托那拜兄推荐，罗致了一个老诚的买卖人来，在安东城内开爿铺子，支配了全家人口经商务农，不但免去坐吃，且又很为兴旺。他家因有这一段历史，所以深恨清廷，因此传到栋、梁兄弟俩时代，即加入了反清的团体。

当时他兄弟俩都安然健在，因何外间传言他俩身死呢？这其中有件很奇突可骇怪的故事。

详情如何，容待下回续写。

评曰：

《施公案》中，黄天霸改名施忠，保护施公，实已不啻为汉人投旗，取得汉军旗籍资格矣。间尝深思作《施公案》者之微意，盖不仅讥天霸卖友为不仁不义，且改易姓氏，实已无殊自灭其宗，故如是云云耳。终为仇家刺杀，悬首旗杆，亦可见其得报之惨矣。

本回于黄天霸之子不传其名者，宾之也，传其事者，所以形当时满人横行，及逢迎异族者之无耻，并嘉其智能自全，颇合古人明哲保身之义也。且此为其后代加入反清团体之根，故不得而略之也。

花庄头之计，刁旦之计也，其计如何，不从刁、花方面写去，却从黄方写来，是暗叙法。

黄某能于事后不深究，对花庄头、刁旦、知县、豫王等绝未报复，此非作者漏笔，乃是暗写其有鉴于天霸招怨太多，结果被人刺死，故能不念旧恶，一改其先人之所为。圣人云：“不念旧恶，怨是用希。”此之谓也。

## 第十二回

# 是是非非为名为利<br>生生死死传信传疑

话说黄栋、黄梁兄弟俩自幼秉承家学，各练成一身超群绝伦的本领。当时他父亲为欲历练他兄弟俩的胆略经验起见，特命二人背起黄布包袱，同行出门，往各省去寻师访友。兄弟俩走遍了东三省，不曾遇过敌手，胆气遂豪，于是取道山海关，进关闯道。千不该凭着年少的豪兴目空一切，以为关东三省果已无他俩的敌手，大胆刻了块狭长精致的象牙小牌，牌上刻着“闯东无三人”五字，由黄栋悬挂在胸襟上，意思是说关东三省除去他兄弟俩之外，别无第三个有本领的人。这口气何等的狂妄！

兄弟俩一路招摇着进了山海关，满想到京城出一回风头，露回脸，即可回家享大名。倘在奉天省城设场授徒，定必能多收许多徒弟，博得个名利双辉。哪知才进得关，尚未过滦州地界，即便遇着一位吉林长春地方的镖师。

那镖师姓方名刚，在十来岁时即在吉林省做马贼，独行千里，匹马单枪，即享有极大的名望。二十岁后，因探知一个远来采药的行脚和尚在吉林深山野岭上掘得大批人参，做一担挑着，进关往京城或南方去卖，其价不下万金，乃是一笔大财爻。遂尾随着和尚去行劫，不料竟被和尚所败。方刚心不甘服，又贪他那担人参，因明劫不成，遂去暗偷。人参才偷到手，挑在肩上要走，不料已被和尚觉察了，在后紧紧追赶。和尚用梅花针伤了他两腿，他逃跑不得，竟致跌倒，遂被和尚捉住了。和尚当用吸铁石将他腿上的两根梅花针吸出来，并不辱骂讪笑他，只是劝说他，大丈夫何事不可为，何苦做贼，玷辱祖先，败坏名誉，伤害身体？方刚陡然省悔，改悟前非，遂纳头便拜，要求和尚收为门徒，学习武功，采药修道。

和尚说："你不是做和尚的人，不宜出家。如果诚心改过迁善，只要拜我为师，学习武艺还可以，此外贫衲不能答应。"

方刚见和尚肯传武艺，心已大喜，遂即叩头拜师，代和尚挑起担子，回到下处里去。和尚说："你可回家去，明天晚上贫衲自然会来。"

方刚问："师父怎能得知弟子的家居何处？"

和尚笑说："徒弟，你莫要愁烦，贫衲自能知道。"方刚只得告别回去。

第二日晚间，果然和尚到来。方刚心中奇怪，但亦不敢问。只得即从这晚起，跟师父练武，每晚和尚就来，半夜才去。如此教习了一年，方刚的本领已是今非昔比，不料那和尚忽然不来了。

方刚见师父不来，初还以为偶然，后来接连两月，和尚竟绝踪不来，才知师父是真不来了。自信本领当已完成，遂亦大胆。因怕被师父知道了，不敢再做马贼，遂改投镖局当镖师。他是吉林著名的马贼，当镖师自能万无一失，因此他的买卖极盛。遂自设镖局，不再做人家的伙计。开局以后，名望越过越大，进项亦越过越丰，故此十分肯周急济贫、疏财仗义，颇有义侠之名，行之数年如一日。

当黄栋、黄梁兄弟俩到长春时，适值方刚保远镖进关，所以不曾会着。此刻两下不期而遇，恰巧在滦州地界遇着，彼此对面走过，方刚带领伙伴，远远已见他俩都背有黄包袱，所以很留心。及至到了面前，看见黄栋胸前的那面小象牙牌上的黑字，不由大怒。彼此已擦肩走过，方刚因心中不忿，即回身高喝："站着，俺有话对你们讲。"

两黄闻言，即止步回身，问有何事。

方刚怒道："你两个小辈，居然如此狂妄，自夸为关东无三人，真正有目无珠，太不自量了。识趣的，赶紧即刻把胸前的小招牌自己取下来扔在地上，踏成粉碎，向俺们一行大众赔话便罢。不然，管叫你当场出彩！"

两人一路未遇过敌手，哪把方刚放在心上？闻言不由动怒，遂说："你是何人，胆敢出言不逊，想在俺弟兄俩面前道强夸胜？只要你能赢得俺们的那个伙计，便由你将象牙牌取了去。否则，你得给俺兄弟俩叩头赔话。"

方刚知道他俩说的伙计是两个拳头，火上浇油，格外大怒，遂不回言，使出凤凰单展翅的架势，先向黄栋打去。两下一来一往，斗有十数个回合。黄梁见兄长渐渐有些不支，不能再袖手旁观了，即大喝一声，抡拳跃入圈内，助斗方刚。方刚抖擞威风，单战二人，结果，二人竟被打败，怕被羞辱，赶紧招呼一声，口中说："暂且让他个面子，免得他下次出外保镖，被人瞧不起。俺们俩不吃这镖行饭，姑且就放回交情给他吧！"说罢，弟兄俩狂喝一声，猛向方刚一扑。方刚往后一退，二人赶速回身飞步往斜刺里逃走。

方刚紧紧后追，高叫："扔去了招牌，便饶放你们！"二人无奈，黄栋只得把象牙牌摘下来，向方刚抛掷。被方刚伸手接住，哈哈大笑。手下人看见，亦都拍手喝彩。方刚拿着小象牙牌回去，路上向人打听，才知两黄的名姓。

两黄才进关，即栽了这个跟头，满心的高兴，却不道猛被兜头浇了一勺冷水。当向近处的镖局中人打听，才知就是驰名吉林省的方刚。兄弟俩发恨，三年五载之后，定必报复此仇。遂不回家，索性往北京等处去，访寻名人，拜师学艺。

兄弟俩刻苦勤练了三年，技艺已是大成，才别师出关，不先回家，却一径前往长春，访会方刚。恰值方刚被本省的一位大官请保送家眷，往江西、南昌省城上任去了。兄弟俩访会不着，回到下处里，彼此一商量，说："'无毒不丈夫，量小非君子。'俺们现在不如在本省各处专门截劫方刚镖行内所承保的镖，使他镖行内一时做不成买卖，定必立派专人往江西去报信。守方刚回来时，俺们就在滦州地界，上次被他打败的地方去等他，给他个厉害。如仍旧打不倒他，俺们就立将所劫他的镖一齐还他，再去学武；倘如打败了他，俺们就和他要回象牙牌。"兄弟俩商量之后，即日照办，劫镖，只取现银，随身带着，放在下处里。

方刚镖局里各路伙计都失了风，纷纷回局报告。因方刚往江西未回，遂赶紧推派专人前往江西。两黄在暗中打听着信息后，即到滦州边界官道上去住店守候。等了许多时日，才将方刚等着。仇人相见，分外眼红，哪肯轻易放过？兄弟俩即刻跑到上次被打败的地方去等候，守方刚来到面前，黄栋即阻住去路交手。

方刚在得报后，一时竟想不起是两黄所为。及至此刻，方才十分明白，遂上前与黄栋争斗。斗有两个时辰，两下仍无胜败。方刚的手下怕首领吃亏，齐上前来助拳。黄梁即亦向前帮助兄长，彼此混合乱斗了半天，结果，那些伙伴究竟不敌黄梁，都被黄梁打倒了。方刚因见手下都被人打倒了，心中发急，不由手足稍慌，因此遂被黄梁打败，往后逃跑。

两黄见已得胜，哈哈大笑，即高呼："方刚站住，俺们有话讲。你所保的镖，俺们不在乎那一点，如数可以还你。俺们的小象牙牌，你须得还俺们。彼此交换，此后你我互结为友，大家往事不提。"

方刚听得，把心一横，回头喝骂一声："小子，俺也学你们的样，三年五载之后，再和你俩相见。你俩回去，各自时刻留心你俩的脑袋！"说罢这几句，即从斜刺里小路上抄过了滦州，出关回转长春本人镖局里去。结算账目，将所被劫失的镖照保数一分不短地赔偿，即日把镖局盘让给别人，所有各伙计的薪水亦都各送三个月，并另送程仪，算是解散的使费。事毕后，方刚又在镖局内设宴给各伙伴们送行话别。

席终人散，方刚即收拾行装，在家只耽搁得一日，即便动身出门，到处访求明师。因恐自己的名大，人家不敢教，特将姓名改换。直到进了雁门关，过了大同，才访得一位名人。先去试艺交手，果然高出己上，遂即拜求为师，练习武艺。勤习苦练了三年，方刚本领已远非往日可比了，料想黄家弟兄断非自己的敌手，遂别师出关，径寻问到安东摩天岭下村落里黄家门口来。

问到黄家时，恰巧黄栋、黄梁兄弟俩都在里面教授徒弟，他俩的父亲正衔着支旱烟管，立在门首看长工在晒场上打麦做活。黄父本是从小即练武的人，极能识人家的本领高低。当时远远见一个陌生大汉对着自家门口走来，看他那种气概和腰腿雄健、举步迅疾，已测知来人本领极好，深恐他是来拆儿子们教徒弟的场子的（请聘教师授徒武艺，名为立场，又称立厂），因此方刚尚未到他面前，他已留了心。及方刚来到面前，抱拳向黄父问询，里面黄家大爷、二爷兄弟俩可在里面不在。黄父看他气色不善，遂还礼回问姓名来由。方刚通过名姓，直言来找栋、梁兄弟俩比武，“他当初既能使俺保不了镖，俺现在当然也能拆他的教练把式的场子。如果他俩躲在里面，叫老丈回称不在时，他俩就算不得好汉子。识趣些赶速自己将徒弟散了，从此隐姓埋名，不再出头露面便罢。否则，俺方刚肯饶他俩，拳足却不肯轻恕他俩。老丈，究竟他俩在家不在家？须知这乃躲得和尚躲不脱寺（事谐音）的。他俩躲在里面不出来见俺，把俺的火性惹上来，可休怪俺粗暴打将进内去！”

黄父见他出言不逊，这明明系料知自己是栋、梁兄弟俩之父，故意说这种无礼之言向自己挑战的，不由心中动怒。究竟黄父是年逾半百之人，火性比少年人好些，又兼老于世故，深知来者不善，善者亦不来。察来人的气概，即已料知来人的本领不弱，不仅外家功好，内家功亦颇有根基，不比寻常背黄包袱出门闯道的人容易应付。况且他挟怒而来，如果他没有擒龙手，怎敢冒昧闯进水晶宫呢？因这一想，恐怕自己年老之人，成了个三十岁老娘，倒绷孩儿的趣事，把自己一生的英名断送在方刚手里，故此强把怒气耐着，面含笑容，回说：“他俩出门去了，大约早晚就可回来。你老哥贵寓何处？守他俩回来，关照他俩，就到贵寓回拜。”

方刚见他毫不动气，心中奇诧，即说：“既不在家，改天俺再来吧！俺现在本地的下处尚未找妥，再见。”说罢，回身就走。

黄父守他走出村外，才缓步踱进里面，将栋、梁兄弟俩悄悄唤到后面静室里，问二人从前曾否和一个姓方的吉林人结过冤仇。二人陡被提醒，不由吃惊，遂把前事说了。他父亲埋怨二人不该如此狂妄，现在人家寻上门来了，见面定必大败，或且有性命之忧。如果只一味地逊让，也不是办法。

弟兄俩受老父一番埋怨，想了半天，忽然异想天开，想出了一条诈死计，遂对他父亲说了，请问可不可行。他父亲听罢点首，说：“就这么办吧！”

当日弟兄俩即推说有病，不能教徒，暂停教授，诈称出门进城去就医。却暗到乡农人家去躲好，由黄父进城回来，装出悲伤神情，向两媳及家下人等诈称兄弟俩所染的乃是时症，进城就医时，已来不及，现已死了，即在城内先行棺殓。两媳大惊，信以为真，哭得哀痛异常，全家上下，无不大哭。当由黄父率领家下人等进城去将两子的棺柩运回家中，办起丧事来，一面将徒弟们放了。

过了十几天，方刚已从别处打了宽转，游历了回安东来，到黄家访问栋、梁兄弟，门外长工回说已死。方刚不信，但见黄家内外都贴着蓝纸，的确系办理丧事的神情。走到里面去问，黄父亲自出来招待，老泪纵横，说今天正是两个小儿的二七。同时里面黄家妯娌俩正在灵前上香供酒饭，哭成一片，不由得方刚不信，又亲见黄家内眷亲戚人等吊祭哭拜。

方刚心忖，可惜自己本领练成后，竟未能报得仇怨。遂移步走进后面孝堂里，径到棺柩面前，伸手在各人的棺材头上拍了两下，口中说：“死得好，死得好，免得你们活着现形。”说罢这几句，即向黄父告别，径自走了。因此外间传说，黄栋兄弟俩已都去世，哪知完全并没相干呢。

事后过了几天，黄父才悄悄对家下男女人等宣布两子无恙，叫大众以后休再啼哭，并暗将两口棺材揭开盖来观看，大家才知里面装的是床破被絮和些碎砖瓦、乱石子。黄父用手去一试砖石，都已粉碎，暗惊方刚的手劲。遂将棺材盖好，索性装假到底。隔了几天，就出了丧，并暗将家搬了。黄栋兄弟俩才回家居住，由他父亲亲自教练他俩各练成铁砂手及铁布衫功夫，以防日后再遇方刚。

不多时，得到信息，知道方刚回长春后，因受他先前和尚师父的度化，出家做了和尚，往长白山去修行，已不在家了。黄栋兄弟俩这才敢大胆放心地再出来。那天由安东赶到小三姓去赴会期，得遇夏、金二人，所以金时裕很惊讶，即是此故。

当时四人边走边谈，黄栋刚才将以上经过情形说完，已来到村上大庄院门口，早有人在那里迎接。

未知村上究有几筹好汉，事业如何，请待下回再写。

评曰：

甚矣，满招损，谦受益。古人之言，信有以也。黄氏兄弟才悬象牙牌以自豪，即受创于方刚，终且以诈死免祸。作者传此，殆亦隐寓讽世之微意也欤。

方刚一遇僧而成艺，再遇僧而入山，其毕生可谓与僧有缘，然僧实系奇人。

行脚掘参盈担，此实其欲借以诱方刚来劫而挫之耳。读者如以为真是掘得人参盈担者，则不免为作者所笑矣。

失败为成功之母，观于栋、梁二人受辱于方刚后乃克成艺，方刚亦因受败辱而成功，益信斯言非谬。

## 第十三回

# 财能通神有罪亦可赎
# 谑足速祸无风竟兴波

话说四人来到庄院门口，早有人看见，飞往内报。四人才缓步进院门，里面已有人出来迎接。

这来接的人，乃是村上现被公推为首领的一位好汉，名唤朱克昌，生得丰仪俊美，身材适中。自幼秉承庭训，学武修文，立志欲图兴复邦家，所以结合同志，十分努力，每年在外借着走江湖卖卜为名，暗中结纳了各处的会党，罗致英雄。

当日黄栋、黄梁加入三家村团体的，就是由于朱克昌的吸引。自从昙云和尚遇难以后，三家村上出入的英雄好汉已远不及往日的众多，热心亦不及往年。多亏朱克昌竭力整顿，拉拢招接，才能维持着现状，逐渐地又兴旺起来。

朱克昌得报有同志到来，赶忙跑出来迎接，和金时裕、两黄见面后，即请问夏定夷的尊姓大名。金时裕忙代两下介绍，并将夏定夷的来历对朱克昌说了。朱克昌和夏定夷两下各说了些套话之后，即让请四位同往里面大厅上去，边走边问四位是相约同来，还是在对岸上不期而遇。金时裕将自己约同夏定夷来，在胡二船上，两黄赶到同渡进庄的话说了。

朱克昌让四位到大厅上坐下后，庄汉们献茶绞手巾毕，克昌将金时裕唤到檐下去悄悄问他，夏定夷是不是真实的同志，防他来做奸细。金时裕回说，绝对不是奸细。遂将夏定夷从前所为略表告诉了些给朱克昌听。朱克昌才放了心，即说：“既然如此，夏定夷能不能宣誓加入俺们的团体呢?”

金时裕道：“那当然可以。”

朱克昌大喜，即与金时裕同到厅上。朱克昌向夏定夷道谢他加入反清同盟的志愿，要求他即日焚香告天，宣誓共谋兴复。夏定夷的来意，原没有一定加入团体、做反清复明事业的心，见问，自忖，反正自己是个军犯，便加入同盟，亦无甚关碍，况且平时目睹驻防在各处的旗兵种种强暴的行为，实亦可恶得很，因即略不推辞。朱克昌大喜，立命庄汉们摆设香案，并备办酒席，算是欢迎新同志的宴会。

一会儿，香案摆好，朱克昌请夏定夷焚香宣誓，即请两黄监誓，本人致过训词，并宣布加入同盟后应负的责任和应做的工作。夏定夷一一听清记牢。事毕，酒席已经在后进饭厅上摆好，庄汉来请各位入席。朱克昌遂邀请四人前往，申明此席是专为欢迎夏定夷的，又命庄汉就去请明、马两位庄主和各位好汉同来坐席。

原来三家村上共分有三个大庄院，明、朱、马三家各居一所庄院，互相隔开，各有便门可通。其时是朱克昌当家，所以金、黄等人一径即投朱家院内，不往明、马两家庄院内去，乃是村上规矩。需要先会过主持事务的首领后，才可以拜会别个，以明先公后私。

当时明、马二位正各在家招待着几位在金、黄等之先赶来村上赴会的侠义英雄，见庄汉来请，即邀约着各位英雄同到朱家院内来。到得饭厅内，彼此相见后，即互相让座入席，由朱克昌起立宣布欢迎夏定夷，并谢金时裕招致同志之功，和将夏定夷给各位英雄引荐之意。宣布后，即逐位给夏定夷介绍。夏定夷才知姓明的名唤复兴，姓马的名唤克元，都生得和朱克昌形容一般文弱，表面上不像精擅各种武艺的人。其余各位，精神都极抖擞，非常健旺。

夏定夷是个精晓技击的人，一见明、马、朱三位，即已看出他三位都是做内家功夫的人，在座的各位都远不及三位的本领。满心想看看各人的本领，但又因初会，不便启齿，遂借着起身斟酒，和全体各位表示新近为由，斟到金时裕，暗将此意对金时裕说知，请他想法。金时裕点头会意，守夏定夷回到原位后，金时裕即向朱克昌建议，请他发表意见，要求赴会的各位都各在席前舞一回刀剑，或练一趟拳脚，助饮酒的余兴。朱克昌连称很好，向大众宣布过此意，即首先由他自己本人起，离位拔佩剑在席前舞了一会儿太极剑，接着明复兴舞花刀，马克元舞四十八剑，金时裕舞流星锤，两黄对舞短剑。在座诸人逐一依次舞毕，无不各尽其妙，各竭其能，掌声四起，彩声不绝。大众既都练过，该轮着夏定夷了，大家都要看看他的本领如何，所以无不格外留神。

夏定夷暗暗忖度，这真是作法自毙，边想边起身离位，在刀枪架上取下一对金装锏来，当筵将锏法施展，盘旋如飞，恍如一团金花笼罩着，简直无人能看得清楚。大家看到妙处，无不拍掌叫好。夏定夷将锏法使完，庄汉们接过去，由朱克昌起，各人都贺夏定夷一杯。夏定夷谨敬领谢，各回敬过了，这才大家畅饮用菜。

席间朱克昌当众宣布，报告最近各地组织的秘密机关。在吉林、哈尔滨两处，新添设了两所支部，但事务进行甚缓，简直没有进展，希望各同志从此格外努力。朱克昌报告毕后，在座诸人除去夏定夷外，齐都纷纷发言，各报告些事务，并提出意见，互相讨论。明复兴主张现在南方各省初被清军平定，太平天国的余党各省甚多，人心尚未全安，不如乘此把东三省的全体同志邀齐了同到南方去，结合太平天国的余党，合力共举大事，或许可以成功。马克元主张先分派人到南方去联络，守有了端倪，然后再动手。大家都赞成马克元的主张，当即议决通过了。又议决了些进行的各事，方才止酒用饭。

饭毕，散到大厅上去，各谈论了些近情。当日又赶来了几位英雄，夜间又纷纷聚议了几个钟头，方才各由明、朱、马三位分别招待着到各处客室内去安息。

次日是正期，又从外路赶来两三位。大家会齐后，复又讨论了些事务。夏、金二人本和解差说明了的，怕四名差人不放心，生出别的枝节来，遂于重阳当日傍晚时分，告别了大众，赶回客店里去。

四名解差正在店里抹牌，见两人如约赶回，不由大喜，遂有两个差人立起身来让两人入局。两人摇头，径回房内更衣，出来看四人斗了会儿牌。四人问二位往哪里去来，二位胡乱应了两句，说了个地名。牌局完毕，方才用晚饭。饭后早早安息，次日结账上路。

金时裕在路上悄悄告知夏定夷："三家村平时不逢会期，例须隔岸用信号，才有船摇过河来迎接。从前信号是三支袖箭或是三支钢镖。自从朱克昌为领袖之后，特将信号改为五块问路石子，发石子的人须立在河边上明处，石子须抛掷到对岸芦苇丛中去。这管理渡船的头领，名唤胡二，平时胡二不驾船摆渡，摇渡船的乃是他的手下，如掷过五块石子往对岸去，有人摇船出来，问是谁在对岸，到此找谁的，须得回说老胡有事的，方才可以得渡过河去。朱克昌所以改换新信号的，因恐从前的信号怕日久泄露在外人耳内，防有奸细，更恐怕来者是位文人，不会打袖箭、钢镖，所以才改用石子，比较的容易些。夏爷下次如欲往村上去有事时，须得用这个信号。如在会期，只须往俺们这回去时，在芦苇边老地方唤声胡二，马上就可以有船来接。"

夏定夷听罢，记在心中，暗忖，村上的规矩，很像《水浒传》梁山泊上的规则，只可惜不像梁山泊上需要朱贵酒店，后面水亭子里射响箭的办法来得稳妥。这办法守下次大会时，我再提出意见来，问大众以为如何。当时也不再说什么，两人在路上没甚耽搁。

那日来到黑龙江省城，四名解差同投衙门去交了犯人，呈递公文，请求回批。两人当堂被县官判令暂时寄监，并将两处差人的回批亦在当堂批了。四名公差退下堂来，到班房里将夏、金两人的包袱等物件交付了两人。两人又各送给差人些程仪。

当日，两人即被暂时收禁在外监里。过了两天，县官才令差役将二人提出监来，问讯过二人有何技能，即分派二人去做活。二人带的银钱本很丰足，当即用银钱贿托县衙里的师爷，花钱买好了县官，二人虽不会做活，却可以雇人去替代。日期久了，索性连雇人替代的麻烦都可以免了。

夏定夷来时，本不预备一定再回广东，所以到黑省后，即安心赁屋居住。初时与金时裕同居，后来，金时裕请县衙内师爷代拟了张禀词，呈递给县官，请求法外徇情，准予放回原籍，所有未满限的日期，准许罚款赎罪。县官早已受过好处，此刻又收了孝敬，当然不予批驳，立刻照准。

金时裕既得准如所请，遂即择日别了夏定夷，径回锦州家中去。到家时，他兄弟金时丰不在家，问时，家中人回说他往府衙去听审案并做证人去了，大约还有一会儿就可以回来。金时裕听说兄弟去到案做证，忙问："是什么案子，要不要紧？他年纪轻，如说话错了，可不是耍的，这是谁来请他去的呢？"

他老婆道："这是二爷自己揽的事，无端地要给人家打不平，自愿去给人家做证，有谁曾来请他呢？"

金时裕听说兄弟给人打不平，心中很是欢喜，即又紧问："是哪家的事，什么案子？"

他老婆道："你才回来，歇息吧，停会儿你兄弟回来，你自能知道。倘或被官押起来，那便是他爱管闲，多事有事，自寻苦吃，怪怨不着人。"

金时裕见老婆说话颇不贤惠，心中不由不悦，遂又问："二爷究因谁的事？"

他老婆见他面色板起，不敢再说不中听的话，遂将原因说将出来。

说犹未完，忽见一人匆匆地气喘跑来，见了金时裕，先请了安，即说："大爷不好了，二爷去到堂做证，被知府判令收押，二爷叫俺回来报信。现在大爷既已回来，那再好也没有了。”

金时裕认识此人，乃是铺子里的学徒，名唤方正，是本城人，为生颇灵敏活泼。见说，即问他详细。方正把府官问案，二爷做证，顶撞了知府，知府动怒，才将二爷吩咐收押的话说了。

金时裕得知详细后，因为事关人命，又兼兄弟被押在知府衙门内，不得不赶紧去问，遂即洗脸梳辫，更换衣服，带上银子，立刻离家前往府衙。先寻着府衙的一位师爷，向他花了些小费，打听案情。又到待质所内去探望兄弟，兄弟并不在，遂转向班房内去找了一位相熟的捕头，问知他兄弟才又被知府传令将他改禁签押房里，怕他在班房或待质所内与人会见，教会了口供。金时裕没法，只得暂且先拜托那捕头照应兄弟不吃什么苦，随即挖腰，送那捕头几两银子。捕头微笑答应，拍着胸脯说：“这是俺们弟兄们的事，尽请放心，有什么消息时，准定即刻送信给你。”

金时裕谢别了那捕头，心忖，釜底抽薪，才能有用，遂急急前往那苦主人家去调查情形。调查明白了，回身却去找本城的一位著名刀笔，请他马上做好一张禀单，亲自带着，跑到知府衙门去击鼓呼冤。差人把他带着，进去回话。

究竟是什么命案，值得金时裕如此惊慌，详情且待下回续写。

评曰：

朱克昌、明复兴等之名氏，均隐寓反清之意，此作者笔细处。

朱克昌改信号，并问金时裕，怕夏定夷系间谍，此不仅写朱克昌心细，且为后文作反引映射也。

三家村上领袖，前文只言其姓，而不传其名。待至本回始出者，盖迂回其文并示重也。

借夏定夷目中看出，写朱、马、明三人系做内家功者，判为高出众人之上。又上回写两黄由其父教练，练成铁布衫、铁砂手等功。看是闲文，而不知凡此乃都为后文伏笔。

金时裕代人充军之事才完，金时丰又代人做证之事已出。文如波涛，有一波未平，一波又起之妙。

仅先写金时丰顶撞府官被押，而不写其为何人何事。此不仅为用倒叙法，且实欲使读者为之着急，急欲观下文以明究竟也。

## 第十四回

# 人间巧事戏语成谶语
# 天外奇祸喜剧变悲剧

话说金时裕因他兄弟被押，又为着人命重案，一时性急，故此赶奔到刀笔家中，请他做好了一张诉状，马上就跑到府衙，击鼓告状。

知府听得鼓响，赶紧升堂问案，命公差把击鼓告状的带上堂来，问可有状子。金时裕从身边取出一张诉状来，呈献上堂。差人接过，递上公案，知府接过铺下观看。

看官，你道金时丰为了什么命案，抱不平，揽是非，到案做证被押呢？

原来，锦州城内有家姓游的，是个半商半读的人家，家道颇称富有。主人名唤游福通，生子二人，长子名唤富华，次子名唤富强。游福通少时因屡考不第，恨而改习商业，在本城、天津两处，各开参行和皮货庄，专收人参、皮货等件，进关去贩卖，每年买卖不小，两地四铺，雇用的经理、柜员、学生颇多。就中在锦州参行里的伙友中，有一位姓邵名豪的，和金时丰是莫逆的契友。

那邵豪生性最爱和人说笑话，往往能嬉皮笑脸地使人发噱，不好和他急脸认真，又能正言厉色地使人信他的笑话为真，及至结果，才晓得他是开的玩笑。因此人家给他起个绰号，叫他做油嘴鬼，他亦以此自豪。

有一次，他和一位同事正言正色地说他家中有要紧的事，叫他赶紧回去。那同事不信，问他怎么能知。他说：“你夫人腹痛，要临盆了，叫你买红糖、草纸，即刻就回去。我本不晓得，因才遇见你家雇用的何妈，急急地跑来，看见我，就托我捎口信。我叫她自己来，她说要紧去请稳婆，怕误了事，再三郑重托我，我才回铺对你讲。”

那同事的内人正届足月，见他毫无笑容，不由不信，即刻到隔壁糖香杂货铺内去请了香烛，买了红糖、草纸，命铺内学徒帮忙拿着，急急跑回家去。他老婆正坐在房内绣鞋花，并没有腹痛的事，夫妻俩又好气又好笑。那同事回转参行内，向邵豪理论。邵豪大笑，阖铺的人亦无不拍手笑哈哈。

便有人笑劝道：“你难道不知他是个外号油嘴鬼的小儿痨，怎么竟会听了他的话就深信而不疑呢？”

邵豪笑道：“这是俺给你夫人催生发兆，叫你早点买好了应用的东西，免得临时慌忙，原是好意。”

说得同事亦变怒为笑，只得骂了他几句：“贫嘴贱舌，好嚼蛆的促狭鬼，但愿你将来在这油嘴上吃回大亏，俺才称心欢喜呢！”

邵豪和人家开玩笑往往都是如此。那时候因为他少东游富华聘娶本城东门外杨光宇的女儿为妻，将要到吉期，邵豪平时亦是和游富华说笑惯了的。这天笑对他说道：“少东娶亲，这破题儿第一遭的大事，少东尚未经过人道，可算得是个外行，不如到期让俺先给你做个代表，做一回吃力不讨好的先锋官，免得你的那位如花似玉的少夫人，因你不谙行，多吃许多冤枉苦。”

游富华当时一笑置之，亦未多说什么，仅骂得一声：“浑蛋，再贫嘴时，看俺不打你的耳刮子。”

过了几时，已届吉期。游家本与金家有往来，所以这天金时丰亦去送礼道喜，在游宅吃喜酒、闹新房。邵豪当然是药中的甘草，也在财东家中帮着招待贺客，川流不息地内外忙碌。

邵豪因平时太贫嘴，恨他开玩笑的人多。这天大家暗结好同盟，存心要灌醉了他，使他伤酒，略报他平日之仇。邵豪偏又平生爱好杯中物，尝自命不凡地称自己为李太白第二。论他的量，的确非常人可及，无如这天大众是预先约好捉弄他的，所以结果邵豪这天竟被大众用猜拳行令、击鼓催花等种种方法把他灌得烂醉如泥，呕吐不省人事，大家方才饶他。但因彼此都暗中和他有些不睦，所以无人肯送他回去。金时丰因和他素来交好，这时遂亲自护送他回家去安息。

事有凑巧，其时锦州有一过路的漂亮窃贼，衣冠华好，容貌美秀，那贼不仅面庞、身材有些像邵豪，即年龄亦相仿佛。这天他因走游家门口经过，看见车马临门，如水如龙，里面鼓乐喧天，十分热闹，遂大摇大摆地撞将进去，冒充贺客。喜事人家远来亲友颇多，又有新亲上门，所以陌生人至夥，极难稽问，因此偷儿即能乘机下手。当时那窃贼撞进里面，大家都以为他是宾客，并无一人疑心他是贼。别人坐席，他亦混了一顿白吃。晚间席终人散，他竟混进新房内去，本意是想偷衣物等件就走的，却不料冤枉孽障，新郎因被朋友们嬲住在前面打牌，不放他早进洞房，新房内凑巧只有新娘一人独坐在床沿上。喜娘因要大解往别房去了，女客们散的散了，未散的都在别房里忙着赌钱。游家的女眷少，倦极的偷着去睡了，未睡的要忙着招待女客，分不开身，所以新房内无有别人。

那贼进房时，因见新娘貌美，带着酒意，忽然动了淫心。常言："色胆如天大，酒为色媒人。"那贼淫心发动后，陡然心猿意马，按捺不住起来，乘着无人在侧，竟大胆冒充新郎，去掩上房门，脱去长衣上床，又给新娘宽衣解带。新娘初来，又兼其时旧俗新娘例须闭着眼睛，因此一时不能辨识来人是否真正新郎，当时即被那贼行了轻薄。那贼究竟贼胆心虚，不但时候极短，而且更不敢入梦，轻狂以后，新娘蒙眬欲睡，他即乘机将新娘手臂上的金戒指、手镯、发髻内的金钗、耳环等项首饰，推说代她取下来收好，立即匆匆穿衣下床，藏好首饰，开门出外。幸喜无人看见，匆匆逃跑出了大门，去得无影无踪。

到得夜深时，男宾不能认真地去拖住新郎不放，误去人家的良辰美景，遂即大家送新郎入洞房。送房后，男宾各散，新郎遂脱衣上床。新娘见忽然换了个新郎来，不由大惊，惊极了，忍不住放声号哭，推新郎下床，问他因何敢大胆来充新郎。新郎骇诧其言，急问原委。新娘遂唤喜娘来问，证明果是真正新郎后，新娘心中已是明亮，羞恨已极，遂带愧将适才之事说了。新郎大骇，同时游福通老夫妻俩及未散的男女客等人闻得哭声，也都赶来探视，闻知不由一齐惊诧。大家责问喜娘，喜娘说自己去大解，实不知情。

原来那喜娘是个有大烟瘾的人，所以大解干燥，屙屎非常困难，经时亦颇久。大家闻言，虽相信她是真不在房内，但却不能无疑。新郎又追问新娘，那冒充新郎的人服色形容如何，新娘回说羞人答答地，实未能留意细辨他的服式形容，只记得他伸右手来扯我的小衣时，我和他挣扎，觉得他是六个指头的人。新郎听罢，不由心中一动，陡然想起邵豪。

原来冤枉凑巧，邵豪也是右手六个指头，新郎因从六指上想到邵豪，更想到邵豪前几时和自己说的笑话，越想越像，越想越气。心中一怒，遂对众人道："是了，这定是俺们参行内那个油嘴鬼邵小子做的事，他今儿装假醉逃席。原来却真个做出这件事来，还当了得，不杀了他，绝不甘休。"

大家忙道："此事关系甚大，你何能说一定是他呢?"

新郎把邵豪说的话告诉给众人，又道："当初俺当他说着玩，哪知他竟是真的早有存心呢。倘不然，他的酒量素豪，往日饮酒从未醉过，何至于今儿就偏偏地醉了呢?"新郎越说越像。

大众听罢，也越想越像，都说："这大约一定是他。"

新郎一时气愤不过，新娘又说首饰都被那厮脱取下来拿去了。新郎更加气怒，按捺不住，遂走出房外，径往厨房里去寻了把切菜的钢刀，藏在衣底下，一口气跑到邵豪家去。

邵豪正和衣睡在床上。金时丰送他回家，被邵豪的兄弟留住打小牌，其时尚未走。游富华擂鼓价敲门，里面听得，忙问是谁。游富华应声是俺，里面遂将牌局暂停，邵豪的兄弟便去开门。游富华进门即问邵豪在家不在，邵弟回称酒醉回家，睡犹未醒。说着话，同来到堂屋里，游富华又问睡在哪面房里。

金时丰等见他面色不佳，又兼是气急败坏地，料知定有事故，忙问何事。游富华说："有要紧话和邵豪面谈。"大家恐有意外，遂伴着同进邵豪的卧房。

游富华进房后，即从衣底下亮出刀来，虎一般猛扑到邵豪的床前去。众人大惊。金时丰赶着抢步上前扯住了游富华的右手，从他手中夺下刀来，口中说："有话好讲，因何要动刀？"大家亦都上前将他阻住，惊问何故。同时忽听得外面又有人叩门甚急。邵弟唬得浑身抖战，走去问明，开门让进几个人来。原来是游家的亲友等众，因见游富华神色不佳，匆匆跑出门去，大家不放心，怕闹出大乱子，所以约着一齐尾随着追赶将来。

游富华被众人问其原因，气得面现青紫，半晌说不出话来。只说了两字道："好好！"

游家亲友追到，将情形代他说出来，邵弟及金时丰等无不错愕异常。这么一阵响动，已将邵豪从床上惊醒，醉眼蒙眬地问大家为了何事。游富华见他起身问为何事，只道他是装佯，格外如火上浇油，欲扑上前去打他，被众人扯住不能动手，急得他破口大骂。

邵豪恍如丈二金刚摸不着头脑，酒亦被他骂得吓醒了，不知所云，只得又问何故。他兄弟将游富华带刀来寻凶的原因说了，又说："若非金二哥在此，兄长怕不已遭了毒手。"邵豪听罢，惊怒交集，也顾不得他是小东家，自己是伙友了，遂亦恶声必反地回骂，并赌神发咒地向大众申明被诬。游富华哪肯相信？绝不甘休，立即两下揪扭起来，被大众扯劝开了。

天光已亮，游富华拖住邵豪，防他逃跑，说要结辫子和他去打官司，告他奸淫妇人和盗窃首饰的罪名。邵豪也要和他见官明冤，并告他诬枉，要办他带刀行凶和赔偿名誉。众人见事大，非可片言劝开，遂亦只得由他们俩去打官司，二人揪扭着同往县衙告状。

知县因审问别案，这天特别提早升堂，才升公堂，游、邵两人已扭作一团地到来，跪在堂上告诉，双方各执一词。县官因别案要紧，遂吩咐捕快将二人带下去补状。二人还未退下堂，忽听门外鼓响，差人带进两个老者，亦揪扭着走上堂来跪倒，高呼青天大人申冤。县官只得将别案暂搁，先问两老谁是原告。

两老正是游福通和杨光宇两位亲家，因为游富华跑出新房，去寻邵豪问罪后，游家上下的人众纷纷乱乱地不安，一时不曾留意。哪知新娘即于这大家忙乱时间内，心中羞愧愤恨，又肉疼那些首饰，自恨贞节已失，对不起丈夫，将来在婆家如何做得起人，因此一怨，遂生了个寻死的念头。恰巧游福通平时亦抽大烟，这天喜事，亲友抽烟的人亦多，所以房内放着烟灯等物，又怕人杂，大缸烟全放在烟盘内消耗太多，所以把一大缸烟膏藏在新房内，预备有谁要抽，即到新房内挑烟。

这时，新娘因怨恨生了短见，猛然见桌上放有大烟，把心一横，推说要吃点心，把喜娘支出房去取，她即乘空跑到桌前，把一缸鸦片烟膏一口气全吞服下了肚，急回身睡进被内去。等喜娘把点心拿进房来时，新娘已因吞服太多，发作得快速，睡在床上呻吟了。喜娘大惊，急急高呼："不好了，你们快来救人，新娘服毒寻死了。"大家听得，纷纷奔进新房，看见情形，慌速设法灌救。游福通老夫妻俩更急得蹬足，赶紧派人打轿子到杨家去报信，接亲家上门。

杨光宇夫妻得信大惊，遂即乘原轿赶到游家，一见女儿已不中用，不由大哭，问女儿为何如此。新娘已不能说话，强木着舌头，只流泪说句："请爷娘给可怜的女儿申冤!"即已翻凤目，伸金莲，哎呀一声，香消玉殒了。

杨光宇夫妻痛女儿死得冤枉，向游福通夫妻理论，怪游家太无人管事，放闲人进房侮辱他女儿，又用鸦片烟逼死了他女儿。游福通夫妻焉肯承认是逼死呢？说：“这是新娘子羞愧自尽，怎好冤怪别人？”

正在乌乱着，人报新郎同邵豪揪扭着同往县署去打官司了。杨光宇听得，即跳起身来揪住游福通，说：“你夫妻两口子休想狡赖得了，俺和你也打官司去。”

游福通心中正急得痛苦难当，被杨家夫妻哭闹得没了主意，见说儿子又进了衙门，一时气急，还管得什么？况且此事亦非经官不能了结，遂亦毫不畏避，两人扭着同往知县衙门。到门前时，杨光宇即抢先击鼓，被门差上前带住，拉进里面大堂上去回话。县官因系击鼓告状，所以只得先审。

毕竟如何审结，请待下回续写。

评曰：

读本回乃益信有子“知和而和，不以礼节之，亦不可行也”之言为金科玉律。邵豪以油嘴而得奇祸，虽曰冤遭诬陷，然其实咎由自取耳。愿天下之好为戏言者，共以邵豪为鉴。

作者命名，都有微意。如上回之刁旦，本回之邵豪，读者谐音而求之，可以想见其人。

天下事之巧合者甚多，固不仅本回之事为然也。然则世人果以南容自居者，则可免祸矣。

新房内无他人，致为窃贼所乘，游家大是疏忽，然今世之疏忽如游家者固颇多也。作者传此，殆亦心所谓危与欤？

吾尝谓窃贼之罪为可杀，观夫本回，益足征吾说为有理由。若原情恕之者，特妇人之仁耳，吾不取也。

## 第十五回

# 糊涂官糊涂定谳
# 慷慨士慷慨陈词

话说知县问明杨光宇、游福通两亲家的口供，正与游富华告邵豪奸盗的话是相连的，两事正是一事，遂并案审理。更因系人命重案，案情又离奇曲折，遂索性把别案搁置，提前先审游氏父子及杨、邵两人。问罢，即命："传本署的仵作，带全班皂役，前往游家验尸。"即在游家大厅上设公座，细审过游家男女老幼上下人等。令将喜娘锁了，带回衙门，详细盘诘。

本来知县对于此案，初时问过游、邵二人后，即认为容易解决，是不是邵豪，只要把新娘传来一问，片言即可解决，所以未认作为难。

此时，新娘已死，奸盗之外，又有人命，案情不但比前重大，而且成为死无对证，极难解决了。仅凭新娘说来污辱她的人是右手有六个指头一语为根据了，因此疑心喜娘大解，或系有意避去，所以将喜娘带回衙门，细审多时。喜娘总是据实供招，经用过许多刑具，喜娘死而复活，前后几次，都是一般供词，说与新娘被人污辱的无关。知县见问她不出，只得命喜娘具结，交保释放。一面命杨光宇好生回去，容候破案。又命将游福通、富华父子交保，暂且回去从优收殓新娘，听候传审。当堂严嘱杨光宇回去后，不许与游家父子为难。知县所以要将游家父子交保的，就是因为新娘的死，他父子应负前后疏忽之罪，更恐有逼死新娘的嫌疑，尤其对于游富华，他是冤屈邵豪，有诬告之罪，所以要将二人交保。

县官将各人发放了，这才将邵豪带上来细细盘驳，问他在什么时候饮醉，何时到家，回家后是否就睡，更换过衣服没有。又因新娘的首饰被窃，料知窃贼半夜里不能将首饰变化银钱，所以派人将邵豪的衣裤验过，有没有沾过污秽。又派人到邵家去搜查，回报不曾查着。县官奇怪，遂用刑拷问邵豪的口供。邵豪哪里肯招？直打得皮开肉绽，血流腿臀，直至死去活来，仍无口供。县官着急，只得命将邵豪暂押，派人到参行内去调查，邵豪往日曾否有过代做新郎的戏言，回报果曾有过。

县官疑心奸盗行为定系邵豪，因又将邵豪提出严讯。第一个硬证，新娘死前说过来人右手是六指，偏巧邵豪右手是六指；第二个证据，邵豪在前曾亲口对新郎说过戏言，此事不是邵豪所为，更有谁人呢？因此严刑盘诘，竟使邵豪有口难分，实在受刑不过，只得胡乱招成。县官得供后，即据供定了斩罪，只等秋决。消息传到外面，邵豪的亲族人等无不大惊，虽欲代他想法，但事非目睹，究竟真相如何，不敢判断，谁敢出来多管闲事呢？只有邵豪的兄弟和那晚在他家同桌打牌的金时丰及他兄弟的两个朋友知道邵豪是冤屈，此外别无人知。

当时这话传到金时丰耳内，不由大惊，心中不服，连骂：“好个昏官，草菅人命！”一口气跑到邵豪家，问邵弟晓不晓得，“难道就当真这么看邵豪等死不成？”

邵弟流泪回说：“家兄含冤负屈，知者极少。游、杨两家又催官严办得紧，俺正想不出个计较。意欲往府衙去上控，又苦于俺那两个朋友胆小，不敢多事出来做个证人。俺正想到府拜求二哥，承二哥的情关爱，不知二哥肯同到府衙去做证人吗？”

金时丰道：“坐视朋友冤枉，至死不救，五伦中还要有朋友这一伦做什么呢？你快去请人做状子，俺回家去料理些事务。你把状写好，就到舍下来，俺就同你往知府衙门去告状。”

邵弟大喜叩谢。

金时丰还礼告别，即刻回家料理事务，并把代邵豪去做证的事告知家中人。他嫂嫂听得，说：“二爷，你何必如此好多事，别的事多多罢了，打官司的事，也是多得的吗？为人一世不见官，就是前生修来的福气。”

金时丰道：“大嫂有所不知，这并非俺要多事，实因明知朋友冤枉被判定死罪，怎能坐视不救呢？”

他嫂嫂见劝他不听，心中生气，噘起嘴唇，一句也不再说了。

到晚，邵豪的兄弟才请刀笔把状写好拿来，请金时丰过目。大家商量好了言语，说：“今日已晚，明早起再去吧！”说罢，别去。

第二天清早，邵弟跑来，请了金时丰各带了个伴当，同时到府衙去喊冤，命伴当在外候信。知府正坐早堂，由差人把二人带上堂去跪倒，呈上状纸。知府接状看过，就命差人到县衙去请知县，并将邵豪从监中提来听审，一面又将关系本案的一干人证完全传来。

不多时知县请到，府、县见面后，谈了几句，即便升座同审。知县先命传邵豪的兄弟上堂，问了他几句，即又唤金时丰到案前来，问过他的姓名、职业、年龄、住处，即诈喝道：“本府把你这胆敢强硬出头的讼棍要严刑拷问，你当初因何不于邵豪被监在县里、未到定罪名之前到案做证？等到此时，忽然强预人事，教唆邵豪反供，分明是个万恶的讼棍，你且从实招来！”

金时丰从未见过官府，被知府这么一喝问，又拍着惊堂，命抬大刑，哗啦一声，夹棍已摔在案前。金时丰见了这阵仗，不由一惊，呆了一呆。知府喝问：“快招！”两旁差人听声，亦喝了一回堂威。

金时丰又吓了一跳，幸亏他此来是抱的义愤，完全是实情，所谓“真金不怕火炼”。因此一呆之后，即已镇定，从容回道：“大人容禀，当初邵豪尚未定罪，知县大人未曾传唤小民，小民不能到堂做证。此时邵豪已判定死罪，小民和他是朋友，明知他是冤屈，所以不忍不出来给他说句公话。又兼因他兄弟知道小民晓得他负屈含冤，特来问小民，所以小民才敢到案做证。如说小民教唆，小民有何权能，岂敢如此大胆？还请大人明鉴。”

知府见他年纪甚轻，口词却老，遂说：“本府问你，你既到案给邵豪做证，既然新娘不是邵豪奸污盗窃，那么是谁所为呢？况且邵豪右手正是六指，本府才已验过，难道还另有一个右手六指的人在那里吗？你且把证明不是邵豪奸盗的情形理由讲来。”

金时丰见问，即说：“小民只能证明不是邵豪所为，却不知正犯是谁。如果知道正犯时，状上还不写明吗？早就把他抓住，送到大人案前治罪了。”说着，即将当日邵豪醉后，自己送他回家，被邵弟留住在他家打牌，寸步未离。邵豪醉卧在床，始终未出房门一步。直待游富华持刀到来，邵豪酒尚未醒，仍旧和衣睡在床上的情形说了。又说：“大人明鉴，游富华、邵豪两人都和小民是至好的朋友，和小民都无恩怨，如不是实情，小民何敢多话？倘有半字不实，小民甘愿在大人台前领死。”

知府道：“你敢具结吗？”

金时丰回称：“小民情愿具结，如果不实，情愿抵罪。”

在府即问县官：“贵县意见如何？”

县官道：“容卑职问他。”即喝问：“金时丰，你分明和邵豪是同党，大胆才敢到案做证。本县问你，当晚邵豪将新娘首饰偷去，曾分派多少给你，你才敢出来做硬证？你既知邵豪不曾做，却又不能知是谁做，这不是分明虚证吗？”

金时丰道：“大人问到金首饰，即此可知大人断邵豪死罪不当。邵豪既偷了首饰回家，赃在何处？大人因何不曾问明，起出原赃呢？况且邵豪吃得烂醉，如同不省人事，游家亲友人人都知。小民送他回家，在他家打牌未走，尚有同桌打牌的两人，大人不妨将两人传来询问，究竟当晚邵豪回家后，曾否再出到外面？”

知县拍案喝道：“好利口的讼棍，胆敢说本县断事不当！邵豪当晚如不曾做奸盗的事，焉肯在县衙画供？分明邵豪当晚犯罪，与你同谋，由你明装送他回家，却不曾就回家去，由邵豪回到游家新房内行过事，才回家去，你又故意伙同党羽，在邵家看牌，以备为案发做证的地步，这都是你们串通的诡计，想到府衙上控。快从实招来，免皮肉吃苦。”

金时丰道：“大人之言，全与事实不符。当晚小民送邵豪回家，两人都是乘的轿子，有四名轿夫可以证明是否径到邵家和半途停轿。那两位同赌的人和小民系那晚初次会见，怎么说是党羽？邵豪身虽为参行伙友，家道尚还小康，何至行窃呢？大人当时用严刑逼供，邵豪无奈，才被屈打成招。”

知县大怒，对知府道：“请大人传命用刑，这奸民不打，绝不肯说实话。”

知府遂又问金时丰：“当晚送邵豪回家的，可还有别个吗？”

金时丰回说没有。

知府又问：“你可知邵豪先曾说过代作新郎的话吗？”

金时丰回说：“不知，请大人明察。邵豪平日素爱和人玩笑，有油嘴鬼的外号，即有此戏言，亦作不得真。况且游家是他的财东，他岂有这种胆量，敢和自己的饭碗作对？知县大人说分派金器与小民，小民家道颇堪温饱，何至贪受这种微末的不义之财？况游富华和小的是知己朋友呢，大人请想，三尺之下，何求不得？邵豪被非刑所逼，只得乱招，岂能作为凭信呢？”

知府听他说得颇近情理，但是邵豪明明右手是六指，这有什么可以狡赖的呢？因即又问知县的意见。

知县道：“卑职愚见，邵豪右手六指，正和死者之言相符，即此已可无疑。又推情揆度，如果是窃贼，必然不敢到喜事人多热闹的人家去偷，况且纵然大胆敢去偷，绝不致敢行奸污之事。这分明是邵豪当时醉酒后，鼓动淫心，乘酒兴才敢如此大胆，毫无顾忌地上床强行非礼。他本意并不要偷盗，乃是因事后恐怕破露，所以才用此手段，故意偷盗首饰，使人不致疑他，认定这是窃贼所为，好使他漏网。卑职揆情度理，想了又想，所以才敢断定是邵豪所为。经卑职在县衙详细审问之后，邵豪赖无可赖，才照实供认不讳，这分明是他招供后想死里求生，叫他兄弟约了这个讼棍来做硬证，到大人台前来翻前供，好改活罪。依卑职推想，或许当晚邵豪偷盗金器之后，因意不在此，所以即将首饰等项转送给金时丰。金时丰得了好处，所以才不开口，并且到案来做证，想救活邵豪。大人请想，如不是邵豪，何至有六指之人如此之巧？况且窃贼偷盗后，必有原赃可吊，今邵豪案破而无赃，其隐情亦可想而知了。”

知府道：“贵县曾派人到外面银楼当铺里去调查过原赃的下落吗？”

知县离座欠身道：“卑职因邵豪已经招认，所以并未派人去调查。此系卑职一时疏忽，求大人包荒。”

知府举手笑让请坐，即说：“贵县的忖度虽然有理，但原赃却亦是件最要紧的证据，岂可不派人调查呢？”知府说罢，即唤游福通和杨光宇上堂，问他们两家事后曾否派人到典当、银楼去调查过。

两人同回：“民人们曾亲去调查过，据本城利济典柜上朝奉说，即于出事的次早，曾有个很体面漂亮的人来当过一对足赤金镯。又据福星银楼掌柜的说，亦在当日午前，门市收得拆换了现银去的钗环、戒指等首饰。两处的东西，民人等都曾要出来看过，果系原物。但因仍要花费银钱才可取回原物，民人们所以不曾取回。照两处所说的来人年貌，颇与邵豪相符，但都未曾留意其人右手是否六指。其时邵豪已被禁在县，据民人们推测，这当兑首饰的人，大约就是邵豪的兄弟。不然，那人的年貌何至能与邵豪相仿佛呢？”

知府闻言点头，举目把邵弟看了两眼，果与其兄面容相似，遂深信此案果系邵豪所为了。因即喝令邵弟跪倒，严诘他当日去销赃，共当得兑得多少现银。又诈说：“今日你到本府来告状，乃是出于手足友爱之情，本府并不深怪你。只要你把当日所得的现银数目多少，以及实情招供出来，本府绝不难为你，并立刻放你回家。倘如不招，可是你自讨苦吃！”说罢，向一旁一望，喝声：“看大刑伺候！”

差役等一声堂威，铁索、板子、夹棍等哗啦锵银扑通锵然并作，吓得邵豪的兄弟遍体筛糠价抖战。差役们用板子按住在邵弟屁股上，连喊：“快招快招！”那光景，只待知府一声打，即动手。此乃官府吓诈供词的惯技。

邵弟从未见过这个阵仗，哪得不吓得魂飞魄散呢？但他委实不曾销过什么赃，叫他从何招起呢？因此极口呼冤，吓得放声大哭，无言可招，只得又将他兄长回来后实情诉了一遍。

知府大怒，遂命打。差役看手势，打了二十大板。

邵弟伏地哀呼，依然无供。

知府又命将金时丰按倒，用夹棍套起他双腿，喝问他的口供。

金时丰大怒，指着府县官大骂：“赃官，断事如此不明！既然销赃有人，可知奸盗的另有罪犯。试问邵豪已到县衙，他兄弟还能从容不迫地到街上去大胆销赃吗？只要把当铺里朝奉、银楼内掌柜传来对证，即可明白。难道王法可以随便加于安分良民的身上吗？真太混账了，岂有此理！”

金时丰骂得痛快，那夹棍可就不肯容情，早由知府喝声收。差役们将绳子收得紧紧的，痛得金时丰晕了过去，喷水回醒过来，哪有半句口供呢？知府只得吩咐退堂，暂带下去，收押一干人犯在班房里，所有杨、邵两家的人回去候传。府、县官即同离公座，往后衙去谈话，商量问供之法。

一班人退出堂外，那跟邵弟、金时丰来的两个伴当在外边得了信，吓得各跑回去报信。恰巧即于是时，金时裕由黑龙江回来，问知缘由，心急万分，忙去找刀笔写状，马上就到府衙击鼓告状。差人把他带上堂。

知府看罢状子，说：“金时裕，你敢在本府面前领限吗？”

金时裕回说：“民人敢领。”

究竟状上说些什么，领限作甚，请待下回再写。

评曰：

知县不调取原赃，即坐实邵豪之罪，其疏忽如此，何能为民父母？宜其为侠客所刃也。然其揣度亦颇近理，且亦未受任何贿赂，以与今世之牧民者，只知有钱，上下其手者较，犹觉此贤于彼耳。呜呼，世无黄衫客，焉能将世之贪污尽锄而去之乎？

昔之有司，动辄刑人，三尺之下，何求不得？故往者人民受冤诬者颇众。自司法改良以还，世人以为可以一扫其弊矣，而不知犹是百步五十步之差也。吾于以知仲尼所谓“道之以政，齐之以德，有耻且格，必也使无讼乎”之言，实为治平根本大计，深维国人有以振刷之也。

## 第十六回

# 侦正犯意外得线索
# 逢义贼奇巧破疑案

话说金时裕冒顶了濮玉声的名字，代充军到黑龙江去，花费了几个银钱，得到官厅销案的结果，即从黑龙江回家。他本定到家略住几时，即再进关去，一则给濮玉声等个信，免得他们不安；二则代小三姓重阳常年会议议决的各事做一点事业。不料到家时，即正逢他兄弟为了邵豪的事被押在知府衙门里，因此他赶紧到各处详细一打听，知道了底细，遂跑到刀笔家里，请刀笔代做了张诉状，即刻跑到府衙去击鼓告状。

知府看他状上说的话，约分为三层：第一层是给邵豪辩冤，说他兄弟到案做证，乃是见义勇为，官府在未曾调查清楚之前，如认为有虚诬的嫌疑，最多只能将证人具结交保，不能马上就用刑讯。官厅应遵守大清律例，不应滥肆淫威；第二层是说自己的兄弟到案做证，乃是善意，不料反被刑责，又被拘禁，不知官厅用的是律例上什么条款？兄弟的身体单弱，请求将兄弟先行交保出外；第三层是说邵豪确系冤屈，但正犯未能弋获，而被害人（新娘）已死，死无对证，有冤难白。现在自己愿以性命财产，请先保释兄弟金时丰出外，同自己帮官厅访缉正犯，为邵豪明冤。并请官厅暂将邵豪缓刑，如果不能将正犯捕获，情愿自缚兄弟到府衙领罪。末又说，官厅以莫须有之罪判处邵豪死刑，既未惩治游福通一家及喜娘荒疏之罪，又未办游富华持刀行凶之罪，更未将送邵豪回家之轿夫及在邵家打牌之人与当铺朝奉、银楼掌柜等一干人证传案详问，即率尔动刑，实为大谬。如本地官厅一味固执己见，定必进省上控，晋京叩阍，务必将此案水落石出，方才甘心。

金时裕这张诉状，句句都有力量，毫无一点空言，不由得知府不心中吃惊。所以看罢状后，心虽动怒，却因状上词句严重，要进省、晋京，怕他当真做出来，所以只得把怒气按下来，开口就问金时裕，既敢确定正犯另有其人，敢不敢具结，领限捉正犯到案。知府的意思，乃是借此试探金时裕的真实胆量和想借他的力破此疑案。

本来知府退堂后，和知县商量，审问邵豪兄弟和金时丰两人的实情，想抄袭往年包拯半夜里在城隍庙扮阎王审郭槐的老文章，预备就在这天夜里举行，并定果真是冤屈了邵豪，亦只得冤屈他到底。因为如平反了这回冤屈，定必把自己辛苦巴结得来的前程丢了，所以才有此决定。不料办法才定，金时裕强硬的诉词已来。

知府灵机一动，深恐金时裕真去省城上控，闹出大乱子来，所以才问他敢不敢领限。意欲守将来案情大白之后，再想补救的方法，所以才很镇定而又很严重地问这几句话。

金时裕见问后，略不迟疑地即回说："民人敢领限破案，但须大人先依了民人诉状上所要求的话，将民人的兄弟和邵豪的兄弟一齐保释，将邵豪缓刑，并须大人限期宽赏些时日，过急促了，怕来不及。更有一件，民人须得预先申明，倘如民人访闻那正犯不在本地，须得往外地去捉，往来须费时日，限期如来不及。也得先向大人说明宽展，并要求大人赏给一角文书，提防那贼是有绝大本领的，非民人兄弟俩所能捕获，须得当地官厅派兵捕协捉。大人如肯答应，民人即可领限，否则民人不敢。"

知府听罢，暗忖，很顾虑得周详。遂问金时裕："放你兄弟和给你的限期，以及邵豪的兄弟，责任重大，谁敢给你们作保呢？本府如说出限期来，要你去捉人，你定有推诿。不如由你自己酌量，说个日期，具下结来。至于往外地去捉人，要缉捕公文，守你把该犯的姓名、籍贯呈报本府，本府方好发给你。空白无名的海捕文书，本府不能擅发。”

金时裕见知府肯答应，遂说：“依民人愚见，现在正届隆冬，倘如民人查出该犯的行踪在本地，就以来年正月底为限；如在外路，就以端阳节为期。不知大人以为如何?”

知府听他说的期限很远，料知他尚是在葫芦里摸天，一线光明还没有。要逼紧他的期限，反显得官厅太草菅人命，便依了他的要求，他亦绝对不能晓得谁是正犯，却可显出本府法外施仁，宽大为怀来，遂即答应。命金时裕具结，又问他谁敢承保。金时裕遂把自己家中所开的铺子招牌写上。

知府看了，借此发威，说：“不行，这是你自己保自己，岂有此理！你好大胆，敢来戏弄本府，胡乱到来击鼓。来人，给本府重打。”

金时裕见知府反脸，忙说：“大人且暂息怒，容民人禀明。这铺子并非民人独股开张，乃是从祖上遗传下来的产业，全族人等的生活根本。管事的并非民人兄弟，乃是外姓人经理，哪能算是民人自保自呢?”

知府见他说得婉转，且想果真借此难他一难，他也可以用本铺保别家店铺，由别家铺子出面来保，暗中仍是换汤不换药。本府到任后，即访闻金家在此地要算是富有之家，将来只要他不能如限交出正犯，那时便可借此为题，大大地刮他一下，倒是很好的一笔财爻，换了别家，反而不过如此。因这一想，遂即应允。命捕头把邵豪之弟及金时丰都从班房里提来，当堂交与金时裕，也各命二人具了结，一面将邵豪押到县里去交验过，再收禁监内去。

金时裕等叩谢过知府，同退出外，天已昏黑，三人同到浴塘内去剃头洗澡。金时裕命人回家去取了包伤药来，给两人把腿、臀两处伤敷了，又买了挂鞭炮，请了份香烛，剪了些红绸，三人同出浴塘，到左近土地庙内去焚香挂红，放过鞭炮，又到馆子里去用过酒饭，才分散回家。回家后，金时裕问过他兄弟当日的细情，腹中沉吟。

金时丰问："兄长为何敢具结领限？"

金时裕笑道："兄弟，这个俺自有一点小把握，才敢冒这个险。俺今儿得信后，即到当铺和银楼两家去访问过，据答，那贼的衣冠很齐整，是个体面漂亮贼。俺早本已想过，倘如此贼不是衣冠华好的，哪能混得进新房？新娘又何致误认他为新郎呢？照此推想，此贼既衣冠华好，可以决定他是白道中人，不是黑道中人，如果系黑道中人，他绝不会穿得这么整齐。俺又打听得那贼是外路口音，俺又到本地几个黑白道中和在圈子里站码头吃饭的人以及几个有面子的三光那里都去哨探过，那贼并不曾向这几位地头蛇打过招呼。照此推测，他分明是个过路的贼了，因为他是个过路而未曾打招呼的人，最中地头蛇之忌，地头蛇不知他过此做事则已，既知道，必要设法打听他的水落石出。因有这么一层关系，所以俺才敢大胆到官领限，要不然，俺会这么冒险吗？早就进衙门张望你们，叫你们胡乱画招，免吃眼前亏，俺却赶到省里去做手脚，或是在本地府、县两衙门，先使点手段给他们看看了，又何必这么明明白白地去见官呢？"

金时丰听罢，才放了心，因此想着兄长在外混世多年，江湖上什么行当的规矩术语都能明白，不比自己经验少。

当晚，兄弟俩各问答了些事务，以及别后情况。

第二天，金时裕出去，和本地几个响当当的站码头角色厮会了，又详细请问过他们，真否知道那贼的来源去水，并用激将法激怒他们，说："那贼路过此地，不打招呼就做事，做事后又这么胆大，在本地销了赃才走，可知他目中无人，换句话，就是看不起你们列位。列位如不将他警诫警诫，下次俺们这里发生类此的事必多。当地官如逼紧了捕快们破案，捕快们必然向列位身上找根，列位可就得大受其累。而且俺们本地人的损失，从此也就大了。列位以为俺这话是不是呢?”

各个角色被他这一激，都动了怒，遂即立刻召集羽党，分头赶往各客栈、酒馆、饭庄、浴塘、茶寮、妓院、庙宇，以及专留过路贼的窝家去仔细打听，某月某日，有没有某某年貌，某处口音的一个人到过他们那里。果然他们道中人的哨探侦查比官厅的缉捕来得简易迅疾，不多时即已被他们探访得明明白白，报告到领袖面前，转告知金时裕，说：“那过路贼是从省城来的，在此因为无事，所以不曾耽延。因本不想做案子，所以不曾向本地人先打招呼。做过事后，第二天他就动了身，大概他因已酿成命案，如照例向本地人打招呼，发生阻碍，所以他才索性一走了事。他那天做事前还未住下处，事做后，他才住店，住的是西大街路南方家客店第六号上房，空身一人，并无行李。因为据各方打听的报告，在二更以前，各处都未曾见过他的踪影，又据方家客店里的人说，那贼来住店时，是饮了酒来的，而同时各酒馆又未有过他这么一个人，照此而论，他定系在游家冒充贺客，吃的白食。当夜他住店后，曾命小二去招呼了本地一个土娼陪宿，那土娼曾得他临别赠给一只金戒指，大约那只戒指还许也是游家新娘之物呢。估量他的行踪，系由省城来的，定必是经过此地进山海关。他是南方人口音，大约是往南方几省去。俺们这里正派人分往邻近各地去打听，守哨探得着确定，再给你送信。”

金时裕大喜称谢，忙说：“皇帝不差饿兵，俺既出来为朋友多这件事，绝不能因一个朋友，使许多朋友做薛仁贵（术语，谐音白跑也）。各位弟兄们的使费应该多少，俺守到事毕之后，定必酌量奉送些。”

金时裕往年曾闯过江湖，所以才先许下这个愿心，免得各位道中人首领手下的许多混混心恐觖望，不能打听得详细明了。果然他这个愿心许得极佳，收效颇速。过不了十几天，即已得到确信，说此贼果已进了关，据他在滦河道中朋友面前说，此去的目的地是北京，乃是找他的族兄去的。他此行沿途本不想做案子，无如因为手头宽绰使用惯了，腰中钱少，不免怕受拮据，所以才做几件顺便的买卖。照调查所得，他是河南项城县人氏，姓胡名图贵，江湖上外号唤作糊涂鬼，乃是白道中人。这回路过此地，做那件事，乃是他的偶然之事。

金时裕既已得到确信，当即在本城凤凰大酒楼上包了全楼的座位，定了酒席，日夜在楼上设宴，宴请此番往各地哨探奔走的一班人物。先期去知照了邵豪的兄弟，临时到凤凰楼帮同照应招待。

这一天，金时裕兄弟俩做东，宴请锦州地方上的一切人物，正好似会聚三山五岳的英雄，齐集长江、黄河的好汉，无论是领袖，以至跟披的人（披为屁之转音，术语意即跟在首领之身后者也，其义与戏班之跟包相似）皆都邀来列席。金时裕又取出二百两银子来，交给他们的首领，按名均分地转派给他们，算是谢仪。因此大众都说金大爷为人光棍漂亮，愿意奔走效劳，不肯收受银钱。经金氏弟兄再三地致敬礼，大家方才道谢收了。直到酒醉饭饱，大家才各尽欢而散。

金时裕留住内中那位往关内去追探得着胡图贵的确实下落的人，要求他做向导，引自己弟兄同去会会那个胡图贵。又特许愿心，说守事完之后，另外酬送他百两盘缠。那人名唤贾道德，见说，立即应允，说：“咱们大家自己弟兄，讲什么酬谢。金大爷此言，简直可不必提。”金时裕大喜称谢，遂和他约定，一准在明天早起会齐，动身往关内去，二人约好后才散。

当夜，金氏兄弟回家，各将应用的兵器带着，连夜进知府衙门去请了一张协缉的公文。第二天一早，同往贾道德家中去会齐，先送给他十两银子做安家的费用，然后同往点心铺内去用过早点，才出城上路。一路雇牲口代步，到处都耽搁一二天，花费些银钱，向当地的码头上人打听糊涂鬼过此往南去的时日，以及服色等项。如此一路，追往北京。

那日来到天津，三人住了店，出店想去拜会当地的好汉。才出店，恰巧遇见一个客人走进店来，一眼看去，颇和邵豪的年貌有些相仿，不由停住足步，回望他走向哪间房内去。猛又见从外面追进一个獐头鼠目的汉子来，那汉子也姓胡，外号赛白胜，是天津本地的一个最有本领的行风（术语，称扒手一类人物中之一种人之名，此等人轮船、火车、码头及闹市最多）。

金时裕往年到天津时，曾由另一个朋友和他与赛白胜两下引见，所以两人是素识。赛白胜虽然做三只手的生涯，形容亦极其难看，然而却是一个义贼，原籍本系吉林省延吉县人氏，生平做贼，所得到手辄空，皆用以救济困厄之人。因在吉林犯的案情太多，所以才逃进关来。他先在吉林时，本系做鼠窃狗偷，所以外号原称穿山甲。到天津后，他忽然做了扒手，所以才有赛白胜的绰号。他自到天津以来，所偷盗的固多，但是被他救济的却亦不少。人家因他极其肯周急济贫，救人困苦患难，是个义贼，因此都极推重尊敬他，久而久之，遂养成了他的首领资格。凡是在天津本地或路过的贼，无有一个不拜他的门，受他的命令指挥。每逢行窃，须得先通过了他，得到他的允许，方才可以去偷。他如不许，绝对无人敢去窃取。

他有种为人所万不及的本领，就是他不仅掘壁、钻地、提瓦、爬高，以及种种扒窃的本事高出别人之上，并且他能偷物可使毫无痕迹，任凭什么人，都看不出他的来踪去影，更兼能将所偷的原物归还，能放在原处丝毫不走样儿，他往往偷盗得赃来，打听出那失主并非富有，实情损失不起，他能即于知道之后，当日将原物送还。其中最难的就是扒窃人家腰间的银钱，窃出后，归还极非易事，他却能还之甚易，足令失主惊急忧哭，马上变作欢喜笑乐。人因他有这种绝技，故此格外地佩服他。又因他是义贼，所以无人不乐与他结交。

当时他赶进店门，和金时裕见着，遂住步向金时裕招呼，互道契阔，各问安好。金时裕是有心人，乘便即问他急急跑来，可有何贵干。

赛白胜是无意的，见问，即把嘴向先进门的胡图贵背影一努，就是为的追赶这位朋友。因为事关紧要，怕动身迟了，误了大事，所以才急促追赶。

金时裕忙问："何事值得老哥这么要紧？"

究竟赛白胜说出什么要紧事来，请待下回再写。

评曰：

知府睹状惊怒，而能镇定以询敢否领限，此盖所谓君子可欺以其方，实欲借以难金时裕，犹《三国志》中周瑜使孔明造箭，问其限期之意，盖表面虽宽大，阴实杀之。知府心事，诚险恶至极哉！

前文金大用命其子闯道，似为闲文，至此乃见其伏笔之奇。

金时丰对江湖经验不及乃兄，由其自思中写出，以形是时之金时裕，实胸有成竹，而非轻率冒险者可比，是旁敲侧击之一种写法。

上文金时裕到家，其妻所回言颇含气愤，不知者固疑为不贤惠，而不知正是写其贤惠，为庸中之佼佼者。盖其曾先劝金时丰休多管不从也，一经补出，便如画龙点睛。

两个贼同是姓胡，特一为义贼，而一为恶贼，大相径庭耳。本回先虚写其在吉林犯案太多而出亡，盖已预为后文热闹留一灰线矣，此作者命笔出人意表处，妙妙！

## 第十七回

# 受责自处白刃染红血
# 巧言诱供英雄赚积窃

话说赛白胜道：“金大爷，提说此事，极其伤心。这位朋友做这件伤天害理之事，真是个杀人不怕血腥气的主儿。金大爷，此刻俺找他责问要紧，无暇和你老细谈，且待一会儿，俺到你住的上房里来拜访，再详细告诉你。”

金时裕道：“胡爷，你往日可曾和他相识吗？他此番到天津来，曾否上你的门拜客或托人转为设法介绍、打过招呼吗？”

赛白胜道：“往年俺才从吉林到此地，来混世时，适巧他才上线，年纪比俺小，当时他只不过十八九岁，初次跟他师父沈阿七出来闯道，所以他很为谦恭客气。沈阿七本系河南省的一个有名的积窃，本领高出俺们同辈之上，外号人称中州鼓上蚤。他不但本领好，而且仗义疏财、扶危救急，故此他在无论南北哪一省都有很好的人缘，江湖上且有人称他为小宋江的。沈阿七领着胡图贵出来闯道，道出天津，与俺在本地河北胡同斯会，所以俺和胡图贵于那年起，即已相识。后来胡图贵往来南北，常经过本地，他颇能知礼，尊俺为前辈，每次过此，必来拜访俺，并且从未在俺的范围内做过一件事，所以俺亦敬爱他，以为他很够得上朋友资格。不料他今番到此，却改变了往日的态度，居然地胆敢喧宾夺主，断送码头，欺侮同辈，卖起朋友来了。因此俺才亲自赶来，向他责问。俺此刻如不是顾念沈阿七的面子和他往日的交情，定必指挥手下立刻把他做倒了……”

两下立在客店门口讲说，忽然见那胡图贵已从里面出来，见了赛白胜，即很恭敬地上前行礼请安，让他到里面上房内去坐地。随又问赛白胜：“这位是谁？可否给予引荐引荐？”

赛白胜见他很能足恭尊敬，不由将追来时的一股怒气化为乌有，当即给金时裕和他两下引荐。胡图贵遂又邀二位同进他住的上房内去叙谈。

赛白胜此来本系追他有要紧事的，见邀，当然不却。金时裕见了他的面，岂肯失之交臂？所以立即招呼他兄弟和那个做向导的贾道德，齐给他俩和两胡引荐过，一同随了胡图贵往后面他住的上房内去坐地。

说也真巧极，他住的上房正和金时裕等三众所住的房间是隔板壁的芳邻。到得房内后，胡图贵即首先发言，请问赛白胜，劳贺枉顾，有何见教。

赛白胜正色道：“好，你在前几天即已到此，住在这店里已有好久了，承情你曾到寒舍去过一次，当时你并未向俺说过要在此地做一回过路买卖。不料你今天竟瞒了俺们，在本地做了件买卖，不在事先事后打招呼，俺姑且不怨怪你，只不过你的手段太辣，也太不怕血腥气了，所以俺才不得不亲自来向你请教。江湖上人谁不知你的名号糊涂，实际上比谁都精明强干得多。你今儿所为之事，大约总不能以‘糊涂’两字自解吧！”

胡图贵见说，即称：“前辈，你老人家且请息怒。俺此次从东三省回进关来，盘缠带得不多，所以为救急起见，不得已才在沿途路上顺便做一点零碎生意。今日亦系因此，才做得一宗小买卖，不曾来得及先向你老人家请示，这的确是晚辈的过失。但是前辈说晚辈太不怕血腥气，这话晚辈却不能了解，还请明示才好。”

赛白胜冷笑道：“你真装佯吗？俺就当面教训你也不妨，好歹在座的都是自家人，没有一个是槛外的。老实说，俺们借道栖身，原亦系不得已而为之，但既是借道栖身，就得兼顾及道德，如果不论他是鳏寡孤独、贫苦无告之人，俺们只顾自己的利益，不顾人家的死活，都去偷他个干净，这岂不是代他雪上加霜，竟比杀他还厉害吗？所以俺们定例，须偷贪官污吏、土豪劣绅等类为富不仁的人，因为他们的财帛都是悖理而入的不义之财。此外，俺们都不可生窃取之心。现在你今天所盗取的，乃是一位三贞九烈、年轻守节、茹苦含辛抚遗孤长成、极贤德的寡妇的银子，她这银子乃是她从丈夫死后，给人家做针线、洗衣服，好容易挣出来的辛苦钱，省吃俭用，逐日储蓄，才集成的一笔整款，预备给她儿子聘娶媳妇，并做开铺子经营买卖的资本的，你却很轻易地把它一股脑儿偷了去。试问，你这种行为，不比杀她母子还厉害吗？可不是丝毫不怕有血腥气的吗？可怜那寡妇母子失去银子后，急得在家痛哭，她儿子怕她因悲哀忧急而寻短见，吓得寸步都不敢离开。尤巧的，她家即和俺家是紧邻，俺闻得哭声，问知缘故，知道是你做的，怕你得到手后，动身离了本地，所以特地赶来会你。汉子家放值价些，现在你做了这件大错事，你自己说，该当如何办法？免得俺兴师动众，也免得传扬出去，说你曾做这件事，使大家以后瞧不起你。”赛白胜说罢这几句话，两眼圆睁，一眨也不眨地望着胡图贵的面容，立等他的答复。

胡图贵受了这番教训，心中虽然气愤，但委实是自己之过，又兼知在平时酒色把身体掏亏了，远不是赛白胜的对手。况又在他的势力范围内，便能免得面前吃亏，亦断不能逃得出他的手掌。与其将来当众出丑，或竟被他的手下宣布罪状，断送了性命，反不如此刻当面请罪来得痛快妥当些。想定后，他即推金身、倒玉柱地冲着赛白胜扑通跪倒，自陈悔罪，情愿受罚，并将原赃奉还。说罢，立起身来，从衣底下嗖一声掣出把解腕尖刀来，说：“求老前辈高抬贵手，原谅晚辈，晚辈死罪得免，活罪难逃。现应当着前辈的面，自己处分自己，白刀子进去，红刀子出来，留一个创疤，将来好永远记着，不敢再犯。”说罢，咬牙忍痛，横了心，霍一刀在左腿小腿肚上戳了个穿心过。把刀拔出来时，身已痛倒在地。

赛白胜哈哈大笑，近前把他扯起，抱上炕去，口中说："汉子们应该自己漂亮，方才够得起是朋友。如此，才不枉你我相交一场。"说着，已将胡图贵安放在火炕上，问他自己有没有伤药。

胡图贵忍痛回说："在一旁放着的小包袱里，和三锭银子放在一起，可拿两锭去算作罚款。所取那寡妇的东西，即是包袱里的那只红木小首饰箱子。"

赛白胜应着，即去打开包袱，取出伤药，先给他卷起裤脚管，敷了刀伤的大眼孔，顺手给他扯被盖上，又将首饰箱取出，打好包袱，即含笑取这两锭银子及首饰箱，同胡、金等告别。

金、贾等三人因另有事，所以亦不随同赛白胜而走，只起身送出房门外面，说了句改日到府拜访的套话，即回身进房，忙着先用脚踏没了地板上的血点，才唤茶房进来，命他去打了点顶好的苦陈来，由金时裕在自己腰中掏出一包伤药来，用酒调和，重又给胡图贵敷好刀伤，并命他吞服了些。刀戳小腿一个窟窿，本系硬伤，胡图贵究竟从小练武，闯荡江湖，亦曾屡因和人家交手受伤，像小腿戳穿一洞，在他原是稀松平常，不算得怎么一回事，所以伤药敷好，定痛止血后，即能坐起身在炕上，抱拳谢三人萍水之交，能如此热心看护，并和三人谈问些闲事。

金时裕本是有心人，当初见面时，即已留神胡图贵的右手是否六个指头，果然正是六指，心中已是喜出望外。因为有赛白胜在旁，他的事未了，未能即先办自己的事，所以静坐在旁，守他们交涉完结再谈。他心中早已打好草稿，预备着二人交手，他即上前劝阻。如胡图贵自己自尽，或是被赛白胜所杀，他亦即上前劝阻。总之，必要使胡图贵留得活口，才好使他招供，才能申明邵豪的冤屈。

当时他和胡图贵闲谈时，他心中又生了个计较，即去唤茶房进来，命他到厨房内去要菜肴，并往外面去打了四斤顶好的洋河高粱来，把桌子拉开。胡图贵即侧坐在火炕上，三人分据三面，由金时裕执壶斟酒，他兄弟忙着奉菜。

酒至半酣，金时裕看胡图贵已有了酒意，即发起道："吃闷酒无甚意味，豁拳太闹，行令太文，俺们也不配，不如俺们大家自献其丑，各把自己的狐狸尾巴露出来，每人须轮流着各讲自己的一件有趣之事，须要切合自己的身份。比如俺们大家都做着没本钱的买卖，最好每人各讲一段去偷盗人家时的一件最有趣的事。说得好，大家贺一杯，说得不好，各罚他一杯。如信口造谣，或说不圆全，都须加倍重罚。"说罢，他兄弟和贾道德都已会意，即齐声附和，并说："如此才可延长时间，消磨光阴。况且现正天寒，多喝些酒，也可以暖和些。"

胡图贵见四人已共有三人赞成，逞着酒兴，当即赞成，遂请令官先讲一段。

金时裕即开口捏造了一段事实，说自己有一天出去偷一家人家："不料这天偏巧那家人家的汉子正在家，俺去时，夫妻俩正对坐着饮酒，守吃喝完毕，二人上床睡觉。俺总望他俩即刻睡熟，便可下手。又谁知夫妻俩竟不肯安稳，在床上唱起铁公鸡的武戏来。俺要偷又不好下手，又被听得欲火炎烧，情不自禁，因此想得一法，走去他家窗外檐下把鸡笼内鸡一搅扰，两只雄鸡便喔喔喔地高叫起来。那汉子听得鸡叫，不放心，遂下床就灯上点了蜡烛，掌着往外面来看。被俺掩身吹灭了他手中的烛，又伸手点了他的穴道，走进房去，想下手偷东西了。灯光下，猛见那女人的一只雪藕也似的玉臂露出在帐外，不由动了俺的淫心，实在按捺不住了，遂走去吹熄了灯火，脱衣上床冒充那汉子，和那女人睡了一会儿。看看天要亮了，慌忙又起身下床，推说大解，匆匆跑出房外，点活了那汉子的穴道，怕被他看见，赶速匆匆逃走，连一点东西都不曾偷着。"金时裕说时，故意描摹形容，招惹得三人发笑。齐说："有趣，应贺一杯！"于是各斟满干了一杯。

他二杯便轮着胡图贵，他当时被金时裕说的话陡然打动了他在锦州做的事，他以为总不至要紧，所以即不打自招，将那日白吃白喝白睡的前后经过完全和盘托出。

金时裕大喜，不待第三个贾道德轮着说闲文，他即含笑向胡图贵露出本来面目，又说："丈夫做事，一人做事一人当，不应该使别人受无枉之灾。俺此来乃是专为此事而来，现在胡爷既已亲口说将出来，那当然是千真万确。胡爷适才肯用小攮子自戳，俺们非常敬佩，胡爷果真是个好汉子。现在俺们既已从关外追踪到此，不得不暂屈胡爷和俺们同到锦州去了案，免那邵豪老代人受过，坐在牢里。"说罢，从身边摸出那角协缉的文书来，交给胡图贵阅看。惊得胡图贵哑口无言，才知中了计策，但已无可如何，只得束手就缚。

毕竟如何了结，请待下回再写。

评曰：

赛白胜诘责胡图贵之言，可谓盗亦有道，然今世之贪婪滥取、不怕血腥气者夥矣，安得均被赛白胜诘责而使其自处耶？读者至此，乃深恨今世义贼之不多。

胡图贵受责后，能引刃自己挂红，真不愧"漂亮"二字。

金时裕用巧言引出胡图贵之往事，可谓讯囚妙法。盖不如此，使胡图贵纵被捕到案，而竟挺刑不招，原刑鞫而无供者，则邵豪之冤仍不能明，金氏兄弟且均获罪也，如视为蛇足，呆矣。

## 第十八回

# 真奇闻官教贼翻供
# 大快事贪及污丧生

话说胡图贵见金时裕忽然停杯住筷，说出三人此来的原因，不由惊谔，自悔失言。但已无及，只得带着笑容，对金时裕道：“原来三位是为了俺的事才劳驾远行的，大丈夫既做不怕，既怕不做。三位既已来了，就请动手，不必客气吧！三位如要今儿动身，俺也可以马上带伤随行。不过俺有一件事，须向三位要求答应。”

金时裕忙问何事。胡图贵道：“真人面前不说假话，俺本系河南项城人氏，往日曾拜中州沈阿七为师，闯荡江湖，已有多年未回原籍。俺现在既已犯了事，当然犯法身无主，不能再自由行动了。不过有一件，需要求三位略给俺一点小面子，俺们尽管同行到锦州去，路上却要请三位休将俺像别个犯人一般看待，也上起刑具来，铁索锒铛的不好看相。如三位肯成全俺时，让俺到锦州府衙去亲自投案，便感三位的大德匪浅。俺如做半吊子，在半路上逃跑，或是不到案自首，任凭三位将来把俺怎么处治都可以听命。”

三人听罢，金时裕暗说，这厮颇善于自全，他自行投案，与被捕到案的罪名生死相差得多。自着例须减薄，既可以不死，又可以得到漂亮的美名，真乃双全其美的方法。倘如不答应他，未免太不够交情。因此即一口答应了他的要求。

胡图贵大喜，忙下炕来向三人叩谢成全之德。谢过仍旧饮啖，竟像没事人一般。

金时丰暗怪他兄长不该就答应他，但因已经答应了，不便再放马后炮。等到酒饭毕后，他才暗与金时裕耳语，说："俺们为了这毛贼，担着重大的干系，俺又受过夹棍，恨不得马上就把他一刀两段。兄长怎么竟立即应允了他的要求呢？"

金时裕笑道："他既很值价漂亮，俺们如不答应他，将来被贾道德告诉别人，传扬开去，人家定说俺们的器量太小。况且俺们和他素无冤仇，本来只要给邵豪把冤申明就算完事，何苦定要使他受死刑处分呢？你为朋友吃回夹棍，目前虽吃了小亏，可是从此，外面谁不传说你是个有义气的好汉呢？将来我如出门，定必到处都受人家的礼遇敬重，这利益可不是很大吗？凡人的目光总须远大些才好。"金时丰听罢，这才心喜。

当晚即由金时丰睡在胡图贵的房内，和他同眠，作为监视。

次日，金时裕写好一封信，派人送到三河县去，给金时有、濮玉声等人，使他们放心，一面和店家结算了账目，即日同着胡图贵一齐动身。一路上都雇骡车代步，由金氏兄弟轮流和胡图贵同乘一车，同宿一房，暗暗监视。胡图贵在路上写了书信，托人捎回家去，知照他的胞弟图荣，火速赶到锦州府狱中来厮会。

那日到得锦州城内，金氏兄弟且不回家，先同着胡图贵住了店，贾道德即去知照当地的同类人物，赶到客店里来，严重责问胡图贵因何瞧不起人、不打招呼，大家着实使胡图贵受了些言语，结果由胡图贵当晚也在凤凰楼宴请大众赔话。

金时裕命兄弟陪着胡图贵，他即于住店后赶到知府衙门去求见知府，禀明情形，交回了协缉的文书。

第二天，弟兄俩同着胡图贵到府衙，由胡图贵亲向门口公差说明，自行投案。门差把他带到里面，上堂回话。金氏兄弟俩也跟着上堂销差。

知府问过胡图贵的姓名、年岁，细看他的形貌，并命他把右手举起来看过，果系六个指头。知府即命差役去请知县，把所有游、杨、邵三家的人众以及关系本案的一干人证完全派捕快去传齐，当堂请由知县陪审。胡图贵跪倒在公案面前，将那日奸盗情形完全直招，并画了供。

知府到此地位，只得当堂对知县说：“贵县，现在正犯已获，邵豪已证明无罪，贵县对于此案，应负责任，须受相当的处分。本府只得秉公办理，请贵县回去听参了。”知县诺诺连声。

知府即命差捕，当堂将邵豪的刑具去了，宣告无罪释放，并将胡图贵定了六年监禁的罪名。游、杨两家不服，请求重办，邵豪兄弟俩亦叩头申诉，知府只得将胡图贵改判了死刑。胡图贵早已胸有成竹，所以并不反抗。

知府退堂后，留住知县，商议办法，因恐邵豪兄弟及金时丰等联名具禀，到省里去控告县官问事不明。知府守官官相护主义，刑讯邵弟及金时丰果真如此，不但府县的前程立刻丢却，恐怕还有罪名，因此两人在后衙商量了半天，没有善策。

县官告别回去，当晚与师爷商议。师爷献计道：“只消唆使胡图贵补递一张诉状，说是初被金时裕、邵豪等花银钱买来承认奸盗，使邵豪脱罪的。当时金时裕兄弟曾面许保可生命无忧的，不料现被判处死刑，所以不愿代人受过，根本推翻前供。如此一来，立刻可将邵、金等人办罪，两位大人都可高枕无忧。”

知县听罢计策，大喜称妙，遂即命门子到监内去提胡图贵到来，当面将计策告诉了他。从来蝼蚁也贪生，哪有人不惜命的呢？

当时胡图贵本已想定主意，守他兄弟图荣到来后，即内应外合地越狱逃走，所以他不管知府判他长牢或死刑，他都不反抗。此刻见知县面嘱他翻供，肯出力成全他，他焉有不大喜听从的？因此叩谢知县大恩，当即恳求师爷代他写了张诉状，第二天由狱中托人呈递进府衙去。知府接状看罢，腹中已是明亮，遂于当日午后，又传本案的各关系人到堂审问。

金时裕兄弟当日接到复审的通知后，不由错愕，忖知内中定有别情，好在上回具结保释的字据等项已由府县取回，当官销毁了，此刻不去，可以不致害及保人，所以他兄弟俩遂决计当即隐藏起来，命家人推托有事出门，不去听审。打发差役等走了，却暗暗派人去府县衙门打听，当被探知隔夜县衙提讯胡图贵之事，详情如何，不得而知。

金时裕兄弟俩听罢，已知胡图贵是受县官的指使，不由怒从心上起，恶向胆边生，也不管当日府衙讯问的情形如何，决计当夜从屋上进县衙去，给知县个厉害。兄弟俩才商量好了，派往府衙打听的人已是回来，说："知府已将此案完全推翻，又已将邵氏兄弟收押，守提到大爷、二爷两位，再行审结。捕快恐怕马上又要到此地来了。"

金时裕兄弟大怒，但为暂避捕快的面起见，遂暂时躲避到隔壁人家去。果然不多时，捕快等又已到来，很啰唣了一会儿，敲诈了些钱财才走了。

金氏兄弟守捕快走后，回家商议。金时裕决计即日进省城去巡抚衙门做一回惊人事业，命他兄弟夤夜进知县衙门去扮神弄鬼，先把点苦给那知县吃一吃，使他不敢再存歹心。守省里公事下来，至少定可将府县官的职位丢了，并受处分。

金当裕当即带了自已换洗的衣服和应用兵器，即刻动身进省。金时丰当夜用颜色把面皮涂了，穿短打，带兵器，从屋上飞奔进县衙，本欲遵依他兄长之嘱，只把一点小苦给知县吃的。不料进县衙后，恰值知县在书房里和师爷计议教唆胡图贵翻供之事，说守到金时裕兄弟传到案后，该当如何威吓他兄弟俩的方法。金时丰伏在屋上，听得清清楚楚，那股恶气，一时再也按捺不住，不禁跳下天井，破口大骂，拔刀踢窗，冲进书房，望着县官一刀劈去，脑袋劈破，死在椅上。那师爷闻得骂声时，即已站起，一见有人冲杀进来，吓得赶速逃走，走未几步，已被金时丰跃身到他面前，拦住去路，顺手一刀背，打倒在地，使刀尖向他心窝内一戳，师爷哎呀一声，死了过去。

金时丰乘兴想走到书案面前，取笔写张字条儿，说明杀死县官、师爷的原因时，已听得人声喧哗，由远而近。怕来的人多，看破本相，有许多不妙，只得跃身出窗，上屋逃回家去。

第二天，锦州城内沸沸扬扬，街谈巷议，都是讨论的知县、师爷被刺的事。城内外搜查得非常严紧，怎奈毫无端倪。

金时丰在家听得纷扰的情形，暗暗笑得腹痛，因为他兄弟俩商量做的事极其秘密，除他兄弟二人外，别无第三者知道，所以绝无泄露之虞。不料天下的事只怕不做，不怕不破。

知府自从胡图贵到案后，对于金时裕兄弟即十分留意。这天听报知县被刺，他不禁打了个冷战，即疑心此事是金家弟兄所为，于是他一面传命捕快兵弁们在各处搜查凶手，一面于当夜调齐府、县两衙的三班快手，集队前往金家，捉拿金时裕兄弟。知府这种迅雷不及掩耳的手段，金时丰做梦也不会想到，因此当夜即被捕快们捉到府衙。知府吩咐差人，先给他上了全副极重的刑具，不问情由，先打了他一百板子，办了他兄弟俩藐视官府、抗传不到案的罪，后即严刑拷问他兄弟俩因何同谋刺杀县官及师爷，并要他招出金时裕的下落。

金时丰受刑之后，勃然大怒，索性挺刑不招，反问知府，何以能知是自己兄弟同谋，行刺知县，有何凭据，即擅用严刑拷打良民。“如你提不出证据时，休想脱得了罪。”

知府被反诘后，虽然自觉太孟浪了些，但因事已做错了，只得索性错到底，于是喝令用刑。金时丰在上次受夹棍，乃是故意受些微痛苦，预备好借此坐实知府的罪。此次却不然了，早已将遍体硬功运起。当时差人一收夹棍，咔嚓一响，夹棍都已断了。用板子打，板子也断了。连镣铐铁链全被震断。

金时丰哈哈大笑，指着知府浑骂。

知府见金时丰悍泼异常，吓了一跳，喝令差人用铁索穿他的琵琶骨，防他逃走。

金时丰听说要穿他的琵琶骨，怕因此吃大亏，遂高骂：“贼官这可由不得你，俺们到省城总督衙门对质吧，此刻俺可要少陪了。”说罢，将身体鲤鱼打挺，从大堂上跃到堂下，转身向外飞跑。差人们吆喝追赶时，当先的被金时丰回身打倒，爬不起身；在后的吓得都不敢再追。

金时丰跑回家内，立刻催促男女人等赶紧收拾动身，由自己保护出城，往乡间去住着暂避。他嫂嫂等人见事已闹大，无可如何，只得依从。大家流泪收拾，急急各带贵重值钱之物，分乘几辆骡车，往城外逃走。幸亏其时知府被吓慌了，一时不曾来得及通知各衙门派兵往金家捉人，亦未传令闭城。直待惊魂安定之后，才想到这一层，分头照办时，金时丰已保着他嫂嫂及全家人口逃出城去了。知府只得一面办起公文，请各县缉拿，一面捏造了一篇事实，申详上宪，掩饰他擅用刑讯之罪，一面派人查抄金家的产业。

金时丰保全家眷逃出城后，即到乡下山里他兄弟预先布置的庄院内去居住。原来他兄弟俩自从加入三家村的反清同盟之后，即恐将来事泄，须害及全家，所以兄弟俩禀明金大用，把许多产业都变卖了，改了姓名，另在乡下山里造了庄院，雇用奴仆置了产业，都用那所改的姓名出面。金家父子们暗中改姓变产等事守口如瓶，休说亲友不知，即家中女眷亦不知道，所以直到现在，并无人知。

当时金时丰保护全家人口到山里，才悄悄将改姓名另置产业之事告诉家下人等，吩咐大家不许泄露，一面他即刻动身，迎往省城去。

那日来到省城郊外，迎面正和他兄长恰巧遇见，彼此即伫足在路旁谈问别后事务。金时丰把自己所闹的事情告诉兄长。

金时裕大惊，蹬足道：“唉！小不忍则乱大谋，俺临行前再三叮嘱你，怎么你竟不依俺的话，做出偌大的事来了？这真叫作棋错一着满盘输。因你那里把事做错，连俺这里也变作徒劳了。”

究竟金时裕进省城做了些什么惊人事业，请待下回再写。

评曰：

语云：“一人之见，不及二人之谋。”如知府、知县无法可想者，师爷能借着为之代谋。胡图贵之越狱计划，亦因以变为翻供等，是也。

金时丰泄一时之愤，手刃县令，不可谓不快，然而所影响于家计及乃兄者至大且重，是故君子以能忍人所不能忍为务。

知府注意于金家弟兄，其目光已远非县令可及，唯其因顾全地位，遂致复反邵豪之狱，实无异于庸人自扰。倘能作釜底抽薪之谋，温慰金氏、邵氏弟兄，而申详自劾并及县令者，则或可无碍矣，惜其谋不及此耳。由是知利害之见，所以误人者深也。噫！

# 第十九回

## 难兄弟运功杀洋人
## 贤郎舅拟状愬列宪

话说金时裕匆匆离家，趱程赶到省城。本定抵省后，即往巡抚衙门，寄柬留刀，本人自称是过路奉天省的江南大侠。在字柬上说，本人路过锦州，闻见府、县官断事不明，教贼翻供，刑讯良民等始末情形，因此特乘路过省城之便，到巡署寄柬留刀，为良民申冤，请大人参革府、县官，委员查办，平反冤狱。因为预定计划如此，所以在路上客店里即已将字柬写好。不料抵省住店后，往巡抚衙门去探道，迎面忽然遇见黄栋从里面出来。彼此多时不见，此时见着，当然要互问别后之事。金时裕把离别后各事说了，只将本省要做的事不曾说出，即问黄栋别后如何，因何从里面出来。

黄栋道："愚兄弟俩离了小三姓地方，因回舍无甚要紧事务，所以即取道前往大连去游历。不料到大连后，舍弟忽然染病，医治了许多时日，方才痊愈。正预备动身回安东去，恰巧和俺们同住一店的旅客中有个俄国人，据他自称是欧洲某国皇室的亲贵，因为避人耳目，才改扮为中国人，到大连来有所活动，所以才住中国的客栈，带有大批现银，据他自己说，都是大条银子和金条、金叶等项，共装有四只皮箱，价值颇有可观。住店后，因为便利起见，所以不曾交付账房保管，不知如何，那俄人忽于一天白昼里说，被人用四只空皮箱把他的皮箱换去了。他仗着是洋人，定要那客店里负责赔偿。

掌柜的和账房先生和他理论，说：‘照旅馆章程，旅客如有贵重物件，须得交明柜上，不交明，即不能负责。你来时是四只皮箱，现在仍是四只皮箱。有谁这么大胆，敢换去你的箱子？’那洋人绝不甘休，店家亦理直气壮，彼此争闹起来，洋人竟仗着势力，把掌柜、账房等拳打足踢，又去报告大连厅。厅里立刻派了大队马快来，把掌柜、账房、茶房等抓了去审问，又将各房旅客逐一搜查，翻箱倒笼地闹个不休。

“愚兄弟俩本定在这天走的，所以已命店家结了账。因他们闹着，所以不能就动身。不料因此竟被大连厅衙门里派来呵奉洋人的那些猪狗指愚兄弟俩有嫌疑，硬要带俺们到厅衙里去审问。俺们当那洋人化装来住店时，即已暗中调查过，那洋人乃是俄国的一个无赖，并不是有正当职业的规矩人。据闻他此来乃是另有作用，奉了他们国内某机关的使命，来秘密探察大连地方形势的。当他来时，俺们也曾看见，就是这四只皮箱。这天闹着被人换去他的皮箱时，俺们也跑去看过，委实并不曾被人换去，分明是他用诈欺取财的手段敲诈客店里。俺们当时本就想出来打不平，因被店家拦住，说怕因此一些小事闹大了，惹起国际交涉，所以俺们才暂且忍着。及见洋人横蛮，打掌柜和账房，又报告厅署，将人捉去，俺们已忍不住了。偏又被那班奉承洋人的狗头硬说俺们有嫌疑，俺们实难容忍，舍弟遂吆喝一声王八蛋，啪啪就打了一个马快两下嘴巴，因此各马快遂都动手，愚兄弟立即和他们对敌。他们焉能敌得了俺们？因此被俺们打得落花流水地逃回去请救兵。愚兄弟因欲看大连厅究竟如何断结此案，所以不待他们再来，就跟着追到大连厅衙门里去。偏生那个大连厅官是个毫无胆量、怕洋人的没用奴才，他因为怕洋人如虎，就不问情由地将客店里掌柜和账房收押起来。

“愚兄弟追到厅里时，厅官正吩咐将掌柜、账房收押，茶房等交保。掌柜等不服，极口呼冤。厅官只不理会，马快们狼狈逃回，见官回禀，话未说到一半，愚兄弟已经到了，立刻上堂向厅官行过敬礼，先辩明愚兄弟俩的被诬，不得已才和马快们动武，乃是出于保卫自己身体的安全，后又向厅官陈述那洋人来时的行李形状和现在所有的物件完全一样，全店的住客都可以做证，分明是洋人无赖，意存索诈，请厅官将俄人斥退。最好即将洋人看守起来，备公文解到该国领事馆去，要求领事把他重办。厅官听罢愚兄弟的言辞，虽已明知是洋人的错误，但他实在可怜没有办洋人的胆量，只好老着面皮，向本国人民打官话。招惹得愚兄弟俩大怒，正待再向厅官辩白，幸赖全店的住客和许多有血气的市民得信齐赶来观看，见厅官如此颟顸，遂都不服，齐鼓噪起来，大叫：'打打打，打死了这个巴结洋人的狗官和这个无赖讹诈的洋人……'

"大众嚷声未绝，便有人拥上堂来，拖倒那洋人，推翻了公案，吓得厅官往后衙逃躲。洋人杀猪价喊救命，但已被众人打了他几拳。愚兄弟俩怕打死了洋人起交涉，遂反而向大众劝解，保送那洋人出厅脱离危险。愚兄弟俩即乘此使用铁砂手的功夫，轻轻在那洋人腰胁里点了两下，那伤须待至六十天后方才可以发现，但是如守到发现后再治，断来不及。俺又怕他懂得中国拳术武功的厉害，先服伤药，所以特又轻轻在他胸前弹了一下，弹伤他的肺部，使他纵可把伤医治，肺坏了亦不能久活。总算借此暗报了他打掌柜、账房等人和意图讹诈钱财之仇，同时因这一闹，掌柜等已被厅里放了出来。马快公差等又贼去关门地在厅衙四面戒严。

"那洋人被这么一吓，知道中国人民有义气、有热心血性，不是可以欺得的，遂把敲诈的心思吓去了，不敢回店取行李，即刻逃上洋船，动身走了。

"店家见洋人不曾回店，不敢擅自处分他的东西，即派人查明，开单呈报厅官，派差人来搬了去，代为保存。厅官怕发生交涉，遂一面详文报告上宪请示，一面暗命店家留住愚兄弟俩休动身，预备如办交涉，即把俺们送到领事馆去搪塞完事。愚兄弟因见店家胆小，求得可怜，才住着不走。等了些时，果然总督衙门有令到厅，吩咐将俺们兄弟俩护送到省。令上称愚兄弟为义士，颇有嘉许尊敬之意。又吩咐将外国无赖的东西运送到省，并未提到‘交涉’两字。厅官奉令，立刻亲到客店来拜访俺们，请俺们到他衙门内去谈话，特地代俺们做东，付还了店账，又在衙门里设宴给俺们饯行，请店家作陪，当面请俺们包荒。又致送俺们二百两程仪，特命那日到客店里去捉人搜查的马快们到席前来向俺们兄弟和店掌柜、账房等当面下千儿赔罪，请俺们见总督后，说几句好话。愚兄弟俩当时又好笑又好气，当即收受了他的程仪，并冷冷地教训了他几句，说得他面红耳热，诺诺连声。第二天动身，厅官直送到大门外才回，如此举动，真非俺们初意所及。

“到省后，见了总督。总督极口嘉奖俺们，并要俺们当面试验武艺。试毕后，很诚意地挽留俺们弟兄同在厅督衙门当差，各赏守备的前程。俺们弟兄本在三家村立誓不做本朝的官，但其时却另生了计较，因为如在省城当差，对于军政各事内情才容易刺探，将来反正，或可收事半功倍之益。因有了这个心计，所以才谢了总督大人的提拔，即姑且随遇而安，在总督衙门当差。此刻是奉令到巡抚衙门有事，事结出来，恰巧得遇见你。”

金时裕听罢，暗说：“侥幸，幸亏俺不曾将来意完全说出来，如说给他听了，或恐还有不妙，亦未可知呢。”因即告别回店。

到晚，黄栋、黄梁兄弟俩亲到客店里来拜会金时裕，并邀请金时裕去上馆子。席间黄栋询问金时裕，说：“金大爷，你休得隐瞒，此次进省，究竟有何事故？”

金时裕仍回说如前。

黄栋笑道：“金大爷，你休以为俺们已做了官，即变了初衷。实对你说，你此来的原因俺已猜透了个八九不离十了。你们锦州城内最近不是发生了一件新娘因被奸盗，羞愧自尽的奇案吗？你家二爷为朋友抱不平，到府衙做证，你又到官领限，请限缉拿正犯，此事现在不知究竟已了结了没有？俺猜定你此来定系为了此事，所以才好意问你，你何必瞒俺呢？”

金时裕见他已知，心中诧异，知道难瞒，遂把来意及经过说了，遂问他何以知之。

黄栋道：“幸亏遇着俺，不然，你此番竟可算是徒劳。俺实言告诉你吧，锦州府乃是巡抚的内兄，当此事发生后，知府因你状上有要进省控诉和晋京叩阍的话，怕真闹出来，曾连夜派快马到省，送密信与巡抚，请他帮忙遮掩。巡抚与总督交情极好，接信就到总督面前，和总督商议。那时俺正在旁边，因此能知道详细，你如到巡抚那里去告他，正是与虎谋皮，毫无益处，所以俺才问你，免得你白辛苦。”

金时裕闻言大惊，忙请问黄氏兄弟，可有什么方法补救。

黄栋道：“你省城里可有什么至亲好友吗？如有，可就有个方法；没有，那就只得再打主意。”

金时裕想了想道：“有，俺内弟麻公达现在省城俺家铺子里充当经纪。俺此番来省，因为图秘密起见，所以才住客店，不住在自家铺子里去。”

黄栋道：“这就好了，你可去知照，请他出面，到省城总督巡抚臬台各上司衙门都递上一张诉状，控告锦州府、县两官狼狈为奸、断事不明，并申叙游杨氏因奸盗羞愧身死一案，详细禀控，请求参革查办。如此一来，总督即不能徇私。因总督为人，生平素极公正，但此次因被巡抚再三面恳，曲予成全，总督因怜念知府是两榜出身，寒窗苦读，才挣得此四品前程，极不容易。又被巡抚的交情面子所限，存心如无人来告，即含糊过去，即不予参革查办；如有人到省控告，即再给知府另设他法，保全他的前程，警诫他的下次。现在你如请令亲往各衙门都去告发，总督一手遮天不住，当然只好从公处断。如留刀寄柬，他们反而好打官话，说是刺客夜入衙门，行刺未成，留刀恫吓，挟嫌诬陷官长。甚或他们能够料定是你，竟通令省内外各地衙门，悬赏缉拿，岂不弄巧成拙？”金时裕闻言心动，大喜称谢。

席终，各散。

金时裕连晚派人到省城铺子里去请麻公达到客店里来，央请他出面控告。麻公达和他是郎舅，不比得普通亲戚，无可推诿，遂即答应。当夜二人商议停妥，见官如何回话，诉状上如何措辞，直至夜深才散。

次日清晨，麻公达即去请刀笔先生把诉状草稿拟好，拿到客店里来给金时裕看了，彼此又讨论些字句，圈改之后，麻公达回铺命同事们分抄了几份，即派人分头往各高级官厅去呈递。金时裕住在客店里候信。

直待到第二天晚间，麻公达才匆匆地跑到客店里来，把各官厅的批文齐抄来给金时裕看。批文上词句都很简单，大约都是：

> 状悉，容与列宪会委专员，前往锦州查复核办，除先令该府县暂停职务外，所呈平反游杨氏一案人犯等，一切均俟会审决定。此批。

金时裕看罢大喜，遂问他内弟曾否由各衙门来传去问过。

麻公达回说："都来传过，俺在各衙门都具过结，各衙门都要俺交保，才得出外。各事俺先有预备，所以办得很快。"金时裕谢过他辛苦，即告过别。

次日早起，金时裕收拾带来之物，算账动身。刚到郊外，即与他兄弟会见。

金时裕知道锦州县已被刺及各项近情后，吓了一跳，遂返身和他兄弟同进省城，再到先住的客店里投了宿，写请柬派人去请黄氏兄弟立刻到来商量办法。

未知结果如何，请待下回续写。

评曰：

读者阅过上文，定以为金时裕抵省后，必寄柬留刀矣，而不知偏绝不然。又如两黄同为反清团体中人，当然不至食清禄，乃竟官任守备，文情之谲变有如此，佳佳！

两黄之学成铁砂手，本为应付方刚，不料却为杀外人之无赖者用，真乃匪夷所思。

两黄之因奋议勇，不畏强御，捍危犯难而得官守备，壮士固应食此报也。

状大连厅之丑态，可谓穷形尽相。噫嘻！吾为清代之官场羞，吾又不仅为清代之官场羞也。

## 第二十回

# 打师父徒弟白画显身手
# 欺孤儿寡妇黑夜飞人头

话说金时裕兄弟与黄氏兄弟相见后，金时裕即悄悄将锦州之事对两黄说了。说："二位老兄，愚兄弟此刻方寸已乱，实在想不出个计较来。没奈何才奉请二位到来商量商量，该是如何办法。"

黄氏兄弟听罢，亦兀自吃惊，静坐着，低头沉吟了一会儿。黄栋忽然笑吟吟地跳起身来，向金时裕、时丰二人道："恭喜二位，俺有一法，二哥如敢冒险做一回时，俺敢保二位高枕无忧，邵氏兄弟可以立刻出狱，胡图贵可以立刻正法。"

二位听说大喜，忙问何计。黄梁见他兄长说得如此轻易，好生错愕，目视乃兄，静听他有何妙法。

黄栋道："金二哥，你不是从锦州府衙大堂上挺刑不招逃跑了的吗？锦州府的详文已经于昨夜呈递到省，今日此刻，俺们两人到此地来时，总督正在衙门里召集省城各高级文武官会议办法呢。俺的愚见，二哥不如再冒一回险，亲往总督衙门去自行投案，捏告：'知府擅捕良民，用非刑逼供，小民因此没法，才逃出府衙，赶到省城自己出首。'总督定必惊异，绝不致也用刑法来处置你的，必然详细问你因何夜刺县官及师爷。你可赖得干干净净，绝不承认，并说：'知府亦是用这莫须有之罪拷问小民，果如官厅能查出凭据，可以证明是小民所为时，小民情愿领罪无词。'总督如问你们兄弟和邵豪等共花费多少银钱买通胡图贵到案认为奸盗正法，你可将胡图贵自己的供词照样陈诉，并将方家客店店家和土娼、银楼掌柜、典当朝奉等人到案指证胡图贵是正犯的话也照样学说一遍。好歹胡图贵前在省城颇久，他在省城所做的扒窃案子多如山积，各衙门都有他被告之名，而人未获案的卷宗，你只消说出：'他是个著名各地的扒手，闻说省城他亦做案极多，请大人一查问即知。'总督生平素极公正，到此他必然深信。但因为顾全知府，必然退堂，与巡抚商议。那时俺料总督定必用釜底抽薪之法将此案搁住，先用公事去将知府调任到别处，或是暗命人和你及麻公达商议，把控告知府的罪名一齐移到知县身上去。知县已死，人死即不再咎，即可将案完结。或是先传谕把知府停职，缓和你们控诉的空气，然后再把他奏请调任。只要二哥敢冒险，此事立刻可以解决。"说着，对黄梁道："兄弟，麻爷的诉状递呈进署，总督在内书房看过后，不是着人去请巡抚到来商量，要用釜底抽薪之法，想找人去运动麻公达，允许麻爷的好处，叫他自己申请撤回诉状，或是不再追控。各衙门虽都有批示，但都是另立的一本簿册，新编的批字第号，大家都有存心，预备将来把诉状就此无形消灭，不了了之。这话，你不是也知道的吗？"

黄梁见说，恍然大悟，连说不错。

黄栋又对金氏兄弟俩道："二位请想，照此推测，岂非易了吗？"

金时裕兄弟听罢大喜，时丰道："这并没甚危险，乃是雷声大、雨点小的事，怕什么呢？乘着他们大家正都在总督衙门议事，俺就去自首，岂不格外了结得快些？倘要俺补状，俺再补也不迟。不过万一要动什么刑具时，还请二位在暗地里照应照应才好。"

黄氏兄弟道："那是自然，不劳嘱咐的。"说罢，即告辞回去，好在衙等候，免得内中无人照应。

金氏弟兄拱手道谢。

两黄去后，金时裕即赶紧命小二去传唤了饭菜来，饱餐了一顿，即刻请小二引导着，前往总督衙门。到督署后，即遵依预定计划，叩见总督，陈述自首。果然总督已与巡抚等各官商量妥善，一面用釜底抽薪之法使麻公达不再追控，一面暗命知府，先自动地取销了邵豪之狱，把邵豪兄弟释放，并即日出其不意地将胡图贵出斩了示众，一面遴选人员，前往锦州接任知县。

正在分头办理，适逢金时丰来自首。总督果然并不叫他补状，先很苛细地严询了许多话，后即宣布退堂。退堂后，果然也暗派人到班房子里和金时丰说好话，那奉派的人正是黄梁，当然容易解决。即于这天晚堂，把此事完全办妥，放了金时丰回去，暗判令知府罚银六千两，暗偿金、邵两家的损失，并令知府赏给金氏兄弟“义勇可钦”四字的金字红匾一方，赏邵豪之弟“友于可风”四字金字红匾一方。

金时丰当晚被放出衙，回店后，将情形告知兄长。金时裕大喜。

第二天，两黄一早就来贺喜。麻公达也来报佳音。金氏兄弟即在客店里置酒席，给两黄、一麻道谢。

当晚，两黄在馆子里还席贺喜，并给二位饯行。

第二天，麻公达亦在本铺里款待二位东家，即邀两黄作陪。

这天，两金即移寓到本铺内，休息了一日，才谢别过麻、黄三位及铺内各同事，到各店里结清账目，取了包袱等项，径回锦州。先到乡下家中，把家搬回城内，然后才去探访邵、游两家及各亲友人等。邵豪收受了知府的二千两银子，这是明的，暗又收受了知府的三千两银子重礼。他既有了五千两纹银，家道原本可以过得，故此亦不再吃别家饭做伙计了，却在城中游家铺子对门也开了铺子，自做经理，算是和游家斗气之意。一面极感谢金氏弟兄俩恩德，特在家供奉着他兄弟俩的长生禄位牌，每早晚焚香礼拜，报答他俩的大恩。

那胡图贵以为反供后可得释放，所以亦不再做越狱之想，万不料会马上即被正法，所以他来不及抵抗。等他胞弟胡图荣从项城得到信息赶来时，胡图贵已悬首在十字街口示众几天了。

话分两头。却说夏定夷自送金时裕走后，他即在省城内安居着，仍时刻运功练武。

其时省城内有一个本地人，在家设场收徒，教授武艺，颇有名望。夏定夷本不欲和他作对，去拆他的场子，偏偏那教师因听得徒弟们讲说，新从广东充军到此的一个军犯，名唤夏定夷，在锦州曾大闹过监牢，在两广更是威名远震，从未遇过敌手。在徒弟们所以讲说夏定夷的意思，即是想怂恿他们的师父去和夏定夷见个高下，给他们看看。他们总以为自己的师父本领大，可以保赢不输，把两广著名的侠盗夏定夷打败了，无异于把两广的全体好手都打败了一样，自己的师父得胜，即无异于他们自己得胜，好像大家都有面子光彩。他们因为存了这个好胜的虚荣心，所以怂恿他们的师父格外的起劲。那教师因被徒弟们说着，如不去打倒夏定夷，怕被徒弟们瞧不起，从此来学武的人就少了，少了徒弟，就少收师父钱。因为这个缘故，所以不得不顺从徒弟们要求，即着一个徒弟去见夏定夷，说要和他比武，请他约日期、地点。

夏定夷见他突如其来，一时料不出他的真意，遂说了几句客气话，推却自己无能，自知不是教师爷的对手，实不敢和教师爷比武。那徒弟见夏定夷说不敢比武，格外邀约得凶，并故意说了两句自大的话，讪笑夏定夷，想激怒了他，好出来比试比试，使夏定夷吃回败仗，增光自己师徒。哪知夏定夷因在黑省是作客他乡，抱守礼让容忍的态度，绝不动怒，仍用好言谢绝。

那徒弟得意扬扬地回去，回过师父。那教师正求之不得，好借此招摇招摇，得多收些徒弟，多挣些钱使换。他的徒弟们也欲借此增长声威，故此师徒们不约而同地都逢人说项，夸耀自己师徒的本领，说两广著名的侠盗夏定夷尚不敢大胆比试，何况其他不及夏定夷的人呢，真只好做脚底下的泥。这话一传十，十传百，不久即传到夏定夷耳内。夏定夷亦不介意。

却不料自此以后，那个愚妄自大的教师竟自以为是南北无敌的第一名家起来，陡比往昔骄傲了许多，因此遂激怒了本省左近一带的几个学过武艺之人，进省城来和那教师交手。偏巧也都是些普通之辈，都不是那教师的对手，无一个不被打败了回去。因此，那教师师徒们可就格外骄横了，渐渐地倚仗武艺，欺压良善起来。加上那教师的目的只在收师父钱，居然竟学古人有教无类起来，无论是何色人等，只要来拜他的门，送师父钱，他都收为门徒，传给武技，无非是教他们些花拳绣腿，哪有半点真实功夫呢？

这其中另有一班小青皮、光棍醉翁之意不在酒，目的本非来学武，却意在借重他的名，才好在外横行霸道，使人家知道他们是某教师的徒弟，练过把式，好虚声夺人，不敢惹他们。故此那教师的徒弟遂越过越多，他师徒的名誉也就从此一天一天恶劣起来，被欺侮的善良安分人民也不知有了多少。

这话被夏定夷知道了，不由大讶，暗诧道："这还了得，他们在省城里居然敢这么胡行胡为，如在乡村僻处，岂不要奸盗邪淫，格外无法无天吗？常言：'吾虽不杀伯仁，伯仁由我而死。'他师徒如此骄纵恣肆的，乃是由于我那天不肯和他们比武，他们遂由此眼高于顶起来。现在我如不警诫他们一回，他们更要不可收拾了。"因此夏定夷遂决计借事打不平，在大街心里行人众多之处，使他们师徒同吃一大亏，从此销声匿迹。

那天，夏定夷走在大街上，恰好迎面走来一个年少的女子，约有八九分姿色，看光景就是这左近街巷人家的。因她下面并未系裙，穿的是便衣，手中拿着只花瓷大碗，像是用碗去买什么似的。

夏定夷正在留意那女子，猛见她背后跟着五个小青皮，向她调笑，口中不清不楚的。那女子羞得面红耳赤，急得飞步逃跑。陡被两个小青皮抢步赶到她前面，张开两臂，阻住她，不放她过去，定要那女子自送给他们几个人各亲一个嘴，才肯放她上路。那女子被阻住去路，又羞又怒又急，不由发恨哭骂，一扔手中碗，向一个小青皮的面门上掷打了过去。小青皮一让，那只碗可巧正飞到夏定夷的面前来。

说时迟，那时疾，夏定夷看见女子被围，已是按捺不住怒火，一见瓷碗飞来，即伸手一接，把碗接在手内，走向前去，高喝："好一群小王八羔子，青天白日竟敢在大街心里调戏女子，还当了得！不要走，且各吃我两下嘴巴子去。"边喝边伸出那空着的左手，先左右开弓，把那拦女子去路，被碗未掷着的小青皮的脸上啪啪两面各打了一下，打得口中喷血，身体打踉跄，一栽，已晕倒在街心里。夏定夷转身随手又把另一个阻女子去路的小青皮也照样打倒在地。还有三个，看不是事，认识他是夏定夷，即上前来招呼，话未说出，一个又已被照样打倒，另两个赶紧脚下明白，想要逃走，早被夏定夷赶上去，一拳打倒一个，一脚踢倒一个。

夏定夷哈哈大笑，将碗交还了那女子。那女子吓得跑回家去了。

夏定夷指着五个小青皮笑骂道："休得装死尸，你们平时仗谁的势，胆敢如此无法无天？快爬起来给俺去报信，把你们的靠山叫了来，待俺当面教训他。就是你们的一班狐群狗党，也都一齐唤了来，俺好打得痛快些，做一回批发买卖，免得鸡零狗碎的麻烦。"

五人忍痛爬起来，发狠劲道："姓夏的，你在此站着等候，走了的不算好汉。"

夏定夷笑道："快滚快滚，我如怕了你们，也不姓夏了。"

五人边说边跑，去唤救兵。街坊店铺人家知道要打恶架了，赶着上门板，关好了，躲在门缝里张望。行人有胆大的，远远地立下来看热闹，胆小的飞步跑回家去了。一会儿，大街上竟成了冰清冷静。

不多时，那五个小青皮已去把那教师和一班同学的小青皮及全体师兄弟，彼此呼朋引类地潮水价涌到大街心里来。夏定夷见了，迎将上去。那教师当先走着，两下看见了，教师即上前来先和夏定夷客套了两句，即严词责问夏定夷："不该当街打俺的徒弟，即徒弟有了错处，也应该来通知俺，才合道理。"

夏定夷冷笑骂道：“好个才合道理！你这狗头，真枉生存人世……”

那教师被骂，动了怒火，不待夏定夷话完，即已死命价向夏定夷扑来。夏定夷在前总以为他定有几分真实本领，所以才能充当教师，此刻一见，才知他不过凭着点蛮力和几手江湖拳头，毫无真实本领，不由哈哈大笑，遂将身一让，让过了他的来势，便使出溜步来，浑像一个大栲栳圈儿，将他圈在中间，使他四面八方都老看见人，总扑打不着。步法、手法越使越快。

那教师从未经受过这种溜步的阵仗，不多一会儿，早已被夏定夷溜得头昏眼花，陡觉得天旋地转，站立不住。猛听夏定夷高喝一声：“跌倒了吧！给我量量这块街心青皮石有多长尺寸，别勉强着挣扎，死要面子活受罪了！”果然那教师竟如孝子顺孙一般，应声扑通栽倒。这一跤，直跌得他半死。他的大众门徒看见了，一时下不了台，遂吆喝着齐奔夏定夷乱打。

夏定夷并不招架，却只管自己打人。众徒弟无论是被他拳打、掌击、身碰、腿撞、脚踢、头碰、肩撞、臂打，无不着身即倒，打得横七竖八地跌倒在街心里。有那眼亮的，早就溜之乎也，老傻无不吃了大亏，都各跌得头青眼肿，鼻蹋嘴歪，血流衣衫，痛彻遍体。

夏定夷大笑拍手，骂了他师徒们一顿，并说：“以后如再目无法纪，欺侮良善时，被我知道了，定必割下你们的脑瓜子来。”说罢，迈步走将回去。

刚到家坐下身来，忽听得隔壁院落内妇人、小孩儿的哭声，凄苦悲哀。只听得同居的邻舍老妇人李媪叹道：“唉，可怜，伊寡妇又在那里被欺逼得哀哭了，真是老天爷没生眼睛，好人偏不在世，恶人偏得享富贵寿考。”

夏定夷听得，忍不住问：“李太太，此言作何解释？”

李太太便将隔壁伊寡妇母子被人欺侮逼迫的伤心之事说将出来，引得夏定夷大怒，即出外打听明白。果与李媪之言相符，遂于当夜去把那欺逼孤儿寡妇之人割下脑袋来。

毕竟详细如何，请待下回再续。

评曰：

官官相护，此弊障碍于澄清吏治前途者最甚。本回写黄栋言总督尚是贤者，犹不能免此弊。呜呼！由斯可知，扫除积弊之难也。

夏定夷举手抬足即已使教师师徒踣跌寻丈，乃欲先寻衅继夸耀，更骄蹇，多见其不自量耳。

夏定夷才由大街回，即闻伊寡妇母子哭声，此作者使读者急欲观下文处，固不仅为文情波澜已也。

## 第二十一回

# 毙命中途荡子果报
# 悬首高杆恶叔丧元

话说夏定夷在街上惩创了那教师师徒群众之后，回寓刚才稍憩，即听得隔院人家凄苦悲惨的哭泣之声。不由打动了他同情的不忍心弦，颇有怜念之思，因此遂生了疑问。正在转念间，恰巧又听得同居邻舍李太太的叹息，自言自语地说出那几句足以激动他侠义心肠的话来。

夏定夷既然听得哭泣，又听得叹息，哪能忍得住不问呢？因即向李媪询问缘故。经李媪将隔院人家寡妇、孤儿被欺凌压迫、痛苦无告的事情告知详细，夏定夷不禁勃然震怒，恨不能立刻就到隔院去，将那欺凌孤寡的人杀却，使当时齐齐哈尔省城的各界人士知所警惧，不致再发生类似隔院之事。但一转念间，忽然想着，古人有言"兼听则明，偏听则暗"，况且杀人抵罪，律有明条，岂可贸然视同儿戏。因这一想，遂暂将怒火按下，更衣出外，再向街坊邻舍别个相识哨探隔院人家的真情实况。果然众口一词，和李媪所言无甚差异，因此夏定夷遂决计当夜往隔院去做骇人警世的勾当。

原来隔院这家人家姓伊，那悲泣的寡妇娘家姓阿，伊、阿两家原系世亲，都是内蒙古东四盟正白旗人，且都因祖上从征有功，得有世袭的前程功名。降至伊阿氏的父亲手里，阿家忽然遭逢鞠凶，阿氏的母亲那拉氏首先染病去世，接着阿氏的长、次两兄亦都相继病亡。她父亲因妻、子丧殁，只剩寡媳少女，因即将家产分作四份，两媳一女各得一份，自己亦取一份，催促伊家迎娶。

其时伊家因子孙不肖，渐致式微，到得伊阿氏翁姑手里，祖遗家产已被先人败去大半。幸亏他夫妻俩勤俭持家，力图振兴，才得将圮的门庭支撑起来，渐有复兴的希望。见阿家来催娶，遂即摒挡筹措，择吉为长子伊库布完姻。

阿氏于归后，她父亲即将她应得的一份产业送交她收受，一面告别两媳，带了一份家产，自往喇嘛庙里去出家。临别劝两房儿媳能守更佳，否则即从早适人，免误青春。两媳年少守寡，本来是难能之事，又各有一份产业，自然易招歹人的觊觎，因此不久便都有了外遇。初还幽期密约陈仓暗度，隐瞒着亲戚，后因遮瞒不住，便索性老老面皮，实行先奸后婚的方式，各从所欢而去。

其时伊库布的兄弟伊穆尔亦娶了媳妇，他父亲忽染疫身亡。他母亲因伊穆尔夫妻俩不肖，自己身弱多病，深恐本人亡故，将来家业被次子败完，特先事预防，仿效阿家的办法，将家产分作两份，各给一份与长、次两子夫妻，承受执业，自己带着体己的私房财物，往尼庵中去修行。进庵未及一年，即闻悉她次子夫妻俩已将产业败光，心中一气，郁闷成病，可怜遂致不起，未久即病殁在庵。

伊库布夫妻闻讯，赶到庵中来奔丧守孝，准礼成服，伊库布夫妻遂亲到伊穆尔家中报信。伊因无甚想头，竟不曾到庵，他夫妻亦置之不理。事后，伊夫妻反借此向伊库布夫妻索诈，说："母亲在日，即溺爱兄嫂两口子，所以分家时兄比弟多。老母病亡在庵，兄嫂俩又瞒了他夫妻，独去奔丧，把母亲的体己完全独自承受。现在没甚别的，你两口子如将母亲临危时交付你们的金钱拿出来平分便罢，否则，和你们同到佐领及都统衙门去打官司，不怕你夫妻不拿出来和我们二一添作五地照分。"

伊库布、阿氏夫妻大怒，即据理斥驳，并请庵内住持尼证明。

怎奈当被伊穆尔夫妻一口咬定，说尼姑受了兄嫂的贿买，所以说话偏袒，结果由亲友出来调解，劝伊库布看在同胞分上，多少送些钱财给他们俩，好歹楚弓楚得，不比得便宜外人。伊库布夫妻无奈，只得忍气分了点财物给他俩，羊马等牲畜也分给了好些。

伊穆尔夫妻索诈遂意后，不久又败得精光大吉，皆因他两口子都有大烟瘾，嘴馋身懒，又都爱赌，所以败得极速。这次吃尽当光之后，想再向兄嫂开口，苦于无题目可做文章，只得另想别法。度了些时，夫妻俩忽然想出条生路，把住的房子卖了，得钱搬家到别处去，即在家中开设烟馆。

其时鸦片烟馆极多，别家生涯无不鼎盛，盈利丰厚，偏他夫妻俩开的烟馆门可罗雀。皆因他夫妻俩好赌，在赌场里先已将本钱输去大半，身体又懒，开烟馆后逐日弄得的钱，一小半为他夫妻因饱馋吻而吃完，一大半都送在赌博上，因此越做越不像，不多时便已连本搭利，精光大吉。

可巧他俩开烟馆时，有一位烟客，是齐齐哈尔城中的一位贵介子弟，因为不肖，被父母驱逐出来，无家可归，专靠在外找亲戚故旧强索硬借度日。仪表生得极佳，可惜面有烟容，否则真可当俊男之目。他自到伊穆尔烟馆内来吸烟之后，不知如何，竟和伊穆尔的媳妇有了奸情。那弟子的本心，因爱伊穆尔老婆生得颇不错，想把她诱惑上手，拐她逃走，好从她身上出产一注金钱，果然伊穆尔的浑家被他所惑。成奸之后，竟被他一派花言巧语，哄得深信不疑，背弃丈夫，跟他逃往哈尔滨，被那子弟弄在班子里，操皮肉生涯。那子弟得了钱财，想潜回家乡快快活活地使用几时，不料行至中途，遇见了马贼，被马贼砍伤，将钱劫去。那子弟白费了一番心思，成为人财两空，且又受了伤，不能行动，只得在半路上流为乞丐。因无钱吸烟，瘾来无法可施，遂致成病，伤病交迫，不几天遂在路旁树林中死了。

伊穆尔自他媳妇逃后，生活上虽轻了担负，景况却格外可怜了。

因找寻媳妇，很跑了许多冤路，花了些瞎钱，拆字卜卦，毫无消息，结果因气成病毒，一病几死。好容易病才痊可，无奈只得去见兄嫂，哭求收留着，并自陈悔过。

伊库布见他鹄形菜面，狼狈不堪，因念同胞之情，遂狠狠地教训了他一顿后说："兄弟，你如不戒赌戒烟，可休怪兄嫂无情。即使你此刻戒绝赌、烟两事，我亦要你亲写字据，将来如果再犯，我即逐你出门。"

伊穆尔当时无路可走，只得百依百顺，当即赌咒发誓，并写了悔过字据，交给兄嫂。从此住在伊库布家中，帮同做活，一面戒除烟瘾。过了些时，伊库布因往朋友家中去吃喜酒，喝醉了回来，行路时踉踉跄跄，偶一失足，跌在阴沟里，受了重伤，酒醉无力挣扎起来。幸有行人经过，把他扶起，被熟人看见，将他抬送回家。

阿氏见丈夫头、臂、足三处都已受伤，唬得慌忙给他洗拭污秽血迹，并给他敷药更衣，满望他能危而复安。不料伊库布竟因跌伤内部，伤重致死。

伊穆尔见兄长逝世，初时大哭，继忽大喜，当时帮着嫂嫂办理后事，力劝嫂嫂节哀顺变。

其时阿氏已生有一子，年已四岁，当因夫死，决计守节，抚孤成人，撑立门户。不料伊穆尔因兄长已死，无人管束，日久玩生，渐渐地又旧态复萌。初还怕阿氏教训，后忽被他想出一计，乘阿氏母子往扫伊库布的新坟时，他悄悄去唤了个铜匠回家，把嫂嫂的箱笼橱柜一齐开开，将他自己亲笔写的悔过书偷出来烧了，又偷了些银钱首饰，并将他母亲在日写下的分家书也偷着烧了。一切完毕，复又锁好，溜将出去，吸烟赌钱。并因老婆逃走，独宿已久，此刻有钱在手，便去嫖私娼，只等钱花完了，才回转家内。

阿氏回家后，见房内各物凌乱，已知有异，开锁察看，不由惊得呆了，哭得死去活来。经同居邻舍询问明白，温言劝住。

伊穆尔回家时，被阿氏哭骂拼命，要逐他出门。伊穆尔初时自知礼短，被骂一言不发，后竟把心一横，和阿氏恶声相向。被邻舍人众打不平，才将伊穆尔公议喝住，令他向嫂嫂赔罪，陈述悔悟，立誓以后不敢，才肯容留他在家，不然，定必赶他出门。伊穆尔见众怒难犯，只得暂时屈辱，叩头赔话。阿氏无奈，只得仍容留他在家。

伊穆尔此刻忽然又心生一计，决定用温柔功夫，事事讨阿氏的好，想借此诱惑阿氏失节，好叔嫂成婚，演一回叔接嫂的把戏，自己不仅可享受先兄的产业，且可得阿氏娘家的赔奁。因他存此心后，遂改换了一副驯良的面孔，将往时那贵介子弟诱惑他逃妻的一派功夫完全学着对付他寡妇。

阿氏见小叔陡改常态，一时揣测不出他的用意，只有暗自存心防他，一面仍紧追他将偷出去的银钱首饰赶速完璧归赵，绝不丝毫放松。

伊穆尔只是一味敷衍，婉言应诺归还，并很勉强勤劳地助理家事，一面乘空即悄悄向阿氏说几句风话，将张比李，捏造些叔娶嫂为妻的事实，借此试探阿氏有无活动的心意，能否可以诱惑上钩。

阿氏察言观色，到此才知小叔不怀好意，遂正言厉色地斥责，并到她亡夫的灵案前哭泣，以表明本人的节凛冰霜、志坚金石。

伊穆尔见每次都被阿氏教训，心知难遂所愿，仗着字据已全被自己偷焚，遂变更方法，索性显露本相，用狰狞可怖的态度对付寡嫂孤侄，逐步紧逼，大有不达目的不止之意。

阿氏到此地位，当然和他对抗，要驱逐他出门。他即强词夺理地和阿氏反诘，问她有何凭据可以证明家产已经分析和他往日悔过恳求收留。阿氏虽然理直气壮，怎奈分家纸、悔过书都已不见，除去掩面悲泣外，竟争辩他不过。邻人虽很主张公道，出来打不平，无如被伊穆尔使用无赖手段，对各邻危言恫吓，并恶声诘斥，说："清官尚难断家务事，你们外人哪能得知我家的内情？谁多管闲事，俺便和谁结辫子同往佐领或都统衙门打官司去。"又说："阿氏心存不良，意欲改嫁，因恐他在家不便，所以冤诬他，驱逐他离家，好使他遂心。”邻人见他凶横，大家怕多事有事，遂都不约而同地不再来管问。

由此后，阿氏在家无日不和她小叔争吵，只因她父亲出家后已死多年，两嫂亦都再醮已久，娘家无人，本族大半早受过伊穆尔的暗示，允许将来酬谢，故此都和伊穆尔沆瀣一气，无人出来说公理。阿氏虽曾向各本家哭诉，不料大家都推聋装哑，不做主张，甚且有温言婉劝，劝她将计就计，以叔接嫂，免得家神闹家鬼，大家闹得不安。阿氏见本家竟有说这种丧天害理乱伦的话者，知道他们已都失去为人的资格，哪还能望他们主持公道呢。不由气得她发昏，伤心饮泣，竟致半晌说不出话来。从此死了心，决意不再向本家们诉苦，只准备万一逼不得已，便抓破了脸，和小叔去见官。逐日价对伊穆尔如防贼般谨慎提防，绝不稍假以词色。

伊穆尔见阿氏冷如冰霜，凛然丝毫不可侵犯，知道软诱强逼，均难着手，遂打消了叔接嫂的话头，专一使用出喧宾夺主的手段来，和阿氏强争管理财产权，口口声声说兄死弟继。当日父母去世，将产业统交亡兄掌管，现在兄死，理应由本人执业，坚持这种片面理由，逐日和阿氏争吵。并串合出几个无人格的舛劣本家来，算作族中公正人，逼迫阿氏将产业令交伊穆尔管理。

阿氏被压迫到无可奈何，思量只有一死，可免烦恼。怎奈孤儿在侧，连声唤妈，可怜她哪能下得起这个决心呢？只得又凄然回心，决计茹苦守节，含辛抚孤，勉强撑持，竭力和恶叔奋斗到底，据理抗争，痛斥那些本家。一面并请人诉状，往佐领衙门去控告恶叔、本家等串合欺凌孤寡，要求申雪。阿氏满望佐领给她做主，哪知那佐领是个糊涂贪官，因为争夺遗产，在佐领的心目中，正认作系一笔可以使他进益款项的诉事，不论原、被双方，只要谁肯许愿心送贿赂，他便将良心暂染黑色，偏袒着谁。

当时伊穆尔因恐败讼，所以暗中设法，向佐领许愿心，话虽如此，但因他手中无钱可以立刻送现款贿赂，佐领见他不孝敬现款，岂肯在案未审结之先，做这欠账交易？因此即将此案搁置，不给他叔嫂判决是非。

伊穆尔乘此机会，即格外使用野蛮手段，欺压寡嫂，意欲立逼她将产权交出。阿氏岂肯就此善让？因之据理抗争。叔嫂几至动武，当被邻人同声赶来，将伊穆尔扯劝到外面去。伊穆尔施行野蛮，原系示威作用，所以即借此收科，故意悻悻然恨骂不绝地走将出去。

阿氏见官不能秉公速断，本家又不说公话，娘家更无人抗争，处境到此，求生不得，寻死不能，伤心万分，忍不住凄楚悲泣。邻人因她叔嫂争吵已非一次，早成司空见惯，所以亦不多劝，只略劝慰了几句，即便各回本宅。阿氏在家凄泣，幼子在旁，亦跟着娘哭，不料母子俩在家的哀痛哭声却惊动了隔院的好汉夏定夷。当时他闻得哭声，因闻隔院的哭泣已屡，心生疑念，久拟询问，此时适又闻同居李媪的叹息自语，遂向她问知始末情形，不禁大怒。又往外面去哨探，果然与李媪之言尽符，因彼此系隔院的紧邻，夏定夷和伊家叔嫂亦尝在门首见过，只不过未知姓氏罢了，当经一问年貌，即已知其人。问明回家后，遂决意当夜往隔院去惩警那欺凌孤寡的伊穆尔。初本无杀死伊穆尔的心，只因当夜从屋上到隔院去，跳下院内时，院内各家的男女上下人等已都安寝，只有伊穆尔一人未睡，由窗棂孔中透出毫光来，遂走去张望。只见伊穆尔从他的卧房里放轻足步，蹑足潜踪地悄悄开了房门，鬼鬼祟祟地走出房外，径到他寡嫂的房门外面，探手从身边摸出把短柄匕首来，轻轻拨落了门闩，推门掩进房内。

阿氏其时虽已安息，但因有小孩子，半夜里恐要屎尿撒溺，又兼谨慎提防小叔，所以无夜不点着油灯，很留意地凝神。此刻伊穆尔拨落门闩，推开房门，掩身进房，虽然声息甚微，但已将阿氏惊醒，忙高声喝问是谁，边问边已坐起身来，伸手掀起帐门。说时迟，那时疾，伊穆尔见阿氏已惊醒喝问，深恐被邻人闻知，忙低应是俺，边应边抢步到阿氏炕前，亮匕首低声威喝阿氏道：“嫂嫂，你如高声，便先做俺刀下之鬼。俺今夜此来，乃是要求嫂嫂依叔接嫂的主张，成就好事的。须知俺并无恶意，只不过因嫂嫂新寡，俺又没有媳妇，大家都很寂寞，且因嫂嫂主持家政，兼顾内外，未免难以周全，所以才有此主张，乃是一片好心，不料嫂嫂竟坚决不从，故此俺特来当面恳求。好歹此时无有外人，此间实行叔接嫂的人家，亦不止俺们一家，俺劝嫂嫂还是依了俺的好。”边说边一手扬匕首作势，一手去扯阿氏掀帐门的手。

阿氏见了大惊，忙喝道：“你难道当真敢灭绝伦常，要强行非礼吗？”

伊穆尔狞笑道：“嫂嫂，你是聪明人，有道是‘半夜入人家，非奸即盗’，俺此来当然是要和你做夫妻的，不然，你现在掌管的产业，俺还怕你不照数交给俺执业吗？与其将来嫂嫂难守，改节嫁人，何如现在就痛痛快快地嫁俺呢！”

阿氏听罢大怒，忍不住一声高骂，挣脱了被他执住的手，照着他的面门上便是一个巴掌，啪的一声，打得伊穆尔火星直冒。同时惊醒了床上睡着的小孩儿，哇地哭将起来。

伊穆尔仗着色胆，岂肯甘休？早就伸手将她打自己耳刮子的手扯住，向怀中一带，扯到炕边上来，按倒在炕上，用匕首试指她的胸前，威逼她休再任性，一面伸手扯她的亵衣。慌得阿氏双手紧护下部，狂呼救命。

夏定夷在窗外见伊穆尔出房向对房门走去，他即移步到那边窗外窥视。见他拨闩推门进房后的言动，看到这紧急当儿，不由勃然震怒，即猛喝一声，一拳捶落了半折窗槅，托地跃身进去，抢步到伊穆尔身后，右手夺过他手中的匕首，左手抓住他的辫子，顺手将匕首向他胸口一戳。可笑伊穆尔连来人都未看得清楚，只嚷得一声哎哟，即已魂游地府，魄散九霄。

阿氏在炕上高呼救命，猛见从窗口飞身进来一人，疾如暴雷，将小叔杀死，不由唬得晕厥在炕上。

夏定夷将伊穆尔杀死后，深恐邻人闻声赶来不便，忙用匕首锋口将伊穆尔的脑袋割下，提在手中，仍从窗口跃出去，飞身上屋，蹿房越脊，立即前赴近处的一所土地祠屋上，跳下去，来至门首旗杆面前，使出猿猴升木的本领，盘身上了旗杆，即以辫发作绳索，将首级悬在旗杆斗内，匕首插在首级的后枕骨上。溜身下来，仍从屋上飞回自己住处，匆匆更换衣服，睡在炕上，凝神静听隔院惊诧纷扰的声息。直至天明日出，仍未稍减。夏定夷因不放心，略停一会儿，即便起身，洗漱时，已听得本院同居各邻男女上下人等纷纷谈论隔院伊家昨夜之事，先后约伴同往隔院去看。并说，佐领衙门已得了报，马上就要会同县官，带仵作来验尸。又听人说，土地庙门首旗杆斗内忽悬着一颗脑袋，脑袋上还插着把小攮子，有人跑去看过，认识正是伊穆尔的脑袋。现在此事已传遍了全省城，各文武衙门都十二分注意此案。

一会儿，忽听前面敲锣喝道的声音和人喧马嘶的声音嚣然并作，大家都说："官来了，我们同往隔院看去。"

夏定夷遂如没事人一般，亦附和着邻人，走到门首观看热闹。

毕竟此事如何了结，请待下回续写。

评曰：

写贵介子堕落种种，虽为一班纨绔之恒态，然实系暗写其先世宦游造孽之恶报，弦外之音，读者当深长思之，足为警惕不少。而写贵介子中途遇盗，报应之速，允可发人深省。至写其卒至烟瘾发作以死，尤堪为沉湎黑籍中者之棒喝。斯乃有益拒毒政策实施，及湔雪鸦片战役国耻之良好文字。

叔接嫂，陋俗也，不仅绝灭伦常，抑且廉耻道丧。作者传此，殆亦讽世之有司，负改良社会，纠正风俗之责者欤？安得今世再有夏定夷其人者，将伊穆尔流亚，一一锄而去之乎？

伊阿氏遭恶叔之侮，诉之有司，而有司受贿，政不得直，矧非夏定夷代天行讨，奋而诛之者，则其患将伊于胡底欤？读至悬首高杆时，不禁为之爽然拊掌，足浮一大白。

## 第二十二回

# 公道在人心贞嫠得释
# 义勇形容色侠士被疑

话说夏定夷附和着邻人，同到门首观看。适见佐领乘着马，县官乘着轿，督率着仵作、书班、皂役、捕快等人，正到隔院家门首下马下轿。伊阿氏跟着地保在门首跪接汉旗文武官吏，请进里面检验尸体。升坐公案，审问事主伊阿氏及同院各屋内的男妇人等，夜来经过情形。

佐领因事前伊阿氏曾有诉状控告死者之事，心忖，死者颇有被阿氏谋害嫌疑。遂于公座上将叔嫂讼案对县官说了，和他商量，征求对此案的意见。一面命地保去那土地祠门外，将旗杆斗内悬系着的脑袋、匕首一齐取来，验看是否系伊穆尔的头颅，并传唤那土地祠看祠的香火道人到来，询问他夜间可曾听得什么动静，他可和什么人有过冤仇。佐领的意思，以为或可借此从道人身上找出根来。

地保同差人去后，县官忖度了一会儿，仔细端详，观看伊阿氏的面容，只觉她幽娴贞静，绝对不像凶恶残忍的妇人，料想她绝不会贿买凶手，杀害她的小叔。寻思到此，即对佐领道："死者绝不是被他寡嫂主谋杀害，依愚见忖度，此案内情，极其复杂，绝不会如此简单。须得暗中设法调查，方才可以判决。"

佐领道："那是自然，但是伊阿氏负有重大嫌疑。依愚见，须得将其带回衙门，详细审讯，或可水落石出。"

县官道："不，愚见以为阿氏与此案绝无嫌疑，即将她严刑审问，恐怕亦问不出个所以然来。如果慎重些，只须将她交保，也就算得手续完备。现在如要知道阿氏平日的为人好歹，最是容易，只须将四邻传唤到案，问他们敢不敢联名具结，保阿氏将来随传随到，归案讯问，便可明白阿氏是否有主谋唆使凶手杀人的嫌疑了。"

佐领听罢，依言即刻传各邻到案前，逐一细问伊阿氏及伊穆尔平日的为人品行，末后问他们敢不敢联名具结，保释阿氏在家，将来随传随到，绝不致畏罪潜逃。各邻都略不迟疑地回答，愿联名具结保释她寡妇孤儿母子俩在家，处理一切事务，免受牢狱之苦。佐领见四邻都肯担保，不由惊奇，暗忖，居然大家都不怕人命官司的关系，这可就真正奇极了，莫非这寡妇的确是个艳如桃李、冷若冰霜的贤德贞节妇人吗？不然，何至能令人如此敬信她呢？因此，心中遂十二分敬佩县官的见解高出本人之上，于是即命各邻退下去缮写联名保状。一面向县官请问，本案该如何处断。

正在商量之际，地保差人已将人头、匕首提在手内，连同土地祠看祠的香火道人带到案前跪下，回禀："下役们奉命前往，适值这香火道人隔夜不曾回庙，经将小道童捉住，供出道人所在地点，令他引导同往，将道人寻获。回祠时已由伙伴将人头、匕首设法从旗杆上取下来……"

县官不待说完，即问地保："那旗杆的高度尺寸共约多少？道人系在何处寻着，因何隔夜不归，今日到此刻还未回庙？道人平时的品行如何，你可知道详细吗？"

地保回称："旗杆极高，乃是土地祠门外最新立最高的一对旗杆中之一，系右手里的一根，多少尺寸，不曾留心，大约总在五丈以外。据道童说，他师父系隔夜被开设烟馆的白实用邀了去打牌，所以不曾回来，清早开门，并未留心看见旗杆斗内挂了颗血淋淋的人头，还是被别人看见，大家轰动了，方才得知。本拟即去告知师父，因素知师父的脾气不好，赌钱赢了还好，倘如输了，去报信定遭没趣。且因祠内无别人，可托照应门户，要走亦走不开，所以不曾去报告师父。当时下役们跟道童前往白家烟馆内寻着道人，正值道人赌了一夜钱，歇局未久，还不曾睡，正在那里抽大烟、吃点心呢。因为那烟馆在城外，来往路颇远，所以才回来稍迟，请大人原恕。讲到这道人的品行，据下役们方才向土地祠四邻调查，尚无甚不端情事，只不过爱吸鸦片烟，并喜打小牌，此外别无他种不良的名誉。”

县官听罢，一摆手，吩咐起去。地保差人叩头立起，侧身退立在一旁。县官问道人俗家名姓法名，何处人氏，并问他因何知情不举，该当何罪。

道人叩头回话，说：“小道俗家姓敖名海龙，法名知元，宁古塔人氏。”遂又口尊：“大人明鉴，小道委实隔夜在城外打牌消遣，不曾能进城回庙，实不知情。倘能得知此事，怎敢不向衙门报案？须求大人原恕。”

县官仔细看了他两眼，觉得他颇不像个善类，遂问差人：“白实用可曾随同带案？”

差人见问，下扦回禀：“下役们到他家时，他已外出，因此不曾带他到案。且恐大人立等回话，误了钟点，所以赶紧发脚，未及等白实用回家。”

县官将面色一沉，喝骂一声：“浑蛋，岂有开设烟馆、夤夜聚赌的头家，不将他传同到案之理，况他又系本案的证人呢？快去将他抓来，径到县衙回话，不得有误！”

差人应声是，叩头领命，立即退身下去，领伙伴飞步前去。

佐领悄问县官：“贵县说白实用系本案证人，是何意思呢？”

县官闻言，暗笑佐领真是个武夫，果然应了“不学无术”四字，遂悄回道：“道人夤夜不归，虽不能定说与本案有关，但因这老道人既抽烟，又爱赌，面容凶恶，颇非善类，亦不能说他对本案完全无有嫌疑。白实用开设烟灯，容人吸烟，聚赌抽头，通宵达旦，实与地方治安有莫大关碍，故此不得不将他传案讯问，并惩办他开烟灯和聚赌的罪名。”

佐领这才明白，县官并不仅为本案，乃系另有用意。边想边令唤阿氏及四邻人等同到案前认看，那首级是否系死者的头颅，可否能识得这把匕首是谁的。

伊阿氏同各邻人等纷纷各将血污了的脑袋和那把行凶的匕首看了一会儿，异口同声地向上回禀：“这人头果系伊穆尔的首级。”阿氏另又回称：“匕首乃是小叔自己防身常备的短剑，上面镌有他的名字，请大人验看，即可以证明的。”

县官、佐领闻言，即令差人将匕首呈上，二人同看，只见匕首阳面果然镌有蒙古文“伊穆尔自造匕首”七字。

县官原系是通晓满、蒙文字的人，所以一见即知，便对佐领道：“这凶器是死者自己的，案情内容可就复杂奇幻极了。依愚见，定系死者存心不良，想在家谋害阿氏，不料忽然被人撞见，夺过他的匕首，立刻送却他的性命。只要看他的尸首，倒在阿氏房内，脑袋挂在土地祠旗杆上，即可明白了。现在只要将凶手的来历所在哨探着，便可破案。”

佐领点头应是，于是即令四邻将保状呈上验看收了，吩咐阿氏暂将小叔收尸，听候传审，一面吩咐打道回衙。

编者写至此处，便有人驳道：“编书的，你错啦，清代以满族入主中原，凡各省区有八旗子弟驻防之处，均设有都统等官，司理满人民、刑各事，至于关外各地，仍依各盟旗旧制，卡寨旗盟，自王公贝勒以下，分等设有各级官秩。当时关外各省，从无知县审理八旗子弟案件的事，亦没有什么地保的名目，这岂非一大谬点？”

编者笑道，尊论虽颇近理，但其实亦不然。因为书中所记叙的时代，正当东三省划作行省之初。本回书中的地点，乃系黑龙江省城，所以亦仿着内地各省，有地保的名目。讲到县官审理旗民案件，在关内各省各地亦属习见恒有之事，关内既有知县审讯旗民的事，关外焉能说绝对没有？此乃普通情形。至于本回书中事实，则又当别论，原因彼时满人倘与汉人兴讼，例由县官审理裁判，倘原、被双方皆是满人，则由都统衙门审理。本回伊穆尔被杀一案，乃系满人的事，与汉人无干，原可不必知县过问。即伊阿氏亦只报告佐领，并未向县衙报告，何以知县会忽然莅临同审呢？其中却另有缘故。

因为那县令姓曾名爱民，是直隶代州人氏，自幼即精攻诗书，勤习子史，及至身入黉门而后，深恐将来身登仕版，不知满、蒙文字，未免有许多不便，遂禀明父母，游学京师，于研讨汉文以外，兼延师课读，攻习满、蒙、回、藏国内各大民族的文字，以期日后有裨国家。一面又从师学习日本、德意志、英吉利、法兰西、罗马等各国文字，以期将来为国服务，倘与各国发生交涉，即可免去请通事充舌人的麻烦。果然有志者事竟成，不几年，即已被他将国内各民族、国外各强国各种文字完全了解精通。他自入学中举以后，由进士出身，即因他能精通满、蒙文字之故，第一任即出仕为黑省首县。到任后，省城各大小文武官员皆因他极有才识，都很钦佩敬重他，凡遇危难事件，大都和他磋商办理。

那管辖治理内蒙古东四盟正白旗佐领，名唤穆林阿，亦系平素佩服曾爱民的满人官员之一。当日因接据报告，本旗伊穆尔突被杀死、人头不见的案情后，不由大惊，忖念，前几时曾有伊阿氏控告死者的案子未曾审结，此番伊穆尔忽被杀害，定与阿氏有关。因恐他自己的才识学问不能审此疑狱，故此特地亲到县衙，拜会曾知县，邀请屈驾同往，共审此案。曾爱民因此案乃系满人的事，自己不便越俎，遂以婉言辞谢，辞谢不脱，只得又以正言拒却。怎奈穆林阿再四邀请，定要他同往，并说："此乃治下人民的疑难案件，你我同为民之父母，何分此疆彼界？况系我来央求你，不是你越权干涉，万望不要推诿。"曾爱民见他这般说，不好再坚决固却，只得带同仵作人员，和佐领一齐前往。

到得那，曾知县亲到伊阿氏及死者的房中查看情形后，即已心中明白，这系死者想以无耻的手段欺侮他的寡嫂，不知系被谁撞见将他杀死。初时颇疑阿氏或有外遇，死者不知，当他闯进阿氏房中时，奸夫正在，因此两下撞见，情急生变，才致有此不幸。这意见颇和穆佐领的见解，大部近似。及至传唤阿氏到案前讯问后，觉得她绝非不贞节的妇人，因此一转念间，业已腹内雪亮，死者系被一与阿氏绝没相干，并和死者本人毫无恩怨的人所杀，故于穆林阿说出心疑阿氏有重大嫌疑的话后，即很决然地回说不然。

迨至死者首级及匕首取到，一经过目，心下更是了然。

当日，佐领和知县传命排齐执事，打道回衙。曾爱民仍被佐领邀请到他衙门，细谈此案的破法，请教县令的高见。

曾爱民对他笑盈盈地低声道："此案包在本县的身上，不久即能水落石出，你尽请放心。"

佐领闻言，忙大喜请问其详。

曾爱民笑道："适才凶手已和你我见过面，并已具过了结，你怎么竟不知道呢？"

佐领错谔良久，问道："贵县所言，莫非凶手即系伊家的邻居吗？是哪一个呢？叫作什么名字？"

曾知县笑哈哈地吩咐左右，将方才取的联名保状拿来，亲自指给穆伊领看道："你瞧，这人不是才已见过，并已具过结了吗？杀人的凶手，本县敢确定就是他。"

穆佐领的目光视线随着曾知县的手指向那保状上看去，只见知县所指的那个人名乃是"夏威"两字，姓名下面，并注着年岁、籍贯、职业，及已居住该处经过的年月。

佐领看罢，即说："贵县何以能确定凶手是他呢？"

知县笑道："这一层很易明白，因我见众邻人中只有夏威生得比众不同，不仅腰腿健、精神足，尤其是双目炯炯有光，最能表现得出他是个精通拳棒武艺的人来。当本县问他们敢不敢联名具保时，他即满面的义形于色，首先答应敢保。试想，死者头悬旗杆，如非凶手有惊人本领，何能如此迅疾？因为此乃抱义愤不平而做出来的勾当，绝不是偶然路过的所为，所以我才想到近邻。又由邻舍想到夏威身上，只因夏威原是从广东发配到此地来的一个军犯，试想他如没有非常的武艺，哪能安稳无事地到得此地呢？可巧他住的屋宇即在伊家的隔院，伊家叔嫂的事争闹已有多日，当然他知道已久。他是位有血性的好汉，既知此事，哪有不抱义愤的？故此他每在暗中保护阿氏母子，这亦系意中之事。及至昨夜，他忽见死者持匕首闯进阿氏房中，事机紧迫，所以他才一怒而杀伊穆尔，依此推测，所以我才能确定凶手是他。至于他杀人后，故弄狡诡，将首级挂在旗杆头内，我知他所以如此的，定必另有用意，故此才吩咐差人去传唤那道人和白实用到案追究。”

佐领听到此处，深佩知县的见解不错，遂说：“贵县既已能料知那军犯是凶手，何以不在当场说破，将他拘获呢？他是个光棍汉子，万一他逃跑了，这件人命案子可就难破了。省城地方不比得别处，各上司衙门都在面前，耳目极近，如果不能将凶手捉获破案，岂不与你我的前程都有大妨碍吗？”

曾爱民听罢，忍不住微微一笑，走近佐领面前，伸手扯了佐领的手，悄悄地道：“请屏退左右，借步说话。”

佐领会意，遂和知县俩挽手走往后面内书房去，就炕榻上面对面横卧下来，命仆人奉过茶烟即退出去，吩咐不奉呼唤，不许擅自进来。仆人退出书房外面伺候着，穆林阿即向知县请教。曾爱民即微露笑容，说出几句话来。

究竟所言何事，伊家命案如何了结，请待下回续写。

评曰：

县官名曾爱民，而佐领则名穆林阿，倘谐音读之，允可称为名符其人。

本回与上回，俱为补足黑夜飞人头卷中之详细文字，故叙述较形简略。

曾爱民察阿氏言，观阿氏色，更于邻人具结保状时，观出夏定夷神情，能确定他即本案凶手，其心思缜密，可谓善读论语。

清制，旗民例由佐领、都统等衙门管理，编者特揭而明之，以免被人吹毛。

## 第二十三回

# 惩莠民贤令破积案
# 敬壮士难弟结良朋

话说曾知县悄对穆佐领道："贵佐领适才的话虽然很不错，但有一件，亦不可不知。那杀伊穆尔的凶手倘如不是有惊人的武艺，他何能上得旗杆、挂得人头，更何至杀伊穆尔如探囊取物般容易？依此推想，岂是你旗下的兵丁、如我衙门内的捕快所能捉获的？与其打草惊蛇，何如处以镇静呢？依本县意见，此案只有暂时仍照着官场惯例，一面命兵丁捕快在外访缉凶手，一面详文上宪，通令各属，一体访拿。好在此案死者的家属方面无人出来追究，各上峰虽然目下颇像很注意，但衙门事多，又无苦主追究。只要稍过几时，定可淡然忘记，将来此案，定必成为悬案。"

穆佐领道："倘无人追究，当然可以不了了之，万一上司批令严限查究起来，却应如何办法呢？"

曾知县道："这虽为题内应有之文，但亦不过系官场惯例。时日稍久，自然无事，万一果真严限破案，那时便可用本县现已想定的最后计策。"

佐领忙问："贵县有何妙计？"

知县道："常言'君子可欺以其方'，这凶手的行径，分明是位顶天立地的好汉，临时万一果真上司催得急，贵佐领便可亲率随从、便衣前去访会凶手，面述不得已的苦衷，无法才来请他到案销差，允许他成全。凶手是位义士，当然肯挺身而出，绝不会拒却逃跑，此案便可立破。倘目下就去捉他，一则调查未曾明白，毫无凭证，不能坐实他是凶手，岂可贸然捉他？二则怕他因此闹出拒捕伤人逃跑的大乱子来，反而把事情弄僵，格外难于收拾。”

佐领听罢，沉思了一会儿，觉得知县的话颇有理由，遂请知县帮忙，回衙密令捕快暗中助访正凶的下落。知县当即答应，于是又谈了别事，知县即起身告别。

到佐领送知县走后，立命文书，照例详文上宪，一面令属下出去访拿。

当时曾知县回衙后，升堂理事，差人已将白实用捉来，当堂回话销差。知县将白实用的形容一看，只见他生得獐头鼠目，满面烟容，果然不是个善类。喝问过他的姓名之后，即问他因何大胆，敢在家聚赌抽头，诱人吸食洋烟。并诈喝道：“现在有人在本县衙门告你窝藏匪类，坐地分赃，快快从实招来！”又喝道：“土地祠看祠的香火道人敖海龙师徒俩都已供认与你通谋不讳，你还用狡赖吗?”

白实用陡被这一诈，恍如晴天起了霹雳，不由唬得心惊胆战，口中虽想强辩狡展，怎奈毕竟心是虚的，早已吓得面容失色。同时又被县官的惊堂木一拍，两旁站班的差役们吆喝着堂威，和那抛掷刑具到他面前的铁索锒铛声音，格外吓得他不敢不招。当时他被唬得伏地连连叩头，没口子地呼冤，尊称：“青天大人，小民实被冤诬。”

知县见他的面色陡变，已知他情虚，不由将脸色一沉，鼻孔中哼的一声冷笑道：“好个憨不畏法的狗才，你窝藏匪类，借着售吸洋烟的名目，和各路盗贼及各等歹人来往，又通宵达旦地聚赌抽头，诱人入局，为害地方匪浅，本县早已欲捉你到官严办。现在恰巧有人在本县面前告你许多作恶的条款，本县已派人调查属实，你还敢不招吗？来人，给本县看大刑侍候。”

两旁应声着，早有人抬过大刑，哗啦一声，掼在白实用的面前，吆喝着堂威，齐嚷：“快招，免得皮肉受苦。”

白实用虽然平时和一班歹人来往，但却从未到案见过官，大堂上的这种阵仗，做梦也不曾见过。此番乃系他破题儿第一遭，早被唬得魂飞魄散。可怜他已被吓慌了，要赖竟不知如何赖法，竟致鬼使神差般胡乱叩头摇手，哀求道：“青天大老爷明镜高悬，暂请免动大刑，小民不敢设词推诿。”

知县见他不经吓，不由大喜，忙将惊堂木又拍得震天价响，喝道：“本县暂准免刑，你且从实招来。”

白实用叩头回话，遂不由得胡乱招了几件盗窃案子，并说：“那敖道士原先亦系个小窃，在未出家前，即已和小民相识，当初本亦住在小民家中。后来出家做了老道，巴结上了地方上几位绅董，得被他做了土地祠内的香火，衣食无亏，才洗手不再做没本钱买卖。但近来因为赌钱输得太多，靠几家施主的布施不能填补，无奈只得又做过了两次掘壁洞偷窃的案子，赃系由小民派人给他运到外路去销脱的。小民所供，句句是真，不敢扯谎。”

知县得供大喜，令差役将供状拿下去，给白实用画过押，吩咐他跪在一边，即命将敖道人带上堂来。知县命白实用照适才所供，又陈述了一遍。

白实用供罢，并对道人道：“朋友，我和你无冤无仇，你因何在大人台前供出我的短处来呢？这是你害我，并非无端地攀扯你……”

敖海龙不待说完，已知他中了知县的算计，不由气得发昏，即叹了口气，阻止他道：“唉！不用说了，俺已明白了！”即向堂上叩头道：“大人明鉴，贫道所为，已由白实用代为招认，贫道亦无须再供，就请大人据以定谳罢了。”

知县见他招承，即令差役拿供状下去，给他亦画了押，遂命差人将白、敖两人带下堂去，跟着同去吊取原赃。并分头捉拿羽党，和传唤各失主到衙认赃销案，立即将两人分别定罪收监，封了白实用的住屋和土地祠，退堂休息。将伊家命案，对他嫡堂兄弟曾爱国说知，命他暗去查察那军犯夏威的行动，是否和此案有关。

原来曾知县的胞叔乃是位武举人，不幸早年亡故，只遗腹生下爱国，由他夫人茹苦含辛地抚养成人。爱国自幼即有乃父遗风，专爱拈枪使棒，他母亲因禁阻他不得，无奈只得与大伯商量，索性从其所好，让他学习武艺，将来即从武场上求取功名。爱民的父亲颇以为然，于是延聘名师，在家教授爱国的武艺，数年以后，爱国的武艺已练有根底。他母亲满望他能去应武考，博得一个功名，哪知偏又不然，屡次爱国去应考，皆因他天生成的一副傲骨，不善于恭维主考，得罪了当道，都被名落孙山。因此曾爱国心中气愤，决计改变方针，不再去应武考，专一在家帮着伯父管理家政，并立场授徒，传习技击。订立规约，凡是现任武官的子弟，一律不收。爱民的父亲以为他这一条简约太得罪武职官员，认为不妥，劝他删去。爱国因重违伯父之命，不好不遵，只得明将章程删改，暗仍保守此志，凡是现任武官的子弟来投师请益的，定必多所挑剔，不肯收列门墙。一面又屡以言语探试各徒弟，凡是善于巧言恭维的，亦一律借故斥退，以暗示他本人绝对不肯阿附，并不教善阿附人的徒弟之意。因此他虽在家立场授徒，门下弟子却极寥寥可数，每年所收入的师父钱极微。本来他不过是借此明志，和显示他确有真实本领之意，原不在乎收子弟们的束脩，所以未满三年，即将场子散了。

可巧即于这年，他堂兄爱民被任为黑省首县，克期赴任。爱民素闻黑省为马贼荟萃之区，又兼满、蒙、汉族人民杂居，极其难治，虽系首县，实为苦差。因和婶母商议，想请堂弟随同自己赴任，好帮助一切，并可沿途保护。他婶母以为借此很可增长爱国的阅历，使他练达些人情世故，因即欣然应诺，吩咐爱国收束行装，如期随他堂兄就道。兄弟俩率领从人，一路趱程前进，中途虽曾遇见过两次拦路抢劫的强盗，但都被曾爱国杀退，得以平安无事。

就任后，曾爱民审理许多疑案，并缉获两个杀人越货的巨盗，皆得力于爱国的臂助，故此这天曾爱民又令他出外，秘密访查夏威是否与伊家命案有关。

当晚，曾爱国匆匆从外面回来，很兴奋地对他堂兄道："小弟访得，死者伊穆尔生前癖嗜烟、赌，忤逆父母，极其不肖。当他母亲在日，即已和他兄嫂分析过家产，他所分得的产业早已被他夫妻俩败得精光大吉，他因老婆被人拐逃无踪，自己无可安身，才投奔他兄嫂，恳求收留。当时曾立过悔过书，戒绝烟、赌，永不再犯。不料他兄长去世后，他竟故态复萌，不仅鸦片又上了瘾，即赌亦成了癖，欺侮他寡嫂，侵凌他孤侄，偷空将悔过书等笔据烧毁，并窃去不少首饰银钱衣服，全断送在烟、赌两项和一个相好的土娼身上。他又得步进步，要求他寡嫂，想实行叔接嫂。他寡嫂忍无可忍，无奈才到穆佐领那里去控告。不料佐领将案延搁，才致生出昨夜的事故。

"据小弟调查，乃是伊穆尔昨日天里在家和他寡嫂争吵，被人劝开之后，他跑到白实用所开的烟馆内去抽烟，并和人打牌。当将其事和一班歹人商量，即由看守土地祠的香火道人敖海龙给他出主意，教他于夜间去用强迫手段，先奸占了寡嫂的身体，只要此事成功，余者都可迎刃而解。他受计以后，大喜称谢，当晚赶紧回家，即于半夜如计行事，不料却被人杀死。兄长，你看这种恶人，该杀不该杀、死得好不好呢?"

曾爱民听罢，带怒骂道："好个丧尽天良的贼子，真心该杀该剐，死后身首异处，实乃是件快事。死得好，死得好!"

曾爱国拍手道："好啊，兄长具此见解，才不愧为民之父母呢!"

曾爱民遂又问道："贤弟可曾哨探明白，那军犯夏威究竟和本案有无关系？本案的凶手，贤弟现在既如此高兴，可知究竟是谁吗?"

曾爱国笑道："兄长既说死者该杀，又称死得好，何苦来，还要追究凶手做什么呢？难道兄长还要给那万恶不赦的伊穆尔申冤，将那位救援节妇的义士仁人给死者抵命不成吗？果真如此，兄长可就白受小弟的尊敬亲爱了。"

毕竟曾知县如何回答，请待下回续写。

评曰：

读念一回，夏定夷杀伊穆尔后，悬其首于土地祠外旗杆之上，吾已忖其另有用心。殆至本回，经曾爱国一语道破，不禁为之恍然，殊觉有画龙点睛之妙，颇为前文生色不少，于以知书中无一闲笔焉。

曾爱国以不善恭维，得罪主考而致落第，非其武艺不精也，故保兄之任，于途则两败劫盗，抵任则两擒巨贼，虽均以虚写出之，然已足为吐气矣。

读曾爱国归白乃兄一段文字，快人快语，不禁为之击节。

语云："唯大英雄能本色。"曾爱国之不善恭维，即其本色也。人为其落第忧，吾深为其落第庆。作者传此，盖亦所以讽世之为五斗米折腰者也。

## 第二十四回

# 袒护杰士正言诘阿兄
# 嫁祸侠客售语欺徒弟

话说曾爱民听他堂兄弟话中有因，颇露回护凶手之意，遂笑答道："贤弟错会愚兄的意思了，愚兄所以要调查的，乃是因为这杀人的凶手颇符合古代的侠客行径，有心想结识他，以作将来臂助自己成功事业的地步，并恐因有满、汉民族的不同，或有追究太急之事，好暗中设法，援救他脱队，哪有加害于他的心思呢？难道愚兄还要讨好那个已死的无耻满人不成？"

曾爱国见他兄长这般说，不由大喜道："兄长此言，这才深得我心呢！真人面前不敢说假话，实言相告，那杀人的凶手果然不出兄长所料，正是军犯夏威。"

曾知县道："贤弟何以得能知其详细，且又如此迅疾呢？"

曾爱国笑道："小弟亲自去问夏威本人，他亲口对小弟说伊穆尔是他杀的，当然能知其详细，且又比无论何人快速了。"

曾爱民奇诧道："他怎么肯对你亲口直承呢，难道你和他相交已久了吗？"

曾爱国笑应道："可不是吗，小弟不仅和他是相识，且属莫逆之交呢！"说着，遂将他和夏定夷订交的缘由告诉乃兄。

原来曾爱国此番所以肯远随乃兄到白山黑水的地方来助理一切事务的，即因素知关东各省为奇士怪侠、英雄好汉荟萃出没之区，很想借此机会，得能到关外地方会晤几筹好汉，结识诸位英雄，叨学些武艺，增长些阅历，将来好成为当代的一位武术专家，博得一个英名远著，永垂不朽。所以他自到黑省以后，即很注意地访问当地的英雄豪侠，不料经过了好久时日，并未能访会得一二有真实本领的俊杰，只不过见着几个徒具虚名、毫无实艺的脆弱汉子，不禁大失所望。但他并不因此灰心，以为自己的缘悭，所以暂时不能即得会见，只得慢慢地随时随地打听，深信古人所言“十室之邑，必有忠信；十步之内，必有芳草”的话头，确系经验之谈，乃系颠扑不破的至理名言，绝非空泛的理想。

那天，夏定夷同金时裕两人从关内充军到黑龙江省来，曾爱国帮助乃兄查阅案卷，看到押解两人来黑的公文，不由陡地心中一动，很以一见二人为快。尤其对于夏威犯罪发配的案由，认为颇和《水浒传》上武松杀嫂的行为相仿，格外钦敬佩服，故此于公余之暇，即便更换便衣，改扮普通买卖商人，假作有意无意地去拜访夏、金二位。他满谓公文上二位的姓名绝对非假，却不道二人都非原名。当时彼此见面，成为相识后，遂常往会谈，逐渐地由浅入深，自疏成密，曾爱国于言语中探问二位犯事的案情。二位因毫无顾忌，说顺了口，遂将经过的实在情形告知曾爱国。爱国这才得知二位的真实姓名，不由格外肃然起敬，因此对于二位，遂又加深了一重信仰。于是亦将本人的行藏略不隐瞒地据实告知二人，并申述衷曲，愿和二位订成莫逆之交，二位亦即首肯。

从此后，曾爱国每夕必往二位的下处里去厮会，趁闲空机会，很诚恳地向二位叨学武艺。二位和他一交手，觉得他的本领亦颇不弱，遂各将本人的拳棒功夫尽情逐一指点，教授了他好些。不久，金时裕动身走了，夏定夷搬了家。依夏定夷之意，本拟亦步金时裕后尘，设法运动地方官，批准允许他回籍。只因被曾爱国殷勤留着，又朝夕过从，虽然住此他乡客地，并不觉得十分寂寞。兼因已加入了小三姓的反清团体，丝毫事业未做，所以亦不能恝然舍去，立刻动身，因此两重缘故，所以暂住黑龙江省城，徐图为小三姓进行工作。

那天，夏定夷白天里在大街上惩创了那班狂妄自大的教师师徒，黑夜里又做了这件血案。第二天早晨，省城内各机关衙门都已得到了消息，穆林阿佐领又亲到县衙拜会曾爱民知县，约请曾县令同去踏勘验尸，帮办此案。曾爱民初时因欲显示他的目力才智，于不知不觉间偶不经心，遂将军犯夏威很有嫌疑的话略不思索地说将出来。及至话已出口，忽然觉得所言甚属无谓，平白地要将一位值得钦仰的侠义之士给那个无耻的凶恶残暴的伊穆尔抵命，可不是太谬妄了吗？因此赶紧转口，对穆佐领的话中，即劝他含糊过去，不要过为已甚，并以危词恫吓，说："那凶手的本领极高，非你我属下的捕快兵弁所能捉。如果打草惊蛇，反为不美。"又说："在未曾调查明确之先，不能决断夏威真是正犯。"别佐领回衙公事毕后，即令爱国去访查此事。

曾爱国见兄长说出夏威军犯有凶手的嫌疑话来后，不由心中一惊，急急跑到夏定夷的寓中和夏定夷相见，悄悄询问，开口便咬定他是杀伊穆尔的凶手。夏定夷仗着本领，所谓艺高人胆大，又凭着义勇，被这一提，不禁又将隔夜的余怒提将上来，便毫不隐藏地据实回答，并说："曾贤弟，圣人说得好：'乱臣贼子，人人得而诛之。'这死鬼无耻已极，夏某将他杀死，不仅为了警世劝俗、大快人心，实乃代天行道，为天地间稍留一点正气。在你贤弟目中看来，这死鬼该杀不该死，杀得好不好呢？依正义而论，这猪狗不如的东西，简直一死不足蔽其辜。贤弟以为如何？"

曾爱国原亦系位有血性的侠义男子，见问，便连赞："杀得痛快，别说撞在夏爷的手内，难逃得狗命，即是撞在俺的手内，亦断乎不能轻轻饶恕他过去。夏爷此举，真乃快人快事，改日小弟当买酒和夏爷一醉，并为夏爷贺功。"说罢，便又问："夏爷何以将首级挂在土地祠旗杆斗内，不知有意还是无意呢？还是仅仅为悬首高杆示众呢?”

夏定夷笑道:“我如只为了示众,何必定要挂在那土地庙门首的旗杆上呢?随便各衙门外面的旗杆斗内、城门垛上、十字街口,无论何处地方,不都是可以示众之地吗?既特地拣中在土地祠门首旗杆上,当然另有用意的啊!皆因我自到此地以后,即已在监犯和闲人的口中闻知,那看土地祠的香火道人敖海龙往时乃是个吃黑、白两道饭的人,出家后虽然已经洗手,但仍不时与窃贼扒手们往来,并亲自出马,打些野食,做他的烟、赌之资。我知道这句话后,久已想去警诫他了,只因情节尚小,又无有良好的机会,所以暂时忍着。

“及至隔壁伊家的事情发生,被我听见哭声后,我向同居的李太太和门外街坊邻舍打听得详情,不由大怒,决计于夜间去惩创那毫无心肝的贼子一次,警诫他个下回。不料在门口陡然瞥见那厮从面前走过,恰巧同居的李太太亦口含旱烟管立在门口卖呆(北地俗谚,闲眺遣时曰卖呆,犹言呆立一会儿也),见了即悄悄告诉我,说:‘才走过的这厮就是欺侮寡嫂、凌迫孤侄的那贼,大约他才在家和他嫂嫂大闹争吵了一会儿,此刻往外面烟馆内去抽大烟,增长精神,消遣时光去了。’李太太说此言,原本无心,我听了却不由心中一动,遂即点了点头,移步悄悄尾在那厮身后,直跟他同到城外,来至一家烟馆门首,便径自走进去了。我虽不会抽烟,生平不曾亲近过这个调调儿,此时因欲哨探他到烟馆内去说些什么话,所以便破了戒,也跟着他走进烟馆。只见里面很简陋污秽,烟客除去有一道士吸烟外,别无他人。我遂拣了张靠近他吸烟的炕榻歪身躺下来,由那个烟馆主人白实用亲自招待着我,给我装烟,一面口中和那厮谈心。

“恰巧其时敖海龙道人亦在那里抽烟,正和我是邻榻,当时他们三人一问一答地谈着,我侧耳留神听着。只见那厮说出心事之后,长吁短叹,很露着闷闷不乐的神情,便由敖道士给他出主意,教他:‘用快刀切乱麻的方法,回家去半夜里照计行事,先行奸占了寡嫂的身体，身体既已属你，产业当然归你掌管，这是极容易的事，如不敢做，未免太无胆子了。倘如没有这种勇气，还不如从早死了这条心，免致闹得家喻户晓，邻里咸知，反而羊肉吃不着，惹了一身臊气，被人在背后指戳笑骂。’白实用接口也说：‘敖道爷的话不错。’于是三个臭皮匠，凑成了一个诸葛亮，商量决定了这条恶计，准于夜里行事。如其好事不成，便索性杀死了阿氏母子。

“我听罢他们商量好的计策后，不由陡然大惊，遂诈作没事人一般，闻知道人正是敖海龙，遂付过烟钱，很自在安闲地走出烟馆，回转寓内。守到半夜，往隔院去探望，果见那贼手持匕首，去威逼他寡嫂，要求立圆好梦。我一见大怒，忍不住遂夺其匕首，将他杀死。因为是敖道士出的主意，所以才特地将首级悬挂在土地祠外面旗杆上，意欲借此促使官厅注意，追究老道，办他教唆行凶的罪名，并从他身上追究出白实用的来由，好一并治罪。果然县令贤明，料知愚意，将敖道士、白实用捉将官里去，下在牢内。”

曾爱国探得以上的实情后，即刻作别回衙，很兴奋地请问乃兄杀得好不好。听乃兄说并无治夏威杀人之罪之意，所以亦即将上述真相完全对乃兄宣布。

曾爱民得知情形后，次日早堂，即又将敖海龙从狱中提出来，严刑审问，果然敖海龙将教唆情由完全供认。曾知县录了他的供词，遂又改判加定了他的罪刑，一面通知佐领，一面详文上司，果然这件命案官方因事主家无人追究，日渐松懈。上司衙门的公事甚多，初虽注意此事，后竟逐渐淡忘，此案结果遂以不了了之了。

曾知县因听他堂弟之言，深钦慕夏定夷的为人，遂于暗中，由他堂弟介绍，和夏定夷亦结为朋友。彼此不时往还，遇有县衙难办的命盗疑案，暗乞夏定夷援助办理，得力极巨，不在话下。

且说那天当街被夏定夷惩创羞辱教训过的教师师徒等众狼狈逃回，由教师取出他自制的大包七厘散来，打开分散给大众调敷吞服，他自己亦调服了好些，以防日后伤发。因这一来，拳教师的纸糊老虎已被识破，那些狂妄自大的门弟子陡然对师父失去了信仰，敬礼忽然大不如前，且又无形自散了许多。教师自知没趣，有何颜面再在此地设场授武，因此抱定决心，离去本地，往别处寻求名师，苦练成功，再来雪耻。遂悄悄收拾行装，将各徒弟所送的师父钱一齐兑折了纹银，放在包裹里，这才命几个徒弟分头去将门弟子全体一齐唤到寓所内来，守全体到齐后，教师即命大众齐到寓内院落教场上去，围如堵墙般团团环立着，成了栲栳圈儿的式样，教师本人植立在垓心，赧颜凄声对大众道："各位贤弟，本师学业未精，不知藏拙，居然夜郎自大，汗颜立场收徒，传授各位贤弟们的武艺，满望大家能将学业成功，将来好为社会服务，各做一番事业。不料陡从广东来了个军犯夏威，本领高出本师之上，无端地来寻我师弟们的衅，当街将我们师弟一齐打败。本师受此奇耻大辱，身体受伤心中尤其痛苦，决计忍辱负重，远行求师，日后再来雪耻。不过你我师弟一场，竟因此只得劳燕分离。本师自误，又误了各位贤弟们的学业光阴，这是本师最伤心、最抱歉、最对不起各位贤弟的事，只得当面请各位贤弟不要见怪。现在长话短说，本师克日起行，临行匆匆，不能细说衷肠。

"本师自从到此设场授徒以后，至今已有多时，但是本师真实的籍贯、姓名从未向各位贤契说过。现当临别之时，不忍再遮瞒各位贤契们到底，故此说将出来，庶几好使日后师弟们相见，有真实地址、姓名可寻，不致寻访不着。借此亦可使夏威知道，本师的姓名、原籍，好从各路英雄的口中哨探得着信息，不致永远不知本师为何如人也，免得将来被本师打了报复之后，还不知本师姓甚名谁，竟以为本师是偷他的冷不防呢。"

说到此，略沉吟了一会儿，才又向大众道："各位贤弟听清，谨谨记着，本师姓巴名英才，乃是本省黑河人氏，家住黑河北门城内大街路西，八字墙门，对面砌有影壁，照壁上有砌就的'戬谷'两个大字的便是。本师就此告别，日后有缘再见。"说罢，不禁黯然俯首，移步走出栲栳圈儿，进屋内去，向居停主人告辞。并挑起行装，走出门外。

居停主人同着各徒弟一齐送到门外，教师回首向大众道声珍重，大众亦齐声说：“师父前程万里，一路福音，务望保重玉体，早日艺成雪耻，师弟们早得相见，并设宴为师父贺功。”

教师道声：“谢各位金言美意!”即迈开大步，飞速取路出城而去。

看官们，你道那教师真个名巴英才吗？哈哈，不不，此乃他用的掩耳盗铃之计和李代桃僵之策，借以遮掩他自己的羞耻、惑人家的视听，并激引一位关东奇侠出来，和夏定夷作对，借刀杀人，代他报仇。他好躲身在暗地里，看他们双方激斗。

原来他本人的真实姓名、籍贯，乃是吉林省珲春县人氏，姓铁木，名宗元。先世原都是武职官，传到他父亲时代，才因剿匪战败，畏罪潜逃，被议受撤职处分。如非皇上因体念他先代屡次征讨有功，即应受籍家拿办处斩的罪名。他父亲潜逃回家后，将家悄悄搬到高丽汉城地方去，改入了高丽籍，冒了韩国王族的姓，改姓为李，即在汉城地方，以传授中国武艺为号召，充当拳教师，很被他卖了回野人头，收入不少学费。一两年后，他打听得皇上宽恩并不追究，只受撤职处分，心中大喜，遂又由汉城搬回中国原籍居住。到珲春后，仍复了铁木原姓。那拳教师即于是时诞生的，因此遂取单名复字，以示纪念之意。

铁木复出世后，他父亲因珲春地方是边鄙小县，遂搬家到吉林省城，运动亲友，吹荐到黑龙江省城任武职官，因而全家遂移寓在黑垣。

铁木复十七岁时，他父亲忽然染恙身亡，铁木复因为便利考武的关系，所以于他父亲在日，即冒了本地的籍贯，得考中了一名武生。他父亲去世后，由他侍养母亲，率全家人口，运柩回珲春安葬。葬事毕后，适逢黑省会考，他即奉母命，又赶到黑省来应武考，因即赁屋居住在省城内。他满望凭着他自己的能为，得中虎榜，哪知连考两场，俱被落选。他一气，不愿再考，亦不再回家。是时，他忽因贪爱赔奁，竟擅自做主，在黑垣娶亲成家，喜事吉期择定，他才专人送信回珲春禀母。他娘心中虽不悦，但亦只得默许，并如期赶到黑省，为子完婚，但因此一气一忙，遂生了病。新妇又不很贤惠，往往顶撞姑嫜，因之，他母亲病遂不起，未久，即做了亡人。

铁木复因丁母忧，拟令内人偕自己同扶母柩回吉安葬，他老婆坚执不允，怕到珲春吃苦，不肯同去。他无奈，只得独自运柩回籍，事毕回到黑垣，哪知其妻已病奄床笫，见面之日，遂已与世长辞。

铁木复办理丧事，检点物件，因为不符甚多，查问家下庸妇，才知其妻因在母家即已有外遇，所以此番不肯同行。自他走后，其妻即和恋人明来夜去，为所欲为。那汉子乃是个小白脸，惯在女人身上打算计，因此竟将其妻所有赔嫁的现款首饰、贵重衣服，先后一齐骗卷一空，明借暗偷地即此绝迹不来。其妻因此忧急惭恨，得了心病。铁木复到家夫妻见面时，其妻病正沉重，所以见面后，当天即饮恨谢世。

其妻死后，铁木复因家丑不可外扬，只得明知故昧，照常治丧。尽七后，即送了丧，将家下男女佣仆一齐解散，木器等一齐变卖了，作本经商。不料连遭亏折，反因此欠了债务。无可如何，才追师他先人故习，立场收徒教授武艺。经时稍久，声名颇振。不料年月久远后，他竟得意忘形，因此激怒了夏定夷，被打得狼狈而逃。他怕将数年英名一旦断送，所以才于临行时，话说本人不是祖贯珲春，现籍本地的铁木复，乃是黑河人巴英才，故弄玄虚，惑人观听。并借巴力报夏仇，亦即借夏力修巴怨。

毕竟巴英才为何如人，请待下回续表。

评曰：

曾爱国以不善恭维而致落选，因欲际会关东侠义而于役黑省，写其向平志愿，虽只寥寥数语，然已将其心事活跃纸上，斯诚非俗笔所能望其项背也。

曾爱国缔交夏定夷、金时裕，不写之于夏、金初至黑垣时，而写之于本回，所以用平笔写之者，以其为书中之宝，避攘主嫌也，然已足使读者视为突兀矣。又曾爱国抵黑垣后，访晤当地之所谓技击名家，大都虚有其表，读之殊不禁生才难之叹。

铁木复之妻于未出阁前，即已不贞，与前文夏定洋之妻亦于嫁前失贞做正比，可谓先后辉映，无独有偶。

书中写伊穆尔妻淫奔，夏胡氏再醮，铁木复妻养汉等事，写法个个不同，造因既殊，结果亦都迥异。倘以铁木复妻与夏胡氏暨伊穆尔妻较，则尚觉此贤于彼也，若以与伊阿氏暨前文被强奸致死之烈妇较，则之数妇者，固皆该二氏之罪人，而末俗之殷鉴也。噫!

读前文夏定夷悬伊首于土地祠旗杆斗内，骤读之几以为闲文，而不知已伏有本回一段文字在内也。读书至此，颇具谏果回甘之妙。

铁木复冒名巴英才，用以毒攻毒之计，其人格卑鄙，心术机诈，于此可见一斑。不待观后文，已足料知其无好结果矣。

## 第二十五回

# 小子无知骄矜遭挫辱<br>志士有意课徒育英才

话说铁木复在黑龙江省城，临行对众弟子演说，诈称本人并非真名铁木复，实系黑河巴英才。他所以使此诈语欺瞒门人的，乃系他使用的一条以毒攻毒恶计。皆因他在黑省享名已久，不料忽被夏定夷打败，多年英名，丧于一旦，心中实深抱惭恨，所以才冒了黑河巴英才的名，代他承受此番当街被败的羞辱晦气，好照旧保守他以往幸得的微名。一面想借此一挑拨，激怒了那位真巴英才，挺身出来，和夏定夷拼个你死我活。无论他俩谁死谁伤，暗中都可说是给他代报了仇怨。因为夏定夷和他是新仇，巴英才却和他是旧怨，所以他才张冠李戴，用此一箭双雕之计。以为这么一来，既遮掩了本人被辱的羞耻，又可使两个冤家火并，以为此乃一举两得、双全其美。不料他后来所得的结果，却竟适得其反，卒至因此丧失了性命。

原因铁木复的马步拳棒功夫乃是秉承他父亲的传授，他父亲的本领，原亦不过如此，所以才致有剿匪战败、弃职潜逃的事。他父亲的本领既平常，他的武艺最多亦只能称作庸中佼佼，所以不遇名家则已，一遇名家，即便败北，乃系意中之事。往年他在黑垣应武考的时候，因常听得他父亲谈论学武的人背黄布包袱出门访友的故事，心中怦然而动，逞着豪兴，居然亦拟背黄包袱出外方去露一回脸。禀明父亲，他父亲深恐他年幼无知，得罪了人，或竟因此被人打伤致命，阻止他出去。

铁木复其时一团豪兴，正在目空一切，以为人皆不如我，哪肯听他父亲的话，便不出去呢？遂坚执着要出去阅历阅历。他父亲素来溺爱他惯了的，此时见他坚执要去，无奈只得允许，只千叮万嘱地命他仔细留神，不可鲁莽，并令他休往各省去，就只在本省各属地方访会访会名人，叨学叨学武艺，即便赶紧回来，轻易切勿躁急和人较手，免得吃亏。他父亲的意思，是因他自己正任着本省的武职，儿子出门往各属地方去，一经通名报姓，说出履历，对方多少总必有些投鼠忌器，绝不会使儿子吃亏。如往各省地方去，人家未必肯再买这笔账，恐怕儿子享名不成，反吃了大亏，所以叮嘱他休往各省去。

铁木复口中漫应着，心内却以为且待到后面再说。于是收拾衣服，多带盘缠，打好黄布包袱，别过父母，即日离省动身，先往近省的各城镇去。一路访会当地名手，那些人因他年少盛气，知道他是省城现任武官的少爷，有心让他几分，一则给他点面子，免生事端；二则借此增高他的骄矜傲气，将来受别人的明伤暗算。故此铁木复一路行去，到处都占上风，从未受过蹉跌。他不由趾高气扬，以为自己的本领确非他人可及，于是自近而远，沿途多有耽搁。

那日到达黑河，访闻得本地有位少年拳师，名唤巴英才，是位妇孺都知的武术名家。铁木复住店后，寻思如果打败了巴英才，自己便可立地成名，遂即更换衣服，很高兴地寻往巴英才的家中。恰值巴英才在家教授各门弟子的武技，听说有人来访，遂出外延见，登时两方通知姓名，铁木复即申述来意。巴英才见来人言谈形态自恃其能，颇露瞧人不起的气概，心中早已生气。见他定要和自己交手，遂亦略不谦逊，即将他让到后面院内空地上去，立下门户，让他打来。铁木复毫不客气，只说声：“遵命，有僭！”即抡拳向巴英才打去，被巴英才伸手将来拳接住，喝一声：“没用的小子，也敢到此以盛气凌人，给俺滚你妈的蛋吧!”喝罢，将手向外一送一放，铁木复已应声踣跌出一丈以外，跌成五岳朝天，不禁羞惭满面，爬起身来，抱头鼠窜而去。巴英才师徒看见，一齐拍掌喝彩，哈哈大笑，跟在他背后，直笑送他到门外。

铁木复跑回客店，越想越惭愧，越思越难受，决计赶紧动身。此时他已自知本领不兴，哪还敢再背黄包袱呢？遂命小二，赶紧到布铺里买了两幅青布，请缝穷的缝好一个新包袱，包在黄包袱外面，当日弄好，时候已晚，只得过了一宿。

次日清晨起来，洗漱早点毕后，即命店家结账，匆匆动身，不敢再往别地去讨没趣，即从来时原路，径行回转省城。

到家后，深恐被人笑话，绝未向人提说，亦未禀知父亲，只暗自留神，加紧用功，向父亲请益，并不时暗中向别人叨学。他父亲见儿子由外面归来后，陡比从前低首下心了许多，心中暗喜，以为儿子出外增长了阅历，懂得了世情，却不知他儿子是铩羽归来，才会比前客气谦虚。后来他父母相继去世，老婆又做出那件丢脸的事，他心中本很懊丧，原拟就离去黑省，回转原籍去的。只因在黑省日久，享福惯了，怕回珲春老家后，日常的生活上不能如目下在黑省的舒服，所以才迟迟其行。后为谋生活的费用，遂在黑省寓所里设场授徒，常言“穷念书，富学武”，况又省会地方，所以来从他受业的那些门人，大半都是富贵人家的子弟。铁木复借此享受门人的供奉，生活上遂不虞窘苦。日期一久，便又故态复萌，得意忘形起来。他因为教授徒弟，原抱的金钱主义，所以来者不拒，多多益善，遂至门人的品类日益庞杂，名誉亦因之日损。不料陡然会被夏定夷当街大煞风景，受了羞辱，无颜再在此恃教武谋生，只得离此他适。因被夏定夷折辱的事，遂回忆到往年被巴英才所掼跤的事，故此才于临行时，向各门弟子说出那遮羞的话来。

铁木复走后，各门人趁机聚议此后的学武办法，遂有人提议，说：“师父已走，我们大众的学业未成，不如索性去拜那军犯夏威的门，求他教我们的武，不知各位师兄以为如何？”

此人的言辞说出后，便有许多气盛的表示反对，说：“这样未免太把自己看得不值价了。”

但就中亦有那真心学武的人，却对此议极端赞成，于是决定大家各行其是。赞成的人遂相约着一同前往夏定夷的寓内拜见夏定夷，诉述悔过，求他包荒，并陈述来意，恳求他收列门墙，传习武艺。

夏定夷见众人来意殷勤，又因自己被曾爱国坚留在此，无事可做，借此消遣光阴，却亦未为不可。更想到三家村上的使命，自己滥竽其间，尚未出过力，倘能借此物色着几个能为国效力的少年英雄，岂不很好？“古人以得英才而教育之为乐，我又何必拒人于千里之外呢？”因此夏定夷即先对众人说了几句告诫劝勉的话，又谦逊了一会儿，谢众人的来意，表示本人武艺平常，何能为人师父，愧不敢当之意。众人见他谦拒，越发推崇备至，遂格外诚恳请求。

夏定夷见大众要求拜列门墙的心极其迫切，情真语挚，遂说：“承各位错爱，定要夏某教授武艺术，夏某如果坚拒，反恐因此被人家说夏某器量狭窄。不过有一层，各位既要从我学武，须得遵守我的规矩，倘各位不能遵守我的规约，还请免此一举的好。”

众人齐称：“都愿遵守，倘有违犯，情愿受责。”

夏定夷道：“既各位都愿遵守，夏某便答应各位，指点各位的拳棒，又有何妨呢？”

众人见他肯答应，一齐大喜，当即约定明儿早起来拜师父，送贽敬礼和师父钱，即请师父将寓所的院子内空旷平原作为校场。

夏定夷略一点数人数，怕寓所院落内地方狭小，同居的邻舍人家晒晾衣服物件等事不便，更恐天阴下雨，屋内无地方可资回旋，遂对众人道：“此处地方狭小，阴晴天都不便利，须得另寻房屋才好。”

众人闻言，各将屋内端详了一会儿，果然展布不开，遂互相商量道：“现在铁木师父已走，他所居的房屋正自空着，不如乘此去凑现成，大家各担任些许金钱，合力将该屋租下来，岂不很好？免得另砌炉灶。况且那屋内的一切动用物件，本系铁木师父向房东租用的，咱们去续租，乃是件顺事，料想不会不答应。”商量妥洽，遂对夏定夷说知，相约告别而去，又同到铁木复的原寓处，向房东商量。房东正恐房屋久空，须受损失，当即一口应允，于是众人凑集了款子，照付过房租，及押租等各项费用，写好租屋契约，约定明日进宅，别过房东，同去回禀过夏师父，这才各自散归。

第二天，大家一早就在预先约定的地方会了齐，分一半到夏定夷的寓所内来，给师父搬家，一半到新宅内去打扫收拾。俗言“人多好做事”，不消两个时辰，已粪除清洁，搬迁完毕，收拾齐整。大家遂点起香烛，请夏定夷上座，各行过大礼，呈献过贽敬礼，和送搬家的礼，又封呈了束脩。夏定夷一一照收毕，即对众宣布规约，令大众宣誓遵守，违犯者轻则责斥，重则革退。

各门人宣誓后，夏定夷即令各人逐一演习已学过的武艺给自己过目。逐一试毕，才知各弟子所学的都是些花拳绣腿，绝少一点实际，遂对众宣示，并由自己演习一路拳式给各人看，指正各人的错误，并将各人分为几班，每班同习一种拳，循序渐进。各弟子心悦诚服，格外钦佩敬仰，从此精心学习，勤练武功。同时，夏定夷仔细留神各弟子的品行人格，择选其中有种族观念、国家思想、侠义心肠、英雄肝胆的，便特别加以陶冶，预备将来守他们于学业完成后，介绍他们加入小三姓机关，好分往各地去秘密进行，收臂指之效。夏定夷因有这般存心，所以对于各门人的拳棒刀马等武艺，教授十分认真，故此为时未久，即有许多志愿学习武艺的人闻风从远地赶来投师，所以十分兴盛。

那夏定夷曾打败黑河拳师巴英才的话头亦愈传愈远，这消息渐渐传至黑河，便有好事的人去面询巴英才。巴英才初时并不介意，只不过对于这种谣传一笑置之、加以否认罢了，后来，问他的人多了，他才对此空穴来风的无因西厢认为诧异，便查问他的门下，可曾听得这种风传，知否是怎么回事？他门下弟子甚多，见问，即说：“听是听得闲人说过，只是不大详细。又因怕师父着恼，所以不敢向师父请问，究竟真相如何，弟子们亦不大明白。但只听得人说，有个从广东充军到省城的军犯夏威，乃是往年两广著名的侠盗夏定夷化身住在省城内，曾在大街上和师父交过手，将师父打跌。据那传言的说，师父在省城曾设场授徒，因为被夏定夷打倒，无颜再在省城立足，才悄然远引的，那人说得竟像千真万确、实有其事的一般。据他说，乃是从一位由省城到此地来有事的人口中听得的，所以有些疑心，才来向弟子们打听，师父前些时曾否往省城去过，在省城曾否也立过场、收过徒弟。弟子们听了，立即否认其事。并说：‘家师并未进省去过，更无在省立场收徒的事。’那人见弟子们否认，遂以别话岔开，不再往下说。”

巴英才见门人都这般说，和自己所听得的都大同小异，不由因疑生恨，料想如非有人造谣中伤，定必有人冒名招摇。因此认为必须亲自进省城去根究其事，不能明了真相。又恐独自前往，本地的浮言仍不能止息，遂去邀请了本地的两位镖师，偕同本人进省。

抵省住店以后，更换衣服，即由两位镖师去拜会寓在省城的相识，顺便向他们打听此事经过的实在情形，回店告知巴英才，说：“那日被夏威当街折辱的教师，起初本名铁木复，后来临走时，召集门人话别，他才宣布本人的真名，说他乃是黑河巴英才，并不叫作铁木复。究竟那个被打的教师是巴是铁，至今还不能明白呢。”

巴英才听得“铁木复”三字，忽然想起前事，忍不住骂声：“无耻的贼！”遂将往年铁木复背黄包袱访友、被本人打跌的事告诉两位镖师，并说：“俺自从这小子被打跌走后，深恐他回去苦练武功，再来寻俺打报复，所以俺至今还记得。不然，时过境迁，俺早已忘却了。这小子如此无赖，真乃太不知羞。不过外面人家既都说俺被夏某打败，闹得一天星斗。现在俺既已到此，如不去访会姓夏的，和他见个高下，岂不被人家在背后说笑，认谣传为事实吗？现在请二位做证，明儿同俺前往，见见那个姓夏的，免得他自己亦以为当日所打败的教师即是巴某。”

两位镖师道：“巴爷此言有理，俺们明儿陪同巴爷，一齐去拆他的场子，借此更正了外间的谣言。”

巴英才大喜称谢。当晚安息无话。

次日早点用罢，巴英才邀同二位，寻问到夏定夷的寓所门前，适值夏定夷正立在门首和一个菜园子谈心。

未知两人见面后，如何结果，请待下回再写。

评曰：

铁木复年少无知，侥幸成名，受挫以后，不能克苦勤学，已属非是，又复以无赖手段欺其弟子，希冀两雄相争，以快其意，诚小人之尤也。巴英才詈之为无耻贼，不为过甚。

巴英才因闻谣晋省，不带门人，而邀两镖师与偕，抵省后，又独由两镖师出外访会相识，俱为其精细处。而其初闻人问，仅否认其事，以一笑置之，尤足见其量大，与不欲多事，善读小说，于此当已能知其武艺精娴、出人头地矣。盖天下唯有真本领者，始能忍人所不能忍也，苟悻悻然如小丈夫者，则其人纵有能，亦仅耳。

铁木复因欲保其幸成之名，故借己辱以损人之名。巴英才亦因恐其名被损，故欲一会夏威。噫嘻！名为身累，诚然哉！

铁木复之父，坚嘱其子勿越省境，状其心事，虽只寥寥数语，然已烛照无余，读之令人知父母爱子之心，无微不至，有油然生其孝思之感。诚有功世道人心之笔，固不仅为写小人心事，如见肺肝为能而已也。

## 第二十六回

# 客来不速蓦地会胜友
# 名以幸成倏然逢好汉

话说巴英才邀请两位镖师做证，同往访会夏定夷。到得夏定夷的寓所门前时，适值夏定夷手执旱烟管，立在门首和一个肩挑菜担的菜园子说话，关照那菜园子，随后每天来挑粪，冬天送若干担菜来做交换。正计论菜的担数，尚未决定，一见有客来访，即命那菜园子明儿再来。

那菜园子挑着菜担，叫卖着走了。巴英才遂向前拱手："请问大爷，夏师父可在里面吗？"

夏定夷忙欠身还揖，口称："不敢，在下正是夏威。尊驾枉顾敝寓，不知有何见教，请到里面待茶，叙谈何如？"边说边将来人打量。同时，巴英才因他应称正是夏某，亦不禁很注意地向他观看。

凑巧两下的目光恰好正对面射着，各都觉对方有一种光亮，不禁暗吃一惊。巴英才边惊边应："很好，正欲登堂请教。"

当由夏定夷将三位让进里面客厅上坐下，请教三位的尊姓台甫。巴英才先将两位镖师引荐道："这位马逢春，这位柳公达，都是敝友，乃系敝地黑河良友镖局里的镖师父，在下的贱名，就是目今各地风传、差不多家喻户晓、人人皆知的那个被夏威当街折辱的黑河教师巴英才。在下今儿特为此事，邀请了马、柳两位敝友，同来拜见夏爷的，即系为了此事。一则瞻仰瞻仰夏爷的金面，增长些见识；

二则想在夏爷面前请求指教些武艺，顺便好使夏爷知道那天所教训的人并非真正巴英才，实系祖贯吉林珲春、因寄寓齐齐哈尔日久而诨称为本地人的铁木复，免得夏爷老被蒙混在鼓里。”

夏定夷见他说是巴英才，不由猛吃一惊，遂即重又向三人奉揖，行过相见之礼，口称：“久仰三位的大名，今日始得相见，实乃三生有幸。”说罢，即又向巴英才道：“巴爷，请休着恼，闲人言语，巴爷请不必见信。我和巴爷对面不相识，怎么会有交过手和已分过高下的事呢？巴爷所言，未免太言重了，夏某实不敢当。当日之事，铁木复冒尊驾大名，给他自己遮羞，或许他和巴爷另有什么怨恨，特意如此说法，意欲借此挑拨你我的恶感，亦未可知。这乃是他的诡计，在下早已料知，只恨无缘得和巴爷会见，无从解释误会罢了。幸得巴爷今日肯屈尊光临，真乃再好没有。”边说边唤门人献茶，又亲自敬奉三位吸水烟，一面自己吸着旱烟奉陪。

巴英才因见夏定夷的双目炯炯有光，年已半百，腰腿却极健，精神极好，已忖知他是位有真实本领的名家，绝非徒有虚名的汉子。因即笑道：“夏爷太谦虚了，委实在下此来，是专诚向前辈请益的，并不仅为更正外间的浮言才来拜见前辈。更有一层，夏爷既已料知巴某是被铁木复所冒名，何以并未向人声明，以息谣言呢？”

夏定夷笑道：“巴爷责备得是，夏某应向巴爷当面道歉，请求原谅的。不过夏某的愚意，并非不欲对人更正，存心掠美，实欲借此抛砖引玉，以求得能会见尊颜，彼此好结个朋友。现在承蒙下顾，巴爷的误会已当面解除，外间的谣言当可不攻自破。将来夏某如能遇着那无耻冒名的铁木复，定必加以严惩，绝不轻轻放过。”

巴英才笑道：“道歉责备两语，在下岂敢？不过在下此来，实系欲乘便向前辈请求指教，既然外间既已说在下是夏爷手中的败将，在下自知本领平常，便当真应了‘败将’二字，亦已不足为奇，还请前辈不吝指教为幸。”

夏定夷见他句句紧逼，心中亦生了气，只不过因自己生平闯荡江湖，从未受过挫折，此番万一败在他的手内，岂不应了三十岁老娘倒绷孩儿的口谈？所以不得不取慎重态度，因此强自耐着，仍旧逊谢无能，谦称不敢。

巴英才见他不肯交手，心中亦欲就此收科。不料那和他同来马、柳两位镖师，因从绿林及镖行中人的口里闻知夏威就是两广著名侠盗夏定夷的化名，所以此来很想见他的真实本领如何，比巴英才是否高明。当见夏定夷语词逊谢，以为他当真心怀恐惧，不敢和巴英才比试。又见巴英才有乘此收篷之意，遂羼言道："夏师父，何必言辞过谦呢？咱们巴师父此来，乃是专诚向你老请教的。正所谓既已身入宝山，竟致空手回去之理，还求夏师父慨然应诺，和咱们巴师父较量回高低，使咱们俩增长些见识也好。"说罢，马逢春又悄悄对巴英才道："现在外面人家传言，都说你曾被夏某打败。你今日到此，又不曾和他分过高下，人家知道的，说是夏某退避，不敢和你比；不知道的，岂不又要说是你只登门更正谣言，并不敢当真和他交手？老哥此来，岂不成为蛇足吗？"

巴英才被这一激，不由陡变收篷转舵之心，遂又向夏定夷启齿，坚请赐教。

恰好夏定夷的门人在后面知道消息，纷纷来到屏风背后张望探听，见此情形，亦欲师父将来人打倒，显显威风，故此推派了两名师兄，假作敬主客烟茶的模样，来到师父面前，悄悄请师父将来人打倒，给自已师兄弟们争光。

夏定夷被徒弟们一怂恿，又见巴英才定要交手，遂亦不再客气，即将三人让请到后面校场上去，并不盘辫子、脱长衣，很安闲镇定地立在下首，亦不做姿势、立门户，即口称："巴爷请指教吧！"

巴英才见他这般自在安闲的神态，料知他的本领不小，不由心中着惊，暗悔不该定要比试，但已势成骑虎，不得不硬硬头皮。因他不曾脱衣盘辫，只得亦依样葫芦，遂掖起下裳，说了声："有僭！"便张臂伸拳，向夏定夷打去。

夏定夷见来势甚猛，忙侧身让过，且不还手，只脚下使着溜步，在巴英才的四面团团跑来跑去，忽东忽西，或左或右，意欲借此试探他的目光定力，测验他究竟有多大能为。巴英才见夏定夷使用溜步，知道他是做的内家功，练的太极，遂即抖擞精神，使出平生所学的本领，和夏定夷对抗。马、柳两镖师及夏定夷的门人远远地立着，满望他们拳来脚往地厮打一番，却不料二人在场上只管跑来跑去，团团乱转，好似两个圆圈，分作两层环绕着。看得头昏眼花，仍只见两人始终未曾激斗，不由齐声喝彩。即于这喝彩声中，猛见夏定夷纵身一跃，跃出圈子外来，高喝一声："且住！"

巴英才依言住手，询问有何话说。

夏定夷笑道："你我练的太极，大致不相上下，总算得是自家人了，何苦还要较量呢？就请到前面去稍坐，休息畅谈吧！"

众弟子和马、柳二位此时冷眼旁观，只见夏定夷面不改色，口不气喘，仍与前时无异。巴英才却已面红耳热，略有喘气，已暗中明白，巴英才的本领不及夏定夷，这乃是夏定夷不欲结怨，所以才戛然而止。这意思不仅大众明白，即巴英才自己亦十分清醒，知道夏定夷的意思是不欲过为已甚，故此心中极其感激。当时依言停止，口称遵命，即同着柳、马两人在前先行。夏定夷在后陪着，同到前面客厅上去坐下。

闲谈了一会儿，巴英才遂和马、柳二人起身告别。夏定夷问明三位的下处，亲送三人出外，方才回身入内。

众门人齐说："师父因何不将巴英才打倒，却只和他跑了一会儿，岂非太便宜了他？"

夏定夷笑道："他和我素无仇怨，彼此同做着教师，我如任性将他打倒，岂不叫他难堪，回去何能再为人师？因此必定和我结怨。我与其遭怨，显得量小，何如示意于他，使他感激呢？"

众弟子听罢，一齐拜服师父的量大。

午饭过后，夏定夷换了衣服，亲自前往巴英才的下处里回拜二位。不料店家回答：“三位适从外面回店，即刻给账动身，留言说，如有位姓夏的广东人到来，务必代言称谢，日后如有机会，定再登门拜见。此刻因为行色匆匆，不及当面谢别，十分抱歉，请勿见怪。你老可就是姓夏的吗？”

夏定夷听说三人已走，失之交臂，不由大失所望，见问，遂点了点头，应称：“正是姓夏。”即便转身走回寓内。将要到门首，远远已见木寓门外拴系着两匹高头骏马，歇着两副盒担，有两个家丁模样的人和一个苦力形状的人立在门外石阶上。心中奇诧，不知两匹马上骑来的是何等人物，来者是何用意。心中一诧异，足下陡然快捷了许多，转眼已到了门前。早有门人看见，上前口称：“师父，刚才有人来访，我推说你老有事外出，请他明日再来。怎奈来人不肯就走，定要守到你老回来，见面过后，他俩才肯回去。弟子们无奈，只得将他俩让请到里面去坐地，一面请师兄们在厅上招待着两人，一面由弟子走到门首来张望，迎接你老人家回来报告。”又指着那两个家丁和一个苦力回禀师父道：“这三位都是跟随那来拜访的人一起来的。”

夏定夷听罢，遂命那门人先进内通报，然后缓步入内。刚走到天井里，已见有两位气概豪华的少年和自己的几个门人从客厅上走下台阶来迎接。当由一个徒弟指着夏定夷对两位少年道：“这位老人家就是家师。”两位少年闻言，即向夏定夷口尊：“师父，弟子们拜见来迟，务请师父恕罪。”边说边已双膝点地，跪在天井里大方青石上，叩下头去。

夏定夷不由一惊，忙问：“二位有何赐教？请到厅上去坐地。”边问边回了二位半礼，伸手扯起二位，双手各挽了一人，一同走进客厅，让二位上首请坐。二人哪里敢放肆呢？谦逊了一会儿，才在夏定夷坐的下首椅上侧身各坐了半个屁股。

夏定夷见二人执礼甚恭，遂又询二位姓名及来意何如。二人见问，即由一人欠身回答，说：“弟子俩是姑表兄弟，俺名科布多，他名耶律胜，都是内蒙古东四盟地方人氏，因自幼好学拳棒，苦于未遇名师，所以练习到今，迄未能有一技之能。因闻知师父的盛名，曾经打败过黑河的名教师巴英才，所以弟子俩商量之下，决定离家远行，到此求见，拜求师父收为弟子，传授武艺。弟子俩深感大德，没齿不忘。”说罢，二人即又同立起身来，在客厅正中朝上跪下，口尊：“师父请上，弟子俩见礼了。”边说边已恭恭敬敬地朝上叩了四个头，立起身来，又向各位立在旁边的弟子们喝声奉揖道：“各位师兄，小弟等初到此地，附随骥尾，随后望各位师兄不吝教诲，随时指示，小弟等感激之至。”各弟子亦还揖答谢。

二人和师兄们奉揖后，即由耶律胜匆匆走出外面去，引那苦力，挑了盒担，径走进客厅上来，卸在当中。早由科布多探怀取出两封大红全帖，和两张礼单，双手呈献给夏定夷，口称：“请师父过目，照单全收。”

夏定夷见两人来意诚恳，又是从远地到此，如坚拒不收，未免冷了少年人向学的心，因即略不客气，将礼单拜帖等略微过了过目，遂吩咐门人将盒担内礼物一齐收了。

开销过使力，打发那苦力走了，遂对科布多、耶律胜道：“你两人既从大远的地方到此，我不能过拒，灰你们俩的上进之心。但有一层，本师的戒约规章素严，你两人如果自信能吃得苦，耐得劳，能勤习苦练，永远遵守我的规矩，我才敢传授。如你们不能遵守，还以早说为妙，免得空耗日月，徒然花费金钱。”

二人齐说：“弟子俩情愿遵守师父的规约，永不违犯。”

夏定夷见说，即命一个门人将规约取出来，给二人看过，命二人牢记谨守，并朝上叩头，对神宣誓。二人一齐答应，即又朝上跪下，叩头宣过誓，立起身来，又由耶律胜从怀中取出四个红纸封儿，两封是二人的拜师贽敬礼，另二封是两人的学费。夏定夷亦照收了。

耶律胜出去，命那跟来的两名家丁：“各乘你来的马匹，一同克日回去。”说罢，即由身边摸出两锭银子交给两人作盘缠费用。

两人齐应："晓得！"接过银子，即解下马匹，从马背上解下两个包袱，递给耶律胜，这才同时骑上马背，口称："公子爷保重，日后在会馆内再见请安吧！"说罢，扬鞭向马屁股上一击，双腿一夹，那马便腾跃四足，向前行去。

耶律胜提着两个包袱，守看不见两匹马和马背上的两个人的后影儿时，方才回身进里面去，将一个包袱交给科布多。

夏定夷见了，便问两人："是几时到此？未曾落过店，却一径到此地来的吗？"

科布多道："不，弟子们是昨日到此地的，原已落过店。那些送的礼物都是今天上午在本地买办的，挑盒担的人亦系命店家去代雇的劳力。只因弟子俩急拟叩见师父，不论师父肯不肯收列门墙，片言决定，准在见过师父的面后，即行动身，故此即先将店账结清后，才同到此地来的。"

夏定夷听罢，即起身亲引二人到一旁，预备给远处来求学武艺的卧房内去看，命他俩自己收拾好两张床，从此二人便在夏定夷面前学习拳棒。二人都很勤习，尤其是耶律胜来得格外认真，因此经时未及三年，耶律胜的本领已远出同门的各师兄弟以上。遂和科布多相约着一同回去。

两人回家后，仗着武艺，驰骋各盟族，颇惹了些事。但因人家畏惧他们俩的弓马拳棒等本领超众，所以都不敢奈何他们俩，尤其是怕科布多家中的势力，所以格外敢怒不敢言。

耶律胜在前原已学武有了些根底，又经从夏定夷受过了指点，所以进步极速，回家后和人拳斗，无次不胜。又在各部落村堡的地方参加每年每季各地的各种决赛，无次不获着锦标，因此人才给他起了个绰号，叫作漠北大王。耶律胜得名以后，越发高兴，遂亦学习时髦，背起了黄布包袱，别了科布多及各亲友，前往各地去访友，均未遇过敌手。因此，漠北大王的名望遂越发远震了。不料在后贝加尔地方，竟惹下了一场大祸。

究竟因何惹祸，请待下回分解。

评曰：

夏定夷能不为已甚，适可而止，能人所难，斯为可贵。

巴英才回下处后，立即动身，盖不仅暗写其愧赧，实已为下文作张本矣。

科布多、耶律胜自初集出现后，读者望之久矣，至本回方始出现，不知者以为本书多写夏定夷事，有喧宾夺主之嫌，而不知夏为二人之师，写其师，正是写二人，盖先写二人之学有所秉，后乃明二人之所以招祸之由，而为本书一大关合也。

前文谓耶律胜曾闯过江湖，熟晓江湖各事，是虚写。本回始实写其背黄包袱出门，即阴伏其惹祸，以与前文遥应，笔力跳脱可喜。

本回书曰名以幸成，盖即所以示耶律胜得号漠北大王之名为非其佳兆。与上文铁木复较，实可谓仅百与五十步之别，宜其一逢好汉，即尔败北也。

## 第二十七回

# 奏凯歌数番夺锦标
# 受耻辱初次被败北

话说耶律胜从黑垣回家后，驰骋各地，到处逞能，仗着已经学成的武术，居然能在内蒙古各盟旗部落夸耀。满、蒙人民原系游牧民族，风俗极其强悍，往往因游牧相遇，忽起争端，厮杀血战，故人民差不多自幼儿即习弓马，娴武事。

各部落的酋长为防备被邻近别的部落所吞并起见，所以无不竭力提倡该部落民众的尚武精神，定例每年分作若干时期，每一时期举行武术竞赛一次，凡能于竞赛时得考列第一、二、三名的人，该部落的全体民众必都向该考中第一、二、三名的人行最敬礼，并设宴恭贺，表示钦仰敬慕。该部落的酋长并预先备有各种奖品，作比赛得列第一、二、三名的人的锦标。又定例每隔若干竞赛时期后，另再举行大校阅一次。大校阅的典礼，在满、蒙各盟旗部落，自首领以至人民，俱极视为异常隆重，其方式颇与中国本部的会考武状元情形大略相似，全体人民，只要凡已年龄及格的，都必须参加。除去本部落的全体人民与赛以外，并得邀请邻近各部落的首领，派遣各该部落历次竞赛获得锦标的好汉，亦如期到来先参观，后和本部落此次大校阅所考选出的首三名好汉作友谊的比武。各部落的首领亦都备有奖品，于大校阅时派使赍送来，赏赐那被挑选在首三名的英雄，以示普遍的提倡武术。因为各部落都有这种定例，所以各部落的民众，凡是已习武术、擅骑射的，无不为争夺锦标，克享盛名的虚荣心所役使，希图临期预赛时，得获首领的奖赏和受民众的敬贺。

耶律胜自幼儿即秉承着家学，仗着天生的膂力过人，资质聪慧，因欲争得历次的锦标，得以出人头地，所以极肯勤习苦练。每到竞赛时期，竟无次不名列前茅，从未将姓名落后，被摈弃在三名以外。他既每次在内蒙古东四盟正黄旗本部落名列榜首，夺得锦标，又于本旗各部落的选手总决赛大校阅的时候，连夺过两次锦标。他心中自思，现在虽已侥幸成名，只恐将来难保永久，所以并不敢以此自满，却反而因此格外苦练。又恐仅赖着家传的本领，将来难保必胜，所以才去访会他表兄科布多，约科布多一同出门去寻访名师，学习武艺。

科布多的生性，却和耶律胜不同，倚恃着家资和世袭的前程，已很志得意满，原无十分更求上进的决心，只不过因自己的本领远不如人，徒有世袭的武职功名。亦恐被人瞧不起，故此亦颇拟出门去访求名师，学习些武艺。虽不想回来怎样出人头地，但望得能为庸中佼佼，即于愿已足。他平日虽有此心，却因怕出门吃苦和懒惰惯了的缘故，所以从未对人说过，怕说出本心，老不出门，被人昵笑。他既未对人言，遂因循蹉跎着逐渐延宕来来。

这时，被耶律胜很兴奋地来邀约他偕同出门寻师学武，正合着本愿，心忖，得着表弟同行，客地当可不致寂寞，且因表弟已成了名的人，尚不敢自满，来约自己出门同去寻师，其志向是何等的高尚。倘如自己回说不去，岂不被表弟讥笑，说自己太不长进？别人得知，更将说自己如同一文不值了。在有这两种缘故，所以当时只略一沉吟，即满口应诺，择定明日动身。

耶律胜见表兄亦很高兴地情愿结伴同行，不由心中大喜，遂即告别回家，收拾马匹行囊、盘缠武器，携带一名健壮精细的家奴，于次日清晨，别过家中长辈平辈等众，主仆俩即径往科布多家中，和科布多厮见。科布多亦于隔夜将行囊、盘缠、武器等项收拾齐备，亦和耶律胜一般，带一名健仆，备一匹良驹，大早起身，先已叩别过家中长辈，告别过平辈，在家专候耶律胜主仆来到，即便登程。故此两下相见后，并未耽延。

耶律胜向科家诸长辈告过别，遂偕同表兄出门上马，并驾齐驱。两家的奴仆各挎刀追随在主人马后，一同向前趱程。

二人此番出外，原无定向，故此暂以齐齐哈尔省城为虚悬的目的地。一路策马前行，逢堡、卡、寨、集、村、镇，都停骖休息，借便打听，访问各该地有无武术名家。沿途虽曾访得当地的所谓名手，但百闻不如一见，经二人登门奉谒，由耶律胜发言，要求和那人小试其技后，便已显露弱点，不足为师，遂亦不向那人道明本意，即便告别起行。

如此经过了好几处城市村镇，二人在路上连日都访闻得黑河地方有位著名的拳师，名唤巴英才，乃是本省唯一的拳术名家，于是二人中途改道，转向黑河进发。行未多日，又已经过数处地方，即又忽听人传说，巴英才曾在省城设场授徒，被夏威当街打跌，羞愧离省，不知去向。现在夏某正于省城巴英才原先授徒的地方，继巴英才之后，立场教武。二人连在几处，都打听得这个消息，认为确凿无疑了，遂又折回原路，仍向省城趱程而行。一路仍继续向人探问，所闻大致相同，遂放了心，于是一径抵省，住店休息，向店家及街坊哨探，果和道途传闻相近。

二人访知确实，问明学费多少，即封好了贽敬及束脩封儿，放在身边，遂于次日早起，同往街坊铺家去，备办了礼物，回店向店家借了副盒担，将礼物装好，又请店家代雇了名苦力，将盒担挑了，随同前往拜师送礼。一面先和店家结清了账目，命两名奴仆牵马随行，守到投师事毕，即从马背上卸下行囊，打发两仆乘原马回家报信，这乃是二人同到省城投师的经过前事。

及至后来，二人自以为学业已完成，遂别师回家，各行其是。

科布多以为自己的武艺今非昔比，已很了得，遂设法钻营，得充现任官员。后又借着本人在京城充当奴役的机会，竭力逢迎，巴结上了睿、庆两位亲王，被两位王爷奏荐他任内蒙各盟旗的总管，大过其官瘾。

耶律胜却于抵家后，仍继续他在本旗各部落争强夸胜、夺获竞赛武艺的锦标，以显其能为。既在本旗各部落竞赛屡被选取第一后，又往别盟部落去，参与各处的校阅决赛。每到一处，锦标总被他唾手取得，因此耶律胜的名望日隆，声威远著。耶律胜心中大乐，因他的本意，志不在乎为区区小官，只想先在各盟旗堡卡显耀本领，震慑人心，使人由此景仰、畏服自己，树立好了基础，借此缘故，将来如果不出仕则已，如果出仕，定必为躬环甲胄的大将。所谓不飞则已，一飞冲天；不鸣则已，一鸣惊人，绝不屑效学他表兄科布多的那种卑鄙。

他因有此宏大的志愿，所以才放弃了目前有可做官的权利，却背起了黄布包袱，离家往各地方去拜访名人，叨学武艺。一路上凭着他的大名，早已先声夺人，所到之处，竟未有过敌手，因此他遂于不自觉间，已渐养成志得意满，不时流露出来。常言：“谦受益，满招损。”他才趾高气扬，便尔遭受打击。

原来那天他来至后贝加尔湖，沿着湖边行走，想寻着渡船渡过湖去。不料沿湖走有一会儿，那湖中绝无打桨的声息，焉有渡船来呢？耶律胜寻思，既一时无船可渡，不如就沿湖行走，多绕几处卡寨，亦没甚要紧。边想边低首前行，恰巧走在一大阵羊群里。

原来该处土人多恃畜牧为活，所以都沿着湖岸水草之处，牧养各种牲畜。耶律胜一路行去，偶不经意，撞在一群羊围里，失足恰巧踏在一头羊的后爪上，那羊护痛，咩咩一声哀鸣。耶律胜赶紧抬足放让时，不料已将那羊的后爪踏折了，可怜那头羊蹲在草地上悲啼婉转，仿佛如像它的伴侣们诉苦告哀一般，引动了许多羊向耶律胜四面围裹上来。

耶律胜见了，心中亦颇不忍，更拟寻见那个牧羊的人，向他赔话，并自愿酌量赔贴他几文，免他回去不好见主人。却不料被许多羊围住，四面昂首扬角触来，耶律胜只得双足垫起，跃身到羊围外面。只因羊鸣的声音惊醒了隐身在树林打盹的牧童，张开蒙眬睡眼，跳身从树林内出来。可巧正和耶律胜跳让羊围角触的姿势，彼此撞了个满怀，双方各被撞得打踉跄，向后倒退。

牧童退身碰在一株树上，脚被树根一绊，几乎一跤跌倒。幸亏衣角被树枝扯住，不曾跌下去，但因此衣角却被扯破了，心中不由大怒。

耶律胜退身一失足，又误踏在一头羊的前爪上。那羊护痛，使角拚命向他小腿肚上一触，触破了裤脚管，并伤了皮肉，流出殷红的血来。耶律胜被触得大痛，忙又向前让过。因此心中亦生了气，回头一脚，竟将那头用角触他小腿肚的羊踢倒在羊阵里，哀叫一声，痛死在地。

牧童见了，赶过来一把扯住耶律胜不放，开言理骂道："瞎了眼的小子，你敢故意撞碰小爷，使你小爷扯破了衣服。又敢踢死了你小爷的羊，莫非你倚仗着学会了几手拳头，有心到处卖弄，来欺负你小爷吗？嘿嘿，那可没有这么便当呢！"

耶律胜小腿肚子正跳着刺疼，被他一把揪住，即亦没好语地回道："你揪住大爷，欲待把你大爷怎样？"

牧童大怒，扬手照耶律胜面门上一掌打下道："打你这个瞎了眼的小子，要你赔俺的羊和俺的衣服……"

耶律胜见他扬手打来，便伸手向他腋下一点，喝声："代俺安分些，在草地上睡一会儿吧！"

那牧童"要你赔俺……"的话未说完，已被耶律胜点伤，松了揪耶律胜的手，哎呀一声，仰面跌倒在地。

耶律胜哈哈大笑，喝骂一声："无知的小子，你耶律胜大爷如非手下留情时，怕不立刻送你的狗命！对不起你，只好让你在此睡一会儿，等你的主人来寻你了。”边骂边从身上摸出包伤药来，将小腿肚子上了药，收药移步向前就走。

走不多远，猛听得背后风响，忙闪身向旁避让，边回头望时，却见一颗乌溜溜、黑魆魆的英雄胆，由面前擦肩飞掠而过，坠落在地下，随后便有一个彪形大汉暴怒着飞步赶来，高嚷：“背黄包袱的小子站着，你踢死了羊，打坏了人，难道就这么太平无事地走了不成吗?”

耶律胜自恃本领，见大汉赶来，即亦毫不惧怯地回身立定。那大汉来到面前，脚未立定，即已使金龙探爪式向耶律胜打来。耶律胜见来势甚猛，连忙侧身闪让，正拟回手还敌，不料那汉子手法极其灵疾神速，一见耶律胜让过了他的拳头，他即左手急速转使揽雀尾的手法向耶律胜一扑，右手却改使了个斜单鞭姿势，向耶律胜打来。

耶律胜的拳棒功夫虽已练有根底，又久经阅历，但从未会过像这汉子一般身手迅疾、变化神速的人，当时才让过金龙探爪式，以为他既系使的出爪亮翅，以下必仍为少林拳法，却猛不防他忽然改用了太极拳式。忙促间才让过他的揽雀尾，忽然目光一花，竟致来不及避让他的斜单鞭。因此被他一拳打中在肩窝上，哎呀一声，应手斜跌出丈外，被那汉子跃身过来，一脚踏住，抡拳往下便打。

耶律胜自从出世以来，从未被人打中过一拳、踢中过一脚，更休说掼上一跤。此刻肩窝被伤，身体被踏，眼见双拳将下，不由大吃一惊，慌忙高呼：“好汉饶命!”

那汉子的此番做作，原系故意的，所以他是时双手虽已举起，并未打下。见嚷呼饶命，即喝骂道：“好个脆弱无能的小子，这般无用，也敢背黄包袱出来闯道，真也太不知自量了。你且实说姓名，何处人氏，是从谁学的武艺？由此经过，为何无端伤人，该当何罪?”

耶律胜见问，心中灵机一动，暗忖，如说实话，岂不生平永留污点？遂捏造出一个姓名来回道：“俺花家英，乃山东枣强人氏，往年在黑龙江省城从铁木复拳师学的武艺。此番因欲出外增长见识，所以才背黄包袱出门，并不敢狂妄自大，实系想借此得多见几位豪杰，叨学几手拳棒。适才走过湖边草地上，偶然失足，践踏了羊脚，不料那牧童撞人，不自认错，反将俺一把揪住就打。俺本拟赔偿他几文，算作羊的价钱，免他回去被责的。不料他如此粗蛮无理，因此才回手伤他，这并非俺故意敢大胆欺人，应请好汉包荒原谅的。如非俺被那羊角触破了小腿，断不致一脚将羊踢死，好汉请看俺小腿上的创痕，便可明白了。”

那汉子见他说是铁木复的徒弟，不由面现惊讶之色，很诧异地问道：“花家英，你果真是铁木复的门人吗？”

耶律胜应道：“俺岂敢当着好汉扯谎？”

那汉子问道：“花家英，你可知令师现在身居何处吗？”

耶律胜听他话中有因，心中不由发毛，深恐来人就是铁木复的什么人，立刻露出破绽，被他当面责骂不老诚。但事已弄僵，只得回道：“俺离师门已久，现在不知家师的行踪究竟寄迹何处。好汉问他做什么呢，莫非和家师相识吗？”

那汉子听罢，抬足将耶律胜扶起，叹了口气道：“花家英，俺往日亦系从铁木复师父学的武艺，照讲你我亦可以算得是同门。只不过有一层，俺颇有些不信，贤弟适才的身法、步法，虽不及俺的灵速迅疾，但俺却能认识，绝不是铁木复所能梦见得到，又何况说是他教的呢？实言相告，当初俺从铁木复练过回把式，不自量力，以为本领很可以了，回家即亦像你现在一样，背起黄布包袱出门访友，不料才离得原籍，即被人打倒，很被那人揶揄羞辱了一会儿。俺才知上了铁木复的当，所学的全是些花拳绣腿，毫无实用的东西。心中恨极了，遂决计另往别处去投师学武。经过了好几年苦练，方才学习完成，一口气跑到齐齐哈尔去，意欲去拆铁木复的场子，当面教训他一顿，使他不敢再借着教武骗钱、贻误人家子弟。及至赶到时，铁木复早已被人撵走了，俺才回到此地来，畜牧垦荒，却不料会逢着你。俺看你的拳术，绝不是纯从铁木复学的，如果单从他一人学习时，绝不会有此身法、步法的啊。”

耶律胜听罢，暗叫一声侥幸，只得含糊着道：“俺从铁木复师父学过后，回家又跟从几位镖师傅叨学叨学，原不是仅仅只从铁木复师父个人学习的。”说罢，即又转口请问道：“尚未请教好汉的贵姓尊讳，府居何处，往年因从铁木复师父学习被败之后，曾往何处从何人学习，不知好汉亦肯见示吗?”

那汉子叠起两个指头，将经过告知了耶律胜。耶律胜遂即打定主意，亦去抄袭他的成文。

究竟其详如何，请待下回分解。

评曰：

本书以科、耶两人为线索，而写法不同，良以两人之旨趣迥异也。善读书者，阅竟本回，盖已可觇其结果矣。

耶律胜盛名初享，一出门即遇敌手，此不仅作者为“满招损”一语下注脚，实兼为“失败为成功之母”一语作转注也。何则耶？苟不遭挫辱，哪得克成其漠北大王之名哉？使后非遇有彼姝者子，怒而掌其颊者，则耶且终身而莫败其名也。虽然，人苟遭挫败而不奋勉，力求上进者，则虽百败，亦徒为其生平历史上留百污点耳，何成功之有哉？噫嘻！

耶律胜所遇之好汉，不图乃为铁木复之弟子，可谓匪夷所思。

铁木复以花拳绣腿之武技欺人敛钱，误人子弟，宜乎为其门人所诟谇，愤而欲拆其场矣。唯今之教师如铁之误人子弟者，多至恒河沙数，独无其门人为之拆场，斯可憾耳。作者传此，固不仅涉笔成趣，盖实亦取瑟而歌，意在警世之腆然立讲坛，所谓为人师者耳。

有铁木复之伪言欺其弟子，乃有耶律胜之托词遮羞，前后辉映，思之不禁粲然。

## 第二十八回

# 气愤愤长街逢女侠
# 狠巴巴狭路逐冤家

话说那好汉见问，遂将经过情形告知耶律胜道：“俺姓彭名公达，祖贯宁古塔城内人氏，因那年背黄布包袱出门访友闯道，才离原籍，即已被人打倒。受了许多羞辱之后，遂立誓重去投师学武，湔雪此耻。

“一路访问进关，闻听人言，河南省温县陈家沟子一带颇多精擅太极的能人，俺遂趱程赶往陈家沟子去。访闻得有一位姓杨的拳师，乃是世传练太极的专家，俺备好礼品，访问到杨师父的门上，叩见了杨教师，申述来意，要求收列门墙。当蒙杨师父收为弟子，教习拳棒。俺从杨师父苦练了三年，才算考验合格。

“回转关外来，俺即赶到黑龙江省城去会铁木复。不料门庭依旧，人物全非，铁木复已早被一个广东人姓夏的撵走了，那时正由姓夏的在该处原址教授徒弟呢。俺因铁木复虽已被人打跑，但不知那个打跑铁木复的人究竟能比铁木复强多少，居然亦学样充当教师，收受人家子弟们的师父钱，因此俺遂进去，和那姓夏的交手。彼此对打半天，总算俺不曾被姓夏的打败，但亦未曾能稍占便宜。俺自知如果再打下去，绝不是那姓夏的对手，遂即跳出圈外来走了，一径回转宁古塔家内。

“不幸适逢左邻人家火灾，延烧过来，寒门亦遭殃及。俺因家遭回祸，匆促间，仅救护舍下的人口得保平安，所有的物件一概未及抢救得出，所有田房地契、合同、借据等项都被焚毁，无奈只得率领全家离去宁古塔，来到后贝加尔沿湖的膏沃地方来游牧垦种，苟延岁月。

“适才那个被你点伤打倒的牧童，乃是俺家雇用的一名小厮，本来俺家雇用的牧童甚多，每日分散在各沿湖滨有水草的地方去放牛、喂马、牧羊、看猪，各司其事，按月计值，日出而出，日没而归。俺因恐他们偷懒，在牧场上打盹，将牧畜被人偷赶了去，或逞着意气，和别家司牧的人争斗厮打，故此不时由俺亲往各地巡查。

“刚才俺恰巧查到此地，得知你踏伤、踢死了两头羊，和打伤了牧童的事，故此赶来和你理论。现在既据你说，是铁木复的徒弟，你我虽不相识，但亦可算是同门了，区区两头小羊，能值几何呢？就算俺晦气吧，也不要你赔了，那牧童的伤俺亦会医得。只不过俺看你的本领虽然尚好，究竟还算不得怎样高妙，依俺之劝，与其背上这个劳什子的黄包袱容易到处惹祸，还不如打从来时的原路回去，再学上几年，守到练成真实本领时，不妨再出门露脸。你们山东地方尽多英雄好汉，果真你存心学武和访友叨教时，尽可不必冤枉两条腿跑大远的路程，赶到长城外面来，才可以得到名人的指教啊！”

耶律胜听罢，不由羞惭满面，只得带愧抱拳，称谢指教，即便赧颜告辞。

彭公达拱手回了句：“对不住，日后有缘再见。”即去地上寻着拾起了他适才掷击耶律胜的那颗英雄胆，迈步径自回到那牧童牧羊的所在去，给牧童治伤。

耶律胜含羞带愧地飞步改从别道绕回原路，抄越过适才打倒牧童的牧场，以免或再受那牧童的揶揄格外觉得难为情。绕回原路后，就道旁树林内，悄悄将背上包袱卸下，打开取出件旧绸大衫，权充作了包袱，包在黄布包袱外面，以防归途再被人败北。改包停当，即便赶紧上路，边走边忖，彭公达曾和夏师父交过手，据他的口气听来，颇像当时夏师父暗让他三分，方才得至不败，照此推想法，分明他的本领不及夏师父了。他既不及夏师父，为何俺竟不是他的对手呢？刚才俺和他较量时，只觉他的身法、步法、手法灵捷迅速，处处都极神速活泼，远非俺所可及，何致彼此的程度高低相差至如此地步呢？这莫非夏师父存有私心吗？不然，俺纵或不能胜他，又何至被他打败，连招架之功都没有呢？往时俺在夏师父门下的各师兄弟队里，每次交手，无一回不是俺获得胜利，大家背后谈论，竟有称赞俺系青出于蓝而胜于蓝的，却万想不到今日会败在这个无名的小子手里，岂不是异数吗？幸亏俺有机变，不曾道出真名，倘将真名道出，岂不令人笑脱了门牙吗？

耶律胜边走边忖，寻思再三，这才忽然被他想起，夏师父是从广东发配到关东来的一名军犯，也许他存着种族不同的私心，不肯将真实本领完全教授关东旗籍的门徒，所以才有此败。如不然，俺何至败在这彭公达的手里呢？

耶律胜因这一疑，竟越疑越像，忽又被他想起，夏师父门下徒弟，现在颇有数名，都是流居在关外的汉人，分在各地立场收徒，教习拳棒。俺要试验俺所疑的话对不对只要背起黄包袱，跑到那几位闻名而未见过面的师兄那里去，登门拜访，过堂交手，拆他们的场子，只要彼此一交手，便可立见高低了。果真夏师父存有私心，当然俺打那几位师兄不过。如无私心则已，万一果存私心，俺此去温县，投师学好了武艺回来，定必和夏师父当面理论，或系暗中设法调查，夏师父所以要存私心的，是否另外尚有什么用意。他既不仁，那时俺也就不必定讲什么师徒的义气了。

耶律胜想定主张，便于前途卡集旅店里，用伤药调敷了肩窝伤处，养息了几天，守身体复了原，才又恢复了本来装束，照旧背起黄布包袱，即日改变路程，先赶往呼兰城内去。因为久闻该处一教武馆乃是夏教师的门人所创立，亦颇有名望，故此改道先往呼兰。

到得该处，并未往店，即一径寻问到那传习武艺的馆内，和那教师会见。耶律胜仍诈称系花家英，从山东枣强县到此，慕名拜访，恳求指教的。那教师虽亦系夏定夷门下，但从未和耶律胜谋过面，所以并不相识，见说，信以为真。当时照例略谦逊了几句，即和耶律胜在校场上举行过堂的手续，彼此交手。耶律胜诚恐使出从夏师父学得的拳式被他识出系同门来，故意改用了别种拳式，试探那教师的本领。上手斗不数合，那教师的手法、步法、身法、腿法逐手逐解地施展开来，竟将耶律胜斗得目光缭乱，手足慌促，难以招架起来。再斗过数合，猛听那教师喝声“着！”一掌正击中在耶律胜的左臂上，耶律胜立足不牢，竟被击得踣跌出圈子外去。幸喜不曾跌得重，一蹶身体，即已从地上立身起来。耶律胜羞恨交并，面红过耳，带愧喝声住手。

那教师见来人已被踣跌出去，手下留情，不待他喝，早已住了手。见喝，即连忙拱手含笑道：“承认，承认，对不起，对不起！”

耶律胜紧涨了面皮，见他拱手行礼，无奈亦只得还揖道：“承蒙海涵，多有冒犯，他日得有机缘，再图良聚吧！”说罢，即含羞带愧地回转身来，往外迈步就走。走出门外，头也不回，径自扬长走了。边走边腹中暗骂：“夏师父，你存着私心，分两样教法，传授满、汉各族徒弟，分明别有用意。倘不被俺查出你们的私弊来便罢，如被俺查出有什么歹心时，俺定必设法破坏你们，以报传授不公之仇，方才雪得俺今日的耻辱，消得俺的愤恨。”

耶律胜一路怨恨着低头向前行走，只因腹中有事，猛不防恰巧正撞在迎面走来的一人身上。及至双方觉察，赶紧各自侧身闪让时，已来不及了。耶律胜忙抬头看时，不料却是一位须发都已雪白的老者，左手拄着根刻鸠形朱漆拐杖，右手提着个葫芦。因为双方互让，耶律胜的身体正巧撞在那葫芦上，将葫芦盖撞落。葫芦内正满贮着原酿上好的状元红酒，因此一来，竟致泼翻了耶律胜和那老者的一身一脚，登时酒香四溢，扑鼻生馨，行人嗅着，不由齐赞好酒香。

引得老者大怒，喝骂：“瞎眼小子，走路为何这般莽撞，难道抢了路赶去杀头吗?”

耶律胜因为怒恨夏教师，心中正没好气，撞了老者，打翻了老者的酒，泼溅得衣衫袜履尽湿。因来人年尊，又系自己舛错，所以才强忍着口中打招呼，说：“老丈，对不起你老人家，这酒该多少钱，小可赔还了你吧，你老可别动气啊……”

话才说得一半，已被那老者恶声痛骂，不由挑动了无明火，新旧气愤，一同发作，遂改口回喝道：“好个得步进步、不知好歹的老儿，知礼不怪人，怪人不知礼，你骂人抢路去赶着杀头，没生眼睛，难道你自己也是抢着去赶杀头，脑袋上不曾生两只眼睛吗？俺好意让你三分，口中打你的招呼，不料你却倚老卖老，毫不客气地咒骂起人来了，当真俺惧怯你不成吗？撞便撞了你了，看你这老儿待又敢把我怎么样呢？……”

老者一眼见他背上背着个黄包袱，口出不逊之言，格外激得大怒，不待他说完，即已丢去右手中提着的葫芦，扬手照着耶律胜面门上就是一下巴掌。耶律胜再也不防老者会伸手打他，所以并未留神，及见他扬掌打来，忙向后退让时，恰巧背后正来了一辆骡车，赶车的跨着辕，扬鞭打骡，往前赶路，口中正高声嚷喝着：“呔！站开些，车子来了!”

耶律胜因正和老者斗口争闹着，哪曾听见背后骡夫的吆唤呢？因急让来掌，退步后让。正巧被那头健骡的辔头撞在后背心上。那骡一眼生，昂头一立，耸身向后倒退了一步，竟致将车厢坐着的妇人震颤着侧身一撞，撞得臂肘生疼，不由陡吃了一惊。那妇人怀中正抱着一个乳婴，呼呼地鼾声睡熟着，因这一来，被震惊醒了，哇的一声哭将起来。同时那赶车的骡夫被骡头一昂，几乎坐身不稳，被撞跌下来，亦因惊动了怒。更凑上那妇人因自己撞痛吃惊，又心痛她怀中的婴孩儿，怕受了惊吓，娇嗔着掀赶车帷，喝骂赶车的：“为何恁地不小心，既使俺撞得臂肘弯麻辣辣地生疼，又唬吓醒了孩子，回去孩子没甚事故则已，倘有什么事故时，看俺不回你主子，揭去了你背上的皮!”

骡夫被主妇一喝骂，恍如精神上受了针吗啡，登时鼓动怒火，不问情由，唰地便是一鞭，向耶律胜的背脊心里就是一下，边喝骂道：“聋了耳朵的小子，老远地俺就吆唤着命你让开些，你反而故意地迎撞上来，莫非你以为多学了几年武，故意要卖弄你有本事吗？可不是想在鲁班门前掉大斧，自讨没趣吗？快给俺识窍些站开，如不让道，俺可要赶着骡车冲上来了。倘或伤犯了你，可休抱怨俺的牲口不好啊!”

耶律胜后心被撞得火辣辣地生疼，正回头观看，忽又被他扬鞭打来，口中兀自高声骂着。这口恶气，焉能忍受得了？回身伸手向来鞭一接，接住向怀中一扯，鞭子被扯脱离了那骡夫的手。耶律胜倒转了过来，侧身迎上前去，唰的一鞭，向那骡夫的面门上就打，边打边骂声：“狗贱奴才，俺被撞了，不曾开口，反倒被你耀武扬威地混骂。俺如不打你一顿时，也不算作汉子了。”

骡夫鞭子脱手，身被带着，向前一栽，几乎被带跌下来。此刻见鞭子打到，忙往后让，只顾身体闪避，不防因此竟滚跌下辕来，惊得那头健骡前后移动，昂头怪鸣起来。骡夫跌下街心，大怒爬身起来，扑奔耶律胜攘臂挥拳就打。

耶律胜气正受足了没处出，见他打来，便亦不顾一切，唰唰唰，抡鞭向他没头没脑地乱打。打得那骡夫躲闪不迭，索性冒痛冲上前来，一把揪住了耶律胜的衣襟，拼死不放，高喝：“你打！你打！打死了俺，俺才佩服你是学会武艺出门访友的人!”

同时，那妇人坐在车内搴帷看得清切，亦动了娇嗔，竟将孩子放在坐垫上，起身从车厢内跃步下来，喝令骡夫松手，边伸手抢住了耶律胜手中的鞭子，扯夺了过去。骡夫见主妇亲自动手，勇气陡增，忙松手放了衣襟，顺手抡拳照准耶律胜的胸窝就是一拳。耶律胜使托手一托，喝声：“着!”骡夫应手倒退，仰面往后跌下。恰巧脑袋跌在车轮轴上，撞破了头皮，流出鲜红的血点来。

那妇人见骡夫被人打倒，怒火大作，抛撇下鞭子，抡拳向耶律胜侧面便打。

耶律胜自出世以来，从未和女子交过手。此刻陡见一位年轻貌美的妇人恶狠狠地向自己打来，急忙托地跃起，从街心行人的头顶上飞跃出一丈外去，高声嚷喝道："住手，好男不和女斗，俺是练过把式的好汉，不屑和你这么一个女流厮打，另请高明，恕不奉陪，免得被天下的英雄昵笑，说俺当街轻薄，欺负无拳无勇的女子，俺可不愿担受这个恶劣的名誉！"说罢，急急拔步就跑。

却不料那女子愤怒着分开了街心的行人，飞步紧紧从后追来，大叫："背黄包袱的小子休走，你自己以为是个练过把式的好汉吗？既是好汉，就不该胆小如鼠，借着好男不和女斗的言辞，空说两句大话，想就此脱身逃跑！"

耶律胜听得声音，回头一看，见她紧紧追来。忖念：这女子的身手颇为灵疾，步履又极迅速，万一俺竟不是她的对手，岂不格外丢人吗？况且又有那个老头子的事未了，还不是终以一走为上吗？因这一想，遂连跃带跑，向前飞步奔驰，随弯转弯，穿街过巷，一口气直跑出了呼兰城门。出得街市尽头，回望那女子时，并不见她的踪影，心中略定，遂迈步顺大道急速前行。以为总可无事了，哪知才走有半里路程，猛可里听得背后有人高嚷："前面背黄包袱的小子站着，赔了你老祖宗的酒再走！"

耶律胜回头看时，却见那老者倒拽着拐杖，飞也似追赶将来，背后并无别人跟着。胆气不由稍壮，以为料想只凭他一个老头子，谅亦不至拿俺怎么样，遂返身立定，握拳等候。

转瞬间，老者已风驰电掣般追奔到面前，脚未立定，已举起拐杖，迎头打来。耶律胜急向旁闪。

毕竟两下胜负如何，请待下回再写。

评曰：

夏定夷流寓塞北，设馆授徒，别具深心。作者不从夏之课徒写来，却从耶律胜之因败生疑，曲曲写出。此固不仅为文情变换，实暗写夏为三家村集团进行工作，绝未稍已，更为后文败事伏根也。

耶律胜被彭公达败，用明写，被其师兄败，用虚写者，盖恐犯重笔，且亦所以明本回之主要成分。在妇人与老叟，不过欲借其为后悻悻然余怒，以径引出之耳。

善读小说者，阅至本回，当已知作者乃用草蛇灰线法，以遥为首回之女子作呼应，而作后文之总结束留其根株矣。

耶律胜才见败于同门，倏又逢一老一女，可谓祸不单行。而一老一女，双峰并起，与首回同一笔法。读者精神，至是不禁陡为一振，允称的是奇笔。

## 第二十九回

# 前尘洄溯舌底生莲花
# 思潮起伏胸际障疑云

话说耶律胜见来势勇猛，赶紧侧身闪让。正拟转换步法敌斗老者，不意老者拐杖往下一落，刚落至一半，尚未着地，即已忽然拦腰横扫过来。

耶律胜急促不及避让，只得双足一垫，跃身跳出圈外，急从身旁拔出腰刀，回身迎敌。使出单刀破枪的架势，和老者相扑。老者见他使用这类徒有外表的刀法，已知道他无有什么了不得的惊人真实本领，忍不住哈哈大笑，骂了声："蠢小子！"遂存心拿他作耍，一面用右手使拐杖将来刀紧紧逼住，使耶律胜脱不得身，一面腾出左手来，故意卖个破绽，让耶律胜进步近身，一刀劈下。即侧身使右手中拐杖头，将来刀钩住，往下一瞧，磕落了那口腰刀。乘势进步，伸左手叠指向耶律胜的手腕上轻轻一击。耶律胜已是痛得哎呀连声，汗珠直流，蹲身矬跌下去。

老者托地跳出圈外，指着耶律胜笑骂道："好个狂悖的蠢笨小子，俺当你有多大能为才敢大胆出来露脸。不料仅有黔驴之技，便尔恁般胆大，居然敢背负黄包袱出门访友，可不将但凡曾学过武艺的人脸都给你丢尽了吗？现在俺看你还能再往哪里走！俺的一葫芦状元红好酒，便不怕你逃跑了不赔。哼哼！亏你不怕害羞，连句走路说话须敬老的古话也不曾理会得，便胡乱出门来闯道了。俺劝你还是回家去，隐姓埋名，不要再出来生事惹祸，徒寻烦恼吧！”

耶律胜自从诞生以来，处处都占上风，从未受过人家的言语、看过人家的面孔。不料此番出门，自被彭公达教训过一顿之后，便接续着连栽跟斗。这一气，可怜他直被气得发昏，竟致遍体抖战，手足厥冷，面容变色，瞪目呆望着老者，张口结舌，半晌无言。

老者见他这副形态，忍不住笑道：“俺看你虽已长成得和俺一般高矮的身材，年纪业已满足了二三十岁，可惜竟还像个小孩子，丝毫不懂得诀窍和世务人情。你既栽了跟斗，分明打不过俺了，为何还不向俺求饶呢？这并非老夫倚老卖老地要过为已甚，拉足了弓，扯高了船帆，使你感觉到百二十分地下不去，实情这乃是老夫的美意，好意成全你，要使你从此知道世界上能人甚多，山外有山，人上有人，强中自有强中手。从此不敢狂妄自夸，改弦易辙，立定脚跟，脚踏实地做事，不再行险侥幸，希图侥幸成名。少年人能栽几回跟斗，长几回阅历，乃是好事，何苦来气得这么个样儿呢？当初楚汉两国相争时代的中心人物大将韩信，在微贱时候，当街能受恶少的胯下之辱，后来卒至成大名，立大业。这个故事，或许你总该知道吧！”

老者说罢这几句话，陡将耶律胜的一颗玲珑心唤醒了回来，登时气质忽变，面容立改，忍气耐痛，抱拳向老者称谢道：“多蒙老丈厚爱，谆谆指教，小可万分感激。依老丈尊见，要小可怎么样呢？还请明示才好。”

老者笑道：“并非老夫固执，斤斤计较，像市侩一般争论丝毫厘忽。实因俺适才的一葫芦状元红美酒，乃是是俺们呼兰城内凤老二家著名的佳酿。凤老二秉承他祖传的方法，每年酿制各种花露名酒，价值极巨，货比任何一家都好上百倍。尤其是这状元红酒，是他凤家酒铺里独擅盛名的佳酿，平常轻易不肯售卖给人饮，逢时过节，才肯开十坛应时序，酬谢主顾，价比别种露酒昂贵十倍有奇。老夫承凤老二本人的错爱，特别破例，平时为俺亦开坛回给俺饮，价亦比别人便宜些，只不过有约在先，每日只回卖给俺一葫芦，只算俺五串大钱，多打一两也不行，还须亲自去打，才肯开坛打给俺。俺每月进款，但拿来作一天沽酒饮也不够，哪能办得到呢？幸得近来有俺的一位受业门人，特派专役，每日清晨即送五串大钱来给俺作估酒的代价，俺才得逐日都有好酒喝。每年三百六十五天，风雨无阻，从未间断过。但是今儿的一葫芦酒已完全被你撞翻了，俺是饮酒上瘾的人，没有状元红酒喝，比随便害什么大病还要难受，俺那门人家居何处，俺始终不曾问过，哪能去寻得见他，向他再拿五串钱去打酒呢？凤老二家从来不做赊账买卖，俺今日岂不要像孔圣人当年受厄于陈蔡之间，弄成在陈绝粮的把戏吗？所以才定要你赔还俺的酒价。

“再有一件事，俺的那个酒葫芦，适才俺已看过，被你撞裂了好几条缝，又跌在石地上，跌成了一处缺口，已和人一般成了残废了。别看这么一个酒葫芦，价值可就真不小。当初俺在各处走镖时，保镖进京，在天安门外大街上，因为路见不平，援救了一位被地痞流氓围困着勒逼敲诈、不得脱身做小本买卖的经纪民人脱险，护送他进城，蒙他拖俺到天安门内一家青萍园酒肆内喝酒，悄悄将他的本来面目告诉了俺，俺才知道他就是当今的道光皇上。万岁爷见俺善能饮酒，当蒙他约俺明儿仍在该处会面，允许赐俺一件宝贝。第二天，俺如约前往恭候圣驾，万岁爷亲自领着一位老公公，当面悄悄赐给俺这个葫芦和一面免死金牌，算是报谢俺昨日援救他老人家的恩意。面谕葫芦赐俺打酒喝，酒不用温，即已能热，贮酒无论多少时日，能永不走香变味，吩咐俺带回家做个纪念。俺随身带回，用了这许多年，未曾碰撞过一点儿。不料今日会毁在你的手里，这葫芦的价值共该多少，老夫亦不用逼你，由你自己酌量，随意赔偿俺吧！”

耶律胜听罢老者的话，不由大吃一惊，忙请问道：“老丈可就是关东三省素著威名的老镖师萨福民，外号人称镇关东，自扯‘马步水旱皆无敌’七字绸旗，驰骋各地的萨老前辈吗？”

老者见问，掀髯微笑道：“蠢小子，你既闻知老夫的名字，因何到俺们呼兰地方，毫不留意，撞跌泼了俺的酒，却只图以一走了事呢？”

耶律胜见他果真正是萨福民，唬得汗流浃背，竟致将手腕上的伤痛唬忘记了，不由爬身起来，朝着萨福民纳头便拜，口称：“小可适才冒渎尊严，多有得罪。承蒙老前辈大度包容，高抬贵手，不和小可一般见识，小可感激大德，永铭肺腑，没齿不忘。碰翻泼了老前辈的美酒，当然应该照价赔偿，只不过又得多劳老丈一次玉趾，亲自前往凤家酒肆内去沽酒，实使小可心中万分不安，还祈老前辈当面恕罪。适才小可如知是碰撞了老前辈时，小可便生有斗大的胆子，亦决不敢举步逃跑，更不敢回舌斗口，在老前辈面前放肆。讲到老前辈的葫芦，乃是御赐之物，小可便倾家奉赔，亦抵偿不起，还求老前辈原情曲恕，宽宥小可这一遭吧。小可出门人，身边所携带的盘缠有限。但是分文不赔，小可亦不敢说，只好仰乞老前辈原谅，由小可偿还老前辈一百两纹银吧。这区区之数，小可实不敢说是赔，只好说是请老前辈沽酒饮的，不知可能得到老前辈的恩准吗？”

萨福民见他叩头恳求，便道：“杀人亦不过头点地，现在你既自己知罪，老夫亦不欲过于使人难堪。你既是出门人，盘缠不多，老夫如要你赔百两纹银，岂不使你回去路上受困吗？这样吧，你现在只要先偿还俺五串大钱的酒价，其余百两纹银，你日后回转家乡，可将此款捐助到慈善机关内去做善举，即将那收据托由信局寄到呼兰凤家酒肆，转交给俺就是了。务须记得，信封上写明转交福山，休写出萨某，免得俺收不到。”

耶律胜见他肯通融，不由大喜，立起身来，从身边肚兜里摸出一块散碎银子来，约计该值五串制钱有余，遂双手呈奉给萨福民，口称：“恭敬不如从命，小可就遵依老前辈的话，回去照办吧！这块碎银子大约可抵得五串大钱，算是先偿还了老前辈的酒价。一切多蒙老前辈海涵，小可绝不敢忘大德。”

萨福民接过碎银锞子，顺手即在他那被击伤了的手腕上抚摩了几下。耶律胜陡觉腕痛立止，连忙大喜称谢，移步过去，将自己的腰刀拾起，插入皮鞘内，即向萨福民告辞。

萨福民背转身来，拄着拐杖，飞步疾行而去。耶律胜见他健步如飞，倏忽间已是不见，心中暗自惊讶，忖念，老早即屡闻人言，自号马步水旱皆无敌的老镖师萨福民，业已不在人世，却不料此老竟仍健在。可知天下的事“眼见方为实，耳闻总是虚”两句俗语，确属不错呢。边想边回身移步，取路往南行走。

走有顿饭时辰，忽觉手腕肿胀，看时，颇觉高肿处有青紫之色，知道这是适才被击伤后，至此才伤发出皮外来，遂赶到前途道旁村酒店里，息了足步，从身边摸出包伤药来，用酒调匀，敷在手腕上，包扎好了。又恐肩臂被那同门不相识的师兄击伤，此时不痛，日后发现出来，难于医治，遂亦乘势解衣敷治。另又吞服了些药末，休息了一会儿，用了些酒食，这才再用旧大衫儿充作包袱，将黄包袱包在里面，以免行至前途，又复惹事招祸。收拾停当，才算还酒食各账，离去村酒店，急急向前趱程进发，行至前途市镇上住了店。

次日早起动身，特在街头上雇乘了一匹刺騮马代步，一则借此节劳养息，二则可和那赶马的沿途闲话，消磨时光，顺便探问他些土俗民情，以及本地的英雄好汉。如此赶过了好几处城镇，连换雇了好几回牲口。

那日，骑在头叫驴背上，忽然想起，不由自唾道：“啐！俺怎么竟恁地蠢愚，在呼兰既已会见了那个萨某，为何竟当面失去机会，不马上拜求他收列门下，传授武艺呢？却反而定要舍近求远，跑进关去求师，岂不太笨了吗？况且他所说的那个徒弟，每天送五串大钱请他沽酒吃，这徒弟是谁，俺因何竟忘却亦不曾问他呢？看来那徒弟定必亦不是个寻常之辈啊！”再一想，忽又犯疑道：“不对，他既是萨某，因何临别又叮嘱俺日后写信时，信封上写明转交福山，不可写作萨福民呢？这其中或许竟有诡诈，亦未可知吧！如果萨某当真的就是他，为何外间早年即已盛传他已不在人世了呢？况且纸包不住火，怎么会无人能认识他呢？他口口声声称俺们呼兰，可知他是呼兰人了。但是素闻萨某并非呼兰人，乃系打虎山地方的人氏，据说他家后人现在尚都居住在打虎山。如此想来，那老儿或许是信口冒认，他实情真名福山，因见俺说出萨某名字，他即含糊应诺。至于他所说的道光皇帝钦赐给他的葫芦和免死金牌的话，此事相传乃系萨福民往年的故事，江湖上人时常播为美谈，差不多无人不知，也许他即拾人牙慧，临时强拉此事在他的身上，增高他的身份和葫芦价值，好向俺索诈赔偿。及至见俺说出盘缠有限的话来，他知道无甚油水，便假慈悲，嘱咐俺回家捐助善举。他所以说凤老二家酿美酒的名色，无非借此欺俺外乡人，他如和凤家酒肆无甚关系，何致信要由彼处转交呢？他首先说出门人逐日恭送五串酒钱给他的话，这更易显见他的心事。乃因见俺被他打败，料想俺或将拜他为师，所以特意说出此事，以抬高他的身价，好多收俺的拜师学费。天下哪有这么痴呆的汉子，真会每天恭送给他五串钱买酒喝？做师父的无功受禄，连徒弟的居住地方都不曾问。凤家的美酒既特别肯破例零沽给他，他是每天的老主顾了，何至五串钱的账都不肯赊欠呢？”

耶律胜左思右想，愈想愈疑，越疑越像，竟觉得那老者完全是虚言浮夸，绝对不实。遂决计不再破费那百两纹银，捐充善举，并且预备日后学成武艺回来，先行前赴打虎山，访问萨家后代，道破这老儿的诡诈，使他无所施其技，岂不大妙吗？因这一想，耶律胜遂觉和那老者失之交臂的事毫不足惜，并不因此见异思迁，仍旧专诚前往温县陈家沟子去拜师学练太极实系学者应守的态度。于是耶律胜遂打断了胸中起伏的思潮，急速往关内趱程。一路无话。

那日赶到河南温县，寻问到陈家沟子地方，哨探着往日彭公达所拜的那杨教师住处，便径行投奔到杨教师家中去。

究竟耶律胜拜师求学，能如愿以偿否，请待下回再写。

评曰：

读本回，不仅书中人思潮兴灭、疑云陡起，即读者，当亦不禁为之生疑，而叹极波谲云诡之奇观也。

前有黄栋、黄梁之死耗，此又有萨福民之死耗，前后写法绝不雷同，而辉映成趣，此则较《水浒传》中先后写林冲、卢俊义起解事，作同一叙法者，为佳多矣。斯诚非俗手所能望其项背也。

萨福民每日有门徒恭送五串酒钱供其豪饮，则其徒当然不俗可知，读者苟细心思之，当能测知其为谁何。

行文至此，层峦迭起，乃至现紧张，有急转直下之势。

借萨福民口中，极言凤老二家酿制之佳。看为闲文，实作者为上回酒香四溢句下注脚，且为每天恭送酒资之人虚写其声势，而实叙英雄爱酒，以活画一自号马步水旱皆无敌之老英雄也。

马步水旱皆无短一句，虽只寥寥七字，然已足使读者想见萨之往年为人，的是名笔。

## 第三十回

# 发奋图雄师门同立雪
# 馈金示惠蓬荜忽生辉

话说耶律胜径行寻问到杨教师家门首，只见竹篱门内晒场上，正有许多被雇种田的长工在那里忙着工作，纷纷在麦床上掼麦、筛麦、簸芒、晒麦、扒草。晒场过去，住屋瓦平房的大门外屋檐下石阶上，立有两个汉子，一老一少。老者年约六十以外，须发已白，头戴元缎瓜皮六瓣小帽，身穿一件京酱大花宫绸的棉袍，上罩一件元色摹本的对襟马褂，白袜黑履，穿得极其清洁整齐。背叉着两手，目视各长工做活。少年乃是个壮健汉子，头戴一顶旧瓜皮帽，身穿一件青灰布棉袍，垂手侍立在老者旁边。

耶律胜看罢，跨步走进竹篱门内，开言向那班做活的长工们请问。

长工们伸手向那老者一指道："兀那老头子，不就是杨教师吗？"

老者业已看见，走下石阶，迎至面前来问道："有什么事？"

耶律胜抢步上前行礼道："老丈可就是杨教师吗？"

老者回揖问道："足下找老汉有何见教呢？"

耶律胜道："请老师父到府上里面再说吧！"

老者闻言，即举手让进，邀耶律胜同往里面，那立在石阶上的少年汉子亦跟随着进来。穿越过一重天井，来到客堂里。老者正让耶律胜请坐时，耶律胜早已放下包袱，移过张椅子，放在中间，请老者坐好，纳头拜了四拜。行过拜师礼后，这才跪在地上，向老者陈述来意，说明姓氏及远来拜师学艺的诚心后，立起身来，从身边摸出预先封好的大小两个红纸封儿，双手奉给老者道：“这是弟子的些微敬意，算是贽敬和束脩，仰乞师父笑纳。”

老者见他诚意远来，不好意思固却，只得收了，答应收他为受业的门人。并问他：“从何得知老汉的名氏？往年老汉虽曾在家设馆授过徒弟，但是近因年迈，又自知实无老大能为，怕反而误了人家子弟，所以早已将馆散了。今日如非因你从海伦到此，远来的一片诚心时，老汉决不能答应收你为徒弟的。”

耶律胜连忙叩谢师父慨允收列门墙的恩意，起身即将自己此番出门访友，遇见彭公达，才知师父的大名，特地趱程进关，到府叩见的话告知老者。

老者道：“原来你遇见过彭公达，所以才能知老汉的姓名的。”说罢，即命他同那个少年汉子行过师兄弟的相见礼，并给他俩两下引见。耶律胜才知那少年是个回回，姓沙名守义，家住关外海拉尔城里，此来亦系因在海拉尔地方受了激刺，才特意进关访求名师，预备日后学成，回家雪耻的。到杨家练太极和形意八卦已有一年多了。

杨教师给二人引荐后，吩咐沙守义将耶律胜取出的两个红纸封儿拿进去交给师母收了，并请师母出堂前来，和耶律胜相见。

沙守义领命拿了红纸封儿进去，不一会儿，同着一位春秋已高的老妇人走出堂前来。

耶律胜见了，知是师母来到，忙起身垂手立着，守师父给他引荐后，便请师母坐身在中间椅上，恭恭敬敬地行过了大礼，退立在一边。

师母略坐一会儿，便问教师：“已出去回来了吗？”

杨教师道：“俺正待出去，因在门口场上，见长工们只有少数在那里做活，余人都在那里偷懒，席地坐着赌钱。俺因此将他们喝止了，亲自立在门口监视着他们做法，边将守义唤了出去，吩咐他不时去查看查看。俺正待走，恰巧这个新徒弟来了。因这一岔，所以尚还未去呢。”

师母道：“怪不得呢，俺说怎么会有这么快呀！时候晚了，可还去吗?”

杨教师道：“俺约好去的，怎好失绝不去呢?”说罢，立起身来，整了整袍褂，即吩咐沙、耶两人：“好生在家，俺去去就来。”同时，师母亦起身走进后面去了。

二人送师父出外，直到门前，方止住脚步。杨教师令沙守义在他住的房间里上拾一张铺，以便耶律胜下榻，师兄弟俩即同在一房居住，沙守义答应晓得。杨教师又吩咐长工们几句勤力做活的话后，这才径自出去。

沙守义领着师弟，同回进里面，令耶律胜提了包袱，先到他所住的卧房内去，清理出一张空铺，问耶律胜可曾带得行李来。耶律胜回称未带。沙守义便到后面去，回禀师母，代向师母商借了一床被褥，拿到房内来，交给师弟铺好。

耶律胜放好包袱，更换过身上衣服：“请问师兄，现在师父家中，男女共有几位，可还另有别位师兄在此学艺?”

沙守义道：“师父家中人丁极少，除他和师母老两口子外，只有一位师兄，新近被京城内顺承王府礼聘了去，充当王府的教习。师兄虽曾娶过，怎奈结婚未久，他媳妇即已染病而亡，师兄伉俪情深，一时不忍再娶。又因听信算命瞎子的话，说他有亡妻之命，非得过了三十五岁才可不致克妻，倘如早娶，定难偕老，所以师兄至今尚未续弦。师兄现既受聘出门，故此家中除去师父、师母两位而外，别无他人。内宅只有一个雇用老妈，前面并未雇用童仆，所有外面做活的汉子都是些受雇种田做活的长工。往年师父在家设馆授徒时，在此学武的人颇众。自从师父将馆解散后，轻易绝不肯收徒弟，故此现在此地除去你我而外，别无他人。讲到师父传授武艺，在未教之先，必须经过多时的试验，并用种种的劳苦事件，派你去做，试你能不能耐劳吃苦，有无恒心，是否气质暴躁，如被他老人家认为不满意时，马上还你的学费，打发你动身，绝对不肯留情。如得到他老人家的欢喜，方才肯开始传授拳棒，此乃俺到此以后，亲身的经历，曾目睹师父斥退过两名徒弟。”

耶律胜听罢，心中又喜又忧，喜的是，此番确遇名师，可谓不虚此行；忧的是，就怕被师父认为不满意，斥退出门。因此抱定决心，咬紧牙关，预备多受些磨折，熬受些劳苦，只要能学成真实的本领，便不怕不算值得。当又向沙守义请教了些事务，打探师父母二位的性格习好，以免在此学业，触犯他俩的忌讳，被师父不悦，斥退出门。并谆谆向沙守义请教拳棒，恳求随后不时指点。

沙守义据实回答，说：“师父老两口子为人都极和善，并无丝毫不良的习尚。只不过师父为人极其正直忠厚诚实，平时最爱徒弟有好名誉，品行高尚。倘有举止浮滑，言谈不老诚，他俩都极痛恨。”又谦逊道：“俺虽来此已久，只恨资质鲁钝，虽蒙师父尽心教授，无如并无什么显著的进步。且从前在海拉尔时，家中开设鸡鸭行和生熟牛羊肉铺，俺自幼儿即跟随父兄辈做买卖，绝对不曾和练习拳棒的好汉们亲近过，不比你在家早年已学过武，是已有武术根底的人。仅凭着俺现在所已会的一点功夫，恐怕还不及你所会本领的十分之一呢，哪能指点你，只恐还得请你不时指点俺才好哪！这并非俺客气，或是俺推却，停会儿守师父回来，你看俺练习拳棒时，便可明白了。”

耶律胜见他说得老实，即亦深信，不再和他说请求不时指教的话。

沙守义在房内收拾整洁后，即又领导着耶律胜往前后各处去指认过地方，免得随后师父或有什么事吩咐去做，摸不着地方。各处指点过，才领他到前面晒场上，监视各长工做法话，并给他和各长工引见。

在前面立了一会儿，又引他同到后面院落内草地上去看，草地上放着千人担、大石锁、铁球、铁饼等许多练力的物件，和射箭、打镖的靶子架儿。说：“这是师父平时教授武技的所在。”又指那左手里三间草屋道：“那里乃是师父教授趺坐、运气练功的空屋，里面布置着床铺，贮藏刀枪架，安插着各种兵器，式式俱全。”说罢，领他同到左手里那三间草屋内去观看。果见里面地下满植立着梅花桩，在两旁屋内各设有刀枪架，架上满插着各种兵器，正中设着石桌、石凳，靠墙处三间各对面设立着两张床铺，铺上各安放着一个蒲团，中间靠铺放着张小书桌，桌上放着一只小瓦香炉。

沙守义道：“这香炉乃是师父教授趺坐运气时点香用的，石桌上刻有棋盘，乃是师父陪知己朋友下棋的。”

耶律胜看罢，即问地下的梅花桩：“师兄曾立在桩上练习过武艺吗?”

沙守义道：“学虽曾学过，只恨时日才有几天，还不曾精熟呢。本来这屋里原都是平地，往日师父教武，怕天阴下雨，露天不便，耽误了时日，便在这屋内练习。后来经众门人要求，传习梅花桩上的武功，师父遂令人在此三间屋内钉立了梅花桩，但于中间留下行人道路来，以便弟子们拿东西行路。”

耶律胜道：“这屋内并无什么东西，师兄说师父专意留下行人道路，拿东西时好得着利便，不知是指的何物?”

沙守义笑道：“往日这三间屋内贮藏的东西颇多，贤弟今日才到，哪能知道呢?”

耶律胜面皮略红了一红，连忙微笑着愧谢失言，于是二人同由里面出来。

沙守义指着草屋对面的草披道：“那里乃是师父父子俩喂养马匹、叫驴、健骡的地方。近来师父因为年迈，难得出门，所以已将各种驴马卖了。当俺初到这里时，还养有两匹马、一头叫驴呢。后来两马卖去，只留得一头叫驴。师兄被顺承王府聘请进京时，将叫驴乘了去，所以现在槽内已空了。那头叫驴全身纯黑，只肚毛是白的，有名唤作乌云盖雪，委实是头极好的牲口，每日能行五百里路程。师父往日专骑乘了出远门，可惜你今日才来，如早来几时，还可以看得见呢。”

耶律胜道：“俺既到此，总得有些时日耽搁，师兄逢年节总得回来，那时总可以有机会瞻仰得着的，只不过现在一时看不见罢了。”

沙守义叹道：“贤弟只知其一，不知其二。这牲口现在已被顺承王爷看中爱上了，赏给师兄五千两银子，定要师兄将这头牲口让给他。师兄不肯，又怕顶撞了王驾千岁，只得往师父身上推说：‘此驴乃是师父生平最爱的牲口，所以屡次经人商买，都不曾折价卖去，不敢自己做主让卖给王爷。’

“王爷见师兄推托，特命王府中侍卫，伴同师兄回来，向师父请示，并嘱令侍卫，暗向师父示意，说王爷不仅愿出五千两银子的重价，倘师父嫌少不肯割爱，他并允再加一倍价钱。又肯在皇上面前奏请，保荐师父父子充任官员，谋取功名，博一个封妻荫子的荣耀。师父心中虽极不愿意，暗怪王爷太看低了他父子俩的人格。但因师母在暗中极力劝谏，说：‘王爷的势力大，万一因此顶撞得罪了他，反而不美。不如乘此机会，谋取一官半职，将来只要有财有势，有什么事情办不到，何况一两头牲口呢？’师父叹道：‘古语赵孟能贵亦能贱，巴结贵人，谋取爵禄，实将自己的清白身家、高贵人格，太看得一文不值了，自己如何对得起自己呢？’师母竭力劝解道：‘大丈夫做事，总宜通权达变，倘一味地不知权宜，只管死守着正经，反惹得许多不好，岂非徒增痛苦？比如现在不允割爱，将牲口卖给王爷，王爷一怒，强将牲口夺占了去，难道俺们小百姓还能和他打官司、告御状或是和他讲野蛮、动刀枪？岂非弄成香的不吃吃臭的？如果就此逃走，俺们家先人的坟墓、祖传的家业都在这里，难道就因此忍心舍弃了不成？况且这头牲口当初原系人送的，何苦固执惹祸呢？’师父因被师母再三苦劝，才肯勉强答应，出外告知侍卫，说：‘承蒙王爷的美意抬爱，又金诺允许提拔俺父子俩谋取功名，愚父子感激万分。王驾的金面，愚父子不敢说不肯，只得割爱。王爷的厚赐，愚父子实不敢领受，只得拜托原璧带回。这头牲口就算是愚父子的一点菲敬，恭送给王爷，孝敬他老人家的吧！’侍卫大喜，当即偕同师兄回京复命。

“王爷不欲白得师父的心爱宝物，特地又打发那侍卫带领四名从人，赍送一万两银子和绸缎顾绣等礼物到这里来。师父称谢不收，那侍卫却丢下银子、礼物，率领众人不辞而别地跑了。师父追出去时，一行人众已都上马出庄，哪肯再回来呢？师父只得将银子和礼物照单全收，一面托人捎信进京，知照师兄面见王爷道谢。师父以为王爷既出过重价，送过厚礼，提拔的话不见得作数了。哪知昨儿从城内知县衙门传来消息，说王爷在当今万岁驾前奏保师父到京城九门提督衙门去当差，封授六品御前带刀侍卫。候到京城提督衙门当差满三个月，学习礼仪后，即调进紫禁城去轮值。师兄亦被奏保为四品侍卫，仍在王府兼职充当教师。

“师父听得这话，忙进城到县衙去打听，果然千真万确，回来特地命人去将在本地极有势力、充当顺承王府皇粮庄头的胡省三请到家中来，托他进京城去见王爷代为面辞，推说年老力衰，又从未当过差使，不谙礼节，怕日后反使王爷打嘴。胡庄头本人昨儿不曾来，打发他的心腹二爷来见师父，改请师父今天下午去会，并邀师父到他家中去用便晚饭。师父当请来人回去道谢，不去吃晚饭，请免费事，准定下午到他家庄上，面会他主人，所以师父适才穿着袍褂，就是去奉约的。”

耶律胜听罢，不由赞叹师父的持身清高，不肯卑污自己，实属可钦。

沙守义又道：“乌云盖雪的牲口现在已易了主子，师兄日后即逢年过节回来省亲，已不乘该驴，你哪能再看得见呢？”

耶律胜点头叹道：“凡事总有缘法，这大约俺和那叫驴无见面之缘，所以俺虽到此，却不能见着。可知天下的事，皆由前定，非人力所可勉强的。”

沙守义亦叹道：“贤弟这话不错，师父平时常对俺说，‘缘法’两字，为人不可不信，倘如以为不足迷信，那可就错了。比如今日你我得同在此地学武，互相切磋武术，亦是前世里所结下的缘法啊！”边说边同耶律胜移步走向对面草搭的披屋面前去看。

那披屋内槽头里已干涸得一点水星也没有了，檐下且满结了蛛网，连槽头系马匹等牲口的杠子上亦有蛛丝牵结着。

沙守义道：“俺往日无一天不到这里来上料，这活计已多时不工作了。师父今天清晨还提起此事呢，上两月即已请托本庄一位专跑口外贩卖马匹的马贩子，在口外代买一匹好马。当他动身时，即已交付过他二百两银子，托他多剩少补，回来再算。计算日期，照他往时的例，应该已回来多日了，不知此番却系为何迟延了日期，莫非生了什么事故不成?”

耶律胜听到此，忍不住问道：“师父既将牲口都折价卖了，那时驴子尚未售给王府，为何又出乎反乎呢?”

沙守义答道：“贤弟此问有理，俺今晨亦曾照此言问过师父。师父告诉俺，说他老人家有一位好友，今年七月里正逢他五十初度，师父预定送他四色礼品，一匹好马、一口宝剑、一把弹弓、一副雕鞍，另外再配上寿联、衣轴、对料、现金四色，共成八样，以作八仙上寿之意。‘弓、鞍、宝剑、对联、衣料等项都已备好，只有好马却未曾觅着，所以才托人在口外代买，不然，就将黑驴送他，亦未为不可。只因他素知此驴乃俺的心爱之物，他绝不肯收，岂非俺虚送了吗？所以才定要改送别的马。’家中以前所有的牲口，虽然都尚可以，但称不上一个‘好’字，如何送得知己的朋友呢?”

耶律胜问道：“师兄，师父的这位朋友是谁？你可曾会见过吗?”

沙守义道：“此人俺不仅从未见过，连名字亦未听师父说过。今日俺曾追问师父此人是谁，因何送此重礼。师父才告诉俺，说：‘此人不仅是关东的一位豪杰，值得钦仰，应该送他一份重礼，兼因他曾救过本师的性命，岂有当他五十诞辰不送重礼之理?'”说着，便将此人姓名及救杨教师的事告知耶律胜。

究竟其人为谁，经过之事如何，请待下回再写。

评曰：

沙守义自初卷出现后，至此方才写及，读者于前文见其名时，当已知非闲笔，固不待至此，始晓其为重要分子也。文有如军事家用兵，先声而后实者，即此类是也。

顺承王能爱乌云盖雪，肯出万金以易之，是尚不失为英雄，故得有杨家父子为用。然于本回写杨教师之不愿卑污，则其人格高尚，已足资景仰。而写其妻之力谏从权，尤可使人生贤内助之感。顺承王以万金易黑驴，人已讶其过，而又践约奏荐杨氏父子，人益疑其为作者故为大言，过甚其辞以耸人听闻，实则不足异也。万金，在平人视之，巨数也；若王，则固视等戋戋也。至于奏荐为官，诚以王意，不欲失信于人。且欲以恩信结杨氏父子，收为己助，固自有其作用也。

## 第三十一回

# 劣弟子挟嫌劫师父<br>大英雄青眼识良驹

话说沙守义将师父托马贩子在口外代买名驹作为寿礼的原因告知耶律胜，说："那位朋友姓朱，名克昌。"

耶律胜听得"朱克昌"三字，不由一愣，觉得这个姓名怪熟的，只可惜一时记忆不起罢了。

看官，朱克昌如何是救过杨教师性命的恩公呢？正是说来话长。

原来杨教师名国威，字振华，他儿子名唤邦彦，父子俩同为河南省内著名的拳师。当耶律胜未到他家拜师前五年，杨国威还在家立场授徒，亲自传教门人的武艺。他教武和别个教师不同，别人教武，总得留两手看家拳，以防日后徒弟或有不服师父时，即使出看家拳来，镇压那个徒弟。他却不然，专一因人施教，凡是品行优良、心地忠正、言语诚信、孝亲敬长的徒弟，他无不尽心教授，倘那门人的行为苟有不端、言语偶有不实，他即立刻止教，正言斥革，逐出门墙，断绝关系。他在未传授武艺之先，总须用种种试探的方法，测验徒弟的品行，故此当年他的门徒，慕名来拜的颇多，凡能尽传其艺、得告毕业的却极少。时日既久，风声传播，颇有拟从他学武的人，深恐来拜师后，被他斥革，反留一个恶劣的话柄，所以都畏其烦难，中止其意，转向别处投别位拳师学习，免讨他的没趣。就中有曾被他斥革的人，不自怨自艾，改过迁善，反因此怀恨在心，切记此仇，立誓转往别处去学成武艺，日后寻他报复的，颇不乏人。因此，即造成他几乎送命，被朱克昌救援，及解散教武的馆，中止授徒的一段事实。

先有一个山西人，姓童，名三友的，慕名到他馆中来投师。杨国威将他收下后，循例用种种劳苦的事情，命童三友去做活，试探他能不能耐劳。接连做了一个多月的劳工活，不曾传给他一点拳棒功夫。童三友心怀怨望，在人家背后诉说师父的不是。恰巧杨家左邻有一个姓杨的，乃是杨国威的远房本家。这杨家有一个新守寡的少年孀妇，人品生得极俊，自从她夫婿病死后，她翁姑恐儿媳年轻难守，曾一度婉言劝慰，意欲她乘早改嫁，以免日后或反有不能坚守的意外发生，转使亲友讥笑。她誓死不从，每日在家，照旧勤劳做活，孝事翁姑，颇能尽礼。

童三友初至杨家投师时，即在门口看见过她，心中颇羡其艳美。及至听得她丈夫亡故后，她翁姑有劝她再醮的消息，颇想托人给他说合，愿娶她为妾，倘不肯做妾，即做两头大。无如一时乏人可托，此言又碍难出口，以致有愿难偿，故此虽有此心，却绝难成就。

那日，他受师命往田间工作，从阡陌间回来，恰巧在庄外溪边见她在那里淘米汲水，不由远远地隐身立在树后，目不转睛地向她饱看。直待她将米淘好，汲着一桶水回进庄上时，他才遥遥尾随在她身后，看她走进自家大门，他才缓步回转师家门内。这种举动，最为杨国威生平所痛恨。

恰巧是日，杨国威应人之约，从外面事毕回家，在庄外远远看见童三友隐身树后，遂止步不前，亦隐身立在树后遥望。看了个一清二楚，不由心中大怒，当时跟随童三友回家，即将童三友唤到面前来，正言厉色地规诫了他一顿。说：“你现在武艺未成，已如此见色思淫，将来还怕不做出逾东墙而搂其处子的事吗？本师当你来时，即问你在家中已娶过妻，现在忽又见美色而生爱念，于道德上该受多大的处分。本师向不收不守道德、违犯规则的徒弟，快请即日动身，免得误你的宝贵光阴。”说罢，即将童三友来时所交的束脩如数交还，立促他出门就道。

童三友被责大怒，当即出言顶撞，并说：“到此耽误了数十日，一点拳棒功夫都未学得，终日只做得些苦活。师父真好打算，只要都像这样办法，可以省俭不少雇用佃夫、长工、庄汉们的工资。俺此去三年五载，如不学得本事来拆你的场，便亦不算作汉子。”说罢，即收束行装，气愤愤地走了。

过了三年，杨国威早已将此事忘记得一点影子也没有了，因被一位在京城开镖局的近房本家亲自登门来叩头恳求，请他出一次门，帮忙到石家庄附近地方去，向该地新出现的一伙绿林要回被劫夺了去的镖，并说：“那伙绿林，在劫镖时，曾对镖局内押镖的伙计们明言，说知道你们镖局主人和陈家沟子的杨国威是本家，俺们本要往陈家沟子去会他的，现在乘此一举两得，即由你们镖局主人去请杨国威来帮忙助拳，向俺们要回这支被劫的镖。俺们在山中等候你们请杨国威来，以三个月为期，过期俺们即不再等。”

杨国威见那本家哀求情急，又听强盗指名要他自己去助阵要镖，不由大怒，遂即应允同去。当日即带了兵器上路，一同赶到石家庄左近失镖的地方。在客店里会见了镖局内当日押送镖银的伙计们，休息了一夜，次日，令他们引领同往贼巢，面会贼首要镖。

那贼首非别，正是三年前被斥退的童三友。当时见了面，杨国威心中已是雪亮，知道绝无什么江湖上交情义气可言，只有动手厮杀的一法，遂在那山脚下大路中交起手来。童三友一见杨国威，即破口恶骂，挑动杨国威的怒气。交手后，只一味地悉心招架，绝不还手，直斗有两三个时辰，杨国威毕竟已上了年纪，怎敌得年富力强的童三友设计故意久战呢？当被童三友守到杨国威气力渐衰之后，才拼死回手。杨国威同他的本家，以及镖局中伙计，总共只有十来个人，内中尚有五六名是只略知得点拳棒皮毛的，余人的本领亦都有限得很，哪及童三友的手下，全都是些亡命之徒，山西省内各县地方的漏网大盗，人数共有百十来名。

初时大家都不动手，守到杨国威气力渐衰之后，他们便呐喊一声，奋勇合力冲杀上来，四面围攻。那本家和伙计们竭力抵御，焉能抵敌得住？齐都受伤败逃，只剩下杨国威独自一人和众盗力战，被大家困在垓心，冲杀不出重围。看看性命危险，只在呼吸之间。

恰巧朱克昌打从山下经过，迎面正逢那镖局主人同众伙计负伤逃来。朱克昌和镖局主人原是相识，一见他们东伙这般狼狈情状，遂惊问缘由。得知详细后，不由大怒，立刻催马上前，冲杀进重围内去。那班强盗见对方忽然有人来助阵救援，陡吃一惊，手中不免稍松得一松，被朱克昌宝剑接连着刺伤了数人。又奋勇冲杀到童三友身旁，一剑刺中童三友胯下一匹赤炭马的腹部，那马护痛，猛嘶一声，昂头直立起来。童三友猝不及防，当被掀跌下马，幸亏羽党众多，拼死护救，将童三友抢救了回去，逃奔上山。

杨国威拱手向朱克昌道谢，请问姓名。镖局主人正包好伤痕，又率众伙计鼓勇催马到来，当即代两下引荐，并恳求两位帮忙到底，杀进贼巢内去，夺回原镖。杨国威因得到救兵，勇气陡增，精神百倍。朱克昌因知恶劣的徒弟居然纠党报复师父，心怀不平，所以两人都一口应允，随即杀上山去。

童三友跌身下马时已受了伤，回进山寨，知道对方定必追杀上山，故此吩咐手下，将原镖一齐推车出寨，排列在寨前门外，算作交还之意，一面将所有现银细软收拾，从寨后出门，放火烧寨，即由寨后冲出，向后山森林丛中逃脱。

镖局主人夺回了原镖，大喜，向二人叩谢，即令伙伴们推车下山，同到客店里休息。

朱克昌原系往河南省去有事，从此路过，当即约杨国威偕同南行。杨国威因他有救命之恩，坚邀他绕道至家中盘桓几时。那镖局主人却率领手下，押镖前往目的地去交割。当日在客店内置宴贺喜，给二位道谢道劳。晚间，又置宴给二位饯行。

次日，大家分别，各自动身。杨国威邀请朱克昌到家，命儿子邦彦叩见过朱克昌，留朱克昌在家畅叙了多日。同时他父子俩因受有这回感触，所以立即将馆解散，以后轻易不再收徒。

朱克昌临行，坚邀杨氏父子异日同往关外去一行，并因欣慕他父子俩都是英雄，特于言谈中，用种种言语试探他父子，见他父子并不赞同满人专政，才大胆将本来面目说破，要求他父子俩加入小三姓的团体。他父子俩随即表示赞同，约期准到小三姓拜会，加入团体。

朱克昌走后，他父子俩收束了一切事务，择日一齐动身出关，赶往小三姓去拜会。朱克昌因和他父子俩有约，所以在河南事毕，立即日夜趱程，赶回家中等候。他父子俩到时，朱克昌已先两日赶到了。当日迎接进内，朱克昌即将明复兴、马克元两位从隔院邀来，和他父子俩厮见，留他父子俩在村上住了数日，方才厚赠送别。

他父子俩因有这回缘故，所以对于顺承王的错爱，不大愿意接受。自从回家后，父子俩深恐童三友的心仍不死，再来报复，所以勤练武功，绝未一天间断。对于收徒弟一事，格外留意，除沙守义外，绝未正式收过别个徒弟。虽先后亦曾收过数名，但都借事将他们摈诸门外。因为耶律胜系从关外远来，不忍过于固执，所以才权且收下。杨国威的本意，预备随后看事行事，亦如别个徒弟一样，借事即打发他动身。

沙守义当时将杨国威受朱克昌的恩，所以欲乘他五十寿诞送礼拜寿前后经过的大略告知耶律胜后，耶律胜听得朱克昌姓名，觉得非常熟耳，寻思了好一会儿，只是记忆不起。料想问沙守义，亦未必能说得出，只得记在腹中，随后于师父的言谈中留神。

沙守义当恐和师弟在后面闲谈时候过久，误去师父吩咐前面察看各长工的话，遂同着耶律胜又走往前面去看长工们做法。刚才立下身，未及片刻光景，只见师父已从外面匆匆地回来了，一径走进内宅里去。二人见了，遂即跟着一同走进后面。杨国威见二人跟着走进，遂回头命二人止步，他即进内宅去更换过便衣，和他老伴儿谈说过几句，这才装了袋旱烟，边吸边走出外面来，问耶律胜可曾已将床铺收拾齐备。当由沙守义给他代回了，杨国威点首称善，随又问耶律胜：“在前曾从过何人学武，已学过什么拳术？彭公达曾经对你说服过些什么话？”

耶律胜思忖，如说曾从夏师父学过武，或许他俩认识，岂非不美？因此即照着回彭公达的话回禀了杨国威。又说：“自己极悔不该误从铁木复，仅仅学得些江湖拳头，不堪识者一笑，如非遇见彭师兄一言指明迷途时，恐怕直到现在，还蒙在鼓里呢。”说罢，又将那日会见彭公达、听彭公达所说的言语照回了一遍。

杨国威听罢点头，即命他和沙守义同随自已到后面院内草地上去，令耶律胜将所已学的拳术练一路给自己看。耶律胜暗忖，如将在夏师父那里学的拳式演出来，定被师父看出破绽，遂故意将往时在别处学得的两套江湖花拳头使将出来，特又将手足放迟缓些，以免被师父疑心。果然杨国威被他遮瞒住了，信以为真，不待他使完，即微笑着喝令止住了道：“照这种武艺，打强壮点的汉子尚打不了，何况彭以达呢？怪不得你要跌倒在他手里了。”耶律胜忙乘机惶恐请教。

杨国威道：“照你的能为，目下只跟着你师兄沙守义学学已很可以了。不过有一层，俺这里教徒弟的限制极严，规则极大，来人无论是谁，凡来学武艺的，总逃不了这个例子。第一，要经过长久时日的做苦活，品行高洁、性情温良、处世和平、举止忠正，方才合格，在俺未认为合格以前，绝不轻易教授，倘一日被俺察看出有任何不好的地方来，立即斥退，这长久时日的熬苦，你如经受不起，还以早走为妙，免误你的光阴。”

耶律胜很诚恳恭敬地回道：“弟子极愿熬受劳苦，遵守规则。”

杨国威点头称善，随即吩咐沙守义：“自明早起，即将你往日到此曾做过的苦活逐件令耶律胜照做。”

沙守义答应称是。杨国威即领耶律胜到那三间草屋内去看过一番，又同到前面他俩卧房内去看过。坐在沙守义铺上，问过二人些闲话，便从旱烟管上紧的荷包内取烟装好，吸着走将出去。查看过前后各种事务，径到后面内宅里去休息。

过了几天，马贩子从口外贩马回来了，将一匹良马亲自牵着，送到杨家来，请杨国威过目。并说："共计一百七十六两银子，一切开支在内。"边说边从身边摸出二十四两银子来，找给杨国威。

杨国威看那马时，身体高大，遍体黄毛，无一根杂毛，委实是匹极好的黄骠马，只可惜稍微瘦怯了些，跌了膘。遂叹道："可惜如此一匹好马，因为不曾遇得好主人，致使瘦得如此可怜。"又道："一百七十几两银子，论价钱可真不小，论马实在便宜，辛苦你老兄，一路不易带回来，多下的二十来两银子，就算俺送给老兄的酬劳吧，不用找给俺了。"说罢，将那二十四两银子仍塞在马贩子手内。

马贩子坚不肯受，结果，马贩子因不过意，回去又亲自牵了匹小白驹来，送给杨国威，才肯收了二十四两银子。

杨国威看那匹小白驹，身材虽然短小，却全身雪白，形容极俊，心中大喜，称谢收了，命沙守义、耶律胜两人各牵了一匹，同往后槽上去喂养，一面亲邀马贩子进内待茶。马贩子坐了一会儿，遂作别走了。

杨国威送客走后，又亲到后面去看马，连声赞叹好马，忙跑到内宅去将早已备好的一副簇新鞍子拿出来上在黄骠马背上，恰巧正好，不由大喜。配好后，牵出槽外，即亲自跨上鞍去，在草地上四面溜了两个来回，果然腿健足矫，速度捷疾，不比寻常，长嘶一声，响震耳膜，不由格外大喜。下马命沙守义："好生喂养服侍，不久俺即要将他送出关外，送朋友的寿礼。"

沙守义领命接过，重去拴好。

杨国威将雕鞍解下，仍拿进内宅去收好。过了些时，杨国威即收拾好了行装，先将鞍子给黄骠马配上，给小白驹也配上了鞍子，将行装礼品齐系缚在黄骠马背上，亲乘了小白驹，动身往关外小三姓去送礼祝寿。

耶律胜守师父动身后，悄问沙守义：“师父可是已将顺承王奏荐的差使辞谢了吗？”

毕竟沙守义如何回答，请待下回再写。

评曰：

杨氏父子鉴于有童三友之失，解散门弟子，是矣。而又以妇人之仁，仍收门人，则惑也，宜其卒以是取祸矣。谚曰“当断不断，反受其祸”，其是之谓欤。

小三姓事，此处约略言之，有匣剑帷灯之妙。

写英雄爱马，虽仅寥寥数语，然已活跃纸上，诚非俗手所能效颦也。

童三友从师不能熬苦，而又觊觎美色，终且啸聚为盗，此其人罪固当诛。假使后即无杨邦彦手刃之，吾知其亦必受天谴责也无疑，盖其怙恶不悛，灾必逭夫身也，固不待著龟而后始知之。

耶律胜伪为不曾学过拳艺，以售其欺，用心不可为不苦，然终未得尽传杨国威之艺。杨叟诚亦有心人哉！

## 第三十二回

# 辞官阶拳叟明心
# 泄异谋志士解体

话说沙守义道："师父那天去拜会胡庄头，面托他善言代向王爷辞谢。胡庄头在王爷驾前向来说一不二，所以极有把握，当时他见师父须发已白，委实已不能当差，又兼彼此多年素识，所以立即答应。据闻庄头于那日的第二天，即亲自进京去面见王爷，代师父陈情。王爷亦即答应，将奏请任命的话作罢。本来王爷的用意，是欲结好师父父子，日后好代他出死力，原无心定要将师父父子荐任现职官员，脱离他的羁勒。不过因他曾有约在先，不欲食言，所以才有此议。他故意在未奏荐以前，派人到温县来放这个空气，一面亲向师兄示意，试探师父父子的意向，倘如不恳辞，他即真荐，如有辞意，他即作罢，此乃他听从王府清客们的献计。及见师父托王府庄头去恳辞，师兄亦在他面前婉谢求止，他乐得就此罢休。所以庄头回来，将作罢的话照复了师父，师兄亦托人捎信回来禀告，所以其事已成过去了。"

耶律胜听罢，叹道："官场如戏场，果然此言不差。"遂又问沙守义："师父往关外去祝寿，送此重礼，师兄可知那个寿翁朱克昌家住关外何处吗？"

沙守义道："俺只听师父说往小三姓去，却不知那小三姓地方在关外何处。你亦系关外人，又曾闯过道，地名总该比俺熟些，难不成这地名亦不晓得吗?”

耶律胜在那天听沙守义说朱克昌救援师父，杀退童三友的事时，曾闻得小三姓的地名，此刻系第二次听得了。陡然触起灵机，心中不由一动，想着往日在夏威那里学武时，尝闻得有朱克昌的姓名和小三姓的地名，怪不得目下俺听得“朱克昌”三字有些耳熟呢。如此推想，师父和朱克昌是知交，当然和夏师父亦是朋友了。因此忽又想着，往日朱克昌曾同着好几位朋友到齐齐哈尔来访会夏师父，当时曾见他们几个人悄悄地聚集在后进屋内，未奉呼唤，吩咐不许任何徒弟进内，很像会议什么紧要的秘密事件。当日夏师父曾匆匆地更换衣服，跟着朱克昌等一行人出去，过了好几天，方才回来。

又记得有一次，有一个姓金的派他铺内的同事名唤方正的，送信给他师父，师父适巧被两个姓黄的从奉天省城来访，邀了出去上馆子，不在家中。送信的来了，系由俺招待的，当于谈话中，听来人说，系因有紧要事项，临时在小三姓邀集会议，故此奉命特来下书，请夏爷往小三姓去赴会的。那日俺并未注意，不多时，夏师父同两个姓黄的从外面回来，见了来人，拆看过信，即将来信扯碎烧了，边对来人说：“已经知道，俺们正预备走，现在你可先行回去复命，俺们随后就来，准定在朱大爷那里会面吧。俺们也不便道先扰你们铺内或金府上了。”方正应声晓得，即起身告辞走了。

如今追想起来，所说的朱大爷定系朱克昌，小三姓定必就是现在师父去拜寿的地方。

耶律胜腹中忖度，越想越像，寻思夏、杨两位师父既同为朱克昌的朋友，现在朱克昌过生日，夏、杨两人必然都去祝寿，他俩如在朱克昌家中会面，或竟谈说起俺来，亦未可知。想至此，不禁捏着把汗，遂向沙守义探听口气，师父曾否在背后提说过自己什么。沙守义摇头回称没有。耶律胜见问不出什么所以然来，只得隐忍不问，咬紧牙关，耐劳吃苦地旦夕操作，绝不偷懒。

过了几时，杨国威从关外回来了，处理了些家事，休息了一天。

第二日清晨，忽又匆匆地出门去，临行并未吩咐什么言语，过了几天才回来。回来住不到几天，忽然又急急地出门去。如此出门回来，时来时去，前后共已多次。最后一次出门去，直经过了一个多月方才回来。

耶律胜冷眼旁观，只见师父的面色不佳，颇像有什么心事的模样，无精打采，绝不像往日回来的高兴，心中正自不解。

这天晚间，师兄杨邦彦忽然从京城王府里赶奔了回来，拜见过父母，请过安后，即悄悄向杨国威回禀了许多言辞。晚饭后，外面已起了更，杨邦彦忽然换了身纯黑色的短靠，往后面刀枪架上去取了两口单刀，交叉着插在背上，腰间佩挂了一口百宝囊，耸身上屋，倏忽间已是踪影全无。

耶律胜在背后悄问沙守义："可知师父近来为何时常出门，此番回来因何面露忧容？师兄匆匆回家，带着兵器匆匆出外，究竟有什么紧要事情？"

沙守义摇头回道："俺亦不大详细，只听得师父曾对师母说，朱克昌的事犯了，究竟犯了什么事，俺既不知，亦不敢问。师兄匆匆回来，悄悄向师父回禀，俺曾躲在屏风后面窃听，据师兄说，探闻童三友现在人又到了河南，所以特地向王爷告假，赶回送信，提防他来寻衅报复。一面先下手为强，迎上童三友去，出其不意地先做倒了他，免他来纠缠不清。"

师兄弟俩正在问答，忽听杨国威呼唤守义。沙守义听得，赶紧应声来了，匆匆跑去。杨国威命他跟到后面去，悄悄问他耶律胜到后的一切情况，以及言谈等事。沙守义据实回答。杨国威吩咐以后不许对耶律胜多话，沙守义应声是。

杨国威即令他将已学的各种功夫逐一演习给自己过目，当场指正了他的错误，又传授了他一路拳和一路棍法，传授毕后，便自去蒲团上趺坐，运气养神，守候消息。

待至四更以后，杨邦彦才从屋上回来，径到草屋内杨国威面前，很兴奋地低声回禀，并将两口单刀从背上拔下来，指着口上的血斑，呈奉给他父亲过目。杨国威看罢大喜，遂命他将刀上的血迹拭擦干净，仍插在架上原处，即下床同行走出草屋，往前面去安息。

次日晌午时分，杨邦彦方才起身，洗漱梳辮后，用过午饭，即穿着昨晚来的装束，拜别父母，仍回京城去了。

耶律胜当晚见师父将沙守义唤往后面去，良久良久，方见沙守义回来，便问："师父吆唤师兄，有何事故?"

沙守义回称："师父因多日不在家，所以唤俺去查问些事务，并令俺演习拳式。"

耶律胜闻说演习拳式，不由触动了心事，暗忖，到此已有时日，尚未见师父传授武艺，照此延宕下去，不知要耽搁到什么年月方才得蒙指教呢。因此忍耐不住，次日照旧到外面去做罢苦活回来，面见师父，请求早日指授。

杨国威笑道："老夫不已教授你了吗？只可惜你不明白罢了。当真俺要令你帮着做活吗？这不过是俺使你操劳筋骨，增长气力，使你因此腿足遒劲，臂手壮健，先从根本上得到进步，然后再习拳式。你现在自思，是否已比初来时增加了气力没有呢？你再照此操作些时日，俺自当教授你的拳棒，还用你性急催问吗?"

耶律胜见说，只得唯唯应是，退将下来。如此又经过了两月时光。

那日早起，耶律胜正拟照旧仍去做活，却被杨国威走来唤住，将他唤到后面院内草地上去，吩咐："此后不必再去做活了，从即日起，早晚跟随本师学习拳棒。你须仔细用心，免得耽误光阴。"说罢，即脱去长衣，交给沙守义拿了，盘好辮子，在草地上丢开架势，说明拳名姿势路数，逐手逐解地演给耶律胜看。演毕，命耶律胜亦学着演习了一回，这才将拳经精义讲给他听，拳谱变化演给他看。

耶律胜熬苦数月，至此方蒙教授，不由心中大乐，遂凝神视听，悉心领会。本来他先在夏定夷那里曾学过太极，只不过未曾学全学精罢了。此时犹如画龙点睛一般，一经指点，当然容易了解，迅速进步。故此经时未久，耶律胜的拳棒功夫已有了特殊的显著进步。

杨国威见他聪敏颖悟，心中亦极欢喜，遂逐渐加授他练气劲内外等功的方法。如此练有两年，耶律胜的武艺已是今非昔比。

恰巧是时，沙守义已练习毕业，奉师命择日回家。耶律胜因和他两年余同学，彼此感情素睦，平均数时颇获切磋之益。一日分袂，不免有点依依惜别，故此特地亲送出数十里外。在路上镇市中馆子里，置酒饯行，坚约后会。饮食毕后，会账出门，方才彼此分程。

耶律胜回转师门，照旧勤习苦练。又练有月余。

那日，杨国威从外面回来，忽然将耶律胜唤到面前，吩咐他即日收拾，动身回家，并说："照你现在的所学，虽不能说怎样出人头地。但如回家后，仍继续不断地练习，将来进步，实属未可限量。不过有一层，学问是无止境的，能随时随地地虚心向人求教，择其善者而从之，其不善者而改之，前途当然非常光明。老夫本拟将所有的拳艺完全传授给你的，只因现在为事实所逼，刻不容缓的，就须全家离此他适，此后天涯海角，莫知所之，何能再留居你在此呢？你我师弟日后有缘再见吧！"

耶律胜陡闻师训，恍如晴空起了个迅雷，唬得莫名所以，愣怔了好一会儿，才请问其故。

杨国威见问，禁不住浩然长叹道："唉！此事真所谓只可与知者道，不能与不知者言。本来不好对你说的，不过事已败露，外间差不多人人都知，俺现在即瞒你，你将来走到半路上，亦必能知道的。你当日来时，不是因为遇见彭公达才知道俺的姓名，特意从大远地到俺门上来吗？实言告诉你吧，那彭公达并非俺的徒弟，本名亦不唤作彭公达，他乃是关外地方的一位大侠，和俺可称作忘年之友，姓符名正义。早年原系在松花江、黑河、嫩江、鸭绿江等各流域水道上充当水寇的，因犯事太多，才从各该处移居到后贝加尔去，洗手不再做水寇。往年有一个不肖门人，曾被俺斥革的，名唤童三友，是个山西人，他被俺革除后，不知往何处求得名师，学得一身本领，数次来寻俺作对。第一次劫俺一位开设镖局的本家，将镖银劫去，指名告诉他镖局中押镖的伙计，叫来请俺去对敌。俺被本家亲来邀去，因为众寡不敌，几乎将条老命断送在他们的手里，幸亏得有一位姓朱名克昌的好汉路过相救，将他杀败。

“事后，童三友逃出关外，专一暗中打听朱克昌的事，和朱克昌作对，联合了许多马贼、红胡子，在各处作案，到处留名，都是冒的朱克昌姓名，害得朱克昌几乎在关外立不得脚。幸喜符正义和朱克昌亦系好友，暗中出力，帮着官厅缉捕，将所有童三友的羽党捉拿到官正法，方才无事。

“童三友因在关外不能得逞，又进关来寻俺父子的事，一径先进京城乘夜至顺承王府，躲在马厩，候天明时，将王爷素所珍爱的那头乌云盖雪叫驴盗去，留下张字条儿，说明叫杨某父子追查，即可知道。王爷得知，即责成俺父子俩，限期破获。俺因此到处打听，连出了几回门，才访知下落，直追到山西省娘子关内，才追着他的影踪。所幸那叫驴原系俺的坐骑，素听俺的调度，当经俺使用往日唤它的老法子，捏嘴唇一打呼哨，叫驴听见故主的号令，果然立住不行，并将童三友掀跌下驴背去。童三友大吃一惊，只得放弃牲口，往山林深处逃跑。俺将牲口追回，送进京城王府去销了差。

“后来，童三友又到河南省来，住在温县城内，被你师兄邦彦探知消息，访实他的下处，特意赶回家中，更换夜行衣裤，带了兵器，及家传的秘制闷香，前往他下处里。先用闷香将他闷倒，再进去用刀将他砍死，回来见俺复命。次日进京城去回禀王爷，由王爷谕令温县地方官，将童三友的尸身收殓，首级示众。

“不料童三友有个把兄胡图荣，本领虽然平常，徒党却极众多。胡图荣有个胞兄，是因犯案，死在锦州牢中，和义贼赛白胜，及锦州金时裕、时丰兄弟，往年因此事都结了仇怨，存心报复已久。不知如何，会被他探知金氏弟兄和朱克昌及俺都是朋友，并探知俺们大家平时的关系。他因他胞兄和盟弟两人的旧恨新仇，遂想出一条毒计来，派遣他的手下两名心腹混进俺们小三姓的团体里来，将俺们的一切作为都窥探了去，分作两起，一个往奉天省城总督衙门去告密，一个往京城各军机大臣的衙门或私邸去告密，两处先后发作。幸喜俺们的人得信甚早，不分日夜地飞速派人往各处送信，一面设法将那个告密的仇人分别刺杀了。

“你想，俺家现犯有这种重大的事，怎好在家束手待毙？所以不得不走。你快去收拾包袱，即刻动身，俺亦须督率家人上路，此时不及细谈。”说罢，却匆匆传唤长工，赶紧套车伺候。一面跑进内宅去，收拾细软物件，登时内内外外都鸦飞鹊乱地忙将起来。

耶律胜听罢，恍如丈二金刚，一时摸不着头脑，只得跑回房去，收拾包袱，更换行装，背好包袱出房。往后面内宅去拜别的师父、师母两位时，正见师母在那里流泪，师父在那里跺足，口中说：“此刻是什么时候，还有哭的空闲吗？快收拾吧！”见耶律胜进来，即摆手道：“现在不是闹虚文的时候，你快些走吧，别耽延时刻了。”

耶律胜只得不再客气，匆匆回身走出，往前面就走。出得庄院，取路往关外去的大道进发，沿途暗暗留神打听消息，才知往日听得沙守义说的杨氏父子所加入小三姓的团体，并非什么朋友聚会的一种无聊集合，乃系一种大有作用的秘密党会。其中的组织，比现时各地的什么邦、什么会还要严密几倍，领袖人物正是那个朱克昌。前闻沙守义说朱克昌的事情败露，就是师父打发自己动身时所说，被童三友等挟仇报复，专一冒名捣乱的那件事，更探知小三姓的地名唤作三家村，是一所僻静的险要去处，属于锦州府治，现已被官厅破获。村上的人虽然都在逃未获，但各处查缉的风声甚紧，恐怕终难逍遥法外了。

耶律胜在路上探得上述消息后，心忖，夏师父和朱克昌原系知交，且属一党的人，谅来现在定已不在齐齐哈尔，很可不必再去找他了。不如一径先去呼兰，寻访他的那个得意门生，报复了那日之仇，再回海伦原籍家中去。想定主意，遂于路上客店里改换了原来的行装，重又背上黄布包袱，先在京城近畿一带拜会过各该地的名家，照例交手过堂，果然今非昔比，到处都占上风，至少亦打成平手。京城内外的各教武馆、掼跤场、镖局、拳师，凡是有名的，无一家不去拜访过，无一人不去会晤过，耶律胜都未失过利。因此在京城住了几日，已博得微名，动身一路向山海关外进发，沿途各地，多有耽搁，每至一处，无不因拳艺胜人，受各该地名人的敬礼款接。因此耶律胜胆气遂壮，自信力更坚，以为此去呼兰，当可湔雪前耻。

不知究竟耶律胜此去如何，请待下回再写。

评曰：

杨国威父子以加入三家村团体之故，坚辞顺承王之奏荐，其高风亮节，诚有足多者。作者为之立传，人其以书传矣，吾不禁为杨氏父子幸焉。

因朱克昌途救杨国威故，遂致与童三友结怨，因金时丰证实邵豪无罪故，遂致与胡图荣结怨，两事相凑，乃有胡图荣派遣党羽，混入小三姓秘密团体，借图报复之阴谋。书曰解体，盖深惜之云。

借杨叟之口，略述小三姓方面失败事，不仅有匣剑帷灯之妙，且亦所以呼应上文，启迪下文，而为义贼盗案卷、刺敌人，众英雄火焚科家宅、双侠女大闹海伦城等文字作草蛇灰线焉。

## 第三十三回

# 雪前耻二次作壮游
# 修旧怨两番斗女侠

话说耶律胜别离师门，从温县前赴京津，借着背黄包袱出门访友为名，含有两种作用。一则试验本人究竟本领比前已进步了多少，能不能得占胜利，果然凭着他的聪明，前后两番背黄布包袱闯道，得领会熟悉了江湖上各种的行话术语，一切规律秘密，借着熟晓江湖上规律术语的便，遂得详细知悉小三姓地方朱、明、马三家组织的秘密团体内容、过去的历史、现在的状况，又凭着最近两三年在杨家练太极所得的进步，成为今非昔比，应了古人所谓“士别三日，便当刮目相看”的话头，极著突飞猛进的效果。沿途所至，居然无处不占上风，最多和对方打成平手，不分高低，绝未被人打败。京津近畿一带，最多镖师、拳师和掼跤场、校武场，以及各省知名的南北各派拳艺的武术名家，耶律胜仗着一路顺风的勇气，鼓起初生之犊不惧虎的胆量，抱定试验自己本领究竟如何的心，在京城内外，畿辅一带各地，居住了多日，排日逐一地去拜会各武术专家、镖师、拳师和掼跤场、教武馆，果然得被他处处获胜，因此海伦耶律胜名字，在从温县到京津近畿各处地方，同时颇已博得声威。

耶律胜至是，遂敢自坚信任，以为本人的拳艺枪棒、内外等各种功夫已能克敌制胜，达到可保不败的地步，料想此去关外，定可湔雪往日被人打倒的耻辱，报复夏师父当日传授武艺择人施教的仇怨，遂很欣悦兴奋地一路闯道访友，往关外进发。途中寻思，夏师父和朱克昌等既同属一党，现在小三姓谋叛的机关，风传早已被官厅所破，杨师父、师兄一家且都因此慌促逃奔，夏师父岂有不得信逃亡之理？他既已远走高飞，俺此时赶到黑龙江省城去找他，岂非徒劳往返？不如一径先去呼兰，寻他的那个得意门人，拆他的场子，使他不能再在呼兰设馆教武，翻转俺上回已失的面子。打倒他后，乘便就去见见面那个自称为萨福民的老头，然后再去各地寻找所有夏师父的门下，凡是在各该处充当教师的，逐一打得他们落花流水，说明本意。他们如和夏师父仍旧暗通声气，定必要去诉苦，恳求师父帮忙，夏师父必然到海伦寻俺，俺那时即可以逸待劳，半为官家出力，擒拿反叛，半为自己雪恨，公报私仇，一举两得。俺守这件事办毕，再寻往后贝加尔去，访会那个假名彭公达，真名符正义的水寇，和他见个高下。回来再照俺的原定方针，在各盟旗地方，乘校阅机会，重树声威，岂不大妙！

想定主意，遂即一路先向呼兰进发。路过锦州，利用熟晓江湖规则切口的便宜，从当地站码头的土豪们手下各三光口中探悉小三姓地方现在已没有朱、明、马三姓的踪迹，所有从前村上的庄院房舍早已焚毁无余，现已由官厅召集关内各地流寓在此的贫民前往该处垦种居住，早已另换了一番新气象了。

耶律胜探得这信息后，即打消了或先便道扰至小三姓的意思，取路径往呼兰，沿途仍逐处访友比武，结识好汉，访会名人，打听消息。因此他每过一处，耶律胜的姓名即著称一处。

那日到得呼兰城内，仍和往日一般，未曾住店，即往那所教武馆内去访会那个往日曾打跌自己的教师。到得教武场内时，不料门庭依旧，人面已非，哪里还有什么设场教武的拳师？早已改为住家的民居了。询问该屋内居住的人家时，可巧这家新从别处搬来未久，对于以往的事完全茫然不知。耶律胜问不出所以，只得转向该处左近人家打听，才知那教练把式的场子，大约在两年前光景，忽然有一天，由那教师召集徒弟，宣布即日解散，退还学生的学费。徒弟们请问师父何故忽然停止教授时，那教师回称本人因另有紧急事件，即刻就要动身他往，回来的日期毫无把握，所以只得宣布解散。教师说罢这番话后，即领着他门人中平时较为亲近的几名徒弟，收拾了细软物件，于当日匆促动身，不知去向。过后不多几天，忽然各地方官接奉省城加紧快马谕示，派捕快官兵半夜里围困该屋，搜捕该教师师徒，已成了一所空屋。当时四邻人家和居在本城的徒弟都曾因此受累，经过交保具结的手续，方才得释。那房屋乃系该教师的产业，当被官厅发封充公，标价售卖，一时竟无人敢大胆承买。直到去年冬天，才有从别处调任到本地来的官员将该屋买下来做公馆。最近那官员因病出缺，遗族扶柩回籍，又将此屋折价转卖，方才有人敢买，租给现在新搬进的这家外路人居住，究竟当时那教师犯的什么法，至今官厅并未宣布，所以亦无人能知底细。

耶律胜问知这番言辞后，心中已是了然。遂亦不再多问，即谢别那人，径自寻到凤家酒肆，进内饮酒，就便访问那日打倒自己的那个老叟。

酒保见他背着黄布包袱，风尘满面，是个学武的出门访友装束，不即回答，反先问："客人访寻福山做什么？"

耶律胜道："俺在外路即打听得福老英雄是位极有本领的拳艺名家，他最爱饮你们铺子内的状元红酒，每天必亲自拿着个红漆的葫芦到你们铺子内打满一葫芦酒，回去畅饮。俺本是学习武艺，出门访道的人，路过贵地，既知有这么一位老英雄，哪肯失之交臂、错过良机呢？"

酒保听罢点头道："原来恁地，不过客人既欲访会福山，为何不径去他家中去会叙，反来问俺们呢？"

耶律胜道："俺如知道福山的家居何处，还到此地来问什么信吗？只因不晓得他的家住何处。闻说他的家只有你们铺子里人能够知道，据闻他平时和人往来的信札都寄由你们这里转交，所以俺才访问贵铺。”

酒保道：“福山的住处，委实俺们铺里的人谁都不能明白。往日俺们老财东在此时，他俩原是好友，所以彼时福山无日不到俺们这里来，他的住址，亦只有老财东一人知晓。自从老财东去世后，福山即不常来，每来一次，总得将状元红酒痛饮一醉，另再装载两车去。那车子每次都是他来时雇好领来，并非在俺们这里雇的，俺们问车夫从哪里来，他们总不肯告诉俺们，只是摇头道：‘不用问，远呢！’所以俺们无人能知他的确实住址。他每次来，总是因为酒喝完了，打酒才来，否则绝不到此。客人说他和人的往来信札总是由此转交，此言完全不对。俺从来不曾看见过他有什么信札由此地代收，仅在两年前，他曾托过俺们老财东，说如有一封从远处来的信，请代收着。后来，每隔了些时，他即查问一次，曾有过信来没有，问过几次后，俺们老财东被他问得奇怪起来，遂问他：‘究竟是什么事，从何处寄来，怎么老只见你问，并不见有信寄来呢？’他见问，即带笑回答，说：‘此信应从何处寄来，俺自己亦不知道。不过计算时日，总应该寄来了。既然老不见寄来，可知是少年人不老诚，说话全不顾信用，将来那小子不给俺会见则已，会见时，定必不轻轻饶放他过去。’又说：‘这寄信来的人乃是个自称为山东枣强县人，说话却是蒙古口音的少年汉子。他背黄布包袱到此访友，撞泼了俺的酒，被俺打倒了，自愿赔俺一百两银子。俺令他回去捐助给慈善机关做好事，只要将收条寄给俺就得了，不料他至今杳无消息……’”

酒保说到此，住口转问道：“客人既知道福山的名字，又晓得福山的信由俺们此地转交，莫非客人就是往日被福山打倒了的那个汉子吗？不然，何其尊容和福山往时所说那个汉子的相貌仿佛呢？这真不能令人无疑了。”说罢，双目注视耶律胜的面容，一瞬也不瞬。

耶律胜忽被酒保一言道破，不由吃一大惊，面色倏地立变，深恐露出破绽，连忙笑回道：“俺是从海伦到此地的内蒙古东四盟旗人，大丈夫行不改名，坐不改姓，何苦来要诈称山东枣强县人做什么呢？并非俺好得罪人，你这话真正应了所谓‘以小人之心，度君子之腹’啊！”说罢，即又道：“提起状元红酒，俺却想起来了。据闻此酒乃是你们铺子里驰名的独一好酒，俺久已闻名。现在既已到此，就请烫上两斤来试试看如何？”

酒保道：“客人有所不知，这状元红酒，俺们铺里平时绝不开坛零沽，价亦极昂。客人如定要饮时，须得……”

话未说完，耶律胜已赌气接口道：“不用多说，俺不过是慕名，并不一定要饮。倘如你们能通融办法，打两斤给俺饮时，便烫上两斤，否则，就不必了。倘如俺喝得中意，便向你们铺里批购若干，运回家去，留作款待宾客时宴会之用。如喝不对胃时，即作为罢论，任凭价如何贵法，大约俺沽两斤酒的钱，还可以拿得出的。”说罢，从腰间摸出一锭十两重的银锭子来，向桌上一搁道：“这一块纹银做打两斤酒价，总该够了吧！”

酒保见他动气，即说：“客人请休着恼，着实因俺们铺里当老财东在日即已定例如此，平时不零沽，要打就得一坛。不过现在客人是远来的贵客，乃是难得的事，况又说要趸批许多。俺们为招徕主顾，推广营业，扬名起见，自当破一回格，特别通融一遭，先打一点，请客人尝试尝试，看是如何。这并非俺夸口的话，俺们这状元红酒，色、香、味三项，无一不胜人十倍，客人尝试一口，便可明白了。只不过有一层，常言：‘酒须从量饮’，俺们这酒味极醇厚，饮之极易致醉，客人如平时能饮两斤上好原泡高粱，饮俺们的状元红最多只能饮半斤，多饮了马上就得醉倒。客人如果没有饮牛庄高粱、山西汾酒八斤的量，二斤状元红是万万饮不了的。这并非俺唠叨，爱多说话，实情因俺们这酒太好了，上口虽淡，回性却是极厉害的。客人如饮不了时，剩下的残余酒，俺们向例不能退，因为酒已打出了坛，回下去，一坛酒就得变味走色，所以俺得先向客人说明。”

耶律胜平时酒量甚洪，自恃量大，又因此时赌气，以为不过二斤酒，任凭这酒如何好法，最多亦不过喝下去有些打瞌睡罢了，断断不至于喝得酩酊大醉。遂瞪了酒保一眼道："说二斤就二斤罢了，不好退，谁曾要你们退呢？喝不完最多亦不过照算二斤酒钱罢了，也值得这么支牙饶舌？"

酒保见他不悦，遂不敢再多说话，叫应声是，即拉着嗓子唤了下去。边又请问客人可要另添几色什么下酒的菜。

耶律胜进门坐下身后，仅要了两角高粱、一盘冻鸡、一盘芽豆，见问，即命再添一样青椒炒牛肉丝。酒保依言又唤了下去，转身去伺应别座顾客。不一会儿，已将二斤状元红酒，用一把大锡酒壶，烫得够八分热，送将过来，给耶律胜筛满一杯道："爷请尝尝看，如喝得对时，请爷回去多吹嘘吹嘘，并多赐顾些，运回去款待款待亲朋。"

那酒才送到面前桌上，耶律胜已嗅着一阵阵的酒香。倾在杯内时，酒香更是一起一起地直向鼻管内钻，引得喉咙眼内忽发奇痒。看时，只见杯子内红色清冽不浑，浓淡适宜，不像别家一味地殷红可厌。禁不住擎起送至口边，呷了一口，啧啧尝了一下，的确其味醇厚甘美，远非他酒可及，香透脑门，沁入肠胃，果系好酒。不由赞道："好酒，好酒！"边赞边又连接着喝了两口，将一杯酒喝完了，酒保忙又执壶给他斟上，边笑道："如何？俺们这酒可真名不虚传吧！客人不比别位，是晓得的，如非俺们这酒委实真好时，何能使那年尊的福山，每天亲劳玉趾，上俺们的门打酒来呢？"说罢，斟满了酒，放下壶，跑往灶上去，将青椒炒牛肉丝拿来搁在耶律胜面前桌上。

耶律胜细尝那酒，实属甘美，可当得"旨酒"两字。凑巧那一大盘炒牛肉丝，炒得非常鲜嫩，极合下酒，因此耶律胜越吃越好，浅斟低酌，不一会儿，竟将二斤状元红酒喝干了壶底，不由唤酒保到面前来，对他哈哈笑道："怎么样了？你先恐怕俺喝不完，被醉倒了，现在可怎么样了？像这样的好酒，休说二斤，便再加上两斤，俺喝下去也不妨。如非俺还未住好店，尚有别事时，俺定必再饮几斤。”

酒保笑道：“俺们这酒的回性极重，客人且慢说太平话。”说到此，忙又改口道：“毕竟爷的量大，真所谓沧海之量。随后守爷住好了店，再请过来多饮几杯吧！不知爷可还要添菜用饭吗?”

耶律胜道：“再给俺要上碗烧鸭汤，即带饭来吧!”

酒保应声唤了下去，随又乘机凑趣：“请问客人可要批购若干坛酒，运送回府去，日后好慢慢地享受?”

耶律胜是时意兴甚豪，见问，即说：“很好，但不知批价如何算法？俺此时身边所带的现款盘缠不多，如能将货先送到俺家时，俺即将货款凭发票照数算交来人带回。不知可以办得到吗?”

酒保见说，即去向柜上请示。掌柜的早已听得清楚，便亲自出柜，到耶律胜座上来，和耶律胜谈论，答应了依耶律胜的意思照办，讲好了价目，共计批购四十坛，分装在小车上，由酒铺内派人押送到海伦交割，货到款回，两不误事。当请耶律胜先付了一成货款，算作订银，又在发票上亲笔签过字，写明姓氏地名，所有关卡捐款数目，和托镖局沿途保送的费用，共该多少，亦同写明在发票上，当场约妥成交。

耶律胜喝汤用饭，那酒的回性渐已发作，恰好又被那滚热的烧鸭汤冲激了泛将上来。耶律胜平时喝酒，愈喝面色愈白，哪怕纵喝醉了，人亦看他不出，所以此时他已觉得酒兴渐渐发作，忙抢着吃完了两碗饭，即赶紧起身算账，付款出门，意欲即去找客店安息。走出凤家酒肆，一路被凉风迎面吹着，那酒兴不由格外涌将上来。

事有凑巧，耶律胜刚走有二十来家铺面，恰值从背后来了一辆骡车。耶律胜已有了几分醉意，足下站立不定，身体摇摇摆摆，如风前杨柳般缓步前行。那骡车从背后超过他的前面，骡车行速，耶律胜举步迟慢，因此耶律胜侧身闪让时，衣角被骡车的辕轴绞住，裂帛一声响亮，将耶律胜的一件旧绸夹衫扯碎裂了。耶律胜因此一惊，不由大怒，逞着酒兴，遂伸手将那辆骡车挽住，略一使劲，已将驾车套在骡身上的杠子咯的一声，立时按折断了。赶车的坐身不稳，欹身栽跌下来。车厢内坐着的，乃是个少年妇人，被这一阵响震，早已搴帷外望，陡见折断她的车干者，正是两年前被他打伤了车夫匆匆逃跑了的那个汉子，现时仍背着黄布包袱，和前次打扮相仿佛。那妇人腹中寻思，以为这厮定系逃跑后，在何处学成了本领，特意又赶到此地来打报复，恰巧在街道上撞见，所以被他将车干折断，分明他是有意寻衅，此而可忍，孰不可忍。因此气得圆睁杏眼，倒竖柳眉，娇嗔着一声高喝，从车厢内跃身跳下车来，冲着耶律胜的面门便是一掌。

耶律胜抬头将来人一望，认识正是那年因避她而逃跑的少年妇人，此时见着，正所谓仇人相见，格外眼红。又仗着酒意，岂肯相让？于是遂在街心里动手厮打起来。

究竟那妇人是谁，两下胜负如何，请待下回再写。

评曰：

写耶律胜与女侠结怨之由，两次均起衅于骡车，而写法先后各异，乃故意犯重而使人不厌其重者。前文为隔年下种法，而本回则为借题发挥法也。

耶律胜不寻同门者修怨，则不至呼兰，不饮于凤家酒肆，则不致逞意气而狂饮致醉，不醉则不致避让骡车不及。读者至是，固已了然于首卷女子之来历，而知耶律胜自忖生平从未与女子轻薄调谑等语为非闲文。何则？本回耶律胜与女侠结怨时，正在醉后也。

禹戒旨酒，孔子唯酒无量不及乱，是以知酒之为物，饮之诚足偾事。观本回记耶律胜事，可为世人借镜不少。

## 第三十四回

# 一场狠斗男女各受伤
# 数句谑言后先招奇祸

话说耶律胜猛见从车上跃身跳下一个窈窕少妇，扑到面前，劈面便是一掌，急忙闪身让过，边将那妇人一望，认识正是上次在此地街上遇见、未曾和她交手的那个妇人。此时逞着酒兴，又倚仗此次历经各地，无处不获胜利的威风，记起前事，心中更觉愤怒，遂亦不稍客气，让过来掌后，即将身体略退，使用凤凰单展翅的架势，迎着妇人打去。

妇人侧身向下下蹲，让过耶律胜的右臂指掌，乘势欹身向前，使用叶底偷桃式，伸手往耶律胜的下部一抓。

耶律胜大吃一惊，急忙左脚后退，右脚飞起，向妇人前腿踢去，口中笑骂道："好不要脸的贱妇，你想见识见识你爷的随身法宝吗？你爷生平最不喜爱女色，任凭你怎么使尽方法来撩拨，都是不中的。"

妇人伸手前抓，扑了个空，见耶律胜飞脚踢来，忙乘势向前，就地一伏，让过来脚，急翻身跷起两只金莲，使用兔子蹬鹰式，双足往上一蹬，向耶律胜的下部踢去。

耶律胜右脚踢落了空，缩回尚未立定，陡见妇人双足踢到，来势非常凶险，匆促间无可招架躲让，只得急将左足一垫，旱地拔葱，飞身往后一跃，直跃退出丈外。脚才立定，那妇人已因双足踢空，乘势转变作鲤鱼打挺的身法，跃身而起，直跃到耶律胜的面前，足才点地，已握着两拳，使出双峰贯耳式，向耶律胜的左右两太阳穴打来。

耶律胜见来势太猛，急又跨步倒退，意欲乘她足未立稳，故此退步避过来拳后，急又进步向前，使出斜单鞭的手法来，向妇人打去。

那妇人双拳落空，早已防耶律胜有这以退为进的拳法，故此急急乘势变转身手脚步，改学那武松醉打蒋门神的拳脚，使用锁子步、连环腿、鸳鸯脚，拔步退后几步，诱耶律胜进身追赶。即先后飞起两腿，向耶律胜踢去。

耶律胜使斜单鞭拳式向前进步后，见妇人倏然退身，哪里肯舍却不追？故此向前紧紧追去。陡见妇人忽然转身，使用连环腿法、鸳鸯脚法向自己踢来，认识所使的乃系武松拳法中最勇猛的一路拳式，急切中极难抵敌，不由大吃一惊，只得又使旱地拔葱式，托地飞身跃起，往后倒退出圈子外去。

妇人见又被他躲过，心中一怒，收住脚步，略不稍停，即使燕子穿帘式，双足一起，亦跃身向前，直飞扑到耶律胜面前。脚未立地，已伸出右手食、中两指，猛喝声着，冲着耶律胜的双目戳去。

耶律胜见妇人的身手腿步非常疾捷迅速，竟不在自己之下，心中正自惊讶，跃身倒退出圈外，喘息尚未透得转气，已倏然见妇人飞身来至面前，伸手运指功来挖双目。这一惊非同小可，急切间不及招架，只得趁势仰身往街心地上躺下，以避来手，随又飞起双足，向那妇人的腹部踢去。

妇人手指未能戳着，脚刚落地，耶律胜的双脚已经踢到，因此亦陡吃一惊，忙运气功，耸身向上，直飞起至半空，却又转身使饿鹰攫鸡式，往下一沉。

耶律胜因恐她或曾练过铁砂掌等功，又恐她足上鞋尖儿系包有钢铁的，故此不敢对敌，却就地一滚，让过了来势，滚出数丈以外。

直至一家铺户檐口石阶边，才翻身跃将起来，对那妇人高喝道：“你爷上次既已对你说过，好男不和女斗，所以当日并未还手，即便跳出圈外走了。不料今日又会在此地和你遇见，你爷被你逼着，才还你的手。但是你爷手下留情，你也应该明白，就此罢休了，何苦定要在这千人百众的大街心里苦苦地和俺厮打？”

那妇人适才被他骂作不要脸的贱妇，认为便宜被他讨了去，故此心中怒极。这会儿见他说是手下留情，用大言遮盖面子，口口声声自称做你爷，这口恶气，焉能按捺得下？不由又跃身过来，扑奔耶律胜，抡拳就打。

耶律胜适才因多喝了状元红酒，仗着酒意，所以才鼓勇和那妇人交手。交手后连吃了几惊，惊出一身大汗，不觉已将酒醉醒了一半，灵机不由一动，深恐当街败在妇人手里，故此才说出上项的言语，挑拨她的怒气，好使她奔过来动手，设法打败了她。果然见妇人跃身扑奔过来，遂即侧身闪让，口中故意说着俏皮的话道：“你当真要和你爷玩吗？你爷此刻尚未住店，没有空闲，且待你爷住店后，休养好精神，随后再慢慢地和你捉对儿厮打，那时，好使你痛快，岂不很好吗？”

耶律胜故意说这番话的意思，乃系欲使那妇人怒气上冲，将周身的气力完全因怒使出，并将所有身手腿步亦完全因气愤乱了方法，好乘机还手，使她猝不及防，故此口中说着调侃戏谑的顽皮无赖话头，脚下却不敢迟慢，专一使用溜步，在那妇人四面溜来溜去地绕成圈形。任凭那妇人用何种手法、腿法、身法、步法打来，只管一味地闪让躲避，绝不还手。

如此经过了好一会儿，耶律胜留意观看，见那妇人已不如适才的勇猛，身手亦较适才稍慢。料知她已气力渐衰，遂乘机猛喝一声，奋勇将所擅的拳脚功夫尽量地施展出来，向那妇人攻去。那妇人初见他只退让而不还手，故亦暗自留神，诈作力衰气促的样儿，引诱他还手相攻。果然见他还手，岂肯示弱？遂即竭力迎敌。

彼此斗有几个回合，耶律胜思量，如此厮斗下去，不知须打到什么时候方才可以终了，遂卖个破绽，托地跳出圈外，飞步诈败逃跑，口中说：“你爷尚另有事，不能和你久缠，且待日后有空闲时候再陪你斗三百合吧！”边说边跃身从街坊上行人伫足立下来看热闹的大众头顶上飞跃了过去，连蹿带跃地向前奔逃。

那妇人因当街被他戏谑，讨了便宜去，早已羞得玉容失色，紫涨了面皮。此时见他逃跑，岂肯就此甘休？因亦跃身从众人头顶上过去，紧紧向耶律胜追赶。

耶律胜见她从后追来，遂伫足等候，守她来到临近，假意将手向她一扬。

那妇人见他扬手，只道他是使用什么暗器，忙侧身向旁躲闪。也是事有凑巧，不料左足正踏在一块摇动的棱角形小碎石头上，弓鞋足小，立稳本已不易，况又在侧身躲闪的当儿，哪能站立得住呢？因此身体向旁一侧，脚下小石一滑，竟致头重脚轻，立身不牢，几乎栽倒下去。

耶律胜目光何等尖锐？早已看见，岂肯失此良机？遂乘势跃将过来，使右足向她左足一钩，伸右手叠起食、中两指，向她左肩窝一戳。

那妇人足下被滑，正在拗身挣扎之际，怎禁得忽又被人将她已被滑的金莲一钩呢？急忙中又须避让敌人戳来的那手，哪有从容回旋的余地？因此避让不及，左肩窝已被耶律胜手指点着，中下被钩，离起了地，哎呀一声，竟欹侧着身体，跌倒下去。引得街坊行人、各店铺内的男女群众看见这般情形，不由齐声喝彩。

耶律胜乘机正拟踢她一脚，或打她两拳，猛不防那妇人倾跌倒地后，心中一急，羞惭愤恨，立时交并，遂利用那只被钩离地的左足，乘势索性向上一踢，口喝声：“着！”耶律胜的右腿弯不及避让，正被踢着，幸喜腿步让得快捷，不曾被踢得过重，但已因此一踢，腿弯受了伤，痛得哎呀一声，急忙忍痛退身。

那妇人肩窝伤亦非轻，又在紧要地方，因此虽忍痛将身立起，急欲回去治伤，实已无能再斗。见耶律胜负痛退身，遂亦借此收科，移步向那骡车停歇处走去。回望耶律胜骂道："使诈偷冷的贫嘴贱舌小子，你唤作什么名字，何处人氏？你如有胆量不怕死，敢吐出真实姓名，守你太太回家后，伤势痊愈了，定必找你报今日之仇。你如怕死时，便休说实话，当街向你太太请求原情，叩头讨饶，你太太便饶恕了你！"

耶律胜强忍疼痛，移步退身，被她骂着，不由勃然大怒。拟奋勇前进，才移步向前，怎奈腿弯伤处疼痛，痛得周身乏力，竟致身不由己起来。心中一惊，只得又停住脚步，冷笑回骂道："好个善说大言的贱妇，你爷被你偷冷踢了一脚，适才打跌倒你，仰卧在地时，倘非手下留情，怕不立刻送你回来的路上去吗？居然大言不惭地要俺向你求情讨饶，可不是做你的清秋梦吗？你要俺告诉你姓名里居，难道你还想守伤痕痊愈后，要上你爷家门来学那孟姜女、赵五娘的故事吗？真好厚的面皮，竟丝毫不知道害臊吗？你爷家居山东枣强县城内县衙前，府中早已娶了夫人，日后你果真老脸上门来寻俺，那可只算你的脚贱，晦气了你的两条腿，白跑一个来回，俺劝你还是死了这条心吧！"说罢，返身即走，手按着刀柄，留心提防着，如果她真赶来，只得拔出腰刀和她以死相拼。料想她已伤了要害，纵有本领，断亦不至还能施展得出来。

那妇人被他冷笑着一阵回骂，气得咬牙发恨，意欲回身追上，一顿拳头，断送了他的性命。不料才扭转身体，已觉那肩窝处麻辣辣地疼痛，心忖，纵赶上他，恐亦难讨便宜，与其因伤再被他打倒，又受羞辱，先吃了眼前亏，岂非应了古人"小不忍则乱大谋"的话吗？因此一痛，遂只得勉强忍住，喝骂："猪狗不如的贫嘴贱舌小子，留神下次你再遇见你太太时，定必扯破你的嘴巴，塞满你一喉咙眼的狗屎橛，再活活打死你，将你这小子剥皮抽筋！此刻暂且饶你多活几时，不和你一般贱舌，当街斗口赛骂，滚你妈的王八蛋吧！

你这小子，如果回去因伤重死了，或是得急病，或是被人乱刀乱箭送却狗命，就算是你便宜，滚吧！你太太现在且存一回好生之德，不趁你受伤叫你这贫嘴小子死在此地做异乡之鬼，暂时高抬贵手，让你苟延残喘！”

看官，耶律胜所以用恶言回骂的，乃是一半系仗着酒兴，欲遮盖受伤被骂、不追她激斗的面子，一半因素知妇人家气量狭窄，经不得十分气恼，此时乘着她受伤之后，回去定必愈想愈气，气愤惭恨，伤了肝脏，或竟因之丧命，岂非已毫不费力地报了一脚之仇吗？这原和适才用谑言浪语激怒她的意思一般的恶毒。不料竟因这一番谑浪的恶毒言辞，惹下深仇，后来卒致因此丧命。所以编书的借此奉劝世人，谑浪言辞有损无益，纵对方受者量大，不和你计较，但是仅就阴骘一事而论，说谑浪戏言者，已得罪神明，获罪于天，增重口过，必遭灭去福寿衣禄等报应。况且丧失人格，招致对方的轻侮，小则自轻自贱，被人认作下流，失去人的信仰；大则被人牢记在心，结下仇怨，他日遭受人的暗算报复，甚至遗祸子孙，带累家族。所以说戏言和人开玩笑、打哈哈讨人的便宜，最丧道德人格信誉，希望读者诸公切记莫作戏言，造口孽，所谓有则改之，无则加勉，切望读吾书者，从此力守“勿以善小而不为，勿以恶小而为之”之言，此乃本书前文的邵豪和本回的耶律胜，一个因善打趣人而致遭受冤屈，吃一场冤枉官司，倘非得着金氏弟兄的援救，怕不因说戏言而受非刑丧生？一个因说恶毒的气愤话，徒快一时，讨妇女的便宜，结果竟因之丧命败家。即此两人经过之事，已足证戏言的危害，就是面现成的青铜宝镜。闲言撇开。

耶律胜边向前走，边不时回头望着，只见她仅一回身，即又含怒掉转头去，移步径走，边走边口中恶骂着。知道她虽心中怒极，却亦和自己一样，因受伤身体做不得主，所以才只得回身向前而行，因此遂放了心，将握腰间所佩刀柄的手放了，亦仍以恶言回骂，使她怒恨羞惭伤肝，两下正如所谓背道而驰，当然愈走距离愈远。待坊行人及各店铺中的男女，大家的视线本都在看热闹的，至此知道一出武戏已经停锣息鼓，住了急急风，截止搬演，谅已无甚可观，遂都不再注意。行人大半移步各往目的地，店铺中群众大半亦都回首他顾，仅有少数好事的人仍呆立或延颈呆望着那妇人，仅偶一回首遥望耶律胜，即又转过去望那少妇。只见那窈窕少妇移动莲步，边骂边不时回顾耶律胜的后影，边已走回那骡车停歇的地方。

是时，凡曾被二人从头顶上跃身而过的观热闹群众，初则各都吃了一惊，继则认为晦气，但都因畏惧二人的武勇可怖，故此均敢怒不敢言，各向地上吐了口唾沫，腹中暗骂出许多不好听的话来。眼中望着二人，几乎各迸出火来，恨不得二人打成一团，拼一回你死我活，给他们看了出气开心。所以当妇人被跌倒地时，他们的心中一愉快，喝彩声浪比别个响亮喧闹得多。及见二人各往两头走，口中虽然都骂出不雅的言辞，实际上相骂散开，大家一齐失望，不由又各吐了口唾沫。

同时那个赶骡车的夫役早已从街心石头地上哎呀连声地负痛爬身起来，因见主妇和来人厮打，心中恨怒着，如非已被跌受伤和唬吓得胆小了，早就要呐喊助威，鼓勇向来人攻击了。只管一味地嚷请太太打杀了这狗奴才，别放走了他，却呆立着身体，手抚着各伤痕痛处，哎呀暗自呼痛一会儿，便又高嚷喝打一会儿，不敢移步向前助拳。及见主妇被打跌在地，不由大吃一惊，竟致忘却痛楚，唬得呆如木鸡般望着主妇发愣，愣了良久，方才恢复了知觉。正拟不顾一切地向前抓住来人，和他一死相拼，或是结起辫子，同往衙门里去打官司，却已见主妇高骂着小子奴才王八等恶言，走将回来，并未受什么了不得的重伤。可怜他才放下胸口的一块石头，竟负伤忍痛，请问他主妇可曾跌伤了哪里，又让请主妇上车，口称待回去见了主人，再请主人来打死这狗头，料想他已受了伤，便要逃跑也逃跑不远。

那妇人见他这般形状，不由又气愤羞愧，又好笑，遂道：“笨伯，你请俺上车，难道不知这驾车的杠子已被那王八折断了吗？哪能驾着走呢？”

赶车的呆望着车杠子，沉思了一会儿才回道：“不妨，太太请坐下车，这被折断之处，俺有法想。”边说边忍痛移身过去，将赶牲口的鞭子从地上拾起，又将那折断的两段杠子接好，解下扎脚管的带子，将鞭子拼凑在断处缚系拴牢，驾好在骡颈内和背上。妇人见他愣想出这个笨法来接好断杠子，心忖，果然蠢人亦有蠢主意。遂上车坐进车厢内，将车帷放下遮住。赶车的亦上了车，坐下身后，拿起缰绳来朝上一带，吆喝着使缰绳长余的一端向骡臀上连刷打了两下。那骡即听受指挥，移其四足，往前而行。

那伫足尚未散开和各店铺仍注视着的少数人众，至此热闹已无可再看，这才各自走散，回首他顾，互相纷纷议论，赞叹惊讶，称奇骇异，不必尽表。

且说耶律胜放下按刀柄的手，口中不住地回骂着，脚下忍痛往前走着。走到前面岔道口，遂转弯沿街行走，以避背后那妇人的远视目力，住骂回顾。见颇有好事的跟随着，遂向随后尾行的人道：“列位请各自去办理贵干吧，已无有什么新闻热闹可看了，免得耽误了各位的宝贵光阴。万一那泼猛的贱妇不怕死，又追赶到来，彼此定必交手，拳脚或兵器都是没生眼睛的东西，万一那时碰撞在列位身上，岂非太无趣了吗？列位请便吧，休再尾随了。”

好事的人闻言，遂都搭讪着往两旁的巷内或岔道内各自走散了。

耶律胜见无人相随，遂挨痛再向前进，留意两旁有无客栈旅舍。走不多远，见前面有家客栈，招牌下金地黑字，漆着“悦宾旅馆”四字，遂往那客店门口走去。到得门首，早有接客的小二上前让请客人进内，口中让着，已伸手从他背上将包袱卸下来代他提着，直伴领到店内后进上等官房里来。耶律胜看好房间，小二写好姓名、籍贯、年岁、职业，去上连环簿，一面打水冲茶，送将进来。

耶律胜守小二退出房外，即去掩上房门，打开包袱，取出包伤药来，先吞服了些，又调敷了些在腿弯伤口上，更换过一身衣服，包好包袱，便偃卧在床上，一会儿，已蒙眬入睡。但因心中深恐那妇人回去后不肯甘休，另着别个寻访到来报复仇怨，故此才睡熟不多时，忽然已从梦中惊觉了回来，张开双目，忽闻有人叩门。问时，外面应称是俺。起身下床，走去开门看时，却原来系店小二。问他有何事故，小二道："从外面来了个汉子，说是特地来寻你老的。但他所说的姓名，和你老的贵姓尊讳不同，所以俺们将他阻在外面，特意先由俺进来回禀你老，请你老悄悄出外面去张看一下，是不是令友贵亲，再定见不见他的办法。"

耶律胜陡闻有人来寻访，不由心中大惊。

究竟来者是谁，请待下回再写。

评曰：

尝见坊间所谓武侠小说者，书中连篇累牍，固多拳斗械斗之事，唯其描写谬误，殊不值识者一笑。本卷作者写女侠、耶律胜两人之拳斗，活跃纸上，如见目前，而其拳式名色与夫运用方式，绝无半点错误，斯诚非其他不知武术之作家所能望其项背也。

耶律胜住店时所说之姓名、年籍，于小二口中一言道破，其为临时伪托，读者自能知之，是暗写法。

书曰后先招奇祸者，盖照顾前文邵豪谑言兴恶祸事也，所以如是云云者，盖欲殚明其意，示世人以借镜也，婆心苦口，殆可于此见之矣。

本回为承上结下之重要关键，故自本回以后，即步步逼紧，陡足急转直下之势。

## 第三十五回

# 不速客来旅店惊好梦
# 非常礼至家宅兆焚如

话说耶律胜和衣而卧，一觉醒来，陡闻小二回禀，外面有一汉子来访。疑心是那妇人回去后，调遣到来追寻本人打报复的，故此猛吃一惊，遂对小二道："俺才得外路到此，乃系过路的行人，本地素无亲友，哪会有人来访呢？这定系那来人缠错了。容俺去张张看，如果真不认识，就烦小二哥去回话。"

小二道："那个自当遵办，不消你老吩咐得的。"

耶律胜遂移步出房，跟随小二来至前面，隐身在店堂屏风背后，窥探来者是谁。小二悄悄就那屏风的缝隙里低声指给耶律胜道："你老请看，那立在柜外和俺们店掌柜谈话的汉子，就是来访会你老的。"

耶律胜目光随着小二指的那人望时，不由咦的一声，惊讶道："怎么沙师兄会得知俺寓在此地，亲自来访呢？"边对小二道："不错，这来人不仅和俺相识，且系俺的师兄。他原非本地人，不知怎么亦会在此地，叫俺一时如何想得起呢？"

小二闻言，即抢先移步走出屏风，对来人道："果然不错，你老请稍待一会儿，他本人就要出来会你了。"

话才说完，耶律胜已整了整衣裳，从屏风后走出店堂里来，向那汉子奉揖行礼道："师兄久违了，你老一向安好？何时到此，寓在何处，何以得知小弟住在此地？却劳师兄先施过访，因师兄所说姓名不符，店家不知就里，这可不能怪他们，须怪小弟不好，尚望师兄当面恕罪。”又道：“请师兄到里面上房内坐地叙谈吧！”

沙守义回揖道：“贤弟别来无恙，劣兄托福粗安。”又道：“出门人总只肯说三分话，有何不好可言呢？贤弟的真名，店家既不知道，俺何能错怪他们呢？”边说边随着耶律胜跨进屏风，同到后面上房里坐下。

小二跟随进来，拿茶壶、面盆出去，另又冲了壶热茶，打了盆面水，送进房来，给二位各倾了杯茶，绞了把手巾，才转身出去。

耶律胜又请问师兄，何时到此，现寓何处，因何得知小弟到此，寓在此地。

沙守义笑道：“常言夫妻俩在被窝内的事情，人都得能知道，何况你今日到此之后，既在凤老二家酒肆里喝了两斤状元红酒，又在大街上和一个年轻貌美的妇人厮打，这两件事够多么容易使人注意，纷纷传说呢，劣兄自然得能知道了！”说罢，又道：“俺是前儿到此，乃系由此路过，因同行的人偶然在路上感冒风寒，到此住店后，恶寒发热，害起病来，只得耽延在此稍住，延医诊治。俺们所住的下处，离此不远，就和这悦宾旅馆同在一条街上，相去约有五七十家门面，那客店的市招，唤作‘聚英栈’，俺们住的系七号官上房。你如无事，就请到俺们下处里去聚晤叙谈。”

耶律胜应声道：“师兄既住在此地，小弟当得拜访，停会儿还须请师兄介绍那几位贵同伴呢。师兄路过此地，还是回海拉尔去，还是往别处去呢？小弟在凤老二家饮酒，这消息怎能传得恁般快捷，师兄何以竟能立刻知道了呢？”

沙守义笑道：“这原是件巧事，俺每从此地经过，必寓在聚英栈内。因素慕凤家酒肆之名，所以每次到此，必往凤老二家酒馆内饮酒。此次俺们从省城回转海拉尔，又路过此地，当然仍如旧例，住店饮酒。俺适才独自前往凤老二家喝酒，酒保们和柜上的人正在那里谈论纷纷地讲说贤弟，俺听说是位背黄布包袱出门访友的人，遂向酒保们详细打听。酒保因俺是他们的老主顾了，所以即毫不隐瞒地将你的年貌、装束、口音，以及留下的地址、姓名告诉俺知道。俺见是你到此，不由大喜，遂问他们可知你的下处。他们回称不知，但见你才由他们酒肆里出来，是向北而行的。俺因酒已烫好，点菜亦已下锅，不吃不喝亦得算钱，心忖你既到此，又向酒保问过福山的姓名、地址，定必另还有事，绝不会当日就走的。故此很坦然地饮啖着，预备饮啖毕后，再来寻你。

"当这时候，忽又见有人进酒肆来饮酒，大家三五聚谈，齐说大街上有一学武出门访友的汉子，和一个美丽俊俏的少妇厮打，两人的本领都极好，打得看闲的人齐声不绝地喝彩。结果妇人被汉子打伤跌倒，汉子被妇人踢伤，两下这才罢休，但都说下大话，日后相见，定不甘休。俺听得这话，已知打架的汉子就是你无疑，既已受伤，哪能远走？俺不知则已，既已知道，岂可不念同学之谊、坐视不救呢？故此酒未喝干、菜未吃完，即匆匆算还了酒菜钱，依照人言打架之处，一路寻来。访闻得有人见你走进悦宾旅馆，未曾出外，料知你已寓居在此，所以才到此指名探访。不料店家回复，住客没有什么耶律胜姓名，适才虽有一个背黄包袱的行客到此落店，但姓名并不叫作耶律胜，籍贯亦不是东四盟正黄旗人，坚执不让俺径行进内会面。经俺发话，他们才命小二进来询问。"

耶律胜听罢，才知师兄得悉自己在此之由，遂请问师兄别后情形。

沙守义叹道："白云苍狗，人海沧桑，变幻原是不常的。往年俺所以发愤图强，远行进关，拜师学武的，乃因感受激刺，才有此举。不料艺成回家，那仇家已成为家败人亡，全家人口早已四散，仅有往日帮助他为恶的几名爪牙仍在海拉尔城内横行如故。闻得俺从外方学武回来，料知俺定必寻他们打报复，他们遂商量好一条以柔克刚的毒计，推派代表，到俺家来见俺说项，情愿大伙儿登门负荆请罪，点香烛、磕响头、挂红绸、放鞭炮，向俺赔不是，并在酒菜馆内订了桌鱼翅席，请俺赴宴，算是给俺谢罪。另外并愿共同担承，负责赔偿俺家鸡鸭行数年的营业损失，只要俺说出一个数目，他们即如数照赔，绝不说二话，只求俺高抬贵手，不咎既往，饶赦了他们。俺见来人说得婉转，据他们所说的条件，实已给俺十足的面子，思忖杀人亦只不过头点地，他们既知悔过，且又都是些帮凶的从犯，并非俺家的仇人正主儿，俺又何必过为已甚，扯足了帆，反而将来收不了篷呢？因此遂很大方地慨然应允了来人的面情，并说：‘俺家行内几年的营业损失统共数目多少，容俺计算清楚，再照账索赔吧！’

“来人称谢去后，当日又来请俺吩咐日期，俺即和他约定：‘命大众明天早起来点香烛、磕头、挂红、放炮，酒席须得多订两桌，俺好请往日行内的伙计和行铺及家宅两处的街坊邻舍人等同到菜馆内去大嚼一顿，一半算是请他们作陪，一半算是请他们做证，双方从此叫开，日后不再寻衅报复。所有营业损失的数目账单，临时俺随身带来，当筵核算，即刻照赔。’来人沉吟了一会儿，称说恐明儿来不及，要求改缓两天，大伙儿上门请罪，改再大后天午后，上馆子就在是日晚间。俺亦即答应。

“来人去后，俺即令家中人等分头去通知伙计邻居，邀请他们届时去赴宴，并将行内数年来所受的营业损失查明，开列清单。

“到得那天午后，俺和家中人等正在家守候，果然听得外面乐声大作，十番锣鼓，清音吹打，同着鞭炮声，自远而近。俺遂亲到门首迎接，大众鱼贯进门，齐到客厅上。奏乐放炮的人分列在天井里屋檐下，即由两人忙着点香烛，一人忙着拿拜垫，数人忙着从大门起，直到后面大厅上，齐都挂上朱红彩绸。忙乱定后，大众即让请俺高坐在正中椅上，分次序先后向俺叩头行礼，道谢恕罪，大众轮流磕头。

“磕到第七名时，乃是个面黄肌瘦，形容憔悴，颇像久病新愈的少年汉子，他学着众人的样儿，口中说着谢罪悔过道歉承情的客气话，身体才向拜垫上跪下，忽然急变身法，使出童子拜观音的姿势，扑奔到俺面前，合掌向俺前胸便打。同时那些奏乐的人和在厅上的大众忽然都从衣底下各掣出一把晶光雪亮短柄的七寸匕首，又各从怀中取出包石灰来。那边放炮的人忽然都从衣袖内或怀中各取出一支短铳来，短铳内本都装满了火药碎子，随手即在那正放着的爆竹药线上一点，大家齐声怪嚷打打打，杀杀杀。那火药碎子便从短铳口内向客厅正中和四面房屋射放，轰然之声，震耳欲聋，烟云弥漫，目难张视，口鼻难启。那堂前字画板壁，檐下窗槅纸等被火药射着，火势遂蔓延着刮刮杂杂地四面同时一齐烧将起来。那掣出匕首、取出石灰包的众人，一声吆喝，纷纷将石灰包照着俺的面门便掷，又都跃身过来，挺匕首向俺乱刺，说时迟，那时疾，幸亏俺在隔日上午曾经想起，他们这班亡命平时都是些杀人不眨眼的魔君，岂肯忽然做小服低到如此地步？况且他们在此地站码头，平时专一靠着有面子手势占人家的上风，方才可以有饭吃。一旦竟自愿丢面子，这恐怕定有诡诈，不可不防，所以俺在隔日晚饭后，即已吩咐家中人等悄悄将细软物件、一切值钱稍贵的东西，连夜从后门搬运到亲友家中寄放，并将堂前摆式铺陈，以及字画等项，一齐更换了破旧的，以备临时他们或恃众捣毁。直忙乱收拾了一夜，至天明方才端整舒齐。当日俺又运气练功，将内外功一齐运好，以防不测，并令家中人等务必随时机变，预先到官厅密告，请求派兵勇捕快捉人保护，连救火消防的事项，俺都在上午分头着人办好。当他们让俺上座，依次磕头时，俺早已将双目半睁半眇，假作坐在椅上的神情，实则摆着坐马式。

“那黄病鬼汉子合掌向俺打来时，俺急将身体一侧，让过来掌，顺手牵羊，乘势抓住他的辫发，往前一带。那厮立身不住，早已扑通栽倒，脑袋正磕在椅子边上，因他的来势猛，俺又借他的势，使的力大，两下一凑，竟致那厮将脑浆撞将出来，椅子边被碰断，倒下来正套在那厮的颈内，哎呀一声，立刻死了。

“那石灰如雨点般掷击到俺面前时，俺本来眇目预防的，所以一见灰包飞来，即已闭紧双目，左手掩护了口鼻。众人的匕首刺到时，俺仗着硬功，竟致众人被俺弹力震伤虎口，折断匕首尖。俺早已进身向前，使用连环腿法，飞起向大众腰际踢去，凡碰着俺的腿脚者，无一不应足跌倒，大众你我相撞，竟致因此撞伤多跌倒了几名。俺因防火药器的狠毒，恐被火药所伤，故此喝令家下人等速照预定计划，退往后面，开后门逃出，唤埋伏在左右邻家的兵勇捕快人等火速分头包围捉人，堵住俺家前后门的巷口两头，以防或有逃跑。同时又唤令预备好的救火人员火速四面灌救，因此那起青皮流氓三光等众，齐被官兵捉住，有的反被火药炸伤、火势灼伤、自相践踏碰撞受伤，更有好几名当场拒捕被格毙了，和因伤致死的，房屋虽因被灌救得快，幸未延烧别家，但已将俺家住宅的前后各进房屋焚去多进了。

“俺此番由此处路过，即系因为此事啊！”

耶律胜听罢，忙用言语安慰，又问：“师兄鸡鸭行的事，究竟因果如何？那仇家系被何人所摆布的？事已距今甚久，怎么还未了结呢？”

沙守义叹道：“这便是受的贪官污吏好处，才致如此迟延不决的啊！”

究竟其事因果如何，请待下回再写。

评曰：

耶律胜化名寄寓客店，突闻有人来访，当然惊讶错谔。店家因所询姓名迥异，阻止入内，是其尽职处，然亦作者借此反震沙守义，促人注意而也。

沙守义为凤家酒肆之老顾客一语，系补笔暗笔，然亦为得知凤、萨关系作张本耳。

百忙中夹写沙守义回家后事，借其自述，以明道出呼兰之由，而为后文得知两侠女张本。文有所谓宾中之主者，即此是也。

本书对官场昏黑，攻讦甚力，殆有取瑟而歌，意在弦外之旨也乎？善读书者，当能于字里行间窥得之矣。

## 第三十六回

# 大强盗买命桃僵用李代
# 老英雄任侠香楮作贺仪

话说沙守义道："贤弟在凤老二家所访问的那个福山，就是摆布劣兄仇家的主角。讲起此事，可就话长了。因为往年俺家在海拉尔城内开设着一爿羊牛鸡鸭行，专一贩售鸡鸭等各种家禽和牛羊等各种家畜，另兼宰杀牛羊鸡鸭等门市发售。买卖极其兴盛，凡在海拉尔附近地区的牛羊鸡鸭等类，差不多全由俺家行内经手，转卖输运往别处去。另家行内只能做着点零碎买卖，因此遂招惹下同行的嫉妒，暗中设法破坏，散布流言，说俺家行内种种的不规矩，希图客人都投奔他们的行内去。哪知客家并不为他们的谣言所惑，俺们家的营业照旧兴盛，他们的买卖依然没有起色。他们见仅赖造谣无效，遂唆使俺们海拉尔地方上的一个大流氓，名唤凤山的，出来和俺们家作对。

"那凤山原是当马贼的出身，在满洲里一带极有声势，官厅因捕捉他不着，不得已才设法先将他招抚，充任标统。他手下的各头目亦都任为协统、管带、哨官等职，专司捕捉盗匪、保卫地方的事。凤山等既受抚做官后，过了些时，被官厅设法将他的部下分作数起，调往各处去公干，却在各该处预先埋伏下兵将，守凤山标下的人到时，不由分说，一拥齐上，将那率领的大小头目一齐就地正法了，所有兵弁却分别收禁，或即日解散，押送出境，递解回原籍去，不许逗留。官厅既处置了凤山的部下，即刻用迅雷不及掩耳的手段将凤山的官职革去，收押在都统衙门里。直至已将凤山在满洲里本地的部下完全解决后，才将凤山从都统衙门移禁在监牢内去，预定守上峰的回批到来，即将凤山正法。

“凤山自被收禁在监，探知部下已完全消灭，自怨不该如此大意，现在悔已无及，休说难得活命，即能出狱，亦恐孤掌难鸣。凤山在狱中打听得不久上司回文将到，即要出人的消息，心中大惊，遂托人竭力设法，花钱运动，果然财能通神，竟被他贿上买下，运动成功，买出一个穷苦犯人来，冒顶了凤山的姓名，凤山却充作那个犯人。上司回文到后，假凤山即被绑上法场，枭首示众，真凤山却在牢内花费银钱，将那犯人的罪名减低，并罚款赎罪，释出狱外，因此凤山在满洲里一带立不得脚，回转海拉尔原籍来。凭仗着他的武艺和悍泼的胆量，回海拉尔不久，即已造成了他做流氓头目的地位，先前被解散递解回籍的羽党，闻得凤山已安然回转海拉尔，他们遂先后不约而同地来投奔他。凤山召集残科，收合流命，不多时即已成为海拉尔地方上的一霸，但凡走江湖跑码头的，到海拉尔如不先去拜他，休想在海拉尔立住脚。更有地方上许多痞棍，因为互相利用，借重凤山的名望做护身符起见，便纷纷拜凤山的门，因此凤山的势力便日益膨胀了。

“那些和俺家作对的人，因为中伤无效，遂去凤山那里捣鬼，尽量地挑拨，另又卑词厚礼地要求凤山帮他们的忙，寻俺家的事。凤山得人钱财，自应与人消灾，遂和手下商量，生了一条恶计。派一名党羽到官厅告密，说沙家是回回，原系最近回乱中漏网的主要人物，现在回乱初平，人心尚未大安，沙家在海拉尔一带借着以开行为名，实则召集亡命，颇有图谋不轨形势。官厅得报，暗中派人调查，得知俺家在海拉尔居住已有数代，行亦开有多年，委实系正经生意人，遂不肯见信。但是官厅打听得俺家颇有家产，心中虽不信告密的话，却拟借此好题目做文章，于是便来提人传讯，使俺家打一场无名官司。后经俺家花费财帛，才得化险为夷。

“凤山见所谋不遂，遂改用强暴的手段，借以买牛肉为名，到俺家行内大闹，将俺家行内打得落花流水。其时先父尚在，闻讯从家中赶到行内，和凤山等理论，当被凤山兜心一拳，打得口吐鲜血，受了重伤。凤山并恶狠狠地威逼先父写服辩，从此将行收歇，不再做买卖。先父无奈，只得照写。

“凤山等呼啸去后，先父即到官厅告状。不料官厅先已得到凤山和各行家的贿，竟不准状。先父回家因气愤成疾，又兼身受重伤，不多时即便弃养。俺因受有这种激刺，所以才立志学武，誓为先人报仇。不料学成回家，那些行家因平日受凤山等的要挟需索，供应不起，竟致悄悄地将行收歇，搬往别处去，以避凤山等的骚扰。却由凤山在海拉尔自己开设了一爿行，定下许多陋规，垄断买卖，唬得各地的售主买客都不敢到海拉尔来投牙。

“也是巧事，凤山因各地无人来惠顾，怕面子上难堪，遂亲率手下往乡下去调查，意欲查明他们现在改往何处去投行脱售，即在路上打劫，威吓他们，不敢不投他的行内去，任凭他做主。可巧他下乡调查，在一处村庄上瞥见一个汉女，年轻貌美，实可称为画中人，的确是个美人坯子。凤山见了，陡兴恶念，欺她是汉女，料知她非本地人，没甚靠山依赖，遂亲率手下赶到她家内，向她的父母提亲。她父母不允，惹得凤山火起，即将她父母打倒，指挥手下将她抢了就走，抱出门，缚在马背上，回转海拉尔，预备即晚成亲。

“正当兴高采烈之时，适巧你所问询的那个老英雄福山因从打虎山到海拉尔来有事，路过那村庄上，在村酒店里进食休息，闻得隔院的凄惨哭声和店内人等的纷纷议论，知道有这件无法无天的事情，遂不由打动了他的侠义心肠，忙算给钱钞，匆匆出门，亲走到隔院去劝慰那女子的父母，使他俩放心，并说：‘包在俺身上，定在今晚明早，将你女儿救送回家。’那女子的父母陡见有一老者自上门来，说愿救送他女儿回来，一时竟疑为仙人搭救，喜得慌忙叩拜。

“福山说罢这番安慰的话后，赶紧告别那夫妻两口子，匆促出门上路，飞步追奔到海拉尔。先就街头上一家他往时每到海拉尔常住的嘉宾客栈内看好了一间上房，即刻更换衣服，出店寻问到凤山家中去。在街上买了一对白蜡烛，用白纸封套封好一份礼，向店家借笔在蓝签条上写‘奠仪’两字，下面具名处写‘水旱马步皆无敌老人谨具’十一字，另又买一根降香，一对锡箔糊好的大元宝、几串纸钱、两合冥银，开列了一张礼单。写好后，即请铺家的学徒用托盘托着，随同前往凤家。

“到凤家时，正值里面挂灯结彩、鼓乐吹笙、贺客盈庭、热闹非凡，那学徒见了发愣，托着托盘不敢贸然入内，并向福山道：‘老太爷，你老别走错了人家了吧！这家很像做生日办喜事的吉庆模样，不像办丧事开吊的光景，这凤家主人非比别人，误闯进去，可是了不得的呢！’福山笑道：‘你真是个小孩子，没见过世面，一点胆量也没有。老夫如没有擒龙的手段，活了这么大的年纪，也敢贸然下海、冲犯水晶宫吗？你放心，随俺进去，绝不会吃亏的。’那学徒无奈，只得提心吊胆地托盘跟随。才走进门，即被凤家的恶奴豪仆和在他门下帮闲的汉子喝住道：‘瞎了眼睛的小子，你难道连做喜事的人家也看不出吗？还不快给俺滚出去！’福山不待那闲汉说完，即伸手唰的一下巴掌，打得他口中喷血，顺手转过来，又照样打了一名恶仆，连盘牙都打折了两个，血也直喷出来。

“福山骂道：‘凤山这小子今儿早上死了，俺得信特地亲自赶来吊丧，好意送这份厚礼，你们是些什么王八羔子，居然也配吆五喝六地向俺的人摆嘴脸吗？知趣的，快进去通报主人，就说打虎山的萨老头子亲自吊丧，叫他出来迎接。不知趣时，老夫可就要打进来了！’这一来，震惊得里面上下人等齐发了愣怔。

“就中有个不知利害的，便奔到福山面前来动手，被福山接住来拳，使劲儿向前一推，放手将来人直跌出丈外，跌了个五岳朝天，跌破后脑勺，脑浆直流，登时死在地上。第一个死了，第二个便不敢冒失，只唬得面容失色。就中有那老奸巨猾的，便大胆上前拱手招待，让福山到客厅上请坐奉茶，一面吩咐将所送的礼照单全收，亦照例开发了使力，先打发那学徒出门。可怜那学徒从未见过这个阵仗，此时早已唬得浑身抖战，面色如土，见居然有人命将礼收了，还照例开发使力，不由心中讶怪，直将他惊得目瞪口呆，愣怔了好半会儿。及至有人将他手中的托盘接过收了礼，将力钱放在托盘内、仍递给他时，他才恢复了知觉，知道此地不可久留，赶紧快步出门，连称侥幸，一口气飞速奔跑回铺。

“福山上厅坐下后，早有人进去飞报凤山知道。凤山大怒，询问来人是谁，居然有此胆量。回称来人自称为打虎山的萨老头子，封套的签条上写的系‘水旱马步皆无敌老人’。凤山听罢，不由唬得怒气尽灭，反倒抽了口冷气，面容立现异色。沉吟了一会儿，忽然又转变怒容，伸手从壁上摘下一口单刀，吆喝：‘速即抄家伙齐人！萨老头子早已听说死了，来人分明系冒充。况且俺和他素无仇怨，他怎会突然来和俺捣乱呢？大家休得惊疑，反被来人冒着死鬼的名姓讨了俺们的便宜去。’边说边已将辫子盘好，掖起长衣，提刀当先往外便走。手下见头领如此，便亦鼓着勇气，各拿刀枪棍棒跟随在后面，吆喝着杀往前面来。

“福山坐在客厅上，听得后面吆喝之声，已知凤山本人率众杀到，遂抖擞精神，将身立起。凤山当先转出屏风，跃身至福山面前，劈头就是一刀，口中喝骂：‘好个不要脸的无耻老贼，冒着死鬼萨福民的姓名，想来吓老子，可不是做你的清秋梦还不曾醒吗？其实，就是真正萨福民本人到来，俺亦要叫他来得去不得，给他一个下马威，何况你这冒名混充的老贼呢？照刀吧！’

“凤山的第一刀劈下时，福山早已不慌不忙地闪身让过，所以凤山边喝骂着边劈下单刀，并未劈着。说这‘照刀吧！’一句时，已是第二刀了。福山趁让他第一刀的势，顺手将那个老奸巨猾的凤山手下招待他至客厅上让座的那人像捉小鸡般叉住他的脖项，一把抓将过来，当作了护身的藤牌兵器。凤山的第二刀紧接着砍下时，福山已将那人抓住，一手抓住他的头颈，一手抓住他的腰眼，反身迎敌，一刀正劈在那人的胸际。因凤山使的力猛，竟致那人连肩带背，可怜‘哎呀’两字才嚷出口，身体已被单刀砍作两段，将心肺都被刀带出跌落下地，鲜红的血冒了凤山一面孔，满了一衣襟，福山的面部和衣袖大襟上亦被染成朱红的颜色。凤山因面上被血射着，吃了一惊，忙退步使衣袖拭面。福山却趁此机会，将两手内的两段尸身照准从屏风后拥出来的众人掷去。当先的一个虽眼明手快，让了过去，那随后的第二、三名却都被掷着，扑通仰面跌倒，他俩身往后跌，却带累了第四个亦被撞倒，第五个慌忙退步后让，却正和第六个前后互撞，连同第七个齐各打了个踉跄，险些跌倒，但因踉跄之故，三人身体一劈膀撞在堂前正中香角，哎呀一声，痛得将手中的兵器丢落下地，一脑袋碰在庭柱上，碰得头昏眼花，耳鸣脑涨，震得手中的兵器亦脱落下地，一腰眼撞在桌子角上，痛得身体蹲下去，丢刀捧揉痛处，哎呀连声，半晌不能直立起来。当先的都已各吃了亏，那后随的怎能再提得起勇气，早已同吃一惊，愣怔着止步伫足，不敢即往前拥。第一个虽躲过不吃亏，但因回头顾视同伴，见了这般情形，唬得不曾前进，反而缩身退回，慌得不知所可。同时福山腾空了两手，进身觑准了凤山执刀的右手，一脚踢去，正踢中在手腕上。凤山左手正使衣袖拭面，不及避让提防抵御，哎呀一声，锵银银一口单刀早被踢得脱手飞去，正忍痛拟拾起刀来再和福山动手，早被福山又飞起一脚，踢中在他的腰间，立身不住，口中才嚷哎呀，身体已跌倒在堂前方砖铺砌的地平面上，跌得头青眼肿，口中喷血。”

不知性命如何，请待下回续写。

评曰：

鸣呼，清代官场黑暗，何乃至于斯极也！本书前叙钱能通神，有罪可赎事，已足资人感喟。本回又记凤山之李代桃僵事，虽为历史过程中之污点，然而吾人苟念及陶潜所云“悟已往之不谏，知来者之可追”语，能不掷书兴叹，而促进今代贤明廉洁之司法界，力革斯弊，毋再蹈书中人之复辙也欤？吾前评谓作者传此，痛下针砭，殆有所感而发。观书中记叙之先后事实，孰能不首肯吾说也乎？然而后人之而不鉴之，益使后人而复哀后人，则作者命笔之苦心，将终无所取偿，于世道人心，卒无所获益，则将永世无本书知音之痛，求欲能不如贾长沙之长太息者，安可得耶？嗟嗟！

萨福民，满人中之大侠也。本书虽仅于末集中略记其任侠事，然其滑稽突梯，以奠仪为贺礼，已足令阅者眉飞色舞，而拍案兴起，剧称诙谐快哉不已矣，胡其行颇有战国时代说客风，设使相衡，则尤觉此贤于彼，诚有足多者。作者特借沙口为之立传，殆亦不以人废之微意也。然而，人以书传矣，萨虽不幸终身托迹绿林，与马贼为伍，如李广之暮年不侯，自得作者为之立传，得侪于关东奇侠，将永不朽矣。斯诚其不幸之幸哉！

## 第三十七回

# 耀武扬威不愧老当益壮
# 词严义正何殊神针法灸

话说海拉尔的恶霸凤山，因被鲜血汗冲面，退步拭脸，被福山乘势飞脚踢倒，接着进步又赏了他一脚尖，给他点住了穴道，使他无可腾挪动弹。即拾起地上的那口单刀，一脚踏住凤山的前胸，使刀尖儿指住他的嗓子，先向四面喝道："狐群儿党听真，谁不怕死，便上前来试刀。"后对凤山喝骂道："凤小子，你萨老太爷知道你今日死期已至，所以特地好意亲备香楮，登门吊丧，总算彼此皆在江湖上绿林中混过一阵。虽然大家对面并不相识，但是同道的义气，却不可不尽，所以才亲来祭奠。不料才进门，就被你手下的三光和雇用的奴仆像阴间恶犬、村上的恶狗一般，丝毫不识好歹，同对你萨老太爷狂吠，惹得你萨老太爷火起，各赏了他们一下嘴巴。照理，你得信就应该很乖巧地一步一拜，拜出堂前来跪接你萨老太爷，请罪求恕，叩问来意，谨遵示谕照办，才配称作'光棍'两字，惶恐你还先后在满洲里、海拉尔一带都居着首领地位，占过山头，站过码头，竟连当光棍的诀窍也不曾懂得。现在弄成香的不吃吃臭的，你该怎么样呢？还是向你萨老太爷请示来意为何，还是就拿你的脑袋试你的单刀呢？漂亮些，从爽快说，免惹得你萨老太爷火性发作，把你当从开刀，赏小刀子面给你吃，那时你这小子可就吃了大苦了！"

凤山到此地步，心中虽怒恨已极，怎奈身不能动，又被踹踏在脚底下，哪敢再摆嘴脸给人看、支牙饶舌、以恶言回报呢？常言“蝼蚁尚且贪生”，为人岂不惜命？凤山虽曾做过马贼首领，流氓都头，占山头称过英雄，站码头夸过一霸，但到此无法之时，亦只得暂时含羞忍辱，心忖，留得青山在，不愁没柴烧，只要能够不死，便不怕没有报仇的方法。因此恶念想定，遂向福山说好话求饶，并说并非自己冒失：“实因江湖上朋友、绿林中好汉早已风传你老人家驾返道山，故此俺才大胆，以为你老是冒充而非真正的萨老太爷，所以才敢冒犯尊颜。倘知你老就是萨老前辈本人驾到寒舍时，俺理应率领手下，列队拜接，斗胆也不敢放肆。现在只求你老人家大人不记小人之过，海涵包容，恕俺们初犯，高抬贵手，算作不知不罪。并求你老明示尊意，凡是俺们的力量能够照办的，绝不敢道半字推却。”

福山笑道：“小子，你这几句甘言巧语，如在刚才见面时就这么说，岂不干脆漂亮吗？好一个大人不记小人之过，你既这么说，老夫姑且恕你无知，饶你一回初犯，就宽宥你一次吧！”说罢，将刀收回，脚也提起了，四面环顾了一周，冷笑一声，威喝大家休动，听候吩咐，谁敢擅动，谁就照此一例看样儿，立刻追谁的狗命。说到看样儿时，挥刀向正中一张檀木的八仙方桌劈下，啪一剁，扑通响声一震，立刻将刀锋着处劈成两半，那未着刀锋之处却因这一震，震裂了开来。唬得客厅上下各执兵器，拟上前救护凤山，因投鼠忌器，而未敢莽撞的凤山羽党和是日得信或被邀来饮凤山纳宠喜酒的贺客，以及凤宅雇用的奴仆，一切爪牙鹰犬等人众，齐呆若木鸡地站立着，如同脚下皆被铁钉钉好，或是生了根的一般，大家都纹风也不敢动，各唬出了一身冷汗，打了个寒噤，张口吐出舌头，半晌缩不进去，只是呆望着一言不发。

福山劈过桌子，又使刀尖儿指着凤山的面门威喝道：“现在大清皇上乃是俺们满洲人，俺们果真爱护国家，忠心主子，就应该结好国内各种民族，表示一律平等，不分彼此。尤其是汉族，户口多，人才众，俺们格外应当亲近，庶几可使他们不怀二心，协力捍卫国家，抵御东西各国的洋鬼子，方是正理。不料偏偏俺们满洲本族的八旗人民毫无见识，一味地只知倚仗势力，专门强行霸道，只知有己，不知有人，暴虐苛待异族，无法无天，违背主子爱护百姓、一视同仁的深心，招惹得各民族怨声载道，才致发生长毛、捻子、回回等各省的内乱，前后经过了十数年。好容易才将各省乱事敉平，俺们满族受此教训，就该惩前毖后，好好结好汉、回、蒙、藏各族民众，共同努力，才是道理。虽然俺们都是当响马的出身，讲不到什么忠君爱民的大道理，但是俺们托迹绿林的人，本为借道栖身，所谓盗亦有道。不料你这小子，从满洲里回来后，居然表面上已称作洗手不干，实际上独霸一方，鱼肉乡里，比当强盗的还厉害十倍，岂不可恶之至？今天俺为此特地到来给你吊丧，乃是一团美意，有两句古话，叫作‘以前种种，比如昨日死；以后种种，比如今日生’，俺来吊丧，意思就是说你往日所为作为已死了，从今以后，改过向善，这一件你敢对天发誓，改过迁善，永远不再作恶吗？你如依得，先将此一件极容易的事办了，再说别的。”

凤山见他所教训的一篇大道理，虽说正义凛然，究竟轻而易举，完全是些空话，于是立即遵命照办，但仅发了个牙痛咒。福山见他发的并非重誓，毫无半点诚意，心中怒甚，姑且诈作认为满意。遂说第二项道：“现在俺们旗人，应该极力联络汉人，满、汉一家，无分彼此，才算得真忠心主子、爱护国家。既这般说法，俺要问你，今日你家中挂灯结彩，吹打奏乐，满聚着豪强奸恶狠毒的淫朋赌友，都是来做贺客的，究竟所为何事呢？汉子家应方放值价些，说谎胡扯，算不得好汉，何况你是在此地站码头独霸一方的领袖呢？快些说来！”

凤山见问，心忖，如直言实说系强抢汉女回来、威逼做妾的话，恐怕反为不美。倘然扯谎，又怕来人是已知道的，岂不更不好吗？

因此沉吟怙惙，不即回答。

福山见他沉吟，遂俯身伸手执起凤山的右手，捏紧凤山的手指，运功使劲，痛得凤山满头黄豆般大的汗珠儿直滴，杀猪价嚷叫饶命。福山喝令快快实说。凤山无奈，只得据实回答，哀求恕罪，并说：“君子一言，比如快马一鞭，你老人家才已说过，以前种种，比如昨日死，此事乃系先做下的，请你老不咎既往，面恕此罪。此后如或再犯，任凭你老怎样处置，绝无怨怼。”

福山见他实招，遂说：“很好，所幸那姑娘虽已被你抢回，但尚未曾真个魂销，悬崖勒马，究竟还来得及。照讲，你此事不仅最足挑拨满、汉两族的恶感，且亦最犯道中人的禁忌，违犯规条，本应斩你的狗头，但俺已允许在先，只得不咎既往。现在这样吧，你立刻将那汉女交俺护送她回去，和她的父母见面。不过他们贫苦人家，胆子又小，经不起吓，倘因此吓出病来，医药费可就担负不小。再则，她乃是个处女，闺女身份，因有被你抢回的事，恐怕破坏了名誉，已定亲的夫家或因此不要，立刻退婚，改嫁别家，定必多周折，她父母只生她一人，将来全赖半子孝养，岂不因此失去负责奉敬衣食的人了？这两项损失，依俺粗算，每项至少应该五千两银子，算是你赔给她的遮羞钱。你此事犯国法、背帮规，死罪既赦，活罪俺不得不略示惩戒。现在姑且每项只罚你五千两银子，两共一万纹银，人银两项，须得你立刻交出，不许延挨。否则，你便休想得活。老实话讲，万两银子在你历年悖入的数目上，简直只好算作一点零头，好比在水牯牛身上拔去一根毛，算不得一回什么事。就是你惜财不要命，情愿被俺杀死，但亦只算是白丢狗命，因为俺不来管此事则已，既已来管，休说你一人死了不能完结，就将你全家杀却，事未终了，俺的目的未达，亦绝不肯半途而废。你虽和萨老太爷不认识，但是萨老太爷平生做事的名誉，江湖上、绿林中的人互相传道称颂，谅来你已久知，无须你萨老太爷再自己表述的。”说罢，即又将手捏紧猛喝道：“凤家小畜牲，你究竟依命不依命呢？快说，不许稽延！”

凤山见他说话时声色俱厉，比前又陡然严重了许多，边痛得口中连呼哎呀，腹内边寻思他行侠作义的名望，凡是身在江湖绿林的人，谁不知晓呢，如不依从他的命令，的确是白死。他平素是说到办到，不达目的决不罢休的，俺又何苦先讨眼前亏吃。倘不忍痛割爱，将那汉女放出，并照给他一万银子，绝对逃不了此难。因即咬牙忍痛，对福山道："你老人家且请先松手，有话好说。要俺释放那汉女回去，此事极易遵命办理，所谓解铃原是系铃人，当然不成问题。这一万银子，并非俺要还价，希图打折扣，实因家中没有成千上万的银子。你老人家是明达的老前辈当然晓得住家人家，何来这许多现款马上可以搬取得出呢？这个须得恳求原谅。一则要求减少些数目，使俺较为容易筹措些，庶几可以不致误事；二则……"话还未说出口，已被福山又将手捏紧，痛得遍体臭汗，湿透了衫裤，痛得把以下的话要说竟不能说出喉咙，只痛得杀猪价呼疼，恳求饶恕。

福山略松手劲，发怒道："好个安分良民，你还配称作住家人家吗？俺说的话比商铺人家真不二价的金字招牌还要真诚可靠，从来绝无更改的。你既要俺减少，俺却要立刻见风涨价，两个五千，各涨一倍，共总变成两万，少一毫一厘一丝一忽也不成。"

凤山见说，只得连连答应，说："萨老太爷请息怒，你老吩咐，俺怎敢还价呢？实情怕一时拿不出来，所以才向你老情商。既你老不肯答应，俺就不说恳求减少的话，仍请你老照先吩咐的数目，就总共作一万了吧！"

福山听他说照原价，即冷笑道："你这小子真是个善于缩头的乌龟子儿，俺要一万，你请打折扣，俺讨两万，你就依一万，俺如索价十万时，你难道还价五六万不成？这可不行，俺既说出两万的数目，岂有再度反齿之理？出乎尔反乎尔的事，老夫生平所不为，你也休想从你凤山起，破坏老夫说一不二的例。但是老夫亦非固执己见，丝毫不肯通融，刚才你既说出一万，俺就慨然允诺，特别通融一回。今日先收你一万现款，其余一万，由你出立笔据，约期在最近几天之内如数偿还，半现半欠，老夫亦未尝不可。”

凤山忙称谢哀恳，要求将后加的一万取消，并请求慨允，一万之数准许半现半欠，并说：“实情家内搬不出这笔巨款，即一时向朋友亲眷商借，亦恐凑集不齐。”

福山见他得寸进尺，推三阻四，料知他系当地的大流氓，往时又充当过多年马贼首领，这一两万现款，在他家中，想情亦可搬得出，遂怒喝道：“你这小子，居然敢在老夫面前假哭穷放刁。不给你苦吃，你绝不肯直截了当地痛快答应！”说罢，即一手将凤山的手指捏紧，一手将单刀倒将过来，使刀柄在他两腿弯里各击了两下，这捏凤山手指的手劲和使刀柄敲击凤山腿弯的阴劲，虽在福山自己认为他的寻常功夫，但在凤山却已无福消受，万万承当不起，早已痛彻心肝，哇呀呀、啊哟哟地痛得乱嚷乱叫，只得哀呼求饶，口称：“谨遵台命，一万现付，一万缮立字据，约期付给。”

福山捏手敲打同时并作时，口中又逼紧询问：“究竟遵不遵老夫的示？还敢不敢放刁了？”所以凤山才匆促慌迫乱嚷应承。

福山见他全皆应诺，才住手转过刀柄，松手将凤山的手放了。凤山恍如死囚逢大赦一般，赶紧称谢。慌令站得较近面前的两名恶奴：“火速传话进去，将今日才从乡下带回来的那名汉女，命仆妇们将她搀扶出来，跟随来救她的这位萨老太爷回去，和她的爹娘厮见。并令回禀大太太，赶紧将内宅所藏有的现款，不论是银子、洋钱，以及金箔、金叶、金条、银条，完全搬取出来，请账房先生照市价折合，凑足一万两银子整数。倘如不足，须将太太、姨太太等各位女主人所有的金银珠宝等首饰和绫罗绸缎制成衣服及各种细毛的皮衣，凡是贵重值钱的东西，齐拿出来，赶紧去典当内质押现款，先凑集一万两交付这位老英雄带去。”

两奴领命，急匆匆地进内传话。

不知两奴进去，凤山的大、小老婆曾将一万两现银凑足数目，取出交付，并将那被劫的汉女释放回去否，请待下回再写。

评曰：

萨福民自号为水旱马步皆无敌，观本回以徒手敌器械，挡者非死即伤，大有楚霸王叱咤风云变色之概，诚足征其七字自号为不浮夸，非若余子徒以大言炫人者可比拟，准是，则其往时栖身绿林，浪迹江湖之所作为，可以本回所写，概括无余矣。善读书者，当能举一反三，固不待辞费而后始能明其究竟也。

耶律胜得号曰漠北大王，而萨则自称为水旱马步皆无敌，读者苟取本回与首卷胜被女郎掌颊塞粪事对照参观，则不仅先后辉映，好看煞人，而其艺之一精一否，相去实不可以道里计，尤足兴人感喟，发人深省。至本回作者所以借沙口如此写法，固不仅在使与首卷参证，映射成趣作章法，实为前文所记萨之沽酒奉师门人，与下文本书总结作一锁链，略示于人以作文楷模也。则是以观，萨为实至名归，名副其实，而胜则幸得微名，徒具表而无实际，宜乎萨则终身不败，而胜则一遇强敌即局促如辕下驹。揆作者之用心，不啻明示人以君子务本，戒慕虚荣，若冀成虚名，炫耀世俗，则败不旋踵，可立而待，是自暴自弃，舍本逐末，甘为胜续而已，其即自作孽，不可逭之谓欤！

福山训诲凤山各语，诚为当时在朝之清室王公等所不及知，与知之而不能道，不敢道者，书曰神针法炙，盖深嘉许之也。

借萨言发回捻乱初平语，呼应首卷，虽仅轻轻一笔，已具见盘旋婉转，曲折蜿蜒，使读者知文如常山蛇然，击首则尾应，击尾则首应，击中则首尾皆应之诀。又小说有所谓引史征信法者，如《水浒》之写梁山泊、《七侠五义》之后写换太子、本回之记初平发回捻等皆是也。

## 第三十八回

# 救难女老侠士显艺
# 做刺客大流氓丧生

话说凤山处于万般无奈、不能挣扎、不敢倔强之时，只得令两名恶奴进内宅去传话。两名豪仆去不一会儿，环佩叮当，已从里面由两名仆妇、两名丫头四人簇拥搀扶着一位花朵也似的俊俏佳人出来。

福山看时，正是一位千娇百媚、年约二八的闺秀。那面容颇和才在乡村上会见的那夫妻老两口子容貌相似，粉面上显然看得见有两条泪痕，知道那个被抢的姑娘正是这位佳人，并不曾由凤山的内眷和家下恶奴等使用诡计将那姑娘另藏别屋，却用别个女子乔装打扮，临时混充，只不过此刻那姑娘已被凤家的丫鬟、仆妇强逼着从头至足更换了一身绸缎簇新的衣服，满头又戴插着珠翠各式的花朵金器首饰。又见在她左边扶持的那名仆妇手中提着个花布小包袱，料知包袱内包的定系那姑娘来时所穿戴的衣服首饰。

凤山见了，即令仆妇们将她扶至福山面前，和福山相见。

福山即先安慰她休哭，并指着地下已死、受伤和凤山本人等众，对她说明来救她的缘由及一切经过。听得那姑娘惊喜交集，两泪交流地对福山盈盈下拜。拜谢罢起身立在一边，良久良久，才由奉命进去传话两名恶仆同着另两名豪奴各提着一个蓝布大包袱，转出屏风，直到福山面前，将包袱打开，请福山点验数目，首由两名恶奴各拿着一张照市折合的清单，分递给福、凤宾主两人观看。

福山本意只在救人，送奠仪做贺礼和索两万银子乃是沿途赶来时在路上想好的主意，这时略一观看，也无心细算错否、细核包袱内的银子数目对否，即收清单在怀内，吩咐凤山写字据。说罢，伸足将他的穴道点活，伸手扶他立起，即将他的辫子抓在手心里，防他或有变卦。

凤山到此万般无奈之时，只得依言照写了一张欠据，共是一万银子，约期在第十天如数清还。写好签名画押，打过手印，交福山过目收了。

福山遂吩咐凤山，转令他家中奴仆，立刻套好一辆骡车，并借给自己一匹牲口，车子套好，歇在门外，马亦配上鞍子，牵在门首侍候。福山即令凤家奴婢，将四个大蓝布包袱照旧打好，提着送到门外，放在骡车车厢里，并将那个花布小包袱交给那姑娘本人，即一手提刀，一手扯住凤山的衣袖，同到门外，先让那姑娘上了车，坐下身。查点过四个包袱，并无讹错，福山接过鞭子，才松了捉凤山衣袖的手，提刀飞上马背，将刀搁在判官头上，坐在马背上向凤山抱拳告别。喝令赶车的赶车先行，才举鞭轻敲马股，一带缰绳，带笑向凤山等人众点头道声再见，即催马紧随在骡车后面，保护着往那乡下的村庄进发。

赶车的对福山道：“此去颇有路程，现在已将落日，万来不及赶到目的地，何不就在本地住宿一宵，待至明天清早再动身前往，岂不很好吗？”

福山闻言，坐身在马背上沉吟了一会儿，因防凤山调遣手下亡命从间道抄至前面小路上埋伏着等候，现在正届初三，月亮只有一会儿时间即已没有了，黑晚赶路，如系空身人固然不成问题，但今日情形不同，既有一万现款携带着，又有这么一位浑身吉服、满头珠翠的美貌汉女坐在车内，万一那时遇着埋伏，赶车者又是他们的同党，岂能靠得住？彼时俺独自一人，黑夜间和众人厮杀，焉能分身兼顾骡车？骡车倘被劫去，俺岂不反弄巧成拙，落了个人财两空？真正应了古语，叫作“三十岁老娘倒绷孩儿”，这个跟头栽得岂不太冤了吗？因此遂说：“很好，俺们可径到街头上那家嘉宾客栈的上房内去，俺的下处本就寓在那里。”赶车的闻言大喜，忙将车赶到嘉宾客栈门首，由福山唤住歇下。早有店内小二看见，忙向前接鞭牵马，并去卸车。

赶车的下了车，请那汉女下车进店，一面令小二将车厢内大小五个包袱先拿进店去。那汉女因曾目见福山在凤家的事，又年高了，所以并不惊疑，当即下车入内，由小二提包袱引导着，另一小二早将福山的马匹、套驾骡车的骡子一齐牵往后槽去喂料。福山同赶车的帮着小二将包袱分拿着，齐往后面上房内去，安放好了，福山令赶车的不必另外住下房，可就在上房里胡乱坐一夜，守到天明动身，既可省却多住下房的费用，又可免去男女同居一房的嫌疑。因为如果另外再租一间上房让那姑娘独身居住时，又恐或有事故，照料不便，她又在难中，满腹都怀着忧疑恐惧悲伤，如果独居一房，恐引起她的悲哀，或竟生出意外来，故此才吩咐那赶车的不必另住下房。

赶车的从凤家发脚时，本已受有凤山手下悍泼奸猾的头目指使，吩咐他在路上如何用言语对付福山，使福山不即刻往那乡村上去，住在本地随便哪家客店里，赶紧悄避回来报信。这时他见福山吩咐，休另住下房，口中虽不敢不应，腹中却暗自着急，怕误了事，明儿回去，被主家叱骂。只因他这么一皱眉，答应时不甚痛快，被福山看见，猜测他定有歹恶的心事，心中一转念，料定必与凤山手下或凤山有关，他定系受有什么秘密使命，于是故意推说大解，走出房去，潜身在隐僻处遥望。

那车夫乘此机会，果然潜行溜出上房，径到前面，悄悄唤过一名小二来，告诉他凤家住址，吩咐他立刻就去送信。边说边从身边摸出钱来，算是送给那小二吸烟喝茶的。小二接受了命令，当即答应，往外就走。赶车的怕时候多了，福山回房不便，遂赶紧回房。

他这番动作，早被福山在背后看了个清楚，回房却诈作不知，只留心着半夜里罢了。

晚饭后，福山命那姑娘在铺上和衣安息，自和赶车的在另一铺上抵足而眠。赶车的满望凤山手下的人来办事，他好趁乱里顺手牵羊般将四个包袱盗来，径回自己家中去平安享受，不再操作贱役，充当奴隶。福山亦仔细提防凤山手下，或来追袭偷冷，所以两人都因各有心事，未曾睡熟，却都假装业已睡熟，互相谎骗着。

过了好一会儿，听外面已打三更，知道已经夜深，仍未见一点动静，不由一齐心中奇怪。福山心忖，难道凤山和他的手下人等肯就这么罢休不成？定必有何诡计，亦未可知。因这一想，格外睡不熟，微睁双目，向那和床对面的短窗一望，哪知就在这一望间，被福山隔窗望见窗外隐约立着个人影，手中拿着个千里火筒，或是别种火器，凑在一个现成的窗棂眼孔里，在蜡烛光下，冒现出一缕白烟来，并隐约听得那人在外面轻轻地吹嘘那火。

福山是老于江湖，久在黑道中的老前辈了，闻见此等情形，哪会不知呢？早已知道来人手中点的是一种什么闷香，所以才立在外面对火吹气，吹送那香气从窗眼内进来，好使里面的人闻着，被闷香闷倒，任凭随后进来，怎么摆布自己。故此立刻假作已嗅着香味的模样，连打了两个喷嚏，诱引那外面来人。果然福山才打过两个喷嚏，外面已将那火缩回收好，接着便听见有人拨落窗闩、门闩，轻轻推开窗槅房门，从窗口飞身跃进两个大汉，房门口亦走进三个汉子，两面共进来五人，为首的正是凤山。跃身进房后，一口气先将桌上的一支点着的蜡烛吹熄灭了，从背上拔下那交叉着的两口单刀，扑至福山面前，双刀齐下，向福山脖项、前胸便开。

福山见有人拨落两处的闩，早已有了准备。待凤山到他面前抡刀砍下时，福山早已急急掀被，身体往床下一滚，双手一伸，各都击在凤山的手腕上。凤山双刀尖儿才砍在被上，两手腕已被福山击痛，竟痛得将两口刀丢落下地去，被福山接住刀柄，滚身下床，使劲将身向凤山一撞。凤山白天的伤痛本尚未好，此时手腕又疼，因这么一撞，竟被撞倒在地。福山怒恨已极，顺势即踢了他一脚，又戳了他一刀，凤山虽然英雄了得，被这一脚一刀，却亦承当不起，竟致呜呼死了。同来的四人正拟动身，已见首领丧了性命，唬得赶速从地下抢救了凤山的尸首，由一人背负着先逃，余三人在后保护。

福山怕追蹑出去，赶车的或有不好的举动，顾东失西，反为不妙，故此先将双刀并握在左手里，使右拳对准赶车的就是两拳，打伤了并点住他的穴道，这才拔步追赶。出房料知他们都是从屋上来的，故亦飞身上屋，四下一望，远远见前面屋上有许多黑影子奔逃，正拟向前赶去，猛然见即从那一群黑影子里，同时忽飞来了几样暗器，只得闪身避让。躲过几宗暗器之后，才拟向前追，但因凤山手下众人上屋时，急促间用力较重，踏破了瓦，那暗器落在瓦上，声响颇大，早将客店内值夜的小二和旅客睡醒或未睡熟的人等惊动了，疑系有贼行窃，遂不约而同纷纷高嚷捉贼。

福山因听得下面嚷声四起，怕房门窗槅开着，被人趁火打劫，将包袱内现银偷去，故此止步不追，轻轻跳下去，回房关窗掩门，点上蜡烛，察看地下，所幸虽有血点儿，但并不多，约共只有十来滴，至房门口即已没有痕迹了。料知是因凤山创口被人背着，恰巧堵塞住了，所以才不致洒滴，因此心遂定了，边留意偷听外面，已定了声息，边使茶壶内茶倒在地板上血点处，用鞋尖蹦踏，消灭了痕迹。查察包袱，并未缺少，心忖可惜凤山已被俺杀死了，还有一万银子，只好放来生债了。想到此，忍不住又好笑了起来。

赶车的被两拳打伤了，呻吟呼痛，低声求饶。福山含笑悄悄对他道："要俺饶你这厮，守到天明动身，俺才可以恕你。此时先给你治伤定痛，行一回好吧！"说罢，从身边取出包伤药，给赶车的调敷了伤处，吞服了一点。顷刻间，赶车的果觉疼痛若失。好容易盼望到天光大亮，才由福山给他点活了血络，扶他起来在房内走了个来回。同时那姑娘亦已起身下床，梳洗漱口用过早点后，福山命小二去将骡车套好，马牵出外，并将包袱拿上车去，这才同赶车的和那姑娘一齐出门上车乘马。福山吩咐店家：“俺尚有自己的包袱在房内，停会儿俺还要来，账守停会儿再结吧！”于是赶车催马前行，赶到那村庄上，直至那汉人家门口停驻。早由那姑娘的父母一家和邻舍男女人等，看见纷来迎接。那姑娘和父母见面，忍不住号啕痛哭，好容易方才忍住，早由赶车的和别人将车上五个包袱拿进屋内去，并让请福山进内休息。福山进去坐下后，即将赶车的唤到面前，很严重地教训了他一顿，才打发他赶空车回去。

赶车的走后，福山即将包袱内现银交给那姑娘的父母，吩咐他一家：“速即动身，本来原籍何处的，赶紧回原籍去，以防凤山手下人来报复。有这一万现款，回去尽够受用了。不过内中有五千乃是罚凤山命他助善举的，你一家搬回原籍后，须得酌量情形，捐助善举，方才不负俺的用意。俺现在自己的事尚未办，须得就去办自己的事，就此告辞，日后再见吧！”说罢，起身告别。

那姑娘一家男女一齐感恩叩谢，拜求留名。福山将姓氏里居说了，即出门上马，回奔海拉尔。先到客店里结算过账目，又去办完了事，并未逗留，即日动身回转打虎山去。

沙守义说到此处，略停一停，即接续说道：“这是前两年的事，俺回家时，凤山一份人家早已风流云散，不知去向。据闻系因当年福山杀死凤山后，他手下趁火打劫，将凤山平时积下的产业大家平分了。同时又被一班吃衙门饭的差捕们以追究查缉为名，施行敲诈，凤山的大小老婆都在年轻时代，处此家庭，焉知节义？又感受她们亡夫手下羽党和差役们的捣乱慑迫，遂相约携带细软银钱，一齐潜逃，改嫁的改嫁，跟人的跟人，重堕风尘，再做神女的也有。凤山一家人家，就此无形消灭了。当时他手下羽党等众，因无头领统率，曾稍稍敛迹了些时日。后来过了些时，他们见无甚风声，才敢又出头露面，卷土重来，公举首领，重又横行不法起来。因此俺回家后，才有被他们先下手为强的事。”

耶律胜道：“事已有很多的时日了，师兄今日路过此地，尚系为的此事，怎么会如此迁延不决呢？外间传言，萨福民不已死了多年吗，怎么会还活着呢？为何他又名唤福山，这凤家酒肆的主人和他是何种朋友，往时俺听福山亲口说，他有一位徒弟，每日奉敬他五串大钱沽酒喝，师兄可能知其详细吗？”

毕竟沙守义如何回答，请待下回再写。

评曰：

凤山希图减少，而反致增加，此诚与世俗所谓想讨便宜，反失便宜者近似，为之说明，足使世人警惕不少。

凤山午夜行刺，乞助于闷香，以为可获胜利，而不知反堕萨之玄中，自速其死。呜呼！今之阴谋杀害人者众矣，其能不克达目的，为凤山之续者，有几哉？惜世人不察耳。

自前文萨有徒供应酒资后，读者想慕其久矣，故作者借以收束本卷，而振读者亟欲阅下回之兴味焉。

## 第三十九回

# 背官箴有司徒自苦
# 泄机密侠义竟速祸

话说沙守义见问，叹道：“这叫作匹夫无罪，怀璧其罪。论理，俺家被凤山等所害，曾经告状不准，此次俺回来和众青皮光棍闹事，又系衅自彼开，俺又在事前先派人到官厅报告，请派兵弁捕快拿人，手续不可谓不周。哪知俺家火焚之后，青皮光棍在场的，除死者以外，无论伤与不伤，皆被捉将官里去，无一得脱身事外。俺原本居于原告地位，青皮光棍们既属被告，又兼系滋事和纵火的祸首，被捉到官，当然应该重重办罪，方才不愧为伸张国纪、维持治安、保护良民的好官长。哪知大谬不然。

“当日火焚之后，俺全家老幼男女人口赶紧迁居，一面由俺自己到官投案，以原告身份进状请治各青皮光棍无故寻衅、放火谋害的罪，应请判令各被告赔偿俺家被放火烧去房屋、家具、衣服、首饰的损害，并要求官厅追查俺家数年被打伤先父、闭行的各种损失，开账请令各青皮照赔。又此次俺家男女上下人口所有因救火被火灼伤，或被撞碰受伤，或于各被告故意来滋生事端时被彼等兵器拳脚所伤，各种因伤而致不能做事和目下医药、日后因伤成患或致终身受损等种种的损失，开列被焚财物的清单，请判令赔偿，又开列人名，请官派员验伤，亦列账请官判令赔偿损失。官厅据状，当日审讯甚公，不料忽然暗受青皮等之贿，次日第二堂审讯时，各青皮光棍异口同声咬定系沙某杀人、放火灭迹，希图索诈赔款。又说：‘从前的事，及系沙某之父与凤山有仇，彼此积不相解，现在沙某之父与凤山都去世已久，死无对证，何能诬陷民等打伤其父？沙家闭行歇业，更与民等风马牛不相及，往年其父在日，曾到官告状，官察知其诬枉，当曾驳斥不准，有案可稽，可知沙某系捏词诬告。此次沙某预先报官，可知是沙某早有成竹在胸，所以才致有此胆量杀人放火、欺蒙官长，应请官长治沙某杀人放火、诬陷好人、诈索巨款等罪。’

“各青皮另又进状，请求交保出外候审。官厅据供，遂驳斥俺的状词，严究俺家放火灭迹图赔等罪。俺被质讯，据理抗答，官厅虽不能设词难俺，和过于昧良，当堂上下其手，援助青皮光棍，但因看在孔方兄的面上，对于此案遂一面用延宕手段，一堂一堂地往下拖延日期，久不审结。一面摆起官威，打起官话来，说原、被两告往年即已结仇，沙家如系安分良民，何致与流氓青皮为仇？如沙某没有羽党集成狠恶势力，何致青皮光棍成群结队地登门求饶？可知双方都非好人。放火一事，双方供词各执，须经派员查报，并令沙某举证，又判令沙某交保。官厅这种故入人罪，大打官话的片面理由，激引得俺怒火大发，恨不得立刻大闹公堂、杀官示威，并将各青皮一齐当堂杀死，才出得胸中的这口恶气。怎奈为国法所限，又因碍于家居海拉尔已有数代，祖宗坟墓、历代遗产都在海拉尔，未免投鼠忌器，不能任性鲁莽。且又已明知官意，旨在得贿，所以只得勉强忍耐遵判交保。一面延聘刀笔，补状催请速审了结，照原状所列各款，判令各被告赔偿。一面托人请衙门内刑名师爷出来相晤，探询官意，请他善为关说、据理和事实，代白以往冤情。并许下愿心，准定略送贿赂，算是子民孝敬父母官的微意。不料官厅业已探知俺家颇有产业，对于俺所许的愿心，认为只在水牯牛背上拔得一根毫毛，因此绝不原谅，据理代良民明冤，那是更谈不到。

“俺因官望太侈，如将先人辛苦挣下的产业尽量变钱贿官，实在心中亦有所不甘，故此一怒之下，索性不送地方官分文，同时各已死青皮和因伤而成残废的各光棍等家属中，先后状告俺为正凶，请官厅捉拿凶手，归案讯办，除求官将俺抵罪偿命而外，亦学俺的样，都各兼代民事私诉，要求赔偿各该死伤者因死伤而遭受的损失，初则各家分别递状，后则合力联名捏告。官厅因俺所许之贿数太少，且又未尝果真孝敬，心中深滋不悦，遂准了各家的状，借题发挥，捉俺到案，又大打官话，摆官威。经俺当堂严词抗辩，正言顶撞，直斥官厅贪赃枉法，上负国恩，下反民意，官遂硬指俺为刁民，传谕用刑，先治俺咆哮公堂、目无官长之罪，后再严究俺行凶杀人、伤人的罪名。俺心中虽已怒极了，本拟不顾一切，索性大闹公堂的，但因恐事闹大了，祸及家族，累及祖茔，更有许多不妙，只得又忍怒不发，请官宽恕，说不敢咆哮，愿好好听审。

“幸喜是时俺有一位近房的族兄，曾中举人，任过好几省的知县、知州、知府及兵备道等官，新近又被恩命，任为巡按，前往甘肃、青海、新疆等处，宣慰回民，广示皇上德意，并命沿途查察官吏，审理官民一切民刑案件，准许先斩后奏，便宜处置。未出京前，曾面圣请安，恳求恩准给假一月，先回家扫墓，处理过私事，然后再回京陛辞，请训出京，以免因私事萦怀，贻误国事。皇上准奏，故此族兄由京回到海拉尔家中来，连日都曾和俺会见。

“族兄因知俺已学成武艺，心中大悦，正恐此去路上或有差池，乏人保护，虽已延聘四名镖师，借调六名往日在各省任官时各衙门内有本领的名手捕快，随往巡按行署保护，办案当差。但终不及俺英雄武勇，又系族弟比他们心腹亲切，故此连日见面，屡次恳切诚意相邀，邀俺随同前往。并许保俺记名守备，实授六品校尉，先任巡按衙门的弁勇亲兵督带及教练官兼任侦缉总头目，统辖本署各班马步捕快公差。凡巡行经过各地各衙门的全体捕快，临时均受节制调遣，日后回京，论功行赏，除可升任实授四品校尉，赐号忠勇巴图鲁外，至少可得外放任为一镇的总兵前程。俺因族兄词意恳切，情不可却，遂将学武的所以缘由和回家后的遭际详细告知族兄，说现今此案未结，不能马上随同赴任，只得稍缓几时，守审结之后，再当赶赴行辕谒见，充任护卫，随侍当差，以报知遇。族兄闻说，遂说：‘容愚兄明日亲自去会本地官僚，代为说项，请求从速秉公办理。贤弟亦随意委人代表办理诉讼，即可随俺动身。’俺见他说得诚恳迫切，不好意思不应允随往，遂申谢厚意，并说：‘全仰大力周旋，使小弟得稍慰先人在天之灵。’此乃前一日的事。

“第二天，俺被官厅派捕快以被各青皮家属控告为杀死伤害各人的凶手正犯罪名捉到衙门里去听审，正当官厅传谕用刑、俺忍气转口请恕、不敢咆哮之后时，官才拍惊堂木将要喝令用刑，所幸话尚未出口，俺族兄已如隔日之言，亲到衙门访会地方官。官因来者正是现今皇上面前的红人，又系本地的缙绅，不敢怠慢，忙缩回喝令用刑的话头，命暂将各案人犯都带过一边，即起身离公案，整衣冠，传命开正门鸣炮奏乐。两旁站堂的差人全体列队整齐，随同出衙迎接。因这一岔，俺才幸免冤枉受刑。

“当日族兄与官见面，寒暄后，即代俺说项，陈明冤屈，请求速为讯结。又说他本人不日即将晋京面圣，拟偕俺一同进京，往任上去当差，怕因此案延搁误事，所以才亲来说项。官闻言诺诺连声，口称：‘卑职遵命，赶紧派员查明速结。’族兄作别出衙后，官又当堂集讯，才温言和颜地对俺说话，命俺退回听传，一面将各原告的状子当堂驳斥，一律不准，逐出衙外。俺大喜回家，去见族兄道谢。

“正在这时，地方官陪同钦差赍圣旨到来。跪接宣读，乃上谕立召族兄回京，不许延误。族兄奉旨，送钦差地方官走后，连夜收拾细软行装，次日一早，轻车简从，匆促动身，吩咐家属，所有不及携带的笨重行李箱笼等项，将来可交守义随身带到任上去。地方官因俺族兄走了，不曾知道俺是否真情到巡按衙去当差，故此又拿出他棺材里伸手的本领来，向俺需索贿赂。俺因已赌气在先，决计不理会他，故此遂延搁下来。那些青皮家属有的告俺凶手，有的提出反诉，在狱各犯亦多竭力设法，请交保放出就医，听候传审。官见俺不理会，他遂又准状，派公差来捉俺到衙。差人来时，适巧族兄打发专人，持亲笔信回海拉尔，告知已奏保俺为记名守备等情，特地专人召俺火速晋京，克期一同赴任，另有致地方官的信和家书。来人因族兄面命先送俺的信，次送地方官的信，再次才送家书，所以当即偕同差人，往见地方官。差人见俺有靠山，又知俺武勇，所以不敢得罪，即同来人去了，因此官才不敢再打官话。但因前几天已擅自做主，已将在狱的青皮保释了好几名，此时急欲审结，无如竟一时传讯不着，连保人都逃跑了。至此官才知是青皮光棍的同参弟兄和徒党们设计串保，不由愤怒惊忧，但已悔之不及。

“俺因官太贪财，案久不结，族兄又立召进京，遂请人撰状，携带同伴，进省叩抚、臬两署上控。一面陈情巡、臬两宪，以族兄之信为凭，请准委人代理诉讼。两宪一齐准状，传谕委员前往查办，调全案卷宗，令地方官亲押一切人犯进省听审，并蒙准如所请，特许委人代理。俺遂先由省城打发一名同伴，送信进京，告知族兄，一面和同伴回家，代族兄运未及携带的各物和委托代理诉讼的人，并处置些家务，取自己的行李包袱，克日进京。不料回到此地，同行者忽然感冒，只得住店稍息。贤弟请想，如非地方官太贪婪，俺的事不就已了结吗？这正是俺应了古人‘匹夫无罪，怀璧其罪’的话了！”

耶律胜听罢，亦不禁感叹，即说：“现在可好了，抚台、臬台都已准状，不怕那地方官不丢官职，或且受严办，亦未可知呢，师兄现在已膺荣任，云程发轫，可喜可贺。小弟今晚即在这下处里略备水酒，给师兄道贺，略示敬意，并饯荣行，尚乞师兄勿却。”

沙守义来会耶律胜，本来另有事情乘便奉托，见面后，尚未谈及，见说本晚请他用酒席，一则正好借此长时间畅谈，奉托事务；二则因师弟一片诚心，感觉同学义气，不好却情，故此一口应允。

耶律胜遂又请问师兄：“聚英栈内的同伴，请师兄写字柬去邀来作陪，并给病人起病如何？”

沙守义见说，遂代同伴称谢，婉辞奉召。又说：“俺和你尚另有事谈，有别人同席，反恐不便，不如免了吧！”又说：“贤弟不必多备菜肴，人少吃不完，反多花钱，未免太不经济。”

耶律胜因师兄如此说法，遂道：“不妨，停会儿俺们可将酒菜分一半送到聚英栈去，请贵同伴们吃喝，岂不是好吗？”

沙守义大喜称谢，依言即刻在桌拿纸笔，写了张字条儿，请耶律胜唤小二进来，命他送给各同伴，说明本人在此晚饭，各位晚饭请等此地送酒菜到来时再用。

小二去后，耶律胜正写好了菜单，小二已领了回条来回话，说：“他们遵命在那边恭候，并请代言道谢。”

耶律胜遂将菜单交小二拿去，转令厨房或往外面馆子里去照办。沙守义向小二道谢辛苦。小二接过菜单，问过酒名斤数，出房去了。

耶律胜又问师兄：“萨福民因何人传已死，究竟‘福山’两字是他的真名，抑是假名？凤老二和他有无关系？他那每天送钱请他沽酒喝的徒弟是谁？据闻他往年曾蒙皇上赐给他一只酒葫芦，这话确不确？”

沙守义笑道：“俺初时因听你在凤家酒肆里问过福山的名字，且又在凤家酒肆问，只道你是已知道的，所以并未问你。告诉你俺家的事时，萨福民和福山两个名字随口说出，现在告诉你知道了吧！萨福民的本名原唤作福山，因为他系在打虎山养的，所以才取此名。后来长成了，因为学武成功，和你现在一样，背黄包袱出门访友，所往皆胜。‘福山’两字在彼时颇享盛名，因此被黑道中一位首领闻知，想拉他入伙，增加实力，壮壮声威。遂亦化装访友的人，和他在客店内相会，竭力恭维巴结，沿途和他同行，所有福山的一切用度全由那人供应，从未皱一皱眉头。可是那人的钱财终究来路不明，一路上供应福山，真个可称挥金如土，使银像使水一般，给福山买好马、制衣服、打宝剑、购兵器，巴结得福山不好意思，问他如此待遇，有无什么意思。那人总笑而不答。问得紧了，才说：‘是实因敬已极，崇拜你是条好汉，诚心结为朋友，所以才如此交结。’福山见他屡次都这么说，遂亦不疑，即在路上客店里和他结为盟兄弟。二人拜过把子，割血在酒里，同饮过酒，对天立誓，愿同生死，共安乐。

“二人既结为异姓手足，如兄拜弟，当然比前格外亲密。那人才将本来面目揭破，说：‘本人名唤凤来仪，现充滨江一带的马贼首领，原籍家居呼兰城内，历代开设酒肆，乡党因本人排行第二，所以都唤俺为凤老二。绿林中人都称俺为丹凤，不知俺的真名里居。’福山毕竟是英雄，闻言略不畏惧犹疑，反因他推心置腹、以诚相见之故，格外敬爱起来，于是凤来仪对福山陈述贪官污吏、土豪劣绅等残害良民，鱼肉乡里的种种罪恶，激引福山的义愤，劝诱他亦加入马贼伙伴内，共同扶弱锄强，行侠作义。福山渐渐为他的言语所打动。

“恰巧路过河间，河间地方人士执贱役的颇多，尤多者是在皇宫里当太监的。因此颇有人见太监家中暴富，和亲友得援引做官发财，歆羡非常，遂自宫或被人所宫，往京城投奔现已在宫内当老公的同乡，拉开裤子求验，请愿援引入宫亦当太监的，颇不乏其人。其时，河间府属龙王庙地方，有个曾在宫里当过三十余年老公，因年老得蒙恩准回籍的老太监，仗着他的子侄有好几个都在宫里有职事的太监走着红，遂在家乡大兴土木，强占民地，建造宅第，硬取民料，不给分文。地方官绅大家都想他的子侄辈在太后及天子面前说一两句好话之故，谁不趋奉他、仰他的鼻息？因此那些被占土地木瓦砖石等料的百姓，便有冤无处申。他又在家巧立名目，敲剥乡里，官绅因巴结他之故，不得不在百姓身上搜刮。百姓被这层层的剥削，痛苦万分，敢怒不敢言。有大胆偶或反抗的，立刻被官捉去坐牢，甚至杀死，因此遂造成许多百姓奋而抛弃家业，远行他往，和被逼无奈而自杀的惨剧。

“凤来仪同福山两人到河间府城落店后，在街上目见有一纨绔少年，率几名闲汉，在街心拦阻一个妙年女子的去路，尽量调戏，末后竟将那女强劫了回去。行人见如不见，竟无人一敢问。二人问人，才知少年是那老太监的干儿子，最得老太监的宠，现已捐为监生，性喜渔色，那些闲汉都是他豢养的鹰犬，本地人谁敢惹他？二人闻言大怒，凤来仪当先赶上，一顿拳脚，将那少年连各闲汉一齐打跌在地，救了那个女子。二人护送她回家，唬得那女子全家即刻收拾细软，丢下家业，逃往乡下去避难。二人看了不忍，各将身边所带的银钱一齐取出，追上送给那女子的父母，作为程仪。二人回身进城，正逢官兵捕快由少年闲汉领着，来追拿他二人，当被二人迎头痛击，打得落花流水。少年闲汉都被打死，官兵捕快齐被打伤，四散逃跑。

“二人因已闯祸，遂索性大闹一闹，一径冲杀到那老太监新建的住宅内去，将老太监本人及全家老幼一齐杀死，收拾了两大包袱贵重首饰、金银现款，各背负了一个，即将那房子四面放火烧得精光大吉，也不回店，即行取路动身，赶奔出关。因有了这件事，福山才入伙当马贼。因怕累害家族，故此改名萨福民，在关东三省各府州县厅，及内外蒙古各盟旗地方，几乎无人不知他‘水旱马步皆无敌’的七字威名，行踪飘忽无定，所杀所救的人不知几万几千，从未破过案。官厅颇有招抚他为国宣劳之意，怎奈既无人认识他，又不知他巢穴在何处，每捉到马贼，任凭如何严刑究问，亦坚不吐实，反都自承即是萨某的。官厅因捉他不得，抚他不成，只得悬赏购线，哪知逐渐增加，由一千加悬到十万重赏，都无人应征。官厅无奈，只得以不了了之。

“后来，凤来仪因他胞兄病亡，家事及酒肆内事务无人管理，又兼在路上遇见老友长春镖师方刚，忽然已削发做了和尚，彼此相见，几不认识。问其缘由，方刚说：‘已看破红尘，蒙师度化，在长白山修行学道，此次是奉师命下山，回长春走遭。’说罢，即力劝凤来仪洗手。凤老二被他一番言辞劝醒了，回家治过兄丧后，即在家管理家务铺事，早夕念经忏罪，谢绝交游，永远不再出门，吃常素以示洗手决心。

“福山到他家中会他时，他即以方刚和尚劝自己的话转劝福山，冒了呼兰籍贯，再改姓名，洗手不再做马贼，并请他代自己去滨江一带，将所有部下马贼胡匪一齐解散。倘有不愿做良民而仍做盗贼的，即一齐杀头不赦。

“福山依拜兄之言，即先去解散了部下，当众宣誓，从此本人亦洗手，拜托大众，洗手后务必逢人传言，说丹凤及萨某已死。部下散后，他俩已死的消息遂如雷震般传播各地。

“福山回见拜兄复命，即赁屋住在呼兰城里，日以棋、酒两事为名，往凤家酒肆去会凤老二下棋、饮酒，借此消遣光阴，并不时往各地去考察，凤老二旧部有无仍操旧业者，如有，立即杀毙。又潜回打虎山家中住几时，即又到呼兰来住，一则和凤老二弟兄一场，实不忍离别不见；二则自知二人平昔杀人极众，难保不结怨于人，尤其是和三家村上的一党，暗中颇作过不少的对，难保他们的余党不来报仇。假如两人分居两地，或致被人暗算，住在一地，呼应极速，谅已无人敢来寻仇，这都是好几年前的事。

“至于福山在少壮时代，在京城的确曾有御赐红葫芦的事，不过人只知系福山，不知是萨某罢了。这以上的话，俺都是在师父家中将毕业动身的前几天，才听师父说的。因为师父亦系三家村上好汉的一党，所以知道福、凤两人的生平非常详细，倘如不因爱他俩果真不愧称为侠客义士时，早就要和二人拼一死活了。不过更有一层，师父的同党好汉们并非肯就此罢休，不和他俩寻仇，皆因他俩洗手后，绝未做过一案，颇像已死的传言，确属实话，不得不信。又不知他俩究竟住在何处，但讲福山在本地，对人自称姓名为那拉智。凤老二在往年人只知他名丹凤，姓名里居从无人知，回家后，杜门谢客，住在酒肆后进住宅里，前面店里不论白天晚间，未上板门收市，足迹绝不到，外人哪得知道呢？

“比如师父同党，有位唤夏定夷的，夏有一得意门人，在此当拳教师，所以到此地来的即为就近查访凤、福二人之故。那门人在此好久，直到两年前，你初次来此的那天，你被福山打跌以后，才被他瞧出福山的破绽。如福山不亲口告诉你他的姓名，演说他往年的得意历史时，他依然不会明白，更因如非福山到海拉尔杀死凤山，忽然又使用他的七字外号，被人将年貌传说开去，三家村上一党的人一时仍还不信他俩尚在人世，亦不会因惊疑生忧，决议先对付他俩。福山如不在海拉尔救那汉女，亦不会有那个每日奉献五串酒钱的门徒，因有那个门徒，又有福山亲口对你说的话，两下一考证，才决定此地的凤老二就是丹凤，那拉智京是萨福民。遂被他们推举出名唤黄栋、黄梁的兄弟两人来，到此住着，守到福山回家去了，丹凤已成了孤，才在酒肆里诈作喝醉了，发酒疯、掷杯筷、掷碗碟、打酒保掌柜、睡在地下骂笑哭喝，激引丹凤本人不得不从后面出来理问。他俩守丹凤来到面前，忽然从地下跃身而起草，一齐动手，向丹凤打去。二人都练有铁砂掌功的，出丹凤不意。丹凤躲避不及，被他俩各打中了一拳，当即口中吐血蹲将下去。二黄目的已达，仍不放心，又进身各打了丹凤一掌，才转身飞奔出门，回转客店，结账动身，不知去向。

“丹凤因伤病重，不久即已死了。死后多日，福山才到此地来，得知消息，心中不安，哭泣尽哀成礼送殡后，忙即动身回去。自那年起，即不常来，来亦当日就走。他在本地赁的房屋早已暗请人来退了租，所以你才在酒肆内问福山的里居住处，自然不得要领了。

“讲到福山的徒弟，孝敬五串酒钱，事更实确。那徒弟非别，就是早几年风传黑龙江全省，被夏定夷打败的黑河拳师巴英才。”

耶律胜听至此处，恍如万流朝宗，百川汇海般，陡然证明了胸中的虽已知而尚未尽晓之事，解决了腹内不少的疑团。

毕竟巴英才如何拜师，请待下回再写。

评曰：

“匹夫无罪，怀璧其罪”，此二语为古今贪污害民者之心理通病。呜呼！言者无罪，闻者诚足戒也。

福山、凤来仪同为满人中之侠士，胥振奇人也，观前卷福训凤山语，大义凛然，已弥可钦仰。本卷又暗写其与三家村一党作对结怨事，与前文互相发明，凤来仪且坐是死于两黄之手，是则二人与三家村党人之趋向虽不同，而所抱之种族观念、爱国思想，则无所异也。然则书中各侠，盖均深切了解顾亭林“天下兴亡，匹夫有责”二语之义者，作者既传小三姓党与各侠，又传福、凤二侠以相辉映，诚匠意经营，一以提倡爱国思想为归，而绝无丝毫偏激之见存乎其中也。吾不禁为之兴爱国今无关东侠之感。

黄氏兄弟练成铁砂掌，本为防方刚，不料却为杀凤来仪用。方刚出家，凤来仪、福山乃因方劝而洗手，巴英才败后投师，不料经时甚久，始能因闻汉女被救事而拜福山之门，沙守义学武，乃为报凤山之仇，不料乃为保其族兄用。诸如此类，不一而足，允称事事奇突，然亦可于此知世事变幻，不可捉摸也。

## 第四十回

# 英雄好汉如是下场
# 侠女奇男者般结局

话说耶律胜听师兄说罢，心中陡明白了许多，又不由紧问巴英才投师如何情形。

沙守义道："据闻巴英才早年曾打败过一个毫无本领、居然老脸出门访友的汉子，名唤铁木复。后来，铁木复居然在齐齐哈尔设场教武，充当教师，被夏定夷打败跑了。铁木复临行，为自己遮羞，和希图夏、巴二人鹬蚌相争，他好在云端里看厮杀，不费己力地出气。故此冒名自称为巴英才，并非铁木复。这话传说在江湖上，传进巴英才耳内，巴英才不由愤怒，一口气跑到齐齐哈尔，找夏定夷比武，险被夏定夷打得大败，自己肚内明白，遂高喝住手，跳出圈外就走。回家将徒弟解散，离家出门，访求名师，立志重学武艺，再往黑垣雪耻，并找铁木复报冒名丢人之仇。一路访寻师父进关，在路上虽遇不少名手，但都不合做他的师父资格。

"恰巧其时被福山救脱凤山之难的汉女，全家迁回关内原籍，适和巴英才同住在一爿客店里。那汉女的父亲在客店里忽然遇见一位同乡，他乡遇旧，当然要问长道短，于是她父亲将全家搬出关外垦牧，近几年的经过好歹，及此次回籍避难的详情告知那同乡。巴英适才住在他们一家紧隔壁的房内，因此听得非常清楚，思忖萨爷既在人世，不曾真死，俺何不到打虎山去找他，岂不比在关内寻师，像在黑暗处扶墙摸壁行走一般，前途仍是黑的，强胜得多吗？因此巴英才匆匆动身，回出关外，径奔打虎山，镇市村庄各处，逢人问询，并无姓萨的影子。急中生智，他才改使江湖上朋友出门访友的秘诀，才被他探得消息，但都是说萨某已死，绝无人知萨家住在哪里。

“巴英才大大失望，遂又赶往海拉尔，访寻着凤山的余党，并探问萨上次住的嘉宾客栈，得知萨的年貌口音，据说：‘说话口音颇夹着点呼兰方言，又说他此地乃常来的，来了总下在俺们店里。’巴英才大喜，遂又问店家：‘萨来时，写的姓名叫作什么？籍贯写的何处，职业何种？’店家回答：‘他每次来都写姓那拉名威，呼兰人，业商，始终不曾改过。’凤山的余党们回答，则称：‘来的老儿定必和死鬼萨某相识，或是有分，所以才冒他的名。’

“巴英才问知确实后，遂投奔呼兰来，住店后，茶馆、酒肆、浴池、馆子、书场、街头巷尾等公共集聚之处，每日由早至晚，总在这几处逛逛坐坐，暗暗留心，好容易才得被他在街上遇见。只见他手提红葫芦，拄红拐杖，径进凤家酒肆内打酒，另又在该肆后轩内雅座上拣了座位饮酒。巴英才亦跟进肆内喝酒，问酒保：‘可知他唤作什么名字？’酒保回说：‘他唤那拉威，是俺们的老主顾。’巴英才听说正是那拉威，年貌又和在海拉尔所探得的形状相同，于是深信他即萨老太爷无疑。守他将要立身惠钞，巴英才忙抢先到柜上给他算还了钱，才知一葫芦状元红酒共为五串大钱。老者家景平常，天天喝五串钱酒，无此力量，所幸本肆财东和他很交好，每天拿酒请他，亦未为不可。只因一坛开了，当日不卖完，明天就变味，为他平日肯开坛，已是特别交情，天天送五串钱酒，又要天天坏上一坛酒，这损失太大，怕坏了铺规，所以只好记账，不作送的名义。他无力可每在现买，老欠不还，亦自觉难为情，所以每打一葫芦回去，须吃好几天，天天虽来饮酒，进内宅和财东下棋，但状元红却非已完不沽。如此已有了许多年月，他欠的账，俺们财东私自挖腰包已

不知代他还过了多少次了。’

“巴英才得知这回底细后，即先走出酒肆门，暗暗等候，跟随福山回家，认清了路径门户，即回店居住。次日，又先时前往酒肆恭候，到了，即先取出锭五十两的元宝交柜，说明专给那拉威惠以后酒账，以前共欠多少，揭出即刻代还。柜上当然欢喜应诺，立将欠账抄出。巴英才照账付清，请写一张收条，注明清讫字样，收在身边，不待福山来到，即匆匆喝完酒，给钱走了。回店端楷恭恭敬敬地写好一封信，陈明拜师学武之意，附凤家酒肆的清单收条，封好揣入怀中，亲率一名小二，同往福山寓所近处，指示小二福山寓址所在、大门方向，令他将信送去。小二依言送去，回报收信人出外未回，交由同居邻人代收。

“巴英才劳谢过小二，即令小二先回，自己即在福山寓所左近寻觅有无空屋。恰好有一家门首贴着张红纸招租，遂进内看了，讲好行租押租，当即写好租约，交过银钱，往木器店内购买了几件应用的物件，领着运到新居屋内。打扫收拾过后，才回店用晚饭安息。

“次日，结清店账，搬到寓所内居住，从此不论阴晴，每日天明，悄悄送五串钱给福山，写明是孝敬师父饮酒，有时在半夜里即已送去。如此经过了些时。那日清晨，又去送钱，被福山撞着，一把扯住，喝问他的来意。巴英才趁此机会，叩头陈情，仰求收为弟子，学武去报夏某之辱。福山查究他何以得知本人在此，他遂将寻访名师的经过情形详细回禀。福山知是诚意，又因本人和凤来仪把兄弟俩因在绿林中和江湖上得悉小三姓一党的好汉极多，志在覆清复明，所以夏定夷和杨国威、邦彦父子等虽一般教徒弟武艺，实暗存种族私见，教授传习上大有不同，所以亦颇想收罗几名满、蒙旗籍的好汉，专一和小三姓的党羽在野对敌，各为其主的在野暗斗，以尽人民忠君卫国的愚诚赤忱。巴英才来投师学业，正合其意，又久已试知其诚恳，所以略不推却，即允收列门墙尽心传授，吩咐他学成之后，务必消灭三家村上的各处党羽，为国家铲除隐患。”

耶律胜听至此处，才知那年被福山打倒，怪不得他颇有愿收为徒弟之意呢，只恨自己不好，弃明投暗，坐失良机。

沙守义又道："巴英才学成之后，奉福山之命往各地去广收忠实门徒，暗中查察三家村一党各人的行动，设法到官告密，一齐拆穿，使他们所谋都成画饼。其时，正是童三友与杨师父父子寻仇作对，联合胡图荣一党，迁怒朱克昌，加入福山、凤来仪、巴英才等领导下的保清团体，大举合力向夏定夷、朱克昌、杨氏父子等一班好汉进攻，双方斗争暗杀极烈，大家都有死亡。胡图荣打发手下两人到三家村上去卧底，一面将村上所有密谋机密完全到官陈报，与同党及官兵约期内应外合，以放火为号，破反清团体的巢穴，被村上朱、明、马三家知道，遂先期下手，杀去两人，故意自行放火烧村，一则烧灭村上各种痕迹，二则诱骗敌党官兵来攻，杀一个落花流水。"

耶律胜听至此处，才恍然于临行时师父的言辞，遂问师兄："何以得知其详？"

沙守义道："你是蒙族，蒙族亦在八旗子弟之列，所以师父有所忌讳，不肯告诉你。俺是回族，师父无有顾虑，所以得能知其底细。"

耶律胜听至此，将来和自己在夏、杨两处学武都未能学成登峰造极的本领，果与自己前别过符正义后，所料知者相合，遂以此意问沙守义："何以符正义会将俺介绍去拜杨师父学武呢？"

沙守义道："你那时冒充原籍山东，又说系从的铁木复，因此符正义认你将来亦可成为反清的同志之士，所以才将你介绍到陈家沟去拜杨师父的门，否则，他早就在后贝加尔湖边上结果你的性命了。"

耶律胜又问师兄："铁木复和巴英才、夏定夷三人的事，后来究竟谁被谁报复了去？"

沙守义道："据闻巴英才学成别师后，不多时，恰巧在路上撞见铁木复亦从别处学成武艺回家，彼此碰见，岂肯轻轻放过？于是遂在大道旁边酣斗了好久。铁木复因气力不加，遂又败了阵，急急跃身逃跑，不料脚下一失，被树根绊了一跤。巴英才趁势赶上前，手起刀落，挥为两段。”

耶律胜又问：“现在师兄可知三家村的一党之人移巢穴在何处吗?”

沙守义道：“现在他们的总机关设在后贝加尔湖中船上，船上全是水寇，由符正义统带指挥，调度有方，设计周密，所有各人的家眷全在葫芦岛上，这乃是俺从杨师父家里动身前，听师父所说的。最近情形如何，俺因自家打这场官司，闹得头昏，无心再问闲事，料想不久守俺家事了了，俺到族兄任上去当差，那时总可得能明白的……”

说到此，小二已领厨司进房，收拾好桌子，摆列了席面筷碟酒杯菜肴，请二位入席。小二忙又提烫热了的酒进来，给二位斟酒。二人摆手命退，小二遂出房伺候，厨司退往厨房内，将菜逐样用托盘托至上房内上菜。耶律胜令小二将预定送至聚英栈去的酒菜即刻送去，不得迟误。小二领命自去遵办。

沙守义见厨司不在房内，面前并无闲人，遂举酒谢过师弟的美意，又转敬过耶律胜一杯，才对耶律胜道：“俺有一个亲戚，在海伦城内令表兄科布多府上当差，为人尚称谨慎，但长此当差，老做贱役，将来永无出头之日，所以要奉托你在令表兄面前吹嘘吹嘘，不时照拂照拂，随后如有别的机会，就请令表兄或贤弟另眼相待，加以提拔，不胜感激。”说罢，放杯抱拳，口称拜托。

耶律胜回礼答应，说：“此乃顺便之事，何足言谢。”耶律胜问明那人姓名，用笔写好“哈佛来”三字，信手揣在怀内。二人畅叙欢饮，直到二更以后，才尽欢而散。

次日早起，沙守义领同伴来悦宾旅店，向耶律胜道谢告别，又申拜托之意，便作别走了。

耶律胜因恐那妇人派人寻来，多有麻烦，所以不再担延，即已动身上路，沿途凡已到过之处，都略不停留地过去，未到之处，才背上黄布包袱访问名人比武，仍如往日一般，在各处都获胜利、占上风，所至都享盛名，一路均未蹉跌。回到海伦家中，访会亲友，休息多日，于便中谒见科布多时，即代师兄沙守义陈述，要求提拔哈佛来。科布多依言照办，即日保荐哈佛来在都统衙门任事。

不久，适又逢各部落会集总决赛举行大校阅之期，耶律胜至期照旧参与，隔有数年，各部落新产生的好汉已比前激增不少，当场都被耶律胜逐个杀败，跃马射箭，无一次不是弓开如满月，箭发似流星，射中正鹄，矢无虚发。如此接连几次，已经过了两三年，耶律胜每次都获全胜，独夺锦标，又因保卫地方，曾屡次援助官兵大破马贼胡匪，斩馘俘虏极众，所获战利品尤夥，因此，遂由各盟旗部落的好汉们公送外号，尊称耶律胜为漠北大王。

耶律胜自享盛名后，心中大乐，不由故态复萌，又逞着豪兴，背负黄布包袱，远行作万里壮游，自关内黄河南北各省，至山西出雁门关，绕道回海伦原籍。这一遭，耶律胜竟获一胜，所向皆克，回家后遂不免逐渐趾高气扬起来，将往年被败北受折辱的事逐渐淡忘了。不料即于是时，他表兄科布多忽受免职处分，经竭力运动，才得到个挂名的都统虚衔。科布多因自己平时鱼肉乡里，欺侮良善太甚，深恐一旦失势，遭人暗算，故此在家中除召集亡命做打手，延六十名勇士分日夜两班看家保护，聘两位镖师轮流着不离左右地保卫自己外，又恳请耶律胜到家当教师，乃系仰仗他的威名，震慑人心的作用。

那日，耶律胜正在科府自己房内趺坐运功，忽见门丁王老八进来回话，说有自称名沙守义的来见。耶律胜闻报师兄到来，赶紧欣喜出外迎接进内，相见让座毕，各道契阔，互问安好。沙守义开言先谢耶律胜代哈佛来向科布多说项，得达到目下远胜从前的地位之德，继即说："劣兄此来，乃系为着两件大事，追念你我同学两年多月日的好感情，近几年彼此互相遥为声援的交谊，才特地亲自远来走遭。如果此地目下已经发动，贤弟快取明哲保身的办法，火速脱离此地，立即改容易服，远走高飞，免得搅在这是非窝儿内，惹火烧身。如尚未发动，贤弟更宜早走，方才合古人‘危邦不入，乱邦不居’之训。”

耶律胜闻言大惊，急问：“师兄，是哪两件大事，这么要紧？”

沙守义叹道：“大风起于萍末，巨祸兴于平常，天下事往往如此出人意料。一件，系因令表兄科布多自任官职以来，直到目下虽已失势，但始终如一，迄未改过，日以剥削商民、鱼肉乡党为事，已造成他现在将遭大危险的总因。他又讨好皇室，图谋立功自见，不自量力，居然亦和在关东三省具有相当势力又都属好汉英雄的三家村党为难，闻说他们因知科布多敲索良善、贪婪枉法等事后，本就要来打不平，却因受着福山、巴英才师徒指挥下的各好汉敌对掣肘，分不得身，才致迁延时日，暂时抱人不犯我、我不犯人之旨，偏偏科布多又仗着官势，贪功邀赏，伤害他们的同志，因此激引得他们全体好汉大怒，决计以全力扑灭科布多，借此鼓动人民变叛作乱，以海伦为根据，起义大举。又一件系因听得科布多最近曾和本地一个姓宋的争女色斗气，压迫得宋姓倾产破家，家业荡然无存，全家都下在狱中，又强迫宋姓将他的爱女送献做科布多的新姨娘。宋姓有一远亲，正是后贝加尔一带的首领符正义之内弟，夏定夷的第一得意门人，曾在呼兰设立教武馆，传授武艺，和你交过手的那位拳师，他自散馆脱逃后，平日专以闯荡江湖、招引同志为本务，表面上以唱春词道情、大鼓、小曲、京调等混饭吃，据闻他得知宋家的事后，怀抱义愤，即邀同党克日先后出发，赶奔到此地来。俺此次因族兄巡按宣慰甘、青、新各回族疆域事毕，奉旨回京复命，遂得偷空告假，偕族兄一齐回家，假期满后，即回京赏授官秩，一路保族兄同行。中途得悉以上的消息，俺恐这两事如发动起来，定必玉石俱焚，舍亲哈佛来和贤弟都在此，岂不应了‘城门失火，殃及池鱼’之谶？所以俺特地赶来报信，促你速即离开此地。俺下处尚未觅定，大约去舍亲哈家借住，免在旅店里或竟得和杨氏师父、师兄父子俩会见，被他俩生疑，斥责教训，岂不自取其辱?”

耶律胜闻言，心中虽惊，面上却装作没事人一般，假作镇定，口中却申谢：“师兄的高情，义薄云天，十分感激。”说罢这几句，即留师兄在科府下榻：“和小弟再如往年在杨家的故事，同居一房，联床话旧，岂非佳妙?”又挽留师兄在此用酒饭后再走。

沙守义婉言辞谢，坚不允诺，推说：“还要往舍亲家去有事，怕耽延多日，累族兄在归途路上等得心焦，或生别事。”

耶律胜因闻言后，已引起满腹心事，遂亦无心坚留，即亲送沙守义出门，边走边由沙守义问明师弟，哈家住在本城何处。到得门首时，正值门役王八陡被一个唱道情的汉子点穴呆立在那里，遂于送别沙守义后，回身点活了王八的穴道血脉，问明其故，暗讶来者莫非就是非师兄才说的那个在呼兰设场授徒的教师不成?正在迟疑，不料陡然被一妙龄汉女飞身进来掌左颊、塞屎橛，弄得面庞青肿了半个，满口粪臭，又被她痛骂娇喝了一阵，反身逃跑了。追她不上，只得回身到科府里面，洗面漱口，搽敷了伤药，去见科布多。谈论了好久时间，表兄弟俩者我有定见，不得要领。耶律胜并未将沙守义的话泄露，因恐表兄惊忧，格外不肯放他走，闹得满天星斗，倘如竟无影响，岂不被府内镖师、勇士等所笑吗?所以并不吐露。

当即别过表兄，回房更换过衣服，暗带匕首、袖箭，径往外面去查访。仗着他往日出门访道会友求师时，学得各种江湖术语，明了一切规则，是时，遂利用这种知识，向一班当地流氓和街坊上从未经见过陌生面孔，和各异言异服之人哨探一切情形，又往各旅舍、酒菜馆、饭庄子、茶寮等群众公共会集处所察看有无那唱道情和妙年女子的踪迹，更察访沙守义的话是否正确。哪知他正在东张西望，忽然从背后来了一位老叟和一位中年汉子，英风奕奕，武勇骇人，挨身走过，直入一家客店内去。耶律胜一眼瞥见，认识那老叟正是福山，后行者虽不认识，但不难忖知，其人即系巴英才，陡忆那年被打倒求恕，答应捐助百两纹银作善举的事来，心怀鬼胎，赶紧低下头去，急移足步，火速往街旁一条狭巷内走进去。恰巧哈佛来家即在这条小胡同内，耶律胜偶然触机，急走到哈家门外，敲门入内。哈佛来正和沙守义在客座内促膝细谈，原本沙守义此来，本心乃系特地为救他的至亲哈家上下男女脱险，那见耶律胜所言的话，不过是做的现成人情。当时见耶律胜满头大汗、面色惊忧的神情，不待让座客气，即已先问其故。耶律胜将看见福山二人，偶记前事的话说知。

沙守义跺足叹道："唉！福山已经赶到，本是你和科布多的天大喜事，岂非他老人家无形中已来此救应你们吗？你家非寒素，何故竟算起小来，结此奇祸呢？"说到此，忽代设法道："你才看见福山进客店，俺想，你不如去见他叩头求恕，究竟他和你无深仇宿怨，总可以化险为夷。"

耶律胜道："未必，他如不肯饶放，难道自去求辱不成？"说罢，忙将今日科府门首两起的事说出，急又请问师兄，可知那唱道情和女子的来历吗。

沙守义听罢大惊："唱道情的不就是明言为宋家的事吗？那女子俺虽不知是谁，但却早已亦得有风声。你那年在呼兰大街上，前后两番和一少年妇人厮打，末后一次，你多喝了些状元红酒，略仗酒兴，说了几句讨便宜的风流话。这女子或许就是那妇人的何人，特来找你报仇的，现在你可称为四面楚歌之时。依俺说，不如就此赶快脱身远行，丢下此地的事不管，马上便可解决。"

耶律胜被师兄连说了几回劝走免祸的话，不由心中略已活动。但怕真即答应，被师兄和哈佛来两个回子腹中讪笑，永看不起，遂起身作别二人。哈佛来虚留了一会儿，即送出门外。沙守义亦随后送出，三人在门首拱手作别。

沙、哈二人刚拟回进门内去，不料忽从巷口飞步跑进一位英雄，觑准沙守义两太阳穴，飞掷出两颗镔铁黑漆英雄胆打来，口骂："沙守义，你这忘却誓言、背弃信义、丧尽天良的贼，只图富贵，情愿做功狗。俺早要断送你的狗命了，只因未曾得碰见你，今日俺可不能宽恕你的了！”

来者正是杨邦彦，身穿短衣裤，戴阳笠，赤足登双草鞋，左手提着只篾竹小篮，篮内放着点小孩食物。耶律胜心中有事，出门时即如老鼠出洞般四面张望，早已看见杨师兄改扮为做小生意的人在巷口内立着，心中吃惊，但尚以为或系看错。这时听口音，见身手，已证实果系师兄。本想即上前劝开两人，都看同学义气……

沙守义陡见两粒弹丸飞掷打来，急忙闪过，才拟逃进门内去，杨邦彦已飞身跃过来，双拳齐下，仍自打在沙守义的两太阳穴上，立将脑浆迸出，死于地上。

耶律胜劝解的话还未想好该如何说法，已见沙守义被打死在门前石上，哪还敢多言？趁乱里提足飞奔出巷口，一径跑回科家。

杨邦彦往年和耶律胜会见面，难得交言亲近。此时耶律胜穿的行装打扮是行客模样，所以一时未察觉。及至觉得时，耶律胜已逃跑了，遂拾起弹丸，亦不追赶，竟扬长走出巷外。

耶律胜回到科家，科布多正和师爷、镖师们计议才散。二人相见，各问如何。耶律胜遂将闻见之事约略说了，促表兄万分留意，说罢回房，悄悄收拾包袱行囊，预定明早动身，且看今夜如何。

这天晚间，耶律胜料知定有事故，所以晚饭后，即往外面去。迎面正遇见一个寄身黑道的人，那人家和耶律胜家是紧邻，幼时同窗读书，也曾同学过武，所以交情极厚。此时两下相见，耶律胜将他一把扯住，扯进科府本人卧房内，将房门掩上，细细向他请问。那人却亦知无不言，言无不尽不实，于是耶律胜才知夏定夷已于三家村总部被破，不好再在黑省，借此遂解散徒弟，回转广东去了，现已病死在香山了。那唱道情的正是夏定夷的徒弟，女子是那日在呼兰街上厮打的少妇幼妹，本领极佳，姓李名凤英，和她姊姊李凤云都自幼儿从她俩的父亲学成绝艺，以走马卖解、闯码头兼访女婿，一路行至呼兰，流寓在呼，后来，经人作伐，将她姊妹嫁给呼兰才子牛秀才兄弟，妯娌俩乃是呼兰左近各处知名的李氏双侠女，平日专给妇女界雪奇耻、打不平、解痛苦。

那年风云在街心里被耶律胜所伤，又讨了便宜去，气愤成疾，好容易才医治痊可。身体休养复原后，姊妹俩誓死必报此仇，遂乔扮男子，往外面打听，得知耶律胜当日住的下处，又从店家小二等口中得知耶律胜的真实姓名，和在风老二家酒肆饮酒的事。二人又到风家酒肆打听，才知耶律胜是呼兰人，于是姊妹俩动身赶到海伦，耶律胜又已往外路去访友，一时不能定何日可归，姊妹俩只得从海伦回家，此番已是二次到海伦了。

那宋家的事，乃是本城有一宋绅士，是个富商捐监功名，原籍是省城人，因往年做买卖，在此地娶妻，遂在此地置了产业，经商致富，辛苦一生，积至百十万家财，所生七子八女，只存得一长子、一幼女，那姑娘生长得极俊，真可称作美而艳，已许字给本城开当铺的王孝先为长媳了。宋太太最近病殁，新坟穴地恰巧即在科布多家祖茔前面，宋绅士看地时，因谢那堪舆的钱少给了些，彼此争执，宋绅士气愤之下，很责斥了堪舆几句，那堪舆记恨在心，遂在外散布流言，说宋家的新坟破了科家的风水，所以才致有科布多被撤任，几乎受查办的处分。这话有讨好的人传报进科布多耳内，科布多遂令人请那堪舆来问，那堪舆借此机会，大放厥词。科布多信以为真，认宋绅士存心对付自己，遂令人去通知宋家，逼令让出坟地，宋家不肯，科布多大怒，用了府中心腹师爷之计，暗暗派人示意狱中新捉到案、未审明白的大盗，唆使出宋绅士来，一面科布多又派师爷撰状控宋绅士积欠借款本利五十六万有奇，开列假账，请将宋绅士押交偿还。官厅本亦垂涎宋家有财富之名，久已想诈他一笔款子使用，乐得乘此机会，因此宋绅士全家遂都被押入狱。此事科布多自以为办得极其秘密，所以上文才称奇怪。

耶律胜又向那人打听小三姓一党众人的事：“既已破了机关，为何事后案情并不雷厉风行地严究呢?”

那人道:“有个吉林的义贼赛白胜,亦和他们是同党,由金时裕兄弟俩介绍加入的。自从福山、风来仪等忠心主子,维护八旗人民地位,特地暗中专掣他们之肘,并到处半夜告发,天明拿人,各地的机关逐一被破。就中以各机关被破,搜得的文件及名册等项,一齐由各地汇呈到省,由省转送进东三省总督衙门,按址拿人,照案问罪,一时颇为严紧。他们大家会议,主张去总督衙门偷出本案各项文卷销毁,一则显俺们之能,二则警总督之胆,遂由赛白胜慨然自告奋勇,进奉天省城,往总督衙门偷盗文件案卷,黑夜里在总督衙门文书处点烛观看,看认是不是关于他们一党的文件,只要是关于他们的,他即拿来在烛火上一点,马上烧毁销灭无余,火光熊熊。督署不比小县衙,因此便四面吹号鸣锣,上下兜拿。赛白胜和官兵对敌,杀得火起,索性将总督衙门前后放火大烧。兵弁怕被他逃跑,不能交差,遂用火器将他射击伤了。赛白胜恐当场受辱于小人之手,遂又拼命杀死砍伤多人,正拟自刎,他们一党的人从屋上杀来救回,但在半路上,终因伤重死了。因有案卷文件都被赛白胜烧得干干净净,官厅无第二项文件可查,故此风声虽紧,他们非但不怕,仍旧出没各地,并不因而停止工作,虽同党前后遇难者日有所闻,并不因而胆寒。话虽如此,究竟他们的进行反叛,如要比拟小三姓未破获烧毁以前来,那可就相差不可以道里计了。”

耶律胜和那人谈论到二更时分,那人才告辞而去。

耶律胜称谢指示,送客出大门,回进里面。行至天井内,忽然抬头见屋上有人影儿一闪,遂佯作勿见,急急走回自己房内,将长衣脱去,从墙上摘下刀来,佩上百宝囊,飞步出房,将门反扣上了。忽然听得后面喊声大震,抬头看时,只见一片火光从后面烈烈腾腾、刮刮杂杂地烧将起来,即于是时,陡见从后面屋上飞来两条黑影。耶律胜守他俩从头顶上飞过后,即飞身上屋,隐身后追,不料已被二人觉察,回身迎来。耶律胜这时才看清楚,原来两人正是李氏双侠女，一系往年在呼兰街上两次领教过，一系今日下午在门口领教过。这两位女侠客的本领，耶律胜自知断断抵敌不得，无如已到实逼处此之际，只得抢上前去交锋。李氏姊妹俩娇嗔薄怒，圆睁杏眼，倒竖柳眉，启樱唇，吐娇声，大骂耶律胜贫嘴。耶律胜一言不回，只拼死挥刀乱劈乱刺地进攻。姊妹俩见他来势猛，遂亦当仁不让，各以全力应付。她俩自从立誓报复当街被跌伤之辱后，即日在家练力、气、劲三功，数年来略无一点间断，故此耶律胜才和李凤云交手，已知其今非昔比，不敢稍有疏忽。

正在此时，忽然见从东西两边屋上远远地各飞来两条黑影子，被高烧起的火光映射着，耶律胜已看出从东边来者系杨氏父子，口中大呼："好个徒弟，学成武艺，竟恁地在外胡为。李氏双侠女，二位牛少奶奶，俺父子来助你杀此不肖门徒!"那西边来的，系福山师徒，福山嚷骂道："耶律小子，你敢赖去一百两纹银，欺负老夫吗？老夫访问你已久，如非你自己贪酒，写下姓名里居时，老夫至今还要上你的当呢!"说罢，亦高嚷："李氏姊妹双侠，俺们来助你杀此狗才!"

耶律胜见来者都非自己所能敌，急中生智，忙高嚷道："福山老前辈，俺之过处，改日俺当登门叩求饶恕，此刻请贤师徒暂缓计较吧！二位是高明贤达之士，现在三家村一党的人正当面来夹攻俺，二位如也来攻打俺，岂非帮了他们的忙去吗？俺们前事，乃是一点私事，现在却是极有进出的大事。"果然福山师徒被他这一嚷，竟改了攻打的目标，各仗兵器，迎着杨氏父子厮杀。

耶律胜侥幸得暂免危险，勇气陡增，独战李氏双侠女。正在难解难分之际，那后面火势才被灌救扑灭了小半去，四面八方喊杀之声忽然同时大起，喊声起处，火焰亦随之上升，烈焰腾空，同时火药兵器轰炸的声响大震，鸟枪、短铳、风炮、洋枪、大炮、土炮等各种用火药的新式兵器忽然从海伦城头上四面往城内各起火处瞄准轰炸。

原来海伦都统铁石是久经征战的一员上将，曾在曾、左营中督率过洋枪队、大炮队，征讨过长毛、捻匪、回回，乱事平后，论功行赏，得任本职，所以他部下兵将全是用火药、子弹新兵器的队伍。这日白天里，他即接有密报，反叛本朝的党人忽然到本地来集聚，大约定有所图谋。如此报告，连接了五六次，他遂召集本部旗兵官将，议决如有所举动，务必用不分良贱、一网打尽之策。计才议妥，科布多家心腹师爷奉科布多之命，到来密请派兵保护救援，于是都统遂传下军令，调本部八旗全队人马，分作八队，四队埋伏在城外，四队埋伏在城内，城外的兵队专司缉拿从城内逃出之人，并为城内做声援救应助威，城内的兵队即刻于黄昏后，分往各处要道口，暗暗埋下火药，又密派多人，分头往各百姓家中知照火速携带细软、贵重值钱之物，悄悄出城，暂避危险，不许泄露风声。

当晚，直混乱到初更以后，方才安静，所有得信逃出城外的百姓都被城外埋伏的兵队一一搜查，凡是形迹可疑的，不论满、汉民人，完全扣留看管，暂押在城外一所庙宇内。铁石都统自己当晚亲自跃马，背负洋枪，手拿风炮，往来城内外各地巡视督察，及见科布多家花园后院起火，都统远远立马在城头上，看见有许多人在屋上厮杀，兵器碰响及喊杀人声从风中吹送过来，又见各处屋上忽然都上来了许多人影，齐向火光奔去。铁石一见情势严重，遂传令开炮开枪，城内外一齐大声喊杀，并嚷："捉拿贼党！"伏兵将地下火药一齐点燃，立刻烧得各处火光烛天。

这时，在海伦城内的各奇男侠女、英雄好汉，无论是反清、保清的侠客义士或是奸民歹人，任凭你如何英雄了得，都被火器所伤。有的在交手时丧生，有的因闻得炮声大作，捉拿喊杀，响声不绝，遂慌促四下逃散，仍被火器所伤，被兵将捉住。有那反清一党的好汉，见此情形，仰天长叹，不甘屈辱，纷纷自尽者居其大半，被拘反抗而死的居其小半。那保清一派的英雄们，因和铁都统部下兵将素不认识，所以亦被一例看待，当场格毙，以及因伤而死的极多，被擒于事后审明得释的却是极少数。

看官们，反清、保清的两大派在海伦都被一网打尽，已根本铲除，哪还有人再敢出头活动？人既已死，编者已无人无事可述，当然宣告全书结束。

正是：

白云苍狗多变幻，人事沧桑一刹那。

评曰：

自首卷作者以双峰对峙法，出唱道情及妙龄女子二人后，至本回始为叙出因果，首尾呼应，笔力雄浑跳脱，一气呵成，无懈可击。书中人固多奇侠，而叙事突兀，不落寻常窠臼，尤多奇文可诵，是则书奇人奇事奇文奇，命之曰奇，允矣。

作者首出男女两侠，迨末卷始行交代，浅识者以其中间少叙及，目之为病而不知斯非作者写本书之病，实为命笔之奇也。盖作者于最初下笔时，即已筹之熟矣，故首以捉贼擒王之笔法，对峙出男女两侠，中间复以草蛇灰线法，隐约叙及两人，故留蛛丝马迹，特不详明耳，何足病哉？

本书主旨，在叙关东各奇侠之为民族谋自由独立平等，科布多、耶律胜辈，特其小引耳。即首卷所出之男女两侠，亦本书宾中之宾，若夫主体，则在小三姓及福山等所主持之敌对两党，故叙法亦如《水浒传》之首出王进、高俅，其意正同。读者明此，然后可以得本书之綮要。

**图书在版编目(CIP)数据**

关东奇侠传 / 张个侬著. -- 北京 :中国文史出版社, 2021.3

(民国武侠小说典藏文库. 张个侬卷)

ISBN 978-7-5205-2313-4

Ⅰ. ①关… Ⅱ. ①张… Ⅲ. ①侠义小说-中国-现代 Ⅳ. ①I246.5

中国版本图书馆 CIP 数据核字(2020)第183532号

点校整理：清寒树 旷 野
责任编辑：薛媛媛

出版发行：**中国文史出版社**
社 址：北京市海淀区西八里庄路69号院 邮编：100142
电 话：010-81136606 81136602 81136603（发行部）
传 真：010-81136655
印 装：北京新华印刷有限公司
经 销：全国新华书店
开 本：720×1020 1/16
印 张：20.5 字数：259千字
版 次：2021年3月第1版
印 次：2021年3月第1次印刷
定 价：68.00元